看不见影子的少年

Lost in
the Shadows

伍大周 杨祎 ◎ 著

青岛出版集团 | 青岛出版社

图书在版编目（CIP）数据

看不见影子的少年 / 伍大周，杨祎著 . —青岛：
青岛出版社，2024.6
ISBN 978-7-5736-2063-7

Ⅰ . ①看… Ⅱ . ①伍… ②杨… Ⅲ . ①长篇小说—中
国—当代 Ⅳ . ① I247.5

中国国家版本馆 CIP 数据核字（2024）第 053427 号

书　　名	KAN BU JIAN YINGZI DE SHAONIAN **看不见影子的少年**
著　　者	伍大周　杨　祎
出 版 人	贾庆鹏
出版发行	青岛出版社（青岛市崂山区海尔路 182 号，266061）
本社网址	http://www.qdpub.com
邮购电话	0532-68068091
策　　划	刘　坤
责任编辑	刘　冰　李　丹
特约监制	刘皇甫　陆　乐
特约策划	韩建蕊　张婷婷　高一丹
内文排版	戊戌同文
印　　刷	青岛国彩印刷股份有限公司
出版日期	2024 年 6 月第 1 版　2024 年 6 月第 1 次印刷
开　　本	16 开
印　　张	25.75
插　　页	8
字　　数	500 千
书　　号	ISBN 978-7-5736-2063-7
定　　价	69.80 元

编校印装质量、盗版监督服务电话　4006532017　0532-68068050

荣梓杉 饰 边 杰（小七）

成泰燊 饰 金满福

陈雨锶 饰 金 燕

李健 饰 秦勇

郭柯宇 饰 边美珍

赵华为 饰 杜一（中）

目 录

楔　子

深夜，山林，大雨瓢泼。

树叶被砸得哗哗作响，杂草和烂泥混在一起，泥泞不堪。突然，一个人影出现在山坡上，踉踉跄跄，跌跌撞撞，慌不择路地往山下跑。

少年浑身的衣物早被大雨浇透，头顶不知什么地方在流血，一缕一缕顺着脸淌下来，紧接着又被大雨冲淡。他大口大口喘着气，没命地逃，不时惊恐地向后望，就好像身后有只"恶鬼"在追赶。

"救命！救命啊！"少年嘶声大喊，他的声音在这暴雨的山林中宛如烛火的微光，闪耀一下后便完全熄灭。然后，他不知踩到了什么，身子一歪，扑通一声，摔倒在泥泞中。

泥水糊住他的双眼，少年顾不得许多，手脚并用挣扎着向前爬。然而身后的"恶鬼"越来越近，身后踏着泥水的沉重脚步声越来越清晰。刚一回头，一个黑影已猛扑上来，少年顿时发出一声难以遏制的尖叫——可那叫声又戛然而止。

雨还在下，不知从何时起，已小得多了。

不省人事的少年浑身瘫软，被一双有力的大手拖着，来到一个大坑旁。那"恶鬼"将少年扔进土坑，随后拿起铁锹，开始一下又一下填土。

深夜漆黑，树林寂静。

小　杰

1993 年 4 月 17 日。午后，多云。

小城照阳有种接近沉闷的平静，楼房低矮，看起来老旧而粗糙，马路不宽，车也少，只是每次有车经过时，路上都会被带起一阵薄薄的灰。几天前的大雨虽然把城市冲刷了一遍，但不知从哪来的尘土，早就覆盖了一层又一层。

时值 90 年代中期，据说千里之外的上海、深圳早已被改革开放的春风吹遍，日新月异。可小地方照阳似乎和十年前一样，几乎没什么变化。唯一多出来的，好像只有港台明星们的流行歌曲和他们色彩绚丽的海报。

刑警队队长王士涂坐在路边的冷饮摊旁，手里拿着半瓶汽水。他今年才四十，头上已有不少白发，穿着一身过时的深色衣裤，看起来朴素又潦倒，整个人都像笼了一层灰，离远了看，就像个小老头。

他佝偻着身子坐了许久，那瓶汽水还没喝完，他一边心不在焉地小口抿着，一边观察着从面前经过的往来行人。

一个母亲牵着一个五六岁的孩子从王士涂面前经过,他立刻盯住了那个孩子,似乎努力在记忆中搜索着什么,分辨着孩子的相貌。他的视线紧紧跟随着孩子。大眼睛,圆脸蛋,身高也……可王士涂似乎突然想起了什么,他收回目光摇摇头,脸上微微露出自嘲的表情。

接着是一个十五六岁的少年从王士涂面前经过,他立刻又盯着少年看了起来,还是跟刚才一样的眼神,在努力分辨着对方的长相,但显得更加力不从心——年纪似乎对得上,长相嘛……

少年见王士涂盯着他看,瞪了王士涂一眼,匆匆离开。

王士涂的目光黯淡下来,他垂下头看了看腕上的手表,有些吃力地起身,走到旁边的电线杆前。那上面贴着一张寻人启事,王士涂抬头盯着寻人启事上的照片,怔怔地看了许久。

照片上是个四五岁的小男孩,天真稚气,一双眼睛圆溜溜的,手里还拿着一把小木枪,甚是招人喜爱。

照片早就褪色了,寻人启事的一角也已泛黄并翘起,王士涂伸出手想要将翘起的角抚平,但他试了几次,那个角仍然顽固地翘着。王士涂发了阵呆,无奈地走到冷饮摊前,将手里还没喝完的汽水瓶还给了老板。

老板伸手接过瓶子:"还在找你儿子啊? 有六年了吧?"

王士涂道:"九年。"

他好像平静,又好像麻木,低垂着双眼,沉默地推起放在冷饮摊旁的自行车。

其实不止九年,王士涂心里想,是九年零三个月。

走进公安局大厅的时候,一个女人的哭声在他耳畔响起。当了将近二十年警察,王士涂尤其熟悉这种声音。受害者哭,受害者家属哭,凶手家属哭,有时候凶手也哭——他不明白,世上怎么会有这么多糟糕的事、这么多哭声呢?

小张带着一对夫妻从楼梯上走下来，妻子一边哭，一边拉扯着小张的衣袖，她泣不成声地道："这都过去一个月了，一个月了！我女儿到底在哪儿啊？"

王士涂在大厅的长椅上坐下来，心中有些恍惚，自己算是警察还是受害者家属呢？他没有上去劝说，只是远远地默默地看着小张他们仨人。

小张还在解释："你们已经算是很幸运的了，我们已经查到了那个人贩子的线索，但是抓到人还需要时间。再等等，再等等好不好？"

妻子还要闹，一直愁眉苦脸、一言不发的丈夫终究还是将她拉走了。

小张目送二人走出大门，转过头，看见王士涂，走过来，叹了口气。

小张感慨："找孩子难啊！虽然现在我们的侦破技术已经有了很大的进步，但找失踪儿童还是像大海捞针一样。豆豆都丢了十年了……"

王士涂道："九年。"

小张道："对，九年。也没准儿被好心人收养了，可能孩子这九年过得挺好的。"

王士涂点了点头，没说话。

头顶一阵脚步声响起，警花小林拿着一份资料，匆匆走下楼梯。

长相清秀的小林是公安局里的"一点红"，小张看到她，眼睛好像亮了亮，满面笑容地迎了上去。可是还没等他说话，小林先扒拉开他，径直来到王士涂面前。

小林道："王队，刚接到一宗派出所转过来的失踪案。"

听到"王队"这两个字，王士涂好像才完全清醒过来，面容一整，双眼中精光一闪，立刻恢复了刑警队队长的精明和老练。他接过小林手里的案卷，迅速浏览了一下，谁知却越看越怒，腾地站了起来，率先向大厅外走去："小张，干活！"

小张对小林吐了吐舌头，急忙跟了上去。

二人开车往学校赶去，王士涂坐在副驾驶位置上，继续翻看着案卷，仔细端详着案卷中夹的失踪的三人的照片。

小张边开车边道："师父，这三个孩子在 4 月 17 号同时失踪，其中两个十五岁，分别叫边杰、王帅，是照阳三中初三的学生。还有一个叫杜一，十八岁，无业青年。"

王士涂一言不发，眉头紧锁。

班上的孩子出了事，班主任既惶恐不安，又忧心忡忡，这还是她第一次被警察问话，即便天气不算热，她的额头上还是渗出一层薄薄的汗。

郑老师告诉王士涂和小张："边杰和王帅，直到那天下午都在学校上课，但是从晚自习开始，我就再没见过他俩。"

郑老师不认识杜一，不过一个学生看到了杜一的照片，对王士涂说："对，就是他，下午最后一节课后，我在校门口看见他来找边杰和王帅。他们经常一起去玩游戏机。"

另一个学生信誓旦旦地说："这个人是我们县城有名的小混混，我经常看到边杰和王帅跟他一起，在街角那家大排档喝酒。"

游戏机，大排档，小城也有小城的好处，游戏厅本就没几家，学校附近只有一家，生意极好，垄断了整个中学的游戏市场。现在这个时间，学生还没放学，游戏厅略显冷清，小张把车停在街边的时候，游戏厅老板正背对着门坐在一个凳子上，在跟几个闲人聊天。

游戏厅老板满脸神秘地道："你们知道失踪的那三个孩子是怎么回事吗？"

几个闲人都来了兴趣，围了过去。

　　王士涂还没走近，便听见游戏厅老板唾沫横飞地胡说八道："人贩子老太太听说过吗？只要把手往你脑门上一拍，不管大人还是孩子，乖乖就跟她走了，让你干啥你干啥……"

　　游戏厅老板说着，发现身边的人越来越少，他回过头，看到王士涂和小张站在身后，王士涂正抱着肩膀看着他。游戏厅老板急忙站起来："呦，王警官。"

　　王士涂问："4月17号下午，边杰、王帅和杜一来过你这儿对吧？"

　　游戏厅老板忙点头："对，他们三个都是我这儿的常客，大概是下午六点半走的。"

　　王士涂道："人贩子老太太是怎么回事，跟我说说呗。"

　　游戏厅老板干笑两声："我也是瞎猜。那天啊，我店里来了个老太太，我本来以为她是来找自家孩子的，可是后来……"

　　那不过是几天前的事情，他还记得很清楚，当时就在游戏厅大门口摇摇车的旁边，不知从哪儿钻出来一个脸生的老太太。她正在跟一个玩车的孩子搭话，一脸的笑容，看似慈祥，却像戴着个面具似的。她说了几句话，还摸孩子的头，然后又掏出一块糖递给孩子，孩子伸手正要接，突然听到旁边一阵喧哗和喝彩声。孩子吓了一跳，爬下摇摇车，噔噔噔地跑了。

　　老太太的脸色立刻沉了下来，往店里看去。老板也顺着她的视线往里看，原来是店内的边杰中了个大满贯，他兴高采烈地欢呼着，游戏币稀里哗啦地从机器里吐出来。

　　真是亏大了！老板心里暗骂着，转眼又看见一个五大三粗的大汉匆匆走到老太太身边耳语了几句。老太太面色阴沉，指了指边杰，两人又嘀咕了几句，随即匆匆向外走了。

　　游戏厅老板接着道："后来听说边杰他们失踪了，我越琢磨越不对劲，那老太太肯定是人贩子，边杰他们坏了她的好事，被盯上了！"

王士涂沉声道："那老太太有什么特征吗？"

游戏厅老板指了指自己的上嘴唇："这里有颗媒婆痣。"

王士涂眼睛亮了起来，他从右胸口的内侧口袋里掏出一本陈旧的笔记本，封底的塑封套里有一张照片，他掏出来拿给老板看，照片上正是一个嘴唇上有媒婆痣的老太太。

王士涂道："是她吗？"

游戏厅老板瞪大了眼睛，一拍大腿，大声道："就是她，哎哟！这老太婆还真有问题啊！王警官你看看，我们还真是想到一块儿去了！"

小张瞪了游戏厅老板一眼，老板接到信号一般缩了缩头，气焰立刻收敛了。小张低声道："师父！郭姨，咱盯了那么些年，她终于又冒头了！"

王士涂缓缓点点头，眼睛眯了起来，心脏狂跳不止，浑身的血液无声地沸腾起来。

是的，郭姨！这个让他追寻多年的老太太——他已盯了她整整九年零三个月！

他经历过无数次希望和失望，这一次……王士涂的眼眶热了起来，他不知道这九年零三个月的念念不忘，到底会不会有回响。

这不是个普通的失踪案。

穿着一身警服的秦勇规整地坐在局长办公室里，面容严肃，腰杆笔挺。和王士涂"野路子"出身不同，秦勇毕业于警校，"根正苗红"。他外表年轻，目含精光，看起来能干、可靠又正气凛然，有种连环画中"警察叔叔"的气质。为了这个失踪案，他刚刚被借调到照阳。

此时，局长的桌上放着一个 DV 机。电视机前，秦勇正陪同局长一起观看播放的画面。

这是秦勇一天的工作成果，他对着画面讲解道："这是我之前走访边、杜、王三家的影像记录。据杜一的……"他话没说完，房门猛地被推开，王士涂和小张兴冲冲地走了进来。

王士涂大声道："局长，我有重大发……"

他话说了一半，忽然看到了陌生的秦勇，不由一愣。和仪表得体的秦勇相比，王士涂简直就像个土包子，对比堪称惨烈。

局长放下 DV 机，道："老王，介绍一下。上级领导对咱们这个案子很重视，这是市里派来协助调查的秦勇同志，毕业于公安专科学校刑事科学技术系的专业人士。"

公安专科学校！这名头让人心中一凛。王士涂再看向秦勇的目光中不免多了些"另眼相看"的意味。

"高材生"多少有点骄傲，双方握手寒暄，彼此心里都有了数。随后便见秦勇伸手指了指 DV 机，接着刚才的话往下说："根据我的走访，杜一的父亲说，事发前不久……"

他滔滔不绝地说下去，刚开始王士涂耐着性子听了两句，看他没有停下的意思，出言打断道："局长，刚查到了一个人贩子的踪迹，4月 17 号下午，她和失踪三人在游戏厅有交集。这个人贩子我们已经盯了好几年了。我想跟你交换一下情报，怎么样？"

一旁的小张皱了皱鼻子，不知是不是错觉，总觉得好像闻到了一股火药味。秦勇不动声色地打量王士涂一眼，慢慢地道："人贩子……王队，我是这样想的，失踪者是十五岁到十八岁的男性，诱拐的价值不大吧？"

小张不服气地道："局长，我有个拙见：人口买卖可不全是为了卖给人孩子，把人卖到黑煤窑、黑砖窑做劳工的案子多了去了。"

秦勇道："老王，我听说过，你这两年在'打拐'的案件上积累了很多经验。但是刑事案件不仅限于此吧？案子好几天没有进展，思路是不是应该开阔一些？别总是经验主义……"

王士涂不欲争辩，摆摆手道："那这样，小秦啊，你查你的命案，我抓我的人贩子，两不耽误。小张，走。"王士涂说完，转身离开。小张毫不犹豫地跟了上去。

二人说走就走，秦勇被晾在那儿，有些尴尬。

局长无奈地叹了口气，摇了摇头道："唉，这个老王……一遇到人贩子就跟打了鸡血似的往上扑。"

秦勇也暗自摇头，在心里给这个照阳刑警队队长打了个极低的分数。

对此，王士涂不知道，知道了也不在乎。他当了这么多年警察，办过许多案子，什么失踪案、凶杀案，他敢说他经手的案子绝不会比秦勇少。在一定程度上，他了解秦勇。

但是秦勇不了解他——秦勇没丢过孩子。

王士涂突然心酸起来，无论是谁，他只盼望，丢孩子这件事，最好都永远别经历。

天不知什么时候悄悄黑下来。路人越来越少，夜越来越深。

路边，仅剩一间小吃店还亮着灯。小吃店也快打烊了，店里只有一个客人，老板仔细地擦着一张张桌子，时不时往门口张望，仿佛在等人。

秦勇正坐在桌前，一边吃着面，一边在一张照阳地图上写写画画，推测可能藏尸的地点。他看着地图头也不抬："老板，加份蒸饺。"

小吃店老板抱歉道："不好意思，蒸饺卖完了。"此时王士涂走了进来，老板热情地迎了上去，道："王队来了，老三样？"

王士涂点点头，老板转身进了厨房。

王士涂看到秦勇，随口道："高材生也在啊，这是研究啥呢？"

秦勇则认真说道:"根据犯罪心理学的理论,每个人都有心理舒适区,所以藏尸地点……这里,这里……"

王士涂急忙摆摆手,戏谑道:"现在就锁定了藏尸地点?专业人士就是不一样啊!"说着在另一张桌子前坐了下来。不一会儿老板端来了面和蒸饺,还有一盘凉菜。

秦勇看到王士涂桌上的蒸饺,望向老板,不满道:"老板,你不说蒸饺卖完了吗?"

老板说:"对呀。"

秦勇指了指王士涂面前的蒸饺:"那他吃的是什么?"

老板狡黠地一笑:"蒸饺啊!王队特供!"

秦勇不由气结,另一边的王士涂好像什么都没听见,有滋有味儿地将一整个蒸饺塞进嘴里,仿佛挑衅般大声咀嚼着,吃得啧啧作响。秦勇嘬了嘬牙花子,用脸骂了句脏话,别过了头,不去看他。

调查很快有了进展。

河边的一片区域被黄色的警戒线拦了起来。

秦勇匆匆到来,钻过警戒线,看到地面上有一个土坑,露出骨头。法医蹲下身来开始做检测。

一个警员迎上来,向秦勇汇报:"我们搜索的时候发现这里有大量的蚂蚁聚集。"

另一边,国道上,一辆长途车被警察拦了下来。司机打开车门,王士涂和小张上了车。乘客们用带着好奇和茫然的眼神看着他俩,有些人反应过来,心里悄悄嘀咕着:莫非这车上有贼?

王士涂缓缓地向车厢后走着,鹰一般的目光在每个乘客脸上扫过。

车厢后部坐着一对"父子",坐在里面的孩子只有三四岁,似乎睡着了。只是他的睡姿很奇怪，半条胳膊压在身子下面。王士涂在"父子"身边停下了脚步。"父亲"有点不自然地翻了王士涂一眼。

王士涂冷冷地道："这是你孩子？"

"父亲"点点头。

王士涂又道："他这么睡，手不麻吗？"

"父亲"哦了一声，赶忙将孩子的手臂从身体下面抽出来，却不小心碰倒了座位上的水杯，水洒在了孩子腿上。孩子睡得死沉，竟对此毫无反应。

王士涂冷笑道："这么折腾都不醒，你给他吃药了吧？"

"父亲"顿时脸色大变，支支吾吾说不出话来。王士涂不再说话，一双眼睛冷冰冰地盯着这位"父亲"。

车上的确有贼，偷孩子的贼！严格来说，他不能算真正意义上的贼，他是个买主。押他下车的时候，车上乘客一片哗然，年轻的父母紧紧抱住自己的孩子，目光中全是恐惧。

王士涂憎恨人贩子，同样憎恨买主。没有买主，就没有这么多的人贩子。

可是……他又很矛盾，憎恨买主的同时，又期待着买主。他偷偷期盼着，被拐的孩子都能遇上善良的好买主，他的豆豆，此刻正和养父母一起平平安安地生活。

憎恨和期待，他不知道这两种想法哪个对。可他明白，这都是没选择的选择。

妥善安置好被卖的孩子，王士涂又安排人抓紧时间寻找他的父母。长途车上的这位"父亲"则被押到警局。

"父亲"面如土色，一边走，一边哀求，结结巴巴道："我、我真的不知道卖给我孩子的那老太太在哪儿，我们都是通过中间人联系的。"

王士涂看也不看他："那你就给我把这个中间人找出来！"

两人正说着，便看见女警小林迎面匆匆走了过来。

小林见到王士涂，加快脚步迎上来，道："王队，秦警官那里已经有了线索，青龙山附近有村民提供线索，案发当天傍晚，他远远看见有人背着一个黑乎乎的东西上山。秦警官认为，那儿可能是藏尸地点，他已经带人过去了。"

王士涂脸色越发凝重，他将"父亲"交给女警小林，道："小林，这家伙你来审。小张，咱们走。"

二人转身，马不停蹄地赶往青龙山。

村民指认的地方是半山腰上一棵两人环抱粗的老树下，王士涂他们赶到的时候，警戒线已拉了起来，树下被挖了个大坑。显然还没有收获，几名警察正挥舞着铁锹继续挖掘，空气里带着淡淡的泥土被翻开的土腥味和青草味。

王士涂来到土坑旁边，脸色阴晴不定，既盼着能挖出些什么，又盼着什么都挖不到。秦勇用眼神跟他打了个招呼，指挥着身边的几个手下："你们几个到周围看看，有没有其他可疑的痕迹。"然后才朝着王士涂道："老王，这刑事犯罪包含打拐但不限于打拐。"

也不知是提醒还是说教，王士涂不应。小张则凑过来低声道："没想到还真找到了被翻动过的浮土，师父，这下面真的会有尸块吗？"

王士涂还是不说话，他紧紧盯着土坑，神色有些紧张。

此时，土坑那边传来警员的喊声："下面有东西！"王士涂心中猛然一动，秦勇更是激动地快步走过去，来到土坑边，顺手夺过身旁一名警察的铁锹，开始挖了起来。

随着众人的挖掘，几块白骨隐约从土中浮现出来，有警员跑过来举着照相机咔嚓咔嚓拍照。王士涂也神色凝重地来到了土坑边缘，屏息静气地往坑里看去。

抢铁锹的秦勇加快了挖掘的速度，但两铁锹下去他的神色突然就变了——土中露出了一个脑袋！所有人还没来得及惊呼，便看见那脑袋满嘴獠牙——居然是个狗头！

所有人又都愣住了。

法医最先反应过来，道："这是动物的尸骸，应该是犬类。"

秦勇不甘心地跳进坑里，用双手拨开浮土，下面的部分骨架露出来了，那骨架的确不小，但也的确是一条狗。没想到是这样的结果，秦勇眼神发直地望着狗骨架，似是呆住了。这时一个警员挤进圈子，朝着秦勇大声汇报："秦警官，我们在另一棵树下发现了草木灰和烧烤的痕迹，应该是有人在这里吃过狗肉。"

怪不得会有副狗骨架！秦勇脸色极差，在场的大家似乎都泄了气。唯有王士涂心情微妙，也不知为什么，他微微松了一口气。

小张多少有点幸灾乐祸，压低声音道："白紧张半天，还真以为外来的和尚多会念经呢，这不照样也是吃瘪。"

王士涂道："只要不是凶杀案，谁来念这个经都无所谓。"

他说话的声音虽低，可秦勇还是听见了，恼火地一把将铁锹摔在地上。

与此同时，王士涂的传呼机响了起来，他拿出来一看，只见屏幕上显示着一行字：买主撬了，"老鼠"的位置已经锁定。

王士涂收起传呼机，朝着小张使了个眼色，匆匆转身离开。

撬开买主的嘴，对警花小林来说易如反掌，在照阳公安局里，她从来不是空有外表的花瓶。可向来自信的小林，也有解决不了的事儿。

从青龙山风尘仆仆赶回来的王士涂，没能第一时间拿到买主的口供，而是先被心虚的小林请进了会客室。

会客室里一片愁云惨雾，刚一进门，王士涂立刻被几个人围了起来——边杰的继父金满福、杜一的父亲，还有王帅的母亲和妹妹王佳。他们每个人的脸上都写满了担心和凝重，本来都有一肚子话想问，可见到了王士涂却又都说不出口，面面相觑地迟疑着，生怕一开口就得到最坏的消息。

被围在中间的王士涂道："你们这是……"

还在上中学的王佳最先按捺不住，急切问道："我们听说，警察在山上挖出了……挖出了尸体？"

王士涂安慰道："你们不要听信外面那些传言，青龙山上只是挖出了一条狗而已。"

几个人对视，见王士涂表情不似作伪，脸上的惊恐略微有所平息，提到嗓子眼的心多少往下落了几寸。

杜父紧紧抓着王士涂，声音颤抖地问道："王警官，你要跟我们说实话呀，是不是杜一？"

王士涂宽慰众人，温言道："我保证我说的都是实话，现在没有任何证据证明已经有人遇害，三个孩子都还在寻找。一旦有了确切消息，我们肯定会第一时间通知家属。"

众人你看看我，我看看你，不知说什么好。王士涂望向金满福："老金，你爱人情况还好吧？"

金满福面色惨淡，重重地叹了口气，摇摇头。他惨然道："大夫说，情况很不乐观，可能永远也没办法恢复到得病之前了。我女儿也病了，发高烧，好端端的一个家，突然就变成了这样……"

王母泫然欲泣："老金家好歹还有他这个大男人撑着，我们家，就剩下我和佳佳。我一个女人带着两个孩子，日子已经够苦了，为什么这种事非要落到我们头上？我们到底做错了什么？"瘦弱的王佳搀扶着母亲，眼圈也红了起来。一旁的杜父没有说话，伸手从怀里掏出酒壶，他的手哆嗦着，拧了半天才把盖子拧开。

王士涂劝道："老杜，少喝点吧。"

杜父仿佛没听见，咕嘟咕嘟地灌着酒，几口酒下肚，双颊和眼圈一起红了起来。许是怕他醉酒闹事，金满福攒住了杜父，向王士涂道："我们先回去了，王警官你忙吧。"

王士涂点点头："你们放心，我……反正，别想太多就是了。"

家属们叹着气，互相攒扶着出了门，脚步蹒跚。王士涂目送他们走远，心情无比沉重。人的悲喜是相通的，他在沙发上坐下，有些颓然地垂下了头。

过了没一会儿，会客室的门被一把推开，小张拿着一面锦旗匆匆走了进来，面带喜色："师父，之前咱们解救的那个孩子，他父母给您送了面锦旗。"说着将手里的锦旗展开。红色天鹅绒的锦旗上，几个金灿灿的大字。

小张喜滋滋说道："这词写得多好：保一方平安，护万家灯火。"他振了振手中锦旗，金字在灯光下闪闪发光。

想起刚送走的金满福等人，王士涂莫名觉得有点讽刺，他看了一眼锦旗，脸上露出苦笑，喃喃道："万家灯火啊……这不是还差三家……"

案子还没破，调查还没进展，小张兴奋的心情也低落下来，他偷偷看了看王士涂，金字的光芒反射在他灰乎乎的身子上，好像有点滑稽。

万家灯火啊……小张沉默地卷起了锦旗——还差了四家。

橘色的夕阳慢慢地沉入西边层层叠叠的云中，就像一颗腌得极好的咸鸭蛋黄慢慢沉入白粥之中。王士涂和小张草草地吃了几口晚饭，又上车出发了。这一天奔波劳碌，小张突然很心疼自己开的这台车，车轮子都要磨薄了。

晚饭时间是餐馆最热闹最挣钱的一段时间。被小林称为"老鼠"

的掮客，正坐在一间人声鼎沸的小馆子里吃菜喝酒。他当然不叫"老鼠"，这是小林为他们这类人起的代号。像他这种游走在法律边缘、时不时试探一下两下的人，还有什么比"老鼠"更贴切的代号呢？

他刚得了郭姨的一笔佣金，优哉游哉地吃香喝辣，没承想突然一只手从身后伸过来，直接将他的脸按进了盘子里，掮客顿时受惊大喊："哎，哪条道上的？这条街可是我大哥罩的！"

来人置若罔闻，将他的手扭到后面戴上了手铐，正是王士涂。他凑近了掮客道："又是你！"

掮客见了王士涂，宛如老鼠见了猫，即便吃痛，也不敢挣扎，脸色一下子变得灰白，耷拉着脑袋，由着王士涂将他提起来，压着一路走到面馆最里面。

被王士涂和小张堵在角落里，他倒真像一只无路可逃的老鼠，腿肚子发着抖，小声求饶道："王警官，你听我说，这事跟我没关系……"

不打自招！王士涂冷笑一声，掏出一本陈旧的笔记本，逐页翻开查看，看也不看他道："看看，刚出来半个月啊，真是死性不改！你在我的小本子上可是几进几出了，让我怎么再相信你？"

掮客急得冒冷汗，连连道："王警官！王叔！我错了！我都听你的。"

王士涂虎着脸逼视他，喝道："给你个戴罪立功的机会，别给我要滑头。"说着，拿起面馆角落公话机的话筒递给掮客。

掮客被松开一只手后，低头哈腰地接过话筒，迅速说出了一个号码。王士涂拨打出去，不一会儿，电话接通了。一个苍老的声音"喂"了一声。王士涂心头微微一震，九年零三个月，这还是他第一次听到郭姨的声音。

掮客一边揣测着王士涂的脸色，一边朝电话里道："郭姨，是我。我这儿有个客户想要货。"他说着，不知听到了什么，神色一变，用眼神朝王士涂打着信号，道："啊？明儿一早就走？"

王士涂面容严肃，向掮客伸出了两根手指，然后又捻了捻食指和拇指，做了个数钱的手势。掮客心领神会，道："那什么，这边挺急的，愿意出双倍的价钱。"又朝王士涂挤眼睛，似是询问有几个人。

王士涂指了指自己，又指了指小张。掮客便道："就俩人。好，那就老地方。"

掮客挂断电话。王士涂心想，这是距离郭姨最近的一次了！不知不觉，他的手握成了拳，好像在紧紧抓着什么。

他最想抓住什么呢？是人贩子郭姨的衣领，也是儿子豆豆的小手。

照阳的居民区很集中，一大片五六层的板楼。现在的时间不算太晚，约莫一半的窗户亮着灯。几辆车在某座居民楼不远处停了下来，王士涂从其中一辆车上下来。他已换了一身衣服，夹克上衣，板正的裤子，看起来像个有点小钱的企业家，跟他平常相比像换了一个人，看起来却异常和谐。

小张也进行了乔装，穿着有点破旧的外套和带着点土的裤子，看起来和在长途车上抓到的买主有点类似。他故意选了这么一身衣服，还说："没吃过猪肉还没见过猪跑吗？这才是原汁原味买孩子的打扮！"

见众警察都下了车，王士涂道："就是这儿？"

小张点点头，指了指楼上一个亮灯的窗口。王士涂做了个分头行动的动作，理了理衣服，朝居民楼走去。

居民楼最右侧有一处楼梯入口，王士涂没有直接上楼，而是在楼下转了转。一楼有两间亮着灯的小店，一家卖冷饮，一家卖文具。王士涂买了瓶饮料，又买了块橡皮，拿眼在店里一扫，发现两间店都有后门，通往居民楼内。

居民楼陈旧，墙皮斑驳得不成样子，灯光又暗。楼梯看起来错综复杂，王士涂沿着楼梯向上走，来到一户人家的窗前，正要向内看去，屋内突然熄了灯。

走廊里更暗了。王士涂绕了一圈，从居民楼最左侧的楼梯下来。这里有一扇铁栅栏门，通向外面的小巷，门上挂着锁，已经锁死。王士涂捏起门上那把锁看了看。

地形勘察得差不多，他回到便衣车旁，小张等警员们正在等着他布置任务。

不多时，毗邻的文具店和冷饮店的铁闸门被两个警员拉下来，又有几个人守住了居民楼右侧的入口，合围之势已成。不知不觉间，郭姨已经成了瓮中捉鳖的鳖，关门打狗的狗。

王士涂带着小张走上阴暗杂乱的楼道，来到一户人家门前，看了看门牌。他小声道："应该就是这儿了吧？"

小张点了点头。

于是王士涂抬手敲门，他敲得很有节奏，三下长两下短，似乎是某种暗号。过了一会儿，屋里传来了一个苍老的女人的声音："谁？"

郭姨！

王士涂警惕又沉着，靠近门压低声音："黑子介绍我们来的。"

屋内没了动静，片刻后房门开了一道缝隙，门内露出了一个老太太的半张脸，她看起来和普通老太太没什么区别，皱纹，白发，身量不高。唯一引人注目的，就是嘴唇上那颗媒婆痣。

郭姨也在打量王士涂和小张，她上上下下把两人扫了好一会儿，才将门打开。

王士涂和小张正要进去，门内突然蹿出一条大汉，只见刀光一闪，他将一把菜刀架在了小张脖子上，小张吓了一跳，条件反射似的伸手向后腰处摸。王士涂也一惊，大声道："哎，你们这是干什么？"

郭姨目光阴郁，冷冰冰地道："这是规矩，你一个人跟我进来看货。"说完向屋内走去。

拿刀的大汉目光凶狠，毫不退让，王士涂用目光无声地和小张交流了一下，跟着郭姨走进卧室。

屋里灯光昏黄，陈设简单，他一眼便看见屋内有三个孩子，瑟缩在墙角的两个孩子看起来像是一对姐弟，大的四五岁，小的最多三岁。床上还有一个婴儿，裹在襁褓之中，正在熟睡。

此外，屋里还杵着一条门神般的大汉。郭姨反手将门关上，抱起了床上的婴儿，在他腿上狠狠拧了一把。婴儿哇的一声哭了起来。

郭姨把孩子往王士涂面前送了送："这个是你的，看好了，没毛病。"

王士涂伸手要接孩子，郭姨却躲开了。屋内大汉上前一步挡在王士涂面前，向他伸出了手。王士涂无奈地从手提包里掏出装着厚厚一叠钞票的牛皮纸信封，递到大汉手上。

大汉接过信封的同时，顺手将王士涂手腕上的手表撸了下来。大汉道："你这表我要了。"

王士涂脸色一变，道："不行！这表你不能拿！"说着就想把表抢回来。大汉却一把推开了他，将手表翻来覆去看了看，突然发现手表背面刻着一行小字——照阳县公安局劳动模范奖。

大汉一惊，骤然瞪起了眼睛。

大汉叫道："你是警……"他话没说完，王士涂已经冲了上去，一头撞在他鼻子上。他惨叫一声踉跄后退，鼻血横流。只见他稳住身子，抄起桌上的一只花瓶向王士涂砸来。房间太小，王士涂正要躲开，余光却瞥见了身后的那对姐弟。

他出于本能转过身用身体护住了孩子们，花瓶在王士涂后脑上砸了个粉碎，王士涂只觉得耳中嗡的一声，随即天旋地转。

门外的小张和持刀大汉同时听到屋内的打斗声，那大汉还没反应过来，小张已经反手一个擒拿夺下了他手里的刀。小张大喝一声："动手！"

几个警察向楼梯上冲来。大汉见状，高声向屋内呼喊："警察！快走！"

屋里面的大汉挥舞着一只凳子正要去砸受伤的王士涂，忽然听到了门外同伴的喊声。郭姨脸色大变，立刻向门口跑去。大汉也顾不得王士涂，他扔了凳子，后发先至，几乎跟郭姨同时冲到了门口，一下将郭姨挤开，夺门而出。

郭姨哎哟一声摔倒在地，王士涂趁机扭住她的胳膊，摸到手铐咔嚓一声。

人贩子冲出门，看到几个警察已经冲上了楼梯，他翻过楼梯栏杆，顺着另一边的楼梯向下跑去。小张将制服的犯人交给前来接应的警员，也翻过楼梯栏杆向人贩子追去。居民楼里地形复杂，人贩子和警察绕来绕去，几经迂回，终于跑到了居民楼最左侧上锁的铁栅栏门前，他手忙脚乱地掏出钥匙开锁，却发现钥匙插不进锁孔，仔细一看，锁孔里面已经被插进了半根牙签。

此时，王士涂的声音从人贩子身后传来："我刚才就纳闷这里为什么上锁，你果然有钥匙。这是你们的最后一条退路吧？可惜啊，被我堵上了。"

人贩子骇然转身，便发现自己已经被包围，王士涂揉着刚才被打痛的后脑勺戏谑地看着他。他的表情一下子就绝望起来，最后一条路都没了，他插翅难飞，只得束手就擒，老老实实地被警察戴上手铐押走。

小张凑上去问："师父，你不要紧吧？"

王士涂摆摆手，道："我没事，把这几个缺德玩意儿都给我带走！"说着从怀里掏出装救心丸的小葫芦，倒出两粒塞进嘴里。

把犯人塞进车里，小张的眼睛都泛着光。这回满载而归，他心中既得意又兴奋，想起秦勇，嘴角都翘了起来——什么警察学校的高材生，还不是被我们照阳的"野路子"压了一头！

窗外公安局的院子里被车灯照亮，王士涂已带着人贩子们回来了。

审讯室故意弄得又小又昏暗，审讯椅更是让人难受。人贩子郭姨坐在其中，虽然神情委顿，却看不出有窘迫和害怕的情绪，一看就是经常出入这里的惯犯。王士涂目光凌厉地逼视着她，小张则把边杰、杜一、王帅的照片放在她审讯椅的隔板上。王士涂道："说说吧，那天你在游戏厅都干了什么！"

郭姨老老实实地交代："我去游戏厅，是想看看有没有什么合适的目标。可是准备带去交易的孩子在车上闹起来了，我们家老大就把我叫走了。"

王士涂道："不止吧？边杰玩游戏机搅了你的局，所以你就盯上了他们三个，对吧？老实交代，人在哪儿？"

郭姨抬抬眼皮子，装作一脸委屈的样子，耍赖道："政府，你可不能什么都往我身上赖啊！要不是因为那个游戏机，我确实就得手了。可是出了游戏厅我就去见买主了，这仨半大小子丢了跟我有啥关系？你们不是把那个买主抓了才找到我的吗？你们可以去问哪！"

王士涂和小张对望了一眼，王士涂使了个眼色，小张起身走了出去。

王士涂走到郭姨面前，从口袋里掏出钱包，打开给老太太看。

王士涂问："这个孩子见过吗？"

郭姨看到钱包里是一张黑白照片，照片上是一个挥舞着小木枪的四五岁小男孩。这个孩子……她的眼睛贼溜溜地转了几下，似乎明白了什么，一边仔细观察着照片，一边试探说道："这个嘛……好像还真看着眼熟。很多年前的照片了吧？"

王士涂不动声色，眼睛里却发出了光："你都记得什么？说！"

郭姨老奸巨猾地做回忆状："我记得……应该是死了吧。转运的路上病死被扔路边了。"

王士涂的身体颤抖了起来，牙齿咬得咯吱咯吱直响，他从牙缝里挤出几个字："你再说一遍！"

老太太笑了笑，故意挑衅道："要不然呢？我又不是他妈，难道还送他去医院啊！"

听了这话，王士涂只觉得一股血直冲脑门，大脑一片空白，连头发都竖了起来。只见他红着双眼腾地站起来，伸手想要将老太太从椅子上提起来。此时恰好小张回来，见状大惊失色，急忙冲过来拦住王士涂，大喊道："师父师父，别冲动！"

两人撕扯中啪的一声，钱包掉在了地上。顾不得去捡，王士涂指着郭姨，语无伦次地道："她，她把孩子扔了，孩子病死扔路边了！"

小张一怔，连忙道："她就是胡说八道！她故意激你的！"

几次深呼吸，王士涂才稍微冷静了些，他推开小张，踉跄了几步，走到审讯桌前，一手捂着胸口，一手扶着审讯桌，大口喘气。小张走过去道："师父你没事吧？药放哪儿了？"

王士涂面容惨淡地摆了摆手。小张扭头对老太太怒目而视，看到老太太盯着地上钱包里豆豆的照片，嘴角泛起了一丝阴冷的笑容。

坐在局长办公室里，王士涂耷拉着脸，又沮丧又失望，一口接一口地喝茶。局长还在教训他，车轱辘话转来转去地说。王士涂一时走神了，思绪飘了出去……那几个失踪的孩子没落到人贩子手里，怎么就找不着了呢？也不知发了多久的呆，回过神来的时候，正听见局长叹着气说："老王你看多悬哪，当时小张不在场，你要是动她一下，老家伙立刻就能反咬你一口刑讯逼供。你跟这些人打了这么多年交道，这点伎俩看不出来？"

局长年纪大了，变得唠叨了。王士涂低声道："我听她那么一说，上头了。"

局长道："你抓了她一家子，她当然恨你，这摆明了是在信口胡诌嘛！十几年前的事，她看一眼照片就能想起来？就能记这么清楚？我女儿十几年前长什么样我都忘了。"

王士涂的声音更低："可我忘不了。"

可是局长却听得清楚，他想说什么又没说出来，拍了拍王士涂的肩膀。

王士涂心中更是沮丧："边杰他们离开游戏厅的时候，这帮人贩子在几公里外跟买主交易呢，时间对不上，线索又断了。"

局长宽慰道："别泄气，至少你端了一个为害多年的犯罪团伙，救了眼前这几个孩子。"

王士涂垂下头："可是我最想找到的人却一个都没找到。"

局长叹了口气，把话题转到案子上："看来这个案子比我们想象的要复杂。"

王士涂的面色又沉重了几分，咬着牙道："活不见人，死不见尸，难道还真能蒸发了不成？"

人是不会蒸发的。就算会蒸发，最后也是汇入茫茫人海，又该哪儿找去！王士涂的线索断了，秦勇的也断了。原本想着双管齐下，没想到最后双管齐断。虽然他们依旧继续想尽办法调查，却始终一无所获。

时间飞逝之中，照阳从春入夏，警察们再没找到关于三个少年的任何线索，那三个少年也再没有出现过。后来，几乎所有人都放弃了，认为这三个人不可能再回来。

这起失踪案成了悬案。

家属们虽然不肯接受，但是……整个照阳，整个省，甚至全国，悬案无数，不多这一件。

家属们最后也认命了，他们也不得不认命。

上级领导对这个案子不可谓不重视，开总结会议时，还专门从市里赶来参加。可是又有什么用呢？王士涂坐在会议室一角，听着局长声音低沉地道："417失踪案至今已经过去三个月了，我们一直没有再发现新的线索，接下来，我们仍然会继续全力寻找三个失踪人员。"

没人说话，一时间，会议室里一片死寂。

王士涂看了秦勇一眼，发现秦勇也正看着他，二人目光一触，便默契地各自别过了头。秦勇也没了初到时的严肃板正，整个人都黯淡了许多。他们本是竞争者，可到最后谁都没有赢，他们都是失败者。

王士涂宁可秦勇赢了。

窗外的夏蝉太吵，王士涂满怀愁绪地走出办公室，扶着走廊上的栏杆发呆，一抬头，就看到天井对面的办公室里的秦勇。

直到现在，他才发现，他和秦勇的办公室正对着。那边的秦勇正在收拾东西，将DV机装进了包里，他一扭头，也看到了王士涂，两人对上了眼神。

王士涂收回目光，转身走回办公室。

秦勇也收回目光，顿了顿神，把已经装进包里的DV掏出来，拿出带子放在桌上。

外面的蝉更吵了，王士涂坐在办公桌前，揉着额头，心力交瘁。小张推门走了进来，对他道："师父，秦勇已经被调回市里了。"

也是意料之中。王士涂头都没抬，嗯了一声。

接下来，小张将一盘录像带放在桌上，道："这是他留下的，说给咱们做参考资料，您有空可以看看。"王士涂扫了一眼录像带，道：

"没什么可看的。"

话虽如此，他还是留下了那盘录像带。看和不看之间，他没犹豫太久。可能从一开始，他就是想看的。

下班后的公安局一片寂静，空荡荡的会议室里摆满了椅子。王士涂将那卷录像带推进了录像机，很快，电视机屏幕上出现了秦勇的脸。

屏幕里的秦勇对屏幕外的王士涂说："417 失踪案，询问走访记录，第一次拍摄。"

王士涂随手拉了张椅子坐了下来，看着电视机屏幕，觉得里面的场景离他越来越近，好像跟随着秦勇，一起进入了屏幕之中一样。

第一次拍摄，是在王帅家。王家光线昏暗，家具简单而破旧。王母头发蓬乱，整张脸浮肿着，坐在表面开裂的沙发上一句话也不说，只是一直在哭。她哭得凄惨，也哭得压抑。不知儿子是死是活，她连哭都不敢肆意地哭。

王士涂不想看到她哭，确切地说，王士涂怕看见她哭。

大约秦勇也是怕的。他的镜头转开，出现在屏幕上的是王帅的妹妹，王佳。

十来岁的小姑娘形容憔悴，脸色很差。在摄像机后的秦勇问道："你是王帅的妹妹对吧？最后一次见到你哥哥是什么时候？"

王佳小声道："那天下午第二个课间，他来找我借生物书。"

秦勇又问："王帅和边杰是同班同学，你跟他们不在同一个班？"

王佳摇头。

秦勇接着道："你跟杜一熟悉吗？"

王佳道："见过几次，他早就不上学了，在社会上混。"

她说完这句也哭了起来，她的哭声很低，眼泪一行一行地淌下来。王士涂没有听到秦勇的声音，也许是秦勇不知道说什么好，随后便见到王佳似乎是拉住了秦勇的衣襟，凄然道："求求你们，把我哥哥找回来。"

接下来，场景毫无征兆地跳到了别处。那是马路边的大树下，树上挂着块残破的木牌子，上面写着"修车"字样，其中的"车"是个简体字。

杜一的父亲穿着一件沾着灰土和车油的粗布衣服，坐在马扎上，摆弄着面前一辆翻过来且被拆掉了一个轮子的自行车。似有似无，他逃避似的躲着镜头，像是不想面对现实一般。

秦勇的声音又响起来："对方扬言要他一条腿，这么看来，你儿子杜一的社会关系很复杂，他在外面欠了很多钱吗？"

他们好像之前已经聊过几句，可能都是寒暄吧，秦勇从这句话才开始拍摄。

杜父仍是头也不抬，继续低头弄着车，生硬地道："我管不了他，我啥也不知道。我相信警察，相信政府，你们有能耐，你们管。"说着话，抓起身边地上的酒壶，咕嘟咕嘟往嘴里灌。

接下来是边杰家。

屏幕上出现了一个很气派的办公室。这是经济条件最好的一家了，边杰的继父金满福有一个自己的棉纺厂，据说产品销量还不错，他在整个照阳都算是有钱人。此时金满福坐在真皮沙发上，脸色凝重地摇着头。

他黯然道："我倒是希望能接到勒索电话。我跟边杰还有他妈妈一起生活了十年，他跟我的亲儿子没有任何区别。只要孩子能平安回来，花多少钱我都愿意。"

秦勇的声音传来："我可以跟边杰的母亲谈谈吗？"

金满福面露难色，犹豫道："可以是可以，只不过……"

马上屏幕上出现了边美珍的身影，她披头散发地坐在床上，目光呆滞。

秦勇道："边美珍你好，我是公安局的，我叫秦勇。"

不知为什么，边美珍没有反应。

秦勇接着道："能跟我们说一下边杰的情况吗？"

边美珍仍然没有任何反应，她面无表情地坐着，一动不动，像座雕塑。

秦勇提高了声音，又道："边美珍？能听到我说话吗？"他说着话，把镜头凑近了些，谁知边美珍猛地一扭头，突然正对着镜头。屏幕抖了一下，王士涂的身子也缩了缩。拍摄的秦勇和屏幕外的王士涂同时被吓了一跳。紧接着，边美珍指着镜头笑了起来，她面容扭曲，一手扯着自己的头发，笑得声嘶力竭，歇斯底里。

之前只听说边美珍病了，病得不轻，没想到，她竟是疯了！王士涂紧盯着电视屏幕，似是惊呆了。

不知何时，电视机发出沙沙声，屏幕上只剩一片雪花。那惨白的光照在王士涂的脸上和身上，说不出的暗淡。王士涂缓缓站起身，突然一脚将一把椅子踢飞。他用力奇大，一声巨响在空旷的会议室里尤为惊人。

白天，有人啪的一声打开了灯，白炽灯管发出惨白的光。档案柜的门被打开，金属摩擦声刺耳，王士涂面无表情地走进来，将一份写有"417"字样的牛皮纸档案袋丢进档案柜。

档案柜的门被关上，随后灯也一下子熄灭了。

此后很长一段时间里，这个档案柜就没有再打开过，417失踪案档案袋仿佛从此不见天日。时间好像被看不见的手按了暂停键，这个柜子、这个档案袋好像永远留在了此时。而柜子之外，时间如箭如梭，春夏秋冬挨个轮换。

三年时间就这样逝去了，悄无声息，又一去不返。

小 七

刚过完年，不起眼的小县城东河县难得有几天热闹。同为北方小城，这里有着和照阳类似的气质，但比较起来，恐怕照阳还要更光鲜些。节日的欢快气氛暂时掩盖了东河县的不足，小县城处处张灯结彩，路边支着卖乱七八糟小百货的摊子，人们讨价还价，异常热闹。糖炒栗子和烤红薯的摊子，冒着暖洋洋的热气。

昨天夜里不知谁在路边放了炮，地上留有鞭炮的纸屑，就连空气里都弥漫着似有似无的硝烟味，还混着栗子和红薯的香甜味。

街上人流如织，行人之中，挤出了一个身量瘦长的少年，他身着破旧，正背着一个行囊在大街上狂奔。他一边跑一边频频回头望向身后，好像有人在后面紧追不舍。

只见他狂奔一阵，跑到一个公交站台附近，一辆停站的公交车刚刚起步，后门正在缓缓关闭。他灵机一动，猛地一个加速，在车门关闭前的瞬间跳上了公交车。

直到公交车发动驶离站台，他才长长松了口气。

这个名叫小七的少年，这时才弯起嘴角，露出白牙，得意扬扬地笑起来，显得机灵又狡黠。他伸长了脖子朝着窗外看，站台上一个染着黄毛的家伙和一个膀大腰圆的马仔正气喘吁吁又神色不善地盯着车上的他。

"俩傻子，还想抓住小爷我！"小七嚣张又欢快地朝着二人挥手告别。随着公交车越开越快，站台上二人的身影也越变越小，直到消失不见。抓着吊环的小七随着车厢微微晃动着身子，他的心情平复下来，往车厢中部走去。

公交车上十分拥挤，有人坐在座位上织毛衣，有人抱着孩子却只能站着，有人的收音机里传出唱京剧的声音。没人注意的地方，一个扒手拿着刀片正要划开一个老人的提兜，往后走的小七正好撞到老人身上。老人踉跄了一下不满地回头看，扒手急忙将刀片收进了手心里。小七看到老人提兜上的破口，又看看扒手藏着刀片的手，顿时心知肚明。

二人的目光碰到一起，扒手恶狠狠地瞪了小七一眼。小七急忙装作什么都没看见，扭头向后车窗望去。扒手似乎没再有什么动作，小七抹了一把头上的汗，总算松了口气，他从口袋里掏出一根棒棒糖含在嘴里。

糖甜得很，一丝风从车窗吹了进来，凛冽倒也清新。窗外低矮楼房和一排排光秃秃的树向后溜走，售票员拿着票夹子艰难地在人群中穿行，边挤边喊："还没买票的同志把票买一下了啊，下一站，东河玻璃厂。"

有人站起来朝着车门挤去，包被划破的老头找了个座位坐了下来，扒手只能重新寻找目标。他举目四顾，看到一个中年妇女牵着一个七八岁的小男孩，小男孩斜背的挎包里露出了一个红包的一角。

扒手不动声色地靠近小男孩，假装去捡掉在地上的什么东西，将红包顺了出来。中年妇女和小男孩看着窗外浑然不觉，这一幕却被小七看在了眼里，他露出了厌恶和鄙夷的神色。

此时小男孩突然回过头，他看到了小七嘴里的棒棒糖杆，黑亮的眼睛露出强烈的渴望，舔了舔嘴唇。小七对着孩子挤出了一个笑容，但笑容很快消失，他目光闪烁了几下，似乎做了什么决定。

扒手将红包揣进了怀里，装作若无其事地开始向车门的方向移动。

小七将棒棒糖从嘴里拿出来使劲吮了一口，又重新塞回嘴里，也装作若无其事地向扒手的方向移动。两人在拥挤的车厢中错身而过，小七嘴里的棒棒糖杆杆到了扒手的脸前，扒手瞪了小七一眼，小七急忙报以一个抱歉的微笑。

车辆停站，扒手随着一众乘客下了车，却不知他怀里的红包已经到了小七手中。

小七看了看手里的红包，来到中年妇女身后，准备把红包塞回小男孩的挎包里。突然从旁边伸过来一只手，抓住了小七的手腕。小七顿时吓得一哆嗦，急忙扭头，只见一个红脸汉子正直愣愣地看着他手腕上的疤痕。

那是多年前被烟头烫的旧伤。小七不明所以，正想挣脱，没想到那人却越抓越紧。

边玉堂正仔细端详着小七的脸，不可思议地喊道："边杰？边杰！真的是你！你怎么会在这儿？"

小七莫名其妙地道："你认错人了吧？"说着又想把手抽回来，谁知边玉堂不仅死死抓着不放，而且眼圈都红了。

边玉堂颤声道："小杰，家里已经找了你三年了你知道吗？你妈都急疯了你知道吗？"

小七心中暗暗皱眉，压低了声音道："放手！说了你认错人了！"他终于用力甩脱了边玉堂，边玉堂还想再抓，此时旁边传来了小男孩的惊叫："妈妈、妈妈，奶奶给我的红包怎么不见了？"

中年妇女闻声回头，一眼就看到了小七手里的红包，她大惊失色，指着小七喊了起来："小偷，车上有小偷，连小孩子的红包都偷，你要不要脸！"

边玉堂这才注意到了小七手上的红包，讶然看着小七。

这不是倒霉透了吗！真不该管这闲事！还有这个不知道从哪儿冒出来的神经病……小七在心里骂了一百遍，拿着红包藏也不是扔也不是，口中下意识地辩解道："不是，不是我，你听我说……"

解释就是掩饰，现在人赃并获，谁还管他说什么。只见几个男乘客已围上来扭住了小七，有人一把将红包夺过去。那人怒骂道："小小年纪不学好，偷东西是吧？我让你偷！"说着一个耳光重重落在了小七脸上。小七简直要气死，他被打得半边脸发麻，连话都说不出了。打人的男乘客还要再打，边玉堂急忙上前拦住，道："别动手！有话好说！"

中年妇女叫道："说什么说？司机，停车！把他送公安局！"

车厢内有人叫着去公安局，有人又不同意，吵吵闹闹乱作一团，公交车终于一个急刹停了下来，所有人因为惯性向前倒去。抓住小七的人手一松，小七回过神来，趁机挣脱了包围，矫健地从敞开的车窗翻了出去。

见他逃走，中年妇女和边玉堂同时哎哟一声。边玉堂慌忙跟上，冲下车时一个趔趄，膝盖跪地，疼得龇牙咧嘴。

眼见着小七跳窗跑远，中年妇女的半个身子从车窗探了出来，叫道："抓小偷啊！抓小偷！"边玉堂爬起来追上去，百忙之中还扭头回嘴道："他不是小偷，咋能是小偷呢，好好的娃娃！"

两名警察恰好经过，见状急忙向小七逃走的方向追去。

之前刚被"黄毛"追过，现在又被警察追，小七真觉得自己是个大倒霉蛋。现下管不了那么多了，两名警察在身后穷追不舍，最后面还有个边玉堂边喊边跑。小七慌不择路，差点栽进炒栗子的大锅里。

边玉堂又急又累，口中乱喊："抓啊！警察抓边杰啊！这兔崽子！真不是个东西！活该警察抓住狠狠削你！"本来他就跑得慢，这下更慢，越跑越慢，渐渐跟不上了。

最前面的小七身子一闪，跑进小胡同。身后早已没了边玉堂的声音，回头见没人追进来，他大感安心，弯腰扶着墙狠狠地喘了几口气。等呼吸平复了些，小七自嘲地笑着摇了摇头，向胡同另一端的出口走去。可没想到他才刚走出胡同口，就被旁边冲过来的中年警察扑倒在地……

被当作小偷带回了警察局，小七局促地坐在年轻警察的办公桌旁做笔录。他磕磕巴巴地朝警察解释事情的经过，辩解道："我真没偷东西。是那小孩的红包掉了，我捡起来正要还给他，结果……"

年轻警察一脸冷笑地看着他："没偷东西你跑什么跑？"

小七低声道："我跑不就是因为怕像现在这样说不清楚嘛！"

年轻警察喝道："少来这套！你这样的我见多了知道吗？不看看这里是什么地方！给我放老实点！"

"说了你又不信！"小七暗自嘀咕，低着头不说话了。

门吱呀一声被推开了，中年警察走了进来，上下打量着小七，向审问的年轻警察招了招手，将他叫到了一边。

小七依旧耷拉着脑袋，却偷偷竖起耳朵努力听着两人的对话，中年警察压低了的声音传过来："弄清楚了，那辆车上有目击者证实，红包确实不是他偷的。"他心中刚一喜，接着又听见年轻警察不以为然地道："不是他偷的为什么在他手里？"

小七连忙大声道："我是看见他偷东西了，又……又不想惹事，所以把红包拿回来，想还给失主。"

两名警察对视一眼，这次轮到中年警察在办公桌前坐了下来，他目光如炬，审视着小七。这目光让小七心里打了个哆嗦，莫名有些害怕，却又不知道在怕什么。面前的中年警察明显比年轻人老辣得多，他先对小七微微一笑，接着看似平和地说道："小伙子有本事，小偷到手的东西你都能给拿回来，干这行多少年了？"

小七啊的一声低呼，身子一颤，一时愣住。

那中年警察的目光冷峻起来，他低声喝道："姓名，年龄，职业，身份证拿出来看看！"

小七央求道："叔，这不都查清楚了没我事吗？你就把我放了吧。"

中年警察不理他，啪地一拍桌子："身份证！"

小七一时不知所措。

中年警察冷冷地道："你是没有，还是不敢拿出来呀？"

小七脸上突然现出痛苦的神色，用手捂着脑袋，嚷嚷道："我是谁？你说我是谁啊？我想不起来，我怎么想不起来自己是谁……"

说实话，这种戏码，警察也见得多了。中年警察笑道："失忆了？演得挺像。"他转头对年轻警察道，"身份不明的可疑社会闲散人员，先给他关起来再说。"

年轻警察一伸手便把小七架了起来。小七怕得要死，简直快要哭出来，求道："别，别抓我！求求你们了！"年轻警察充耳不闻，毫不客气地拽着小七向门口走去。他们拉拉扯扯之间，不知从哪儿冒出的边玉堂冲了进来。

一见这阵势，边玉堂就嚷嚷起来了："你们这是要干啥，可不兴乱抓人啊！"他一边说着，一边将小七从警察手中救了出来，护在身后。

中年警察打量着他，道："你哪位啊？"

边玉堂大声道："我是他舅舅！我们家小杰可是个好孩子。"

这下不单两个警察，连小七也是吃了一惊——他哪来的舅舅啊！

中年警察疑惑地道："你是他舅舅？听口音你可不像本地人啊。"

边玉堂道："我们是江阳的，边杰都失踪三年了，我还纳闷他怎么在你们这儿呢！"

中年警察脸色凝重地看了看小七，疑惑道："他叫边杰？失踪三年了？"

年轻警察也问小七："他真是你舅舅？"

是，还是不是呢？小七迟疑着还没想好怎么说，边玉堂已经一巴掌扇在他后脑勺上，瞪着眼睛，怒道："怎么着，你小子跑出来三年，变得六亲不认了？"

看他这架势，也不像是撒谎的……不，他肯定是在撒谎！可小七无论如何也不想待在警察局里被关起来。他目光急速闪烁了几下，支支吾吾道："我、我不记得了，我连自己叫什么都不记得了……"

边玉堂和两个警察闻言都有些意外。中年警察似乎想起了什么，打开档案柜翻找了一番，拿出一份卷宗。他道："江阳省照阳县 417 失踪案，当年我们接到过协查通知。"

年轻警察也凑过来看案卷资料，首先映入眼帘的便是三年前江阳三个失踪少年的照片。二人看看边杰的照片，又看看小七，越看越觉得两人长得像。小七也看到了边杰的照片，心脏猛烈地跳动了起来。

这人是谁？他怎么长得……

小七面无血色地看了看警察，又看了看边玉堂，心中又是惊慌，又是疑惑，又是迷茫……

楚河汉界，将对帅。一张石桌上摆着个旧棋盘，上面的纹路都快磨没了，王士涂和局长二人在石桌前对坐，正在下象棋。

二人水平相当，已不知对弈过多少局了，对对方的棋路都熟悉得很，此刻好像都有点心不在焉。局长一边走棋，一边道："市里的通知下来了，很快会派人来填补刑警队队长的空缺。"

王士涂拿着棋，一语双关道："该我了，往哪儿摆啊？"

局长指了指王士涂那边的棋，道："老将该出来了。我跟你说了多少次让你挪挪窝，隔壁县公安局一直想把你要过去，上任就是刑警队的一把手，你就非得赖在我这儿。"

王士涂一脸无所谓："我赖在这儿，还不是等着你把我升上去？"

局长佯怒道："你为什么一直升不了，心里没数？"

王士涂继续走棋："不知道啊。你给我挂个副队长的头衔，让我天天操着正队长的心，我说要不咱俩前后脚复员转业，你咋就成了局长呢？还是你棋高一着！"

局长叹道："你个臭棋篓子，你跟我比？你怪谁？一天天给我惹事，大街上看见家长打孩子，你非说人家像人贩子带回局里盘问半天，派出所接个孩子离家出走的警情，你刑警队非要横插一杠子，说是诱拐。我打一份报告建议上级把你扶正，你那边十个投诉等着我，我能有什么办法？我看你就是烂泥扶不上墙。"他越说越多，越说越生气。

王士涂却眼皮子都不抬地道："哦，因为这个啊，那行吧，烂泥可要将你军了啊。"

见他一副死猪不怕开水烫的模样，局长简直没半点办法，哭笑不得地道："你还将我的军？都老将对老帅了，我劝你赶紧悔棋吧！"他又叹气："老王，我们好好说，要是过几天来个比你年轻的，管着你，你能服？"

王士涂道："只要让我把417案子破了，谁来我都服。"

局长问："真的？"

王士涂满不在乎地道："落子无悔，爱咋咋。"

局长正无奈地拿起自己的老将，突然王士涂腰间的传呼机响了起来。

王士涂掏出来一看，只见屏幕上写着：师父，边杰在河溪出现了。

只觉得脑袋中嗡的一声响，王士涂腾地站了起来。他用力过猛，没留神带翻了棋盘，满盘棋子哗啦一声掉了一地，争先恐后地朝着远处滚去。面前的局长似乎还在大声抱怨着什么，他完全没心思听了，满心都是传呼机上的那句话，直接冲了出去。

念念不忘，居然真有回响！

王士涂首先赶到边杰家通知家属，金满福给他开的门。刚走进金家的院子，等不及进屋，在院里的花架子下，王士涂就把事情原委一五一十地告诉了金满福。

金满福神色凝重，他看着王士涂，沉声道："玉堂刚刚给我打过电话，说在河溪省东河县看见小杰了。我还以为是他想外甥心切，病急乱投医，这么说，边杰真的找到了？"

王士涂道："现在还不能确定究竟是不是边杰，所以需要你们家属过去辨认一下。这是河溪传真过来的照片，你先看看。"他从公文包里取出一张传真递了过去。

金满福接过传真，看着上面小七那张稚气未脱的脸，手开始颤抖。他脸色已经变了，眼圈也红了起来，颤声道："这……真的是他……"

王士涂道："从照片看是边杰的可能性还是挺大的，他现在在河溪省东河县的派出所。"

河溪省……金满福愣一愣神，双眼紧盯着照片，皱着眉头自言自语："怎么会在河溪省呢？"

王士涂摇头道："具体还不清楚，听那边说，那孩子脑子好像出了些问题。我觉得这件事先不要让你爱人知道，等你们确认了……"他话还没说完，一个年轻女孩提着一袋熟食从大门走了进来，她个子高挑，容貌秀丽，看起来二十出头的样子——正是金满福的独生女儿，金燕。

金燕见到王士涂大感意外，道："王警官，您怎么来了？"

不等王士涂回答，金满福已将传真举到金燕面前，急切道："有小杰的消息了。"

金燕愣了一下，一把抢过传真照片仔细看着，满脸的难以置信。

王士涂道："你们要赶紧做决定，是一块去东河县认人，还是……"

金满福、金燕异口同声地道："我去！"两人说完，彼此都有些意外地看着对方。金满福不曾说话，金燕抢先道："爸，厂子和妈身边都不能离人，还是我去吧。"

东河县警察局很快得到了来自照阳的反馈，传真机吐出一张张资料，中年警察拿起一张细看。

年轻警察在旁问道："传真上怎么说的？"

中年警察边看边道："这个边杰是跟母亲姓的，他母亲叫边美珍，现在的丈夫金满福是边杰的继父，在照阳经营一家棉纺厂。两人结婚的时候，金满福还带着一个比边杰大四岁的女儿金燕，也就是边杰法律上的姐姐。"

年轻警察露出一个了然的表情，道："重组家庭。"

中年警察道："对。这次过来认人的，就是金燕。"

年轻警察不由皱起眉头，道："边杰的母亲为什么不来？"

中年警察摇摇头，叹了口气道："可怜天下父母心啊！他母亲……"他话还没说完，房门呼的一声被推开了，二人一起往门外望，只见一人出现在门口。

正是秦勇。

三年后的秦勇比起之前多了几分沉稳和沧桑，他上前跟中年警察握手，郑重道："你好，我是照阳县公安局刑警队队长秦勇，我是为边杰的案子来的。"

对 417 失踪案念念不忘的人，不止王士涂一个，只是秦勇做梦也没想到，自己还没上任，居然就先传来了天大的喜讯——找到边杰了！

自从前两天被抓到了警察局，小七就一直没再出去过。警察当然不会放了他，他自己又逃不了，更不知以后会面对什么。他就像一只待在猫窝里的耗子，惶惶难安。

此时的他正坐在会议室的椅子上，局促地缩着身子，就像怕被人看见一样。带他来的警察说让他等着，也不知要等什么。

发了一阵呆，会客室的门就被推开了，一点风吹草动就让小七紧张，他腾地站了起来。只见进来的人有男有女，其中有抓他进来的中年警察，还有那个自称是他舅舅的边玉堂，另外的一男一女则见都没见过。

刚一进门，边玉堂就大声说："臭小子，你看谁来接你了。"

那两人正是金燕和秦勇。小七试探地看看秦勇，又望向金燕，金燕双眼直愣愣地看着他。小七躲避着金燕的目光，一时手足无措。

金燕挪着步子走近小七，小七紧张不已，头垂得越来越低，目光闪烁不知该怎么办才好。秦勇观察着两人的神态，沉声道："金燕，你看仔细，他到底是不是你弟弟？"

金燕一怔，再看小七的时候，目光中似乎有些迷茫和不确定。小七更不知该不该认这个姐姐，心中紧张万分，他一边躲避着金燕的目光，一边尴尬地伸手去抓了抓耳朵。

这时，金燕一眼看到小七袖口处露出的手腕上的疤痕，她心中一动，一把抓过了小七的手，仔细看着他手腕上的疤痕。小七更紧张了，心脏扑通扑通地乱跳，整个人都僵住了。

幸好金燕没看太久，她抬头去看小七，目光变得越来越温柔，双眼渐渐蒙上了一层水雾。她突然紧紧抱住了小七。

小七不由浑身一震。紧接着耳边就传来金燕啜泣的声音，虽然金燕自始至终没说他是或不是边杰，不过答案已经很明显了。边玉堂也在旁边抹起了眼泪。一直注视着二人的秦勇总算暗中舒了一口气，脸上的神情也不那么凝重了。旁边的中年警察低声对秦勇道："看来是找对了，咱们去办个交接手续？"

秦勇点了点头，和边玉堂示意了一下，没打扰姐弟俩感人的重逢，二人跟着中年警察悄然离去。

小七依然被紧紧抱着，看起来身子僵硬，姿势十分别扭。过了好一会儿，金燕的哭声渐渐停了下来，她平静了些，松开小七，眼泪汪汪地看着他，道："小杰，这三年你到底去哪儿了？姐还以为再也见不到你了。"

谁知道真正的边杰到底上哪儿去了，小七支支吾吾："我……"

金燕擦了擦眼泪，看着他的样子，似乎想起了什么，道："听警察说，你好多事情都想不起来了？"小七连忙点了点头。

于是她从包里拿出一本相册，道："我给你带了这个，看能不能想起些什么。"她拉着小七在沙发上坐了下来，翻开了相册。相册中全是边杰从小到大的照片，也有不少他们一家人的合照，另外，居然还有王帅和杜一的照片。照片中的边杰和那两人举止亲密，俨然是好哥们。

金燕终于见到了离家三年毫无音讯的弟弟"边杰"，但是被留在照阳的王士涂十分不满。本来应该是他带着金燕一起前往东河的，没想到陪同家属一起的竟是秦勇，自己被留了下来。

此刻他正直眉瞪眼地看着局长，极其不满地道："啥？秦勇去了东河县？这是咱照阳的案子，谁给他的这个权力？"

局长缓缓说道："上级领导给的，即将接任刑警队队长一职的就是秦勇。他是主动申请调过来的。"

王士涂顿时呆住，半晌才开口道："这、这，你为什么不早点告诉我？"

局长道："我这不是为了照顾你的情绪嘛。三年前他来协助侦破，你们就不太对付，现在……"

王士涂自嘲地接口道："现在我变成了那个听吆喝的。"

局长叹道："你以前不是也听我吆喝？怎么了？换秦勇就听不得了？三年前，你嫌弃人家没实战经验、教条主义，但是这几年不一样了，公安的技侦手段发展得多快，人家是公安学校的高材生。你自己说的，谁来你都服。"

王士涂不禁翻了个白眼，道："行，就算他现在是领导了，就算官大一级压死人，那我这个副队长也不是摆设吧？他总该先跟我通个气吧？这个案子……"

局长摆摆手，打断道："这个案子你惦记三年了，可谁不是呢？秦勇为什么要主动调过来，还不是跟你一样放不下？"

这话把王士涂说得一愣，憋了半天，也没再说出话来。

该办的手续很快就办好了，"边杰"可以跟着金燕回家了。小七被金燕拉着手领出警察局大门的时候，感觉像是在做梦。他明明只是在公交车上替一个小男孩拿回他的红包，怎么三折腾两折腾就变成了边杰——他偷看一眼金燕——居然还多出了个"姐姐"。

自称是他舅舅的边玉堂未和他们一起返回照阳，小七和金燕坐上秦勇的车一起回家。返程时路过鞋店，金燕特意让秦勇停一停，她要给弟弟"边杰"买双新鞋。

这个姐姐又温柔，又可亲，小七都有点羡慕真正的边杰了。

鞋店的货架前，金燕挑了一双鞋，柔声道："就这双吧，看你脚上的都破成什么样了。"

一旁的售货员道："穿多大码的？"

小七张了张嘴正要说话，金燕却已经脱口而出："44。"

于是售货员很快拿来一双鞋，小七坐下来换上一只，明显觉得有些大，却又不知道怎么说。还没抬头，却听到一阵熟悉的口哨声，他心中一惊，回头看去，只见黄毛手抄在裤袋里走了进来，装模作样在看鞋。

小七顿时头皮一炸，急忙低下头，目光急速地闪烁着。上次在公交站侥幸逃脱，东河县还是太小，居然又被他撞上了！要是再被他抓回去……

想到这里，小七不禁打了个寒战，他立刻故意大声道："姐，就这双吧，别让秦警官在外面等太久。"

金燕道："好，两只都穿上，咱们走。"

小七换上了另一只鞋，起身就想走。黄毛不失时机地瞥了他的脚一眼，在旁冷冷地道："鞋不跟脚啊，这样可走不了多远。"

心中有鬼的小七浑身一僵。金燕也看了看小七的脚，道："好像是有点大，我记得是 44 啊……"一边说着一边拿小七换下来的旧鞋，翻过鞋底来找码数，刚看了一眼，便道："哎呀，磨得底儿都秃了，这是多大码啊？"

此时售货员主动又拿了一双，道："试试这个小一号的。"

越想走越是走不了，小七无可奈何，只好硬着头皮坐下来换上，随口道："刚才那双……好像是大了点儿。"

金燕不在意地道："鞋码偏大吧，两双都要了。"说着掏出钱递给售货员。售货员接过钱，麻利地包好了小七的旧鞋。幸好黄毛没再说什么，小七心惊胆战地和金燕拎着新鞋旧鞋，一起向外走去。

经过黄毛身边的时候，小七扫了黄毛一眼，黄毛对他做了个抹脖子的手势，小七急忙低下头。

这小子……黄毛心中暗暗骂着，阴鸷的眼神跟着小七的背影移动，见他走出店门上了路边秦勇的车。黄毛走到门口，死死盯住了车尾处的车牌号。

汽车启动。

从东河到照阳，走国道要好几个小时的路程。出了县城，沿途尽是还不曾播种的农田，一块接着一块。路边架着电线，电线杆子一根接着一根。

金燕坐在后座，一直拉着小七的手，就像怕他又丢了似的。比起金燕，小七则显得心事重重。他低着头，双眼茫然地望着窗外，也不知在想什么。秦勇时不时从后视镜观察一下小七，过了许久，才开口道："边杰，随便聊两句？"

小七闷闷地嗯了一声——没错，他已经是边杰了。

秦勇道："三年前，你们离开游戏厅之后，到底发生了什么？"

冒充别人可一点也不好玩，小七目光散乱，口中支吾着："我、我们……"金燕柔声安慰道："别着急，想起什么就说什么。"

小七定了定神，道："我有记忆的时候就已经在河溪了。那是个贼窝，有个被我们叫作庆爷的人控制着我们，逼着我们上街乞讨，还有……偷东西。"他说着，目光就黯淡下来。

这些话并不是撒谎，这么多年，小七的确是这么过来的。小七不想做贼，他怕得要死，一直想方设法要逃。

金燕扭头看着小七，握紧了他的手，满眼都是心疼。

秦勇接着道："那杜一和王帅呢？"

小七摇着头，低声道："我不知道，我不知道……"

秦勇还想说什么，金燕不满地打断道："秦队长，他才刚刚找到家，你别逼他回想那些事情了，行吗？"

秦勇只好闭上了嘴。金燕对小七柔声道："别想了，休息一会儿吧。"小七点点头，靠在椅背上，他重新转过了头，双眼放空望向窗外。

此时，车子钻进了隧道，车里一片漆黑。小七的双手不由收紧，他终于从庆爷手中逃了出来，可是以后呢？他心中不免有些害怕，可是想起过去，便又不怕了。

再坏，又能坏到哪儿去……

小七闭了闭眼，想起了很久以前的事。他还记得，在东河的郊外，有一座狗场……

狗场偏僻，是庆爷的一处窝点，那里养着几只大狗。彼时，狂吠的大狗围着一个铁栅栏绕圈，时不时扑上蹿下。

那是个狗笼，笼里没有狗，却关着一个人——正是小七。

小七虚弱地蜷缩着身体，全身微颤，眼神惊恐。庆爷站在旁边，抱着肩膀冷冷地看着小七，他的身子背着光，投下了巨大的阴影，那阴影笼罩着小七，沉重如山。

不多时，庆爷的声音从他头顶传来："我让你看好那几个新来的，你居然跟我对着干，白养你那么多年，狗都比你听话！"小七瑟瑟发抖，抱紧了自己，不敢抬头。

然后是黄毛的声音，他在一边煽风点火，看热闹不嫌事大地道："庆爷，这小子不把你放在眼里，早该给他点颜色瞧瞧！"

幸好庆爷没再做什么，他指着小七的鼻子，阴冷地说道："给我记住了。你是贼，一天是贼，一辈子都是贼！我这里不养吃白饭的，你不吃人，就要被别人吃！"

他说完，扔下小七，带着黄毛就走了。他走的时候狗还在叫，最后小七怎么从笼子里出来的，什么时候出来的，连小七自己都不太记得了。

但他还记得"结巴"，那是他在东河唯一的朋友。

他和结巴是什么时候成为朋友的呢？大概是他被庆爷逼着第一次偷东西的时候。

那是在一辆人挤人的公交车上，年轻女子肩上挎包的拉链没有拉，小七已经盯了她许久，迟迟不敢下手。可是想起庆爷，他又不敢不下手，酝酿了好久，他吞了一口口水，缓缓地将手伸向挎包。

忽然，他伸出的手被人抓住了，扭头一看，是结巴。

结巴对小七摇了摇头，他自己驾轻就熟地从年轻女子的挎包里夹出钱包，揣进了怀里。他对小七使了个眼色，二人下了车，公交车很快开走。

结巴拉着小七进了一个公厕隔间，反手锁上了门，两个人挤在狭小的空间里显得很局促。结巴掏出怀里的钱包，将里面的钱拿出来，塞进了小七手里。

小七不解地看着他。

结巴结结巴巴地道："脏了手就、就回不去了。拿这个，给、给庆爷、交差。"

小七露出了感激的神色，将钱揣进了裤兜里。结巴伸手在隔间的墙上摸索了片刻，取下了两块活动的砖头，露出后面的一个墙洞。

他将手伸进墙洞里找到了一根线头，慢慢向外拉，从里面拉出了一个塑料袋，塑料袋里装着各种面值、花花绿绿的钞票。

结巴从刚才的钱包里拿出了一张五块的，放进了塑料袋里，对着小七晃了晃。

小七惊讶地瞪大了眼睛，不由自主地压低声音道："这些年你一直在偷偷攒钱？你不要命了？"

结巴努力说道："我不、不想一辈子当、当贼。"

小七道："那你有什么打算？"

结巴眼里充满了憧憬，道："我从、从来没见过大、大海，我要像歌里唱的，当个水、水手，卷起裤管踩在沙、沙滩上。"说着露出了憨厚的笑容。

小七沉默片刻，轻轻说道："嗯，到时候，我们一起去看海！"

结巴点头，艰难说道："还差一、一百多。等、攒够了，咱、咱俩、跑。所以你、你、别脏手，你要做、做个好人。"

小七听着，用力点点头，他有点想哭，身体微微颤抖着。结巴将钱放回去，把墙洞封好。他突然想起了什么，又掏出一个用透明胶带包裹的刀片，把刀片递给小七，指着自己的嘴："万一被、被追，吃、吃下去，到医院再、再跑。"

手里的刀片又小又尖锐，它微微闪着寒光。

还有一百多，这笔钱一直都没攒到。小七还记得他最后一次见到结巴的那天……

结巴手里拿着一个皮包，在马路上飞跑，失主和几个帮忙的人在他身后追逐。眼看快要被抓住了，结巴将皮包向身后扔去，失主接住了皮包，但仍然紧追不舍。

前方就是他藏钱的公厕了，结巴发力向公厕冲去。冲进公厕，他从口袋里掏出一个缠了胶布的刀片。马上，公厕外传来了追兵的脚步声和叫骂声，结巴咬了咬牙，将刀片塞进了嘴里。

公厕外围了许多人，大家指指点点，议论纷纷。小七满头大汗地挤进人群，奋力朝着公厕挤去，刚来到最前面，就看见被一件衣服盖住脸的结巴被几个人抬出了厕所。他的手下垂着，一动不动。

在场的人们一阵惊呼，议论声更大了。可是说了些什么，小七却一个字都听不见。他耳中全是自己心脏跳动的怦怦声，那声音大且沉重。他双眼直直地盯着结巴的尸体，直到尸体被抬上车，拉走。车开走看不见了，围观的人群也散了。小七依旧雕塑一般站在原地。

嗯，他们没法一起去看海了，他也没法当水手了……

突然一阵猛烈的白光，让人睁不开眼。原来是汽车驶出了隧道。小七仍然看着窗外，眼中隐隐有泪光。

嘶啦一声，黑暗被撕破。

三年了，悬而未决的案子终于有了新线索，憋着一口气的王士涂一把揭开了蒙在墙上的黑布。黑布后面，三个失踪少年的照片、三个家庭的资料、寻人启事、青龙山挖掘现场照片、嫌疑人、证据链和被写写画画的照阳地图铺满了整整一面墙。

三年前的一切历历在目。王士涂紧紧握拳，仿佛听见了大战来临的号角。

车驶进了公安局大门，大门口竖挂着"照阳县公安局"的牌匾。楼下停着一辆轿车，金满福正在车旁徘徊。除了他以外，王士涂和小张也在办公楼门口等待。

秦勇的车刚停下来，金满福已快步迎了上去。小张也想走过去，但看到王士涂没动，便也停住了脚步。王士涂眯眼看着秦勇的车和金满福，心中也不知是什么滋味。

下了车，小七不小心踩到了车旁地上的油渍。走过来的金满福满脸激动，他看看小七，又看看金燕，不知该说什么好。

金燕率先开口道："爸，我把小杰带回来了。"

金满福盯着小七看了一会儿，突然快步上前，抓住了他的胳膊。他声音哽咽："小杰！儿子，我的儿子啊！你知道这三年，这三年我们是怎么过来的吗？没想到啊，我真的没想到，还会有这么一天……"说着，老泪纵横。

小七有些不知所措，金燕用胳膊肘捅了小七一下。他犹豫了片刻，终于开口道："爸。"

金满福抬头泪眼蒙眬地看着小七，又胡乱擦了擦自己脸上的泪水，用力在小七肩头拍了两下，强笑道："哎！长大了！回来就好，回来就好！"

看着这父子相见的一幕，王士涂眼眶也有些发红，他装作整理头发，擦了擦眼睛，调整了一下情绪，才抬步和小张一起走了过去。小张跟在他身边道："师父，要不让他跟我们上去做个笔录吧。"

王士涂摆了摆手，道："先让孩子回家。"又对小七说："过两天我们去找你，再详细聊。"

金满福用力握住王士涂的手晃了晃，道："谢谢你啊王警官。燕子、小杰，走，咱先回家！"说完，便带着小七和金燕上车离去。

王士涂这才转向被晾在一旁的秦勇，上下打量了一番，道："秦队长，欢迎来照阳指导工作。"

秦勇感慨道："从哪里跌倒就要从哪里爬起来。回来一个，还有两个呢。"

王士涂点点头说："咱们努力吧！"

秦勇说："我先上楼去跟局长汇报。"

小张看着秦勇的背影，小声嘀咕着："有什么了不起的。"

王士涂没有理会小张，他看见了车旁小七留下的油脚印。他盯着脚印看了好一会儿，蹲下来用手指丈量脚印的长度，眉头微微皱了起来，道："小张，去给我拿个盒尺来。"

另一边金满福三人已经回到了家，车驶进院子停好，小七、金燕和金满福下了车往里走。有车，有院子，还有小楼，看来是个挺有钱的人家。小七一边四下打量着，一边跟着金满福和金燕向小楼大门走去。

等到进了客厅，即便已经有了心理准备，殷实人家的陈设还是让小七着实惊了一下。

金满福已高声喊道:"美珍,美珍,快出来!你看看谁回来了?"

然而空荡荡的房子里并没有人应声。金满福走过去推开了一间卧室的门,里面空无一人。他不由皱起眉,低声道:"又跑哪儿去了这是?哎呀,告诉她多少遍了不要乱走,不要乱走!"

看了看手表,金燕劝道:"爸,你别急,这个点儿她应该是又去小杰学校了。"

金满福恍然大悟,转身就向外走,但走了两步又折回来,噔噔噔地上了楼,很快就拿着一顶棒球帽走了下来,来到小七面前,用手帮他整了整头发,温言道:"看你这头发跟要饭的似的,一会儿你妈都认不出你。来,把你以前这顶帽子戴上。"说着将帽子扣在了小七头上。

金燕说的没错,边美珍的确去了学校。正是放学时间,三三两两穿着校服、背着书包的学生走出大门。边美珍站在大门旁,夕阳正好,她却打着一把雨伞。

金满福的车在学校马路对面停了下来,小七和金满福、金燕三人下车,都看到了边美珍。只见边美珍拦住了一个男生,道:"同学,你看到我们家小杰了没有?"

男生用奇怪的目光看着边美珍,绕开她走了。

随后,边美珍又拉住了一个女生,道:"我认识你,你是小杰的同学。他怎么还没出来呀?是不是又被老师留下了?"

那个女生受了惊,大声道:"你放开我!疯女人!"她甩脱了边美珍的手,匆匆离开。旁边其他的学生都躲着边美珍走。

见状,小七疑惑道:"她这是……"

金燕轻叹一声,道:"自从你失踪之后,她就变成了这个样子。脑子糊涂,时好时坏的。有时候她不知道想起什么来了,就跑到学校接儿子,搞得不少学生都认识她了。"

金满福望着边美珍，难过道："你失踪那天的夜里，下过一场大雨。可能她心里的时间还停留在那一天吧，每次来的时候都会打把伞。"

校门口处，边美珍依旧在追着去拉住那些学生，却一次一次被甩开。小七看着她的身影，眼神中充满了同情。他摸了摸自己头上的棒球帽，似乎有了什么想法。这时金满福道："我去叫她。"说着准备过马路。小七迟疑了一下，拦住了他："等一下。"

金满福奇怪地看了小七一眼，道："怎么了？"

小七不答，却跑开了。不知他要做什么，金燕和金满福面面相觑。小七跑了一阵，绕到学校侧面的围墙外，纵身一跃就翻了过去。

天色慢慢暗了下来，走出校门的学生越来越少。边美珍非常失望和沮丧，手里的伞也无力地垂到了地上。这个时候，她看见小七从校门里走了出来，头戴棒球帽的小七赫然跟相册里的边杰一模一样。边美珍惊讶地张大了嘴。

小七走到边美珍近前，停住了脚步。

边美珍愣了半晌，突然丢掉伞，上前拉住小七。她难以置信地看着小七，颤声道："小杰？我的小杰？"

小七轻轻点了点头。

边美珍的嘴唇剧烈地颤抖起来，像是不敢相信眼前的这一幕，她试探地伸出手去摸了摸小七的脸。孩子的脸庞温暖又真实，边美珍泪盈于睫，一把将他拉过来抱紧，失声痛哭。小七轻轻拍了拍边美珍的后背，边美珍痛哭流涕，不能自已，身体慢慢下滑，最后直接跪在了地上。她号啕大哭，引得路人纷纷侧目。

马路对面的金燕看着这一幕泪流满面，金满福也不忍再看，手扶着车顶低下了头。

夜色已经彻底沉了下来，浴室的水声哗哗作响。小七早忘了自己几天没洗澡了，这回他终于把自己好好洗了个干净，换掉了一直以来的脏衣服，顶着湿漉漉的头发走进了餐厅。

餐桌上已经摆满了各色精美菜肴，金燕在摆碗筷，金满福打开了电饭锅，锅中带着米饭香的蒸气冉冉升起。小七一阵恍惚，就好像他就是边杰，回到了家一样。

金满福对小七道："洗完澡了？赶紧地，开饭了。"小七立刻回过神来，扫视了一下餐桌前的几个座位，挑了一个离大门口最近的坐了下来。

谁知他刚坐下，原本坐在一边的边美珍就立刻挪到了他身边，一会儿帮他整整衣服，一会儿去摸摸他的头。她眼中亮晶晶的，满是对儿子失而复得的喜悦。小七本能地有些闪躲，但又立刻表现出配合的样子。

金满福盛了一碗热腾腾的饭给金燕，金燕伸手接过，金满福触到了她的指尖，柔声道："手这么凉啊，你给我打电话的时候我简直不敢相信，这趟去东河县，难为你了。"

小七循声看金燕，但当对上金燕的视线时，又心虚地马上转头回避。

盛好饭后，大家落座，金满福端起酒杯，道："小杰，以前你总跟王帅他们偷偷喝酒，大人管着你，今天不一样了，咱们敞开了喝！"

四只酒杯碰在一起，众人一起举杯喝酒。小七学着金满福的样子将一杯白酒一饮而尽，被呛得连连咳嗽，边美珍急忙去拍他的后背。

金满福温言道："慢点喝。"说完，拿起筷子给金燕夹菜，之后又给边美珍夹，正当他准备给小七夹菜的时候，边美珍突然站了起来，把所有的菜都往小七面前挪了挪。

见状，金燕哑然失笑："小杰你看，你一回来，咱妈眼里没别人了，快多吃点。"

小七笑笑，看到金满福舀了一勺丸子汤里的汤喝，便也学着拿起勺子，却是舀了一勺离他最近的红油肉片汤往嘴里送。边美珍立刻惊叫了一声："哎！别！"

边美珍急忙伸手去抓小七的手，结果勺子里的热油全洒在边美珍手背上，她发出了一声痛呼。

小七一时不知所措。

金满福见状急忙拿起卫生纸去擦边美珍的手背，看到她手背上已经被烫红了一片。

金满福道："赶紧去用凉水冲冲。"说着想要去拉边美珍。边美珍却扭了一下身子挣开了他的手，朝着小七道："那个不能喝，不能喝。"

金满福责怪地看着小七，道："你这孩子怎么回事，那红油看着不冒热气，能烫死你，知道吗？"

小七像犯了错误的孩子一样低下头，不知该说什么。

金燕解围道："爸，小杰刚回来可能有点不适应，你别说他了。"

闻言，金满福顿了顿，放缓了语气，道："我的错我的错，来，咱们第二杯酒。"说着又端起了酒杯。

一顿团圆饭吃得热闹，尤其边美珍，儿子失而复得，喜不自胜，没喝几杯酒便醉了，久违地睡了个好觉。

夜里，有个人摸黑走进厨房，原来是小七。他将剩米饭盛到碗里，又打开冰箱找出一盘冷菜，将冷菜浇在米饭上，蹲在地上狼吞虎咽地吃了起来，似乎只有这样吃东西他才觉得自在，没一会儿，便将饭菜吃得干干净净。

他回到房间，靠在门上偷听了一会儿，见门外没动静，这才打量起房间——墙上贴着漫画和摇滚的画片，还有一张李小龙的海报。

单人床很整洁，床单、被子看得出都是崭新的，床上放着一套叠放整齐的睡衣。小七将睡衣提起来看了看，并没有换上，而是随手放到了一边。他起身拿过自己的背囊，从里面掏出了结巴那个装钱的塑料袋，他盯着塑料袋看了一会儿，将它放回包里，又从里面拿出了一本影集。

小七斜靠着床头翻开影集，里面都是金燕、边美珍、金满福和边杰等人的照片。

小七翻着影集，不知翻了多久，听到楼下有人在叫他的名字。好像是金燕的声音，可不知为何，听起来有些失真。她一声一声地叫着，好像在叫小杰，又像在叫小七。

小七恍恍惚惚地打开房门，看到门口有一张照片。他捡起照片，抬头看到不远处又有一张。小七一边捡着照片，一边走到了楼梯口，看到楼梯的台阶上也丢着几张照片。

楼下金燕的声音更清楚了："小杰，你快下来。"

小七一边捡起照片一边走下楼梯，看到金燕背对着他蹲在地上，客厅满地都是照片。她幽幽地道："小杰你看，这就是我们的家，你想起来了吗？"一边说，一边站起来慢慢转过身，她手里一张全家福的照片挡住了她的整个脸。不知为何，她的语调中有种说不出的"阴森"，小七有些胆怯地退后了半步。

此时，金满福从书房里开门走了出来，动作机械，神色木然，双眼直勾勾地盯着小七："我是你爸，又不是你爸。"

他话音落下，边美珍也走出了卧室，脸上挂着僵硬的笑容："我是你妈，记住了吗？"

小七惶恐地看着三人，点头如捣蒜，连声道："姐，姐我记住了……"

可那三人听若不闻，面无表情，宛如假人一般，一步步向小七接近。小七心中害怕，步步后退，眼看要被围到死角，连忙一闪身跑到大门前，一把拉开门冲了出去。

冲出了金家，还没松一口气，小七赫然发现自己来到了游戏厅。众多游戏机闪着光，发出各种声音，却没有人在玩。只有两人背对着他站在一台游戏机前，看身影，好像是王帅和杜一。

小七惊疑地看着二人，王帅突然转过身，如同纸人般僵硬，双眼也直勾勾的，声音空洞："记住了是吧？那你说，我是谁？"

小七吓得结结巴巴地道："你是、你是，杜、杜一。"

杜一转过身，嘴角带着坏笑："那我呢？"

小七道："王、王帅。"

突然，不知何处传来咔嚓一声，小七低头，只见自己的双手被一副手铐铐住。

王士涂的声音不知从何处传来："答错了！"

顿时，小七吓得魂不附体，惊叫一声，浑身猛地一抖……他睁开眼，才发现自己躺在边杰房间的单人床上。

原来是梦！小七被吓得浑身是汗，还没松一口气，骤然看到金满福坐在床边，正看着他。小七又是悚然一惊。

此时天色早已大亮，金满福面色如常，拿起了小七胸前的相册，道："燕子去东河的时候拿给你的？"

小七惊魂未定，僵硬地点了点头。

金满福道："胸口压着东西，做噩梦了吧？"

还没等小七说话，房门被推开，边美珍手里抱着几件衣服，一脸兴奋地走了进来，大声道："小杰你看，你最好看的衣服，妈妈找到了！"

那是几件旧旧的运动服，小七拿起一件在自己身上比了比，明显小一号。边美珍期待地看着他，道："好看吧？"小七只好配合着点点头。

边美珍催促道："穿上啊。"

小七面露难色，但看着边美珍期待的眼神，只好微微背过身去，有些羞赧地脱掉了自己身上的衣服。三年前边杰的旧衣只怕真的边杰此时也穿不上了。小七费了点劲才把衣服穿上，运动服紧紧地箍在他身上，显得很滑稽。

只是边美珍没觉得有什么不妥，她打量着小七，仿佛小七这个时候才真正变成了从前的边杰。她抚摸着小七的胳膊，眼圈又红了，哽咽着道："小杰回来了，我的小杰真的回来了……"

她似乎想要哭，可是不知为何，声音毫无征兆地又停住了。不仅哭声，连同脸上的悲伤都一起消失无踪，仿佛川剧变脸般突兀诡异。只见她双眼直直看着小七身后门边的李小龙海报，眼神渐渐迷茫起来，她慢慢冲着海报走了过去，口中喃喃道："那个棍呢？他手里那个棍怎么没有了？假的，这是假的。"

小七不知她在说什么，只是听到这个"假"字就忍不住心虚。边美珍要伸手去揭海报，一旁的金满福一把抓住了她的手腕，劝道："美珍，别胡闹哈，你该吃药了。"说着拿着相册，拉着边美珍出门。边美珍口中继续喃喃着，声音更加含糊，不知在说什么，往外走时兀自不甘心地回头去看那张海报。

房间里只剩下了小七，他迷茫地看看海报，又看看边美珍的背影，觉得莫名其妙。此时楼下传来金燕的喊声："小杰，小杰你快下来！"

早晨的阳光柔和，小楼外的院子里放着一把椅子和一大盆热水，金燕站在阳光之中，整个人像在淡淡地发着光。她手里拿着一个手动推子，见到小七出来，含笑朝他招了招手。小七一时有些发怔。金燕把他拉过来，亲昵地道："头发太长了，姐给你理一理。快来坐下。"

小七哦了一声，在椅子上坐了下来，金燕将一个围布围在他身上，开始给他理发，边理边说："一会儿我和爸去上班，你出去给妈买点她最爱吃的瓜子吧，你买的，她高兴。"小七嗯了一声。

推子嗡嗡作响，大片的头发掉落下来，金燕的动作很快，没一会儿小七就被推成了寸头。金燕停下来，仔细打量了一番，赞道："这才像我弟弟，精神多了，来，冲下水。"

小七站起来，将脑袋伸到大盆上方，金燕用瓢舀着盆里的水为他冲头，另一只手在他后脑上摩挲着，动作温柔。小七鼻子微微发酸，已不知多久没有人待他这样好了，他难免想，倘若自己真是她弟弟，该有多好……

大约也是触景伤情，只听扑通一声，金燕手里的瓢掉进了盆里，水花溅了小七一脸。小七扭过头，看到金燕的眼圈红红的。

小七道："怎么了，姐？"

金燕一时凝神，勉强笑笑，道："没什么，想起了咱们以前的事，手滑了。"说着赶紧捡起瓢，继续冲水。

院子的另一角，金满福正在摆弄花草，他透过花架瞧着金燕给弟弟洗头。看见金燕红了眼圈，脸上表情也不知是悲是喜。

日头又高了些，金满福父女出门上班了，小七出门四处转了转，在附近大街上找到了个瓜子铺，称了两斤瓜子。回家路上，快到金家所在胡同的时候，忽然看到了前方在灿烂阳光下十分扎眼的黄毛。

他心中顿时打了个哆嗦，但还存着半分侥幸，仔细看去——没承想还就是他的老熟人！

即便来到了照阳还是没甩掉他们！黄毛明显是来找他的，正在向路边坐在小马扎上晒太阳的老头打听着什么。

难道跑到了照阳还摆脱不了他们？小七的身体一时僵住，他僵硬地一点点转过身，努力装作若无其事地往回走，似乎这样就可以不引起黄毛的注意。

然而黄毛还是抬头看到了他的背影，眯了眯眼睛，快步跟了上来。

小七听到了身后急促的脚步声，他不敢回头，从走变成了快走，从快走变成了小跑。黄毛越追越近，从腰间抽出了一把刀。他们二人一追一逃，在大街上奔跑起来，引得路人纷纷侧目。

小七拐了一个弯，跟对面的人撞了个满怀，他定睛看去，面前的人竟是穿着警服的王士涂和小张。

王士涂皱了皱眉头，向他身后张望了一下，道："怎么跟被人点了尾巴似的，后面有人追你啊？"

小七回头看了看，发现黄毛并没有追来，这才松了口气，掩饰道："没、没呀。就是……走急了。"

王士涂道："我叫王士涂，咱们在公安局见过的。我过来是有些事要问你，没想到在这儿遇到了你。"

小七心里一沉，但强作镇定，口中道："哦哦，王警官你好。"

王士涂打量了他一下，道："走吧，去你家聊。"

见到警察，黄毛自然不敢现身，想来也不会走远，一定埋伏在哪个角落窥视着自己吧！小七心中忐忑，不过碰上警察，总是要比落在那伙人手里强些。

果然，一路上黄毛都没有出现，小七带着王士涂和小张进了金家院子，将二人请进屋里。边美珍不在客厅，小七取出瓜子，又去倒茶。不过王士涂叫停了他的客气招待，没在客厅坐下，而是提出要去他的房间看看。

自从边杰失踪后，他的房间王士涂已经来调查过许多次了。依旧是三年前的家具和布置，除了墙上的贴画、海报旧了发黄之外，其他似乎都没怎么变。

王士涂和小张在房间里举目四顾时，小七站在门边，他到底是个冒牌货，警察上门，多少有些紧张。他想问问王士涂他们的来意，又生怕王士涂问了点什么他答不出，露了马脚。正在心虚之际，王士涂从公文包里掏出几张照片递了过来。

最前面一张是杜一的照片。

王士涂道："这个人认识吗？"

小七低声道："王……杜一。"

王士涂的眼睛眯了一下，换了一张："这个呢？"

小七道："王帅。"

小张插了句嘴："你和王帅是什么关系？"

小七答："是……同班同学，也是好朋友。"

王士涂又换了一张王佳的照片递到小七面前，示意他认。

此前金燕的相册上没有王佳的照片，小七自然认不出，他脸上现出迷茫的神色，摇了摇头。王士涂收起照片，道："不是说你失忆了吗？我看你记得挺清楚的啊。"

小七道："见到我姐之后，我好像想起了一些事情，但有些模糊。"

王士涂点了点头，道："哦，那你们当初离开游戏厅之后到底怎么回事，应该也想起来了吧？"小七迟疑了一下，点点头。王士涂便道："详细跟我说说。"

一边的小张闻言，拿出笔记本准备做笔录。

看这个架势，肯定是推脱不了了。小七舔了舔嘴唇，过了一会儿才开口："那天……我们从游戏厅出来之后……"

其实小七自己也知道，这个问题迟早有人问，一味推脱失忆过不了关。是以这两天他昼思夜想，早就编好一套说辞。如今王士涂问起来，总算不至于无言以对。

所以，在小七口中，当天的事情是这样的……

那天，边杰、杜一和王帅在游戏厅玩腻了之后，百无聊赖地在黄昏的街道上溜达。他们漫无目的地走着，路边一个中年男人在小卖部买东西，他将钱包装回口袋的时候，钱包顺着衣服下摆滑落到了地上。

小七告诉王士涂："我们在街上看到有个人钱包掉了。"

随后，中年男人买完东西匆匆离开，杜一捡起钱包，追上中年男人交还给他——毕竟自己在庆爷的盗窃团伙中待了那么久，这种学雷锋的事，小七不好意思安在自己身上。

钱包失而复得，中年男人很激动，握着杜一的手千恩万谢，又热情地搂住杜一的肩膀，连带着招呼着王帅和自己。

"杜一捡起钱包还给了他，结果那人特别热情，非要请我们去吃饭，我们当时也没好意思拒绝。"

饭店包间里，桌上菜肴狼藉、酒瓶林立，四个人推杯换盏，吃吃喝喝。

"饭店的名字我实在想不起来了，只记得是个单独的包间。吃饭时我们被劝了酒，酒一多，我们很快就开始称兄道弟，后来我就……"

后面的事，他说得简单多了，无非就是被灌得不省人事，醉倒之后，就什么也不知道。再清醒过来，就落到庆爷手里。杜一、王帅不知去向，庆爷从没提过，自己问了，也没有答复。再后来，就是在庆爷手里的那段日子了。

这一番话说得没什么破绽，王士涂只是听着，一直没说话，小张低头记录，也是一言不发。

按说以小七的年龄，原本编不出这样的谎言。只不过毕竟在犯罪团伙待久了，骗人是基本功不说，庆爷也的确用这样的手段拐骗控制过未成年的孩子，只不过不是小七而已。

现下暗暗打量王士涂的脸色，小七又道："现在回过头想想，他的钱包应该是故意掉的，从一开始就挖了个坑让我们往里跳。"

这时，小张才问："那个人有多大年纪？"

"印象中是三十多岁，快四十吧，这个我不太确定。"

王士涂问："他跟你说的那个庆爷，是同一个人吗？"

"不是。"

"那如果你再见到他，能认出来吗？"

小七想了想，摇摇头道："我脑子里有很多空白，好像被什么东西抹掉了。"

王士涂又问："你既然从贼窝里逃出来了，为什么不报警？"

小七则道："我不敢。我怕他们报复，更怕自己说不清楚，毕竟那个时候，我连个能见光的身份都没有。我只想重新开始，过我自己的日子。"

这种说法……也不是说不过去。王士涂暂时不打算继续追问了，向小张使了个眼色，小张将笔录递给小七，道："要是没什么问题的话，在这儿写下：以上一页笔录我已看过，与我所说相符。然后签名。"

小七点点头，接过本子和笔开始写——还是有点心虚的，毕竟他和边杰的笔迹不一样，写边杰这两个字，也不算流畅。

不过王士涂却没有看他，而是借机弯腰掀开床单向床下看去。

床下并排摆着两个鞋盒，正是回程时金燕给小七买的。王士涂眯起了眼睛，将两个鞋盒从床底下拖了出来。小七斜眼看到，脸色顿时变了变，急忙阻止道："王警官，这怪脏的。"

王士涂看了他一眼，道："没事，我就看看。"说着，他打开了两个鞋盒。其中一个盒子里装的一双新鞋，跟小七脚上穿的差不多，而另一个盒子里是小七原来那双破破烂烂的旧鞋。

小七看着两双鞋，身体僵硬。

王士涂将鞋盒里的新鞋翻过来看鞋底，上面写着 44 的码数。他又去看旧鞋的鞋底，但是上面的码数已经被磨掉了，王士涂将新旧两只鞋放在一起对比，旧鞋明显比新鞋短一点。

小七紧张地屏住了呼吸。

王士涂心中一动，却不动声色地将鞋放了回去，直起身子，道："写完了吗？"

小七将笔录递了过去。王士涂扫了一眼笔录上的签名，道："如果你觉得还有什么应该说却没说的，可以随时来找我。"然后向小张递了个眼色："小张，走吧。"

听到二人要走，小七暗暗松了口气，把二人送到院门口，还想往外走，王士涂摆摆手拦住了他，道："不用送不用送，我们不是第一次来，也不会是最后一次。"

看着二人的背影，小七的心又提了起来。回到房间，他宛如虚脱般坐下，目光闪烁了几下，起身拿过了自己的背囊。

被警察盯上了，这可不大妙。还有那个黄毛，既然已经看到了自己，想必也找到了金家。不如赶紧脚底抹油溜之大吉，把这两个麻烦都远远甩掉！

他从背囊里掏出结巴那个装钱的塑料袋，这是他唯一的积蓄。而钱这东西，自然是越多越好。他沉吟片刻，将塑料袋放回去，然后把自己的衣服和床下那双旧鞋全都塞进了背囊里。

既然已经决定跑路，便管不了那么多了。他拿定主意，悄无声息地闪进金满福的卧室，轻轻关上了房门。环顾四周，很快目光就锁定了五斗柜上锁的那个抽屉。

小七一步步靠近五斗柜，他从口袋里掏出一个铁丝一样的工具，驾轻就熟，几下就打开了抽屉上的锁。

他没有猜错，拉开抽屉，果然放着手表、金戒指等不少贵重物品，还有几摞现金。

小七从没见过这么多钱，抬手想拿，但不知为何，他的手还是停在了半空。犹豫了几秒，还是缩回了手。

在庆爷手下多年，他连公交车上的小偷小摸都不敢，怎么现在反而要做贼？小七心里暗骂一声，关好抽屉重新上了锁。

没想到他刚转过身，就看到金满福悄无声息地站在他身后。小七猛地一哆嗦，脸色瞬间煞白。

金满福脸色阴沉，但不知为何，声音听起来很温和："小杰，找什么呢？"

小七支支吾吾道："那个……我、我想再看看，之前姐给我的相册。"

金满福神色不变，道："哦，那个呀，回头我给你拿。这会儿不忙，我回来是想带你去厂里转转。"

小七一时无言以对，只好点了点头。

金家的厂子挺大，宽敞的车间里，几台机床正在作业，嗡嗡作响。金满福带着小七在车间里转了一圈，又带他来到数控室。

金满福对小七道："你看，咱们厂子这些机床都是数控式的，现代化管理，节省人力，产量还高。这个规模在照阳，甚至全市，都是数一数二的。"

小七从未见过这些，一知半解地跟着点头。金满福又道："小杰，跟爸聊聊，你对将来是怎么打算的，找份工作，还是继续读书？"

说到这个话题，小七不免有些窘迫，道："这我还真没仔细想过，就是觉得应该学门技术，走到哪儿都有饭吃。"

金满福想也没想地道："那干脆就来厂里吧。"

小七有些意外。

金满福便道："我是这么想啊，你先在这干上一段时间，学点东西，回头我在外地那个分厂搞起来了，我想把它交给你。"

比起刚才的意外，小七简直怀疑自己的耳朵，不由瞪大了眼，连忙道："啊？我哪行啊？我什么都不懂。"

金满福笑了笑："傻小子，有我在你怕啥？慢慢教你嘛。"

天下哪有这种掉馅饼的好事！小七勉强笑了笑，道："现在说这些太远了吧？我不敢想。"

可是金满福依旧满不在意地道："就这么定了，先来上班，算是试用期吧，等给你把身份证办下来，就转正。"说着，又凑近小七，压低声音道，"你是我儿子，所以更要按规章制度来，不好搞特殊。"

后面一句小七倒没怎么在意，他惊讶地问金满福："我、我能有自己的身份证了？"

金满福笑着说："废话，你都十八岁了，大小伙子啦，没个身份证哪行啊？"

听他这么说，小七的眼睛亮了起来，露出了憧憬，但随即又面现忧色，试探地道："爸，我有点担心，万一河溪那个贼窝的人找到这里来怎么办？"

金满福一瞪眼，提高声音道："敢！在照阳还敢动我金家的孩子？警察早等着抓他们呢，让他们来一个试试！"

小七听到这句话，心中有些踏实，但似乎想到了什么，又目光闪烁。

见小七依旧一副畏畏缩缩的样子，金满福叹了口气，推心置腹地道："小杰，跟你说句掏心窝子的话，你现在回家了，也看到了你妈那个样子，我是不指望再有个自己的儿子了，只要她身体慢慢好起来就行。家里就咱爷俩是男人，作为家中独子，你要承担家庭的责任，别让我失望，你明白吗？"

这些话更让小七手足无措，他是个冒牌货，本已打算跑路，怎么突然……要继承家产了？而且还是这么大一个厂子。

他想都不敢想！

金满福看着小七呆呆发愣的样子微微一笑，带着他穿过维修班所在的过道。他们继续往前走，吸引了不少员工的注意。

此时，会计牛姐手里拿着报表迎面走了过来，叫道："厂长！"她跟金满福打着招呼，却意外地看着小七。

牛姐一时忘了自己的来意，惊讶道："这……这不是……"

金满福笑着说："小杰呀！怎么，认不出来啦？"

金满福高兴地伸手拍拍小七的后背："小杰，叫牛姐，你小时候见过，都忘了吧？现在你可要跟牛姐搞好关系啊，以后你的工资都是她管着呢！"

小七连忙乖巧地道："牛姐好。"

牛姐拉着小七上看下看，掩饰不住地又是惊讶又是感慨："哎哟，小杰，小杰终于回来了！"

金满福叹道："是啊，不容易。一晃都是大孩子了，过几天我就让他来厂里上班。"说完，志得意满地带着小七离开。

金家的厂房还有一半没看呢，接下来，金满福带着小七经过了微机室。

里面几排电脑，屏幕发着光，不少员工对着电脑噼里啪啦地敲击着键盘，也不知道这是在做什么。小七好奇地多看了两眼。

金满福向他道："这是厂里的微机室，我刚刚花大价钱进了几台最先进的586微机。怎么，你对电脑有兴趣？"

小七看着电脑转不开目光，口中道："我就是听人家说，懂电脑很吃香的。"

金满福笑道："没问题，你想学啥爸都支持你！"他说着，低头看了看表，又道，"一会儿我们早点下班，你回家换件新衣服，晚上咱们一家人高高兴兴地去逛夜市，我要让大家知道，边杰——我金满福的儿子，全须全尾地回来了！"

孩子失而复得自然是天大的好事，金家人兴致极高。晚饭吃得很丰盛，晚饭过后，金满福果然开着车带着全家去了夜市。

汽车行驶在去夜市的路上，小七坐在车内，看着车窗外忙忙碌碌的行人，有骑自行车的，有步行的。小七收回视线，看着方向盘上的"皇冠"车标，再看看打扮精致的金满福和金燕，连边美珍都精心修饰过。

小七心里感慨万千。

有钱真是好啊！比起有钱，有家人，有亲情，更是千金难买。

他又在心里羡慕起真正的边杰了。

车窗外的街灯越来越明亮，行人也越来越多。他们来到照阳最大的夜市。现在正是最热闹的时候，古色古香的小街上空悬挂着红色的灯笼，人流如织，商贩们的叫卖声此起彼伏。

小七和金家三口汇入夜市的人流之中，金满福不时指指点点地跟小七说着家人喜欢的小吃、边杰小时候的趣事。小七敷衍地笑着，却不免心事重重。

经过一个卖酒的摊位，摊主老于跟金满福打招呼："老金，一家子出来玩啊？新到的大曲尝尝不？"

金满福招呼小七道："小杰，过来过来，叫于叔叔。"说着，将小七拉到老于面前。

小七道："于叔叔。"

老于迷茫地盯着小七看了半天，眼睛越瞪越大，讶然道："小杰？这、这，找回来啦？"

金满福昂然道："嗯，孩子回来啦。你那个酒，给我弄几箱明天送厂里。"

老于连声答应。

小七一行人继续向前走，金满福看到迎面走来一个老头，快步迎了上去，大声道："孟大爷，来散步啊？"

孟大爷随口道："啊，逛逛。"

金满福回头指着小七："看看，还认识不？"

孟大爷眯眼打量着小七，摇摇头。金满福哈哈一笑："老了不是？这我们家边杰呀，小时候拿弹弓打你们家玻璃呢。"

孟大爷和老于一样，惊讶地看着小七："哎哟，都这么高啦？"

金满福满脸骄傲，带着一股扬眉吐气的胜利感，道："是啊，是啊。"

夜市人多，摊位也多，街边一个摊位上摆着弹珠机和游戏机，一个染着黄头发的人正背对着街道在玩游戏机，小七一看到那头黄毛，顿时被吓得浑身寒毛倒竖。

此时那人无意中回了一下头，小七发现他并不是黄毛，这才松了一口气。金燕见小七脸色有异，顺着他的目光看过去，看见游戏机，不由脸色一寒，一把将他拉了过来，道："没什么好看的，快走吧。"不由分说地拉着小七赶上了前面的金满福和边美珍。

夜市的步行街逛了将近一半，路边有个爆米花摊子。摊主是个老头，摇着老式的炉子，没几下，一声爆炸声响，一炉热腾腾的爆米花就做好了。打开炉子，诱人的香味飘出来，一粒粒大米变得又白又胖。小七似乎没见过做爆米花的，看得津津有味。在热闹的环境中，他似乎有了点安全感。

大约是爆米花很受欢迎，围观的人不少。金燕手里高举着绕在两根小棍上的缠糖，生怕被弄脏了，一路挤到小七身边递给他。

"小杰，看，我给你买了这个。"她笑眯眯的，仿佛小七还是个七八岁的小孩子。

金满福看见笑起来："哎哟，他都十八岁大小伙子了，你还让他玩这个。"

金燕不服道："他一天是我弟弟，八十岁也是我弟弟。"说着，把糖塞到小七手里。金满福无奈地笑着摇摇头。

小七拿着缠糖不怎么会玩，缠了几下，眼看糖稀就要掉在地上了。金燕着急道："不是这样。要这样绕，越绕越甜，知道不？"她握住小七的手，教他绕糖。蜜色的糖在两根小棍之间变换着形状，缠成一团，又拉扯开。

看着这小团糖逐渐变成淡淡的金色，小七道："为什么会越绕越甜？"

金燕顿了顿，好像仔细斟酌过，才开口道："嗯……就好像你跟我，咱们本来不是亲姐弟，可是人在一起久了，就会产生感情和羁绊，丝丝缕缕的，想分开也没那么容易了。以前是这样，现在我相信还会是这样。"她说着，将两根缠糖分开，拉出长长的丝。又道："你看，这不就是生活中的甜蜜吗？尝一口。"

不由分说，一根缠糖已经送进小七嘴里。

的确是很甜的。

小七品着甜甜的味道，若有所思。

又有爆米花快要出炉了，眼看老头摇动手柄越来越快，围观人群中年轻夫妻中的妈妈用手捂住了孩子的耳朵。小七吃着糖，看到这一幕温馨场景，眼中闪过一抹羡慕。此时，一双手伸了过来，也轻轻捂住了小七的耳朵。

小七一愣，扭头看到是边美珍，正温柔地对他笑着。

爆米花炉此时轰的一声，像爆竹。

除了阖家团圆、其乐融融的金家之外，夜市另一处，王佳母女也在摆摊。比起三年前，王母苍老了不少，尤其嘴角下垂了不少。她耷拉着脑袋，在街灯下织着毛线。她面前是个塑料布铺开的简陋小摊，摆着袜子、口罩、针头线脑等廉价商品。王佳守着摊子，也不叫卖，双眼无神地看着来来往往的游客。

突然，王母剧烈地咳嗽了几声，腿上的毛线球掉了。王母一把没捞住，只见毛线球带着线滚到了街道上，直到碰到了一只脚，才停了下来。

一只手捡起了毛线球，王母的目光顺着毛线球向上望去，那不是别人，正是杜一的父亲。

杜父老得更厉害。头发花白凌乱，身上也灰扑扑的，此刻他站在街边，一手拿着毛线球，另一只手拎着一只酒壶。

杜父一点点将散落的毛线缠回毛线球，把毛线球递到了王母手上，有些担忧地看着她。两人对望着，谁也没说话。还是王佳率先打破沉默："杜叔，又来找我妈买手套啊？"

杜父啊了一声，也不知该说什么。王母低声道："手套没坏，你不用总来照顾我生意。"

杜父的声音也低："咋能没坏呢？我修车，费手套。"说完，从摊子上拿了一副手套，然后伸手到怀里掏钱。王佳也不知道该说什么了，她别过头，却无意中瞥见远处的人群中，一个熟悉的背影一闪而过。

她愣了一下，立刻站了起来，向那个方向走了过去。王母讶然道："哎，你去哪儿啊？"

王佳头也不回，反而加快脚步跑远了。

她没认错，那是"边杰"，"边杰"回来了！

从夜市尽兴而归，小七和金家一行人甚是惬意，金燕面带微笑，边美珍还哼着歌。快到家门口时，金满福的脸色突然变了变，小七疑惑地朝前面看去，只见王佳、王母和杜父三人正一脸严肃地等在金家门口。

双方互相对视着，气氛忽然凝重起来。

自己的孩子回来了，别人的孩子却依旧杳无音讯，这次不止小七，连同金家的其他人都莫名有些心虚。

　　众人坐在金家客厅里，王佳、王母和杜父目光不善地看着小七，脸色差得要命。小七低垂着头，仿佛要犯被三堂会审一般。金燕无奈又担忧，有心想要说些什么，张了张口，又停住了。

　　也不知沉默了多久，王佳率先开口，她沉着脸道："你的意思是，你被卖到了河溪省，而我哥和杜一被卖到了其他地方？"

　　小七只好点点头："我是这样猜的。"

　　王佳咄咄逼人地道："那为什么只有你回来了？要不是在夜市碰上了，你连这点东西也没打算告诉我们是吗？"

　　小七一愣，黯然道："对不起，没帮上什么忙，我真的不知道他们在哪儿。"

　　金满福和金燕的脸色也有些挂不住，然而劝又没法劝。王佳还想说什么，王母将手按在她腿上阻止了她。

　　杜父道："当时你们走在路上，就看见那个人的钱包掉了？"

　　小七道："不是。他在小卖部买烟，把钱包往口袋里塞的时候掉出来的。"

　　杜父紧接着问道："啥样的钱包啊，长的短的？"

　　小七伸手比画了一下，道："短的，好像是黑乎乎的。"

　　杜父再问："哦。那你们去哪儿喝的酒？"

　　小七小声道："我记不清了。是一个饭店的包间，那人在酒里下了药，喝着喝着我就睡过去了。"

　　听他这么说，王母和杜父对望了一眼，脸上都带着明显的失望之色。杜父没好气地道："看来问了也是白问，那我先回去了。"说着拿着酒壶灌了两口，自顾自起身走了出去。

　　王佳的脸色也极差，挽住母亲的手道："妈，咱们也走吧。"王母失魂落魄地点点头，刚起身，突然呼吸急促了起来，用力喘气。

王佳急道："妈，哮喘又犯了？我给你拿药。"她想去拿王母的包，王母摆了摆手示意自己没事，好像一刻都不想再停留一般，强撑着走出了金家的大门。

目送他们的小七等人只觉得那三个背影无比落寞，互相对望，彼此脸上都是同情之色。金满福随口宽慰了金燕和小七几句，便催促二人回屋睡觉。

回房间抖开被子，小七刚脱了衣服，边美珍突然推门闯了进来，把他吓了一跳："妈……"

边美珍道："手伸出来。"

不知道她要干什么，小七犹犹豫豫地伸出了一只手。边美珍拉着他的手让他坐在了床上，然后拿出一个指甲刀，想要帮他剪指甲。边美珍反复看了看那双手，指甲很短很平滑，既欣慰又心酸地道："以前，都是妈妈给剪指甲，现在会自己剪了……"

小七看着边美珍拉着他的双手，心中升起一股暖意。边美珍手背上被烫伤的地方已经起了水泡，小七歉然道："你的手还疼吗？"

此时边美珍拉过小七的手，将自己被烫伤的手背和小七左手腕上的烫伤疤痕比在一起，柔声道："妈妈跟小杰一样了。"

看着自己手上的疤，小七不明所以，眼中闪过一丝疑惑。还好不用他问，边美珍已经唠唠叨叨地道："小时候大舅带你出去玩烫伤了，你忘了？滚油多烫啊，我家小杰长这么大了，还是记不住？不能离开妈妈呀！"

原来如此，小七恍然，怪不得金家人一口咬定自己就是边杰，原来除了长相相似，还有这个原因。

他想到之前对妈妈、爸爸的渴望和想象，愣神之际，边美珍拍拍床上的被子，如哄幼儿一般说道："钻被窝。自己家，睡进来。"

小七只好乖乖钻进被子里。

边美珍又道："闭眼睛。"

小七闭上了眼睛。

边美珍仔细为他掖好被角，轻轻在他身上拍着，口中轻轻唱着："丢呀丢呀丢手绢，轻轻地放在小朋友的后面，大家不要告诉他……"

成为边杰

王士涂和局长、秦勇等人正准备开会，小张匆匆推门走了进来，一脸心虚地道："不好意思，不好意思。"

王士涂一脸不满地看了一眼自己的手表，斥道："没人通知你具体的开会时间吗？还是你长耳朵是喘气用的？"

小张脸顿时红了，尴尬得不敢说话，站也不是坐也不是。

局长对小张挥了挥手，道："你赶紧找地方坐。下面，大家先听秦队长来说一说他的侦破思路。"小张如获大赦，在桌角找了个地方缩着身子坐了。

等他坐好，秦勇才开口道："据边杰所说，三年前诱拐他们的很可能是一个跨省人口买卖及强迫教唆犯罪的团伙，而且这个团伙至今仍在从事犯罪活动。我打算知会河溪兄弟单位，按照边杰提供的线索顺藤摸瓜，搞一场跨省联合侦破活动。我想，只要抓捕了这个团伙，我们一定可以得到另外两个失踪少年杜一和王帅的线索，给这个三年悬而未决的案子画个句号。"

局长频频点头，道："秦队啊，这个案子可是扎在我们大家伙儿心上的一把刀啊！希望你带领大家，尽早把三年前这个硬骨头啃了！具体侦查方案，小秦你来制定。"

秦勇站起来，慷慨激昂地道："保证完成任务！"

其余众人好像没有异议，王士涂环顾一周，开口道："秦队长，不是我泼冷水啊！拔刀也好，啃骨头也罢，我觉得不一定有下手的地儿啊，你从河溪带回来的这小子是不是边杰都两说呢。"

这话说得有点匪夷所思，不仅秦勇，连小张都皱了皱眉头。

秦勇道："家属都已经确认无误了，这没有什么值得质疑的吧？"

王士涂道："关心则乱，家属的判断未必客观。"

怎么家属都认不出来，偏就你能认出来？秦勇一口气堵在胸口，正要反驳，王士涂已自顾自地继续说道："如果连人都是假的，我们越兴师动众，不就离真相越来越远了，对吧？"

他好像一口咬定人就是假的，可是父母怎么可能连孩子都认不出来？眼看着秦勇就要和王士涂吵起来，局长不自在地清了清嗓子，沉声道："老王，那你有其他想法就说嘛！"

王士涂理直气壮地道："我看啊，三年前打根上我们就错了。"

众人闻言，都是一愣。王士涂接着说："那三个孩子是在同一天失踪的，失踪之前也在一起，我们就认为他们一定是一起失踪的。但如果不是呢？如果他们的失踪各有原因，而时间只是恰好一致呢？如果 417 案压根就不是一个案子，而是三个案子呢？"

忍着不快，秦勇冷眼瞧着他，质问道："你这个推测，有什么证据支持吗？"

确凿的证据他的确没有，只不过，他有种难以言表又缥缈不定的奇怪感觉。

照秦勇所说，如果回来的边杰是真的，一举打掉犯罪团伙自然是好，可是……如果真被王士涂猜对了呢？

会议不欢而散，一直到了晚上下班，局长才好不容易抽出时间找王士涂好好聊一聊。

天已经黑了，小吃店里空荡荡的。老板趴在收银台上打瞌睡，只有王士涂一个人坐在桌前默默吃着面和蒸饺。局长走了进来，一眼看到了王士涂，走到王士涂对面坐了下来。

"我就知道你在这儿。"局长道。

王士涂没好气地说："来做思想工作啊？"

局长无奈道："我说你是不是轴劲又上来了？人家小秦的侦破思路可圈可点，你这不是鸡蛋里挑骨头吗？"

王士涂道："鸡蛋里没准真有骨头呢。我打拐打了十多年，凭我的直觉，那小子有问题。"

局长叹了口气，道："你这不自己也说这只是直觉。按你的思路，一个外人，为啥没事要来冒充边杰呢？"

王士涂理直气壮地道："金家有钱哪，这种人不就是图财吗？他们从来都不会想这会给那个本来就失去了孩子的家庭又带来一次伤害。"他看着面前的蒸饺，顿了顿接着开口，喃喃地说："那种满以为抓到了救命稻草、最后却是一场空的痛苦，还不如……孩子没找到呢。"

想到这么多年一直杳无音讯的豆豆，局长的心情也沉重起来，劝道："老王，你说的我都懂，我知道你恨人贩子，我知道你恨不能把全世界丢了的孩子都找回家。可是你知道我为什么赞成把这个案子交给秦勇吗？我就是不想看着你和自己死较劲。"

"别的案子我可以撒手，417不行。"王士涂斩钉截铁地道。

"怎么就不行？"

王士涂大声道："我干了三十多年刑警，没办过这么憋屈的案子。我就是不希望有朝一日躺在火葬场的时候，人家说你看这王士涂，干了一辈子警察，结果自己的孩子丢了，他没找到，别人的孩子丢了，他也没找到！"想起了豆豆，王士涂不禁心中一痛，瘪着嘴扭头望向墙壁，自言自语地哑声道："合着我这辈子光丢孩子了……"

他的话像是碰触到了什么禁忌，局长又是同情又是无奈地看着他，两人陷入了沉默。

最后局长走的时候也没能打破沉默。王士涂望着门外的夜色发了会儿呆，他知道，接下来自己沉默的时间将会很长很长。

不过他早就已经习惯了。

邻居家的窗户透出温暖的灯光，传出电视的声音和一家人团聚的欢声笑语，有时候王士涂憎恨这种声音，有时候却会站在院子里多听一会儿。更多的时候，就像今天一样，他落寞而麻木，走到自家门前，掏钥匙开门。

客厅里物件不多，大都有些陈旧，能够清楚地看出日常生活的轨迹。沙发正中间有些塌陷，左右两边堆满了衣物，一叠一叠堆放的是洗干净的，沙发扶手上随意搭的外套、散落在地上的衣物，应该都是没来得及洗的。茶几上堆满了报纸、书籍、茶杯、烟盒，烟缸里也不干净。用完的饭碗随意摞在茶几中间。沙发、茶几这一带应该是王士涂在家里停留最多的地方。其他地方很规整，但是几乎没有被人动过的痕迹，它们虽然也在这个房间里，但似乎是静止的，完全被人遗忘了。

墙上挂着王妻的遗像，正带着些许笑意温和地看着王士涂。

王士涂盯着遗像看了一会儿，走到一扇上锁的门前，打开了锁。与外面客厅的凌乱、清冷截然相反，房间陈设丰富，里面充满了孩童的气息，墙上贴着电影和音乐的海报，柜子里放着各种年龄段的玩具和豆豆的照片。

王士涂走进屋内，在床上坐了下来。

他呆坐了一会，顺手拿起床头柜上一个发条鸟，拧了几下发条后放在了地上。

发条鸟啪啪嗒嗒地在地上跑得挺欢，但很快，动作和步伐就变得迟缓，最后停下不动了。脚步停下来了，翅膀也不动了。

夜已经深了，王士涂家昏暗的灯光熄灭了。金家主卧的灯也熄灭了，小七还在床上发呆。自从来到了照阳，他的心情一直很复杂。

一方面，他清楚自己不是边杰，也清楚王士涂对他的怀疑，还有如同跗骨之疽一般的黄毛。而另一方面，在金家生活的这几天，的确是他人生中最舒适惬意的一段日子了。

他翻了个身，又看到了床边的睡衣。小七的心中有了些许松动，伸手拿过睡衣，在自己身上比画了一下。

还没等他决定穿不穿呢，突然外面传来了哗啦一声，似乎是打破玻璃的声音，同时响起来的还有金燕的尖叫。

这么多天相处下来，金燕待他宛如亲弟弟一般，骤然听到她有危险，小七一惊，想也没想就冲了出去。

声音是从金燕自己的房间里传出来的，等小七赶到的时候，正好金满福也到了。他们冲进屋里，看到窗户上破了一个大洞，金燕正抱着被子害怕地缩在墙角。金满福急切地道："燕子，怎么了？"

金燕满脸惧色地向窗户下的地上指去。

地上除了玻璃碴，还有一只死鸟，它的脖子上拴着一根绳子，而绳子的另一端连着一块石头，正是这东西砸破了窗户。

金满福顿时怒不可遏："这是哪个混蛋干的？！"

小七脸色无比阴沉，他知道是哪个混蛋干的。他猜得没错，黄毛果然已经摸清自己的住址了。

情况不太妙了。

王士涂闷在自己办公室里，手里拿着河溪传真过来的小七照片，站在满是照片的黑板前，将手里的照片和黑板上边杰的照片做对比。

这两个人真像啊！王士涂皱着眉看着，心里总是不愿认定这俩是同一个人。

站着看了半晌，他摘下了黑板上边杰的照片，又拿到台灯下仔细看。看了好一阵儿，王士涂将小七和边杰的照片都装进包里，匆匆出门。

他夹着公文包走进照相馆。老板看见他，先招呼道："老王，照相还是洗照片啊？"

王士涂掏出照片递过去："给我放大两张照片，急用，越快越好。"

"还是放大耳朵？"

王士涂点点头。

随着年龄的增长，人的五官都会发生些许变化，其中变化最小的就是耳朵了。

办公桌上放着小七和边杰被放大的耳朵照片。

王士涂在两张耳朵的照片上垫上透明的塑料片，拿着一支油性笔，趴在桌子上，仔细描摹着小七和边杰被放大的耳朵照片。两只耳朵的轮廓线被一条黑边勾了出来。

"只要不是一个人，就一定会有破绽的。只要有破绽，就一定能找到的。"王士涂一边念叨着给自己鼓劲，一边将两张塑料片举起来，对着光仔细看。

昨天夜里砸进金燕房间的死鸟，金满福本想把它扔出去，小七却把它收到塑料袋里，第二天带着来到公安局。

接待他的是女警小林，小林在前领路，小七跟在后面，一路来到秦勇办公室门口。

还在走廊里，他们就听到屋内传来王士涂的声音："边杰失踪时穿44码，过了三年了，那小子个头蹿了一大截，穿的鞋却小了一号。我亲自去金家确认过，人不能越活越倒退吧？"

听到这句话，小七的眼角微微挑了一下。女警小林抬手敲了敲门，带着小七走进办公室。

"秦队。"

被打断的王士涂看到小七，立刻站了起来，双眼发亮地望着小七："是你，你是有什么要跟我们说吗？"

小七避开王士涂的目光看着秦勇，道："我、我找秦队长。"

秦勇问："找我什么事？"

小七看了一眼王士涂，支支吾吾没说话。秦勇顺着小七的目光，看到了旁边目光灼灼的王士涂，道："跟我来吧。"起身便往外走。

王士涂急了："哎！"

秦勇回头道："老王，有事等会儿再说。"他带着小七离开。女警小林也跟着离去，办公室只剩下王士涂一个人。

他郁闷地重新在沙发上坐了下来，盯着秦勇空空的办公椅，不知在想些什么。

秦勇将小七带进会客室，关上房门，道："什么事，说吧。"

小七沉声道："庆爷手下的人，追到照阳来了。"

真是踏破铁鞋无觅处，秦勇立刻重视起来，眉毛一挑："哦？"

生怕秦勇不信似的，小七接着道："这几天我看到他在我周围出现过，昨天晚上，我姐房间的窗户被人砸了。"说着，从塑料袋里掏出那只绑着石头的死鸟。

秦勇看着死鸟和石头，沉默不语。小七满面忧虑地坐在沙发上："我猜，他是不知道我住哪个房间，才砸了我姐的窗户。"

秦勇皱起了眉头，缓缓地道："他是怎么这么快就找到你的？"

小七迟疑了一下，还是决定说实话："其实我们离开东河的时候，我看见他了。他大概是记住了车牌号，照阳本来就不大，想打听个人不难。"

秦勇脸色一沉，道："追到我们眼皮底下企图报复受害者，嚣张得很！他有什么特征吗？"

"他染了一头黄毛，很好认的。他是庆爷的心腹，平常我们就管他叫黄毛。"小七答道。

秦勇想了想，说道："我会派人在你家二十四小时值守，你放心，只要他敢出现，肯定跑不了。"

小七面露感激，连声道谢："那就太谢谢秦队长了。"

秦勇摆摆手，道："是我该谢谢你才对，你提供的这些线索对我们很重要。保护好人民群众是我们做警察的责任。"

小七听到这句话，多少有点心虚，不由自主地躲开了秦勇的目光："那我就先回去了。"说完起身要走。

秦勇看着小七，想起王士涂刚才说的话，心中一动，道："等一下。"见小七停住了脚步，又语气轻松地说："你这鞋挺好看，多大码的？"

果然……小七不动声色地道："44。"

秦勇走了过来，道："是吗？我看看鞋底。"

小七迟疑了一下，抬起一只脚将鞋底翻过来给秦勇看，鞋底果然是 44 的标号。

秦勇又问："你上次来局里的时候，穿的也是这双鞋吗？"

小七点头道："对呀。"

"哦，没事了，你回去吧。"秦勇道。

小七礼貌地说了句"秦队长再见"，抬脚向门外走去，在他身后，秦勇观察着他走路的步伐——那就是很正常的步伐，完全看不出什么异常。

走出公安局大门，一直到拐了个弯之后，小七才暗暗松了口气。既然来到公安局，他就料到了会遇到王士涂。王士涂果然是怀疑他的。

回家的路上，小七又仔细回想了一下和秦勇的对话，确定没露出什么破绽，才放下心来。他坐在床边上发了会儿呆，脱掉了脚上的鞋扔在地上，然后开始脱袜子。

脱掉一层袜子，里面还有一层，他总共脱掉了三双袜子。他把脱下来的鞋摆在床边，而床下还有一双一模一样却小了一码的鞋。他换了鞋子，重新走出门去。

他一路往金燕工作的书店走去，那时正赶上下班，看见金燕走出书店大门，连忙迎上去，叫了声姐。

见到小七，金燕惊喜地笑道："今天怎么过来等我下班啊？"

小七有点难为情地道："嗯……你窗户不是被砸了吗，我……不太放心。"

金燕温柔地笑了笑，将手里的东西递给他，小七接过来一看，原来是一袋子书。金燕解释道："听爸说你想学电脑，帮你挑了几本入门的书，走吧，咱们回家。"

二人并排往家走去。林荫小路上人少又安静，阳光从树叶的缝隙中透下来，落在地上形成一个又一个的光斑。金燕明显心情不错，拉着小七，絮絮叨叨地道："小杰，既然给你买了书，你就要认真学，至少要考出等级证来，三分钟热度，姐可不答应。"

这话她几分钟前刚说过一遍，可是小七一点没有不耐烦，含笑嗯了一声。对他这种听话的态度，金燕表示非常满意，随口又闲聊了几句。突然前方拐角处转出三个人来，拦住了小七和金燕的去路，为首一人正是黄毛。

小七乍一看到黄毛，顿时一股凉意从脚底升到头顶，寒毛都竖了起来。

黄毛皮笑肉不笑地看着小七，像猫看着摁在爪下的耗子一样："小日子过得挺舒坦哪，再跑啊，你还能跑到哪儿去？"

话音未落，他飞起一脚将小七手里的书踢飞。小七对他有本能的畏惧，身体微微有些发抖，说不出话来。

身边一脸迷茫的金燕看看小七，又看看黄毛，似乎明白了什么，道："小杰，他们是不是河溪的人？"

小七低声道："姐，你快走，这事跟你没关系。"

谁知金燕一把将小七拉过来护在自己身后，对黄毛大声斥道："你们想干什么？告诉你，我们已经报警了！"

黄毛阴仄仄地狞笑着："是吗？让你报警！"紧接着，他一巴掌扇在金燕脸上，金燕被打倒在地，她痛呼一声，捂着脸，眼泪在眼眶里打转。

不知为何，小七看到金燕挨打，身体突然不抖了，他咬着牙，眼神渐渐狠厉起来。

黄毛朝着小七道："走吧，跟我回去见庆爷。要不然，你躲到哪儿我都能找到你。"

小七沉默了片刻，冷冷地道："行，我跟你走。"他先走过去默默地扶起了金燕，身子突然暴起，迅雷不及掩耳地朝着黄毛就冲上去，黄毛没等反应过来，已经被扑倒在地。

旁边的两个混混看得目瞪口呆，只见小七已经红了眼，抓住黄毛的头发，把他脑袋往地上砸。没砸两下，地上便有了个鲜红的血印子。

这时两个混混终于回过神来，他们冲上来在身后对小七拳打脚踢。然而小七丝毫不理会自己受到的攻击，只是一味按着黄毛打，一拳一拳往他脸上狠砸，口中大喊："姐，你快走！"

金燕从小到大哪见过这场面，看着小七和黄毛等人打成一团，一时间竟有些失神，站在原地没有动。直到一个混混捡起了一块板砖，她这才猛然回过神来，尖叫一声："小心！"

她冲上去想要拉住那人，然而那人手里的板砖已经狠狠拍在小七的后脑上。小七浑身一震，随即眼前一黑倒在地上，很快有血从他头发里渗出来。

金燕彻底吓傻了，惊呼一声，想要扑上去。可是黄毛一把推开她，做了个手势，两个混混架起晕倒的小七，想要将他带走。金燕不管不顾奋力跟他们撕扯着，就在这时，远处传来喊声："警察，都别动！"

顿时，黄毛和两个混混大惊失色，急忙丢下小七逃走。

金燕提着的一口气松了，摇晃着不省人事的小七，放声大哭。

下班时间已经过了，王士涂依旧对秦勇纠缠不休。秦勇早就被缠得没办法了，大声说："鞋码的事情我已经确认过了，边杰脚上穿的就是44码的鞋。"

王士涂愣了片刻道："他家里确实还有一双44码的鞋，这小子别是有备而来吧？"

"鞋码也是有误差的，也许他的脚就是介于43码和44码之间呢？"

王士涂不认同地微微摇了摇头，从公文包里掏出两张放大的耳朵照片放在办公桌上："那你再看看这个，你觉得这两只耳朵是同一个人的吗？"

拿起照片，秦勇仔细看了看："应该是吧，肉眼看起来没什么区别。"

马上，王士涂又从包里掏出了两张描摹出耳朵轮廓线的塑料片："这个呢？"

秦勇定睛望去，看到两个耳朵的轮廓线明显有差别，不由迟疑着道："这……"

指指两张塑料片，王士涂道："这个是边杰的耳朵，这个，是自称边杰那小子的耳朵。从小到大，人的五官都会变，但唯独耳朵不会大变。我找了……我打了这么多年拐，这是经验之谈。"

秦勇沉思了片刻："你说的确实有道理，但是……"他要拿出证据，从抽屉里翻出了417失踪案的卷宗。

"417案的资料里说，边杰左手腕上有一块烫伤的疤痕，"秦勇道，"我去河溪接他的时候特意看过，那是块至少有七八年的旧疤，如果有人想冒充边杰，总不会在边杰失踪前就连疤痕也伪造好了吧？"

王士涂一时卡壳。正好这时女警小林推门走了进来，冲二人道："秦队，王队！边杰被人打伤，进医院了。"

秦勇和王士涂脸色都是一变。

等他们赶到医院的时候，小七已经从急诊室转到了病房。小张把双目红肿的金燕引到一旁做笔录，金燕自然很配合，只是说着说着，忍不住又哭了。

走廊的另一侧，王士涂透过病房门的窗户向内望去，看到小七头上缠着绷带躺在病床上昏迷不醒，边美珍趴在床边看不见脸，只能见到她紧紧握着小七的手。

他问旁边的金满福："他情况怎么样？"

金满福也在望着病房里的老婆和儿子，沉重地叹了口气，道："大夫说是轻微脑震荡，一直发高烧。王警官，不能放过他们，现在这些犯罪分子也太嚣张了吧？"

王士涂安慰道："你放心，他们跑不了。"他瞅了瞅金满福的脸色，还是没忍住，问道："老金，边杰回来也有一周多了吧？在这段时间里，你们有没有察觉到什么异常？"

金满福微微一怔，道："你说的异常是指哪方面？"

王士涂道："他有没有跟从前的边杰明显不一样的地方？比如说，

本该知道的事情不知道，说话或者写字的习惯突然改变了。"

金满福沉默片刻，满脸心疼地道："贼窝里待了三年，孩子指不定吃了什么苦。回来一开口，叫我一声爸，我……心里那个难受啊，以前这小子从来都是叫我叔。你说他跟我更亲了，这算是异常吗？就算异常又怎么样？"

他的语气异常沉重，按说话说到这里，正常情况下，就不该追问下去了。可是王士涂却像情商"欠费"似的，继续问道："假设，我们只是假设，如果有一个人长得跟边杰很像，又对曾经的417失踪案有一定的了解，甚至通过某种渠道获知了你们的家庭关系，那么对他来说，假冒边杰应该不是一件很难的事情。"

闻言，金满福不禁大怒，指向病房的方向，大声道："我儿子现在还在病床上躺着呢！你不去抓打伤他的人，反而在这里跟我说我儿子是冒充的？你这是想干什么？"

王士涂尴尬道："我没有说边杰一定是冒充的，但我们需要排除一下这种可能性，这也是对你们家属负责。"

金满福满面怒色地反问："怎么排除？难道要我直接去问他，你是不是假冒伪劣产品？"

王士涂道："亲子鉴定。"

这话一出，金满福立刻冷笑起来，语带嘲讽地道："王警官，你这些年应该做了不少亲子鉴定吧？可你的孩子找回来了吗？我不像你，作为一个父亲，我用不着靠那玩意儿去鉴别孩子是不是自己的。"

王士涂像被什么戳了一下，他低下头，半天才平复了自己的情绪，道："你还是再考虑一下吧，亲子鉴定不麻烦，只要……"

金满福早就不想再谈下去了，他站起身，冷淡地道："我的态度很明确，如果你们有证据证明我们家小杰是别人冒充的，尽管来抓人好了。如果没证据，对不起，我还要照顾孩子，慢走不送。"

不知什么时候，天黑了，夜深了。公安局附近的小吃店打烊了，老板在整理桌椅，可是店内还有一个客人。

是王士涂。

桌上特供老三样，已经放凉了，筷子却还没动。王士涂呆呆地坐在桌边，像具塑像一样，无精打采，失魂落魄。他不知道自己是什么时候来的，却知道自己已经在这里坐了许久。

对孤身一人的他来说，好像除了这里，便无处可去了。

老板早就整好了桌椅，担忧地看着一动不动的王士涂。王士涂脑子里全是金满福对他说过的话，也不光是金满福，还有豆豆，还有这些年寻找豆豆的桩桩件件……

啪，一个装满酒的玻璃杯放在王士涂桌上，打断了他的思路。

老板放下酒杯，收走老三样，说道："王哥，都凉透了，我给你热热！"

王士涂盯着空空的桌子，陷入了回忆。

那是几年前的事，他刚刚听说出现了一项叫什么 DNA 亲子鉴定的技术，能通过血液、毛发之类的鉴别出亲子关系。

王士涂还记得自己风尘仆仆地赶了很远的路，坐了火车，长途汽车，甚至还坐了一段拖拉机，好不容易才赶到那个之前他从未听说过名字的小村子，一路上不安而又兴奋。

当地的警察带着他深一脚浅一脚地走过了田埂和乡间小路，然后指着前面一个破旧的院落，对他道："前头那家就是了。"

王士涂的心脏怦怦乱跳起来，道："情况都对得上？"

"嗯，人贩子八年前从照阳把孩子卖到这儿，一路上孩子一直吵吵着'我爸爸是警察，他会来抓你们的'，所以他印象深得很。"

是的，一定是豆豆！王士涂忍不住就想冲进去，他使劲深呼吸了一下，看着面前的大门，无比紧张，舔了舔嘴唇，又手足无措地整了整自己的衣服。

一旁的警察又道："我以为你会先做 DNA 鉴定，等出结果了再来呢！"

王士涂干笑两声，哑声道："我自己的儿子，一眼就能看出来是不是，不用等那些玩意儿，麻烦！"说完他想了想，又补了一句："对了，他的养父母什么态度？"

"养母前两年去世了，家里只剩一个养父，他当然是不希望孩子认回亲生父母的，但买卖儿童都是犯法的，我们做过工作之后，他不敢拦着。"

也在意料之中。其实王士涂根本不担心养父母，他最怕的是孩子的态度，最怕孩子对养父母有感情。

他又心虚，又不敢问。

带他来的警察引着他进了院子。一进门，他就看到一个头发斑白的老头坐在台阶上吧嗒吧嗒抽旱烟。老头看见二人，不友善地看了王士涂一眼，将脸扭了过去。

虽然年纪挺大的，但……应该就是孩子的养父了。王士涂张了张嘴想说什么，却不知道该说什么，跟着警察进了堂屋。

光线很差的屋里并无长物，仅有的家具又脏又旧，一个黝黑的少年坐在床上，见他们进来，目光漠然地偏过来。

乡里的警察朝着少年一指："喏，就是他。"

已经八年了，说实话，王士涂并没有想过见面时会有多么感人的父子重逢，可是看到少年如此冷漠，心中一时五味杂陈。

少年看看警察，又瞥了王士涂一眼，目光中没有丝毫感情，道："你就是我亲爸？"

王士涂一时不知该怎么回答。这个眼前的半大小子，带着有点儿变声的小公鸭嗓，就是长大后的豆豆吗？他有点儿懵了。他道："你被诱拐的时候曾经说过，你爸爸是警察，对不对？"

少年蔑视地从鼻中轻轻哼出一声，道："我是唬他们的，其实我不知道我亲爸是不是警察。"

可是豆豆怎么可能不知道自己是警察呢！王士涂一颗心冷了下来，跟警察对望了一眼，失望之色溢于言表。他又不死心地问了一句："你叫豆豆？"

这次少年看都不看他们了，道："兜兜还是豆豆？我记不清了，反正不管叫什么，我都不会跟你走。"

警察张嘴想说什么，却被王士涂摆手拦住了。于是警察凑过来小声道："孩子是怕他养父难过，不配合。王警官，还是先安排做个DNA 鉴定吧。"

至于 DNA 鉴定的结果嘛……不提也罢。

小吃店的灯光闪了闪，王士涂回过神来，叹了口气，自言自语地喃喃道："过了这么久了，豆豆就算站在我面前，我……我也认不出来啊！"他忍着眼泪猛灌了一口酒。

不一会儿，老板端着热过的老三样回来，只是桌旁已经空了，一起空了的，还有桌上的酒。

可是即便如此，王士涂也没有放弃自己的怀疑。别说金满福，就算是秦勇，大约也是不信他的，但是，他还是想跟秦勇提个醒。

消沉了一夜，王士涂重新打起精神，火急火燎地跑到秦勇的办公室。

秦勇正在看卷宗，王士涂瞅了一眼，正是之前边杰被打的案子。他毫不客气地在秦勇面前坐下，指了指卷宗问："边杰被打的案子，有进展了吗？"

秦勇道："三个人抓了两个，都是本地的小混混。他们说是黄毛出了钱，让他们跟着去打边杰的。黄毛就是边杰之前报警提到的河溪犯罪团伙成员。"

"那黄毛呢？"王士涂又问。

"跑了。我准备亲自去一趟河溪。"秦勇合上卷宗。

"去抓黄毛？"

"不只是黄毛，还有他背后的势力！"秦勇道，"我之前还担心跟河溪兄弟单位的合作会不顺利，但黄毛在照阳的所作所为，等于把管辖权和主动权交给了我们。"

这样一想，似乎也不坏。王士涂想了想，道："你有你的工作方式，但我还是得泼个冷水，如果边杰的身份本身就有问题，那他提供的线索也可能是歪的。"他说完转身就走。

秦勇无奈地摇摇头，可是突然想起了什么，连忙叫住他，道："哦，对了，那两个混混说，黄毛提到边杰的时候，所说的名字不是边杰，而是小七。"

王士涂停了一下，随即匆匆地走了出去。

窄小逼仄的审讯室里，小射灯投下一束冰凉的光，小七局促地坐在特制的审讯椅上，低着头，目光不安地乱飘。在他对面，王士涂正在做笔录。

小七结结巴巴地道："后来，我觉得有什么东西重重撞在我脑袋上，就什么都不知道了。"

王士涂道："那是块板砖，你小子也算命大。放心吧，打伤你的人已经被拘留了，我们会依法处理的。"

小七心虚地看了一眼王士涂，道："那要是没别的事，我就先回去了。"他早就想走了，极快地站起来准备离开。

没想到王士涂突然道："等等。"

小七停住了脚步，只见王士涂走到他面前，突然掏出手铐，动作熟练地铐在他手上。小七吓了一跳，惊叫道："王警官，你这是什么意思？我当时只是自卫！"

王士涂的脸上挂起一个毫无笑意的笑容："抓你当然不是因为你自卫，你自己干了什么心里没数吗？"

小七脸色顿时变了，一股寒意从脚底涌上脑门。王士涂也看出了他的异样，玩味地看了半晌，慢悠悠又无比笃定地道："现在轮到你交代问题了，为什么要冒充边杰？"

小七早就张口结舌，什么都说不出来了。

这时王士涂突然一拍桌子，一声巨响吓得小七浑身一颤，紧接着王士涂一声暴喝："说！"

小七浑身颤抖着，想逃又无路可逃，眼见面色铁青的王士涂步步靠近，不由惊叫了起来……

头上缠着绷带的小七呻吟了一声醒了过来，眼前是雪白的天花板，还有医院特有的消毒水味。他长长舒了一口气，紧绷的身子放松下来——原来刚才只是一场梦。没有王士涂，没有审问，更没有秘密被揭穿……他仍躺在医院的病房中。

宛如劫后余生一般，小七的脑海中有一两秒钟的空白。他支起身子，清晨的阳光从窗外照进来，空气中带有早晨特有的凉意。在他身边，边美珍趴在床上沉睡未醒。病床旁边，金燕坐在靠墙的椅子上，脑袋一顿一顿地打瞌睡。

小七一时间心中五味杂陈，开口叫了一声："姐。"

他的声音干哑又微弱，可是金燕却骤然清醒过来，她看到小七醒了，喜形于色，高声叫道："爸，小杰醒了！"

金满福立刻推门走了进来——原来他就睡在病房外的长椅上。

进来看见小七，金满福又惊又喜地长松一口气："老天呀，你可算醒了，你都发了三天高烧了你知道吗？"

小七看了边美珍一眼："这三天，她一直守着我？"

金燕摇头苦笑道："别提了，我和爸都打算跟她轮班来着，可怎么劝都劝不走，就那么一颗一颗给你剥瓜子。"

床头柜的盘子里有一大堆剥出来的瓜子仁，一颗一颗又大又饱满，也不知边美珍剥了多久。小七见状大为感动，轻轻去推边美珍，柔声道："妈，妈。"

边美珍睡眼惺忪地睁开眼睛，有一瞬间的迷茫，接着她看到小七醒了，咧了咧嘴就要哭。小七急忙伸手帮边美珍理了理额前的乱发，对她道："别怕，我没事了，咱们一起回家，好不好？"

边美珍眼泪盈眶，却极听话，仍然瘪着嘴要哭的样子，握住小七的手，使劲儿点头。

小七恢复得很快。出院的时候，金满福开着车，带着全家人回家，边美珍一直握着小七的手并将其放在自己的腿上。

金满福一边开车一边道："小杰，秦队长之前通知我，打你那仨小子抓了俩，那个叫黄毛的跑了，不过他让你放心，警察会盯着这个案子的。"

小七稍稍松了口气，道："嗯，知道了。"

金满福又道："另外我得说你两句，好汉不吃眼前亏，知道吗？有人找麻烦你赶紧跑啊！"

小七苦笑了一下，无奈道："我跑了，我姐怎么办？"

副驾驶上的金燕听到这句话，睫毛微微颤动了两下，露出感动的神色，低声喃喃道："傻孩子。"

金满福看一眼金燕，又是欣慰又是气愤地道："看看，这不就是如假包换的亲姐弟嘛，有的人他就是唯恐天下不乱！"

金燕问："爸，你这是跟谁啊，急赤白脸的？"

金满福大声抱怨道："还不是那个王警官，那天跑到医院去，居然说小杰会不会是假的，还要做个什么鬼鉴定，吃饱了撑的，我没搭理他。"小七闻言身体一僵，脸色沉了下来。金满福接着又道："小杰，你以后见了他绕着点走，别让他找麻烦。"

小七答应了一声，目光闪烁了一下，又像是怕被谁发现一样，垂下了眼皮。车中短暂沉默了一阵，金燕开口道："对了，爸，我之前在医院看见佳佳了，又带她妈来看病呢。"

金满福叹了口气："她们家也挺不容易的，小杰，我给你拿点钱，过两天你给她们送过去，能帮一把是一把。"

小七应了一声。

王佳的家与金家相比，真是一个天上，一个地下。王母病弱，又拉扯着两个孩子，她家经济情况一直不好。一家人住在一个平房大杂院其中的一间里，原先住在这里的人，能搬走的都搬走了。大杂院里剩的邻居不多，又凋敝，又冷清。

小七来到王家的时候，天上下着雨，噼里啪啦的雨声像炒豆子。雨水沿着平房的檐角滴落，再往低处流去。原本坑坑洼洼的地面积了水，小水洼一个接着一个。小七打着伞一路走来，湿了半条裤管，总算走进院子。王家住在最里面的一间，小七上前敲了敲房门。

家里似乎没人。又敲了两下，屋内仍然无人应声。

小七想了想，从怀里掏出一个装钱的牛皮纸信封，弯下腰想要将信封从门缝下方塞进去。

正好这时候，穿着雨衣的王佳推着自行车走进了院子，看到小七撅着屁股在自己家门口鼓捣着什么，脸色一冷，高声叫道："喂，你干吗呢？"

小七吓了一跳，直起身扭头，便看到王佳手脚麻利地停好车子，快步朝他走来。

小七尴尬道："王佳你回来了，那正好，这一千块是我爸让我送过来的，你们先拿着应急。"王佳冷冷地看着他，推开了递过来的牛皮纸信封，口气不善地道："你误会了，我们那天只是打听我哥的消息，不是在祈求施舍。"

小七讪讪道："我不是那个意思，我和你哥是朋友，只是想尽点力……"说到后面，也不知该说什么了，小七伸手想要将牛皮纸信封塞给王佳，却被王佳一把打掉。

王佳冷笑道："朋友？你倒是一个人回来了，可你的朋友们都在哪儿呢？"

小七一时语塞。

见状，王佳不再理他，用身体将小七挤到了一边，掏出钥匙开门，却打不开。"妈，开门。"她拍着门大声喊道。

小七捡起了牛皮纸信封，道："我刚才敲半天了，你家没人。"

王佳一惊，失声道："不可能！门从里面锁上的。"这时，小七和王佳都已经意识到事情不对劲。王佳心中大急，用力拍门，喊道："妈，妈，你没事吧？"

不及细想，小七道："你躲开。"王佳往旁边闪了闪，小七一脚就将门踹开了。只见王母倒在客厅的地上，生死不知，小七脸色一变，王佳已哭叫着扑了上去。

雨还在下。王士涂打着伞，提着一个塑料袋，穿过了胡同，那正是王佳家大杂院的方向。还没等他走近，便看见雨幕中有人在奋力推着三轮车。

原来是小七。只见他浑身湿透，满脸焦急模样，在他身后，裹着雨衣的王母双眼紧闭，半躺在三轮车上。同样浑身湿透的王佳在后面一边扶着母亲，一边帮着推车，眼圈红红的，脸上的也不知是泪水还是雨水。

王士涂见状连忙快步迎上去，问道："怎么了这是？"

王佳带着哭腔道："我妈犯病晕倒了，要赶紧送医院。"

王士涂上前扶住王母，替下了王佳，把伞塞到了她手里，道："我来我来。佳佳，你赶紧找个公话打120，让救护车在建设路上迎着我们，听明白了吗？"

王佳点点头，一路小跑着去找公共电话。王士涂朝小七打了个手势，继续推着王母沿胡同向前走去。

身后换成了王士涂，小七感到如芒在背，走了一阵，他忍不住回头看了一眼，发现王士涂也正目光深邃地看着他。

小七急忙扭回头来，闷头推车向前。

好在一路无话，他们顺利将王母送进了医院。

医生抢救，用药，三人脸色凝重地等在病房外，小七远远躲着王士涂。两人浑身湿淋淋的，脚下都已经积了一摊水。

王士涂拧一拧衣服上的水，将手里的塑料袋递给王佳，道："我本来是想过来给你妈送点药的，没想到直接进医院了，怎么突然就这么严重了呢？"

王佳没说话，看了一眼小七。王士涂顿时明白了，沉痛道："怪我，都怪我，三年了，还没把你哥找回来。"

此时，病房门打开，医生走了出来，三人急忙迎了上去。

王佳急切问道："大夫，我妈怎么样了？"

医生道："是急性哮喘发作，幸好送来得及时。现在挂上抗炎和扩张支气管的药物，再让病人吸上氧气，应该问题不大了。"

王佳松了口气。

医生又道："你们谁去把治疗费用交一下？"

王佳连忙道："我去。"说着掏出钱包翻了翻，可是钱包里并没有几张钞票。她面露难色，正要说什么，小七已经掏出被打湿的牛皮纸信封递了过来："先拿着应急，这个时候就别计较那么多了。"

王佳咬了咬嘴唇，终于接过信封，跟着医生匆匆离开了。

病房外只剩下小七和王士涂。

小七靠着墙低着头，眼睛的余光却关注着王士涂的动向。

王士涂在走廊的长椅上坐了下来，扭头打量着小七，最后目光落在了地上小七湿漉漉的脚印上。

王士涂道："不过来坐会儿？"

小七不自然地道："我站着就行。"

王士涂问："你怎么会在王佳家？"

这个倒不需要隐瞒，小七道："我爸让我送点东西看看她们，我下班过去，结果就碰上了这档子事。"

王士涂点了点头，口气里听不出什么情绪："哦，助人为乐。你现在去你爸的棉纺厂上班了？"

小七道："是啊，顺便学学计算机技术。"

王士涂冷眼瞧着小七，意味深长地道："老金虽然不是你亲爸，但你姐姐毕竟是个女孩，那么大的家业，以后终归会落在你手里。啧，令人羡慕啊。"

小七脸色变了变，道："我爸的是我爸的，现在这样我已经很满足了，不该属于我的东西，我可不敢要。"

王士涂微微一笑，道："这是你们家的事，我不过随便说两句，你这么紧张干什么？"

毕竟是刑警队队长，小七立刻败下阵来，支支吾吾地道："我没紧张啊。"

"没紧张你躲我那么远？"

"我……身上水淋淋的，怕弄脏人家椅子。"小七说着，仿佛是为了证明自己问心无愧，走到长椅边坐了下来，但还是下意识跟王士涂保持着距离。

王士涂看着小七的鞋，试探着道："这不是你之前那双吧？"

小七低着头，心虚一般地说："那双挤脚，这双正好。"

"是吗？你是不是挺怕警察的？"王士涂又道。

小七强作镇定地笑笑，道："没有啊，人民警察爱人民，我一个人民有什么好怕的？"

"那些犯罪分子在原形毕露之前也都伪装成人民，但他们总是不明白一个道理。"

明明不想搭茬了，可是小七还是忍不住问："什么道理？"

王士涂看着小七，不知从什么时候开始，目光变得冰冷又凌厉，他一字一字地道："纸是包不住火的，警察知道的永远比他们想象的要多。是不是，小七？"

小七浑身一震，脸色瞬间煞白。王士涂不动声色地观察着他，而小七强迫自己镇定下来，强笑道："你们警察的事，我听不懂。"

闻言，王士涂意味深长地笑了笑，没再说话。好在去交费的王佳回来了，重新向二人道了谢，小七巴不得赶紧逃跑，找了个借口就溜之大吉。

逃得了一时，逃不了一世。王士涂一点也不着急。着急的是小七，可是他对此又毫无办法。目前，他唯一的办法，就是躲。

离开医院的时候雨已经停了，天空依旧阴沉沉的。小七披着湿衣蹚着水一路小跑回家，王佳心情复杂地坐在母亲的病床前，手里还攥着小七给她的那个牛皮纸信封。

她哀叹一声，一千块钱，真不知道该怎么还……

而小七在照阳的生活，除了盯着他不放的王士涂之外，还算顺心。金家人对他都很好，秦勇也说过要把庆爷那伙人绳之以法，想来黄毛也不足为惧……

"眼保健操，第一节……"听着音乐声的王士涂，提着公文包走进学校教学楼。

宽敞的教师办公室是几个老师共用的，有的老师在批改作业，有的在整理教具。王士涂坐在郑老师的办公桌旁边。

郑老师道："边杰回来的事我也听说了。班上有两个孩子失踪，我这个班主任难辞其咎。所以这些年这也一直是我的一块心病，我正准备抽空去看看边杰呢。王警官你有什么需要我做的就直说，只要对案子有帮助，我肯定没二话。"

王士涂道："好，你这里有没有他以前的作业或者考卷什么的？"

郑老师则面露难色，道："这个啊……学校里用过的本子和考卷都会定期被造纸厂收走的。您要这个做什么？"

"孩子找回来了，我们警方按流程需要确认一下身份。"王士涂说得比较含糊，可是郑老师却立刻听出了端倪，吃惊地瞪圆了眼睛，失声道："你怀疑他是假冒的？"

王士涂立刻做了个小声点的手势，道："没那么严重。你再想想，还留过边杰的本子或其他的东西吗？"

郑老师回了回神，为难地摇摇头："也许，边杰家里会有吧。"

边杰家会有，却不会给自己。王士涂目光炯炯地看着郑老师。

当天下午，郑老师就拜访了金家。毕竟曾是边杰的班主任，郑老师可比王士涂受欢迎多了，边美珍殷勤地给她端来了水果，放在茶水和糖果的旁边。

边美珍笨拙地道："水果，好吃。"

郑老师微笑道："边杰妈妈，您快别客气了，哪吃得了这么多？"

金满福笑道："你让她忙吧，家里难得来个人，她高兴。"边美珍也呵呵笑了几声，又转身进了厨房，不知在忙活什么。

看着她的背影，郑老师的目光中露出怜悯之色，低声问金满福："边杰出事以后，她一直这样？"

金满福无奈地点点头，强笑道："让郑老师见笑了。"说着，看了看墙上的挂钟，又道："哎，那小子跑哪儿去了？怎么还不回来？"

正说着，小七开门走了进来，看到郑老师，不由一怔。金满福连忙招呼他道："小杰你可回来了。怎么，不认识了？这是你们班主任郑老师啊。"

小七心里有了底，上前微笑道："哦，郑老师好。"

想起王士涂的怀疑，郑老师上下打量了小七一番，道："听说你回家了，我这个当老师的怎么也要来看看。没想到三年时间你能长这么高，现在是玉树临风、一表人才呀。"

金满福满脸堆笑道："老师你快别夸他了，个子长了不少，别的倒是没什么长进。"

郑老师点了点头，道："对了，我今天来，还有个小小的请求。"

"您说。"

郑老师道："边杰上学的时候，有一篇作文在学校里获过奖，最近学校想把历届学生的优秀作文整理一下出本小册子。边杰，你以前的作文本还留着吗？"

小七一怔："作文本……"他立刻想起了金满福之前说的话："我记得你以前写字没这么难看啊。常言道，字如其人，你得好好练练了，免得让外人看见……"

没错，他的字迹和边杰的完全不一样，两相对比，那……他想到这里，脸色一变，顿时警惕起来。

幸好这时金满福开口道："早没啦。之前他三年都没消息，我怕他妈看了触景生情，都给卖废品了。"

郑老师不由有些失望，小七刚刚松了口气，边美珍却从厨房里冲了出来，连声说着："有的，有的！小杰得奖的，写妈妈的，妈妈留着呢！"

金满福和小七都是一愣。

郑老师眼睛一亮，道："那太好了。"

边美珍扭头就钻进了自己屋里，小七的心顿时又提了起来。不一会儿，边美珍就小心翼翼地捧着一本陈旧的作文本走了出来。

小七有意无意地挡住了边美珍，道："那个，郑老师，这东西我妈宝贝着呢，要不然我再抄一份给您送过去吧。"

郑老师摆摆手，道："不用这么麻烦，明天让他们打成铅字，这个就还给你了。"说着起身要去接作文本。

小七心中大急，目光急速闪烁了几下，他抢先从边美珍手里接过了作文本，走向郑老师，却突然脚下一滑，顺势连人带作文本摔在了茶盘上。整壶茶被打翻，作文本被浇了个透湿。

边美珍急忙去扶小七："小杰！"金满福则拎起了湿透的作文本："哎呀呀，你这孩子怎么这么毛手毛脚的。"他为难地看着郑老师，道："老师你看，这揭都揭不开了……要不明天晾干了，再让小杰给你送过去吧。"

看着滴水的作文本，郑老师也只能无奈地答应了。

王士涂戴着花镜坐在办公桌前，正在翻看着小七第一次来公安局时的笔录。

笔录的最后一页是小七手写的字：以上一页笔录我已看过，和我所说相符。

再后面是"边杰"的签名。

此时小张推门走了进来："师父，边杰的作文本拿到了。"

"快给我。"

被茶水泡得皱巴巴的作文本递到王士涂手上，他翻开作文本，对比着本子上和笔录上的字迹，看了一会儿，他的眉头越皱越紧。

小张见状也凑过去看，道："这、这好像是同一个人的笔迹啊……师父，这回是您错了呀。"

王士涂一脸不解地抬起头，道："不对呀……不能够啊……你确定这是边杰的作文本？"

"从郑老师那儿拿的还能有假？"

"上面这字怎么这么糊啊？被水泡过？"王士涂拿起作文本凑到鼻子前闻了闻，"还一股茶叶味。"

小张道："哦，是这样，郑老师说，那天去金家拿作文本的时候，边杰滑了一跤，本子被茶水弄湿了，第二天晾干了之后，边杰又给她送过去的。"

闻言，王士涂的眼睛立刻眯了起来，道："也就是说，郑老师不是当场从金家把本子拿走的，中间隔了一夜。"

"这有什么问题吗？"

"有问题啊！"王士涂叫道，"怎么偏那么巧他就滑了一跤把本子弄湿了，隔了一夜，就有手脚可做了。"

小张一时有些发蒙。

王士涂想了想，将作文本反过来，发现封底的封皮被撕掉了。他像发现了什么似的冷笑起来，道："这里为什么撕掉了？"

小张摇摇头。

王士涂盯着封底，似乎想到了什么，用手扒着去看作文本两页纸中间的夹缝，但什么都看不到，他索性将作文本从中缝处一撕两半。

小张惊讶地道："哎，师父你……"

本子被撕开后，露出了原来藏在夹缝里的一行数字。王士涂看着数字，嘲讽的笑容更盛，他将数字展示给小张，问："你知不知道这组数字是什么意思？"

小张仍然摇头。

王士涂恨铁不成钢地啧了一声，重重地道："生产日期，今年1月份。"

小张立刻瞪大了眼睛，讶然道："这个本子是新的？"

王士涂将手里的作文本往桌上一扔，道："他撕掉封底，就是为了不让我们看到生产日期，可是他不知道，中缝也有。"

到了这时，小张也明白了，他恍然大悟道："所以这不是边杰原来的作文本，是他把内容抄在了新本子上，想糊弄我们！"

"很明显，他看出了郑老师的目的。"

小张吸了一口凉气："这小子够鬼的呀。"

王士涂冷笑道："从鞋码到作文本，他在跟咱们斗法呢。"

原来小张还觉得王士涂疑神疑鬼，到了现在也认定这个边杰的确是假的了，他道："现在打草惊蛇了，那咱们下一步怎么办？"

王士涂想了想，道："边杰的笔迹还是得拿到手，你这几天要多往学校跑几趟了，看看还有没有其他办法。"

夕阳西下，正是下班时间，小七推着自行车走出工厂大门，看到王佳站在门外不远处。王佳看到小七，扭过头装作在东张西望。小七见状，朝着她走了过来，试探问道："找我？"

王佳依旧冷着脸，掏出一个牛皮纸信封塞给小七："这是还你的钱，你数一下。"

小七接过信封却没有打开。王佳还是看也不看他，道："我妈说，我们家不欠人情，她想周末请你去家里吃顿饭，你要是不嫌弃，就赏个脸。话我带到了，去不去随你便。"话音未落，王佳扭头就走。

真奇怪，她就差把"不欢迎"这三个字写在脑门上了，偏偏又不给小七拒绝的机会。

不过，有人请吃饭毕竟是件好事，小七的麻烦还在后面。比如，在他不知道的时候，警察局的小张正拿着一张考卷，兴冲冲地推开王士涂办公室的门。

他边走边嚷："师父，好消息！"

王士涂从椅子上站了起来："找到边杰的字迹了？"

他点点头，将考卷放在桌上，道："我把所有教过边杰的老师问了个遍，最后在一个退休教师家里找到了他的一份政治考卷。"

摊开了试卷，王士涂立刻从抽屉里找出了小七的笔录和那本作文本，将它们跟考卷放在一起做比对。小张也凑了过来，两人脑袋凑到一起，看着桌上，只见考卷上的字迹与笔录和作文本上的明显不同。

小张喜形于色，王士涂长出了一口气："这回对头了，那小子果然是个冒牌货。"

小张也道："等做了正式的笔迹鉴定，咱们就算有实打实的证据了。"

王士涂点点头，又摇摇头："仅凭笔录上这几句话，文本量不够做笔迹鉴定。"

小张指着作文本："加上作文本上这些，妥妥够了呀。"

"既然要作为证据，文本来源必须有据可查，你觉得那小子会承认作文本上的字是他抄的？"

小张嗞了嗞牙花子："所以，还得想办法再弄点那小子的笔迹？"

"行了，你的任务完成了，该我去会会他了。"说着，他拍拍小张的肩膀，拿起公文包，前往金家。

小七坐在房间里，一手拿着边杰的作文本，一手拿着一个打火机。他打着了打火机，将作文本靠近了火苗，本打算就此烧掉的，可不知为何，脑海中冒出了边美珍的那句话：小杰得奖的，写妈妈的，妈妈留着呢！

他心中一动，又犹豫了，迟迟没有将作文本点燃。

此时，楼下传来一个熟悉的声音："家里有人吗？"

是王士涂！

小七脸色大变，急忙将作文本塞到了床垫下面，转身刚想下楼，突然停下来——他来干什么呢？小七想着，心中冒出一股冷意。

站在大门外的王士涂等了没一会儿，门就开了。开门的是小七，他右手拇指上缠着厚厚的纱布，王士涂一眼看到他的手，一愣。

面前的小七若无其事地笑着跟他打招呼："王警官，有事啊？"

王士涂跟着他走进了屋子，道："你手怎么了？"

"哦，不小心被门挤了。"

王士涂似笑非笑地看着小七，意味深长地道："这么不巧啊？"小七也笑了笑，这一刻，二人似乎有种心照不宣的默契。

小七嗯了一声，道："您是来找……"

"找你，你不是要申领身份证吗？让你填个表。"

"这事应该归派出所管吧？"

王士涂微笑着道："对，我正好去办事，就顺便给你捎过来了。不过看你这架势，一时半会儿也填不了了吧？"

小七立刻道："没关系，也不能让您白跑一趟，我用左手也行的。"他向王士涂伸出了左手。

这个小子，还真不好对付！王士涂目光复杂地看了小七一会儿，只好掏出表格和笔递了过去。小七左手拿笔，开始在表格上写了起来。

像隔空过招一般，二人有来有往地进攻防守。小七是真的下了狠心，用门挤伤了手指，他一点也不怕王士涂要求他拆开纱布，甚至，内心还期盼着王士涂这样做。

然而王士涂没有。他只是一直盯着小七，虽然，恨得牙根直痒痒。

小七就像什么也不知道一样，继续埋头填表。王士涂看了他一阵，顺手拿起了茶几上的茶叶罐，似乎自言自语地道："这么好的茶，用来泡那几张纸，浪费了。"

果然，小七手一抖，写错了一笔，他定了定神，装作没听见，继续写。

这时，王士涂看了一眼边美珍紧闭的房门，又看了一眼卫生间的门，心里有了计较。他放下了茶叶罐，道："用一下你们家厕所可以吗？"

"当然可以。"

王士涂走进厕所，关上了门。

他是单纯上厕所吗？还是又在出什么花招？小七停下笔，抬眼看着厕所的方向，神色阴郁。

王士涂在厕所没待多久，出来的时候，小七已经把完整的表格交给了他，上面的字迹嘛……只能说勉强能辨认出。

回到警局后，小张看着表格上歪七扭八的字，直皱眉头，抱怨道："这写的什么玩意啊……"王士涂看他一眼，不自觉地冷笑了一声，道："左手写的。我去的时候，他已经把右手拇指包得像粽子一样了。"

没想到这小子这么难对付。小张心里有点同情王士涂，心想师父这回是遇到对手了。当然，口中还是义愤填膺地道："这是早憋着对付您呢，师父，这小子让你碰了好几鼻子灰了，咱不能被他牵着鼻子走啊。"

王士涂啧了一声，不耐烦地道："哪那么多鼻子？不过……我这趟也不能说一点收获没有。"

没等小张问，像是挽回颜面似的，他拿出了一个证物袋，放在桌上。乍一看，里面像是空的，小张迟疑地道："这是……"

"边美珍的头发，带毛囊的。"王士涂道。

仔细看了看，小张才发现证物袋里装着几根花白的长发，不免瞪大了眼睛，道："您是要……"

"小点声儿，别嚷嚷。"王士涂道。

"那，笔迹鉴定还有必要做吗？"小张又问。

王士涂想了想，道："死马当活马医吧，把笔录和边杰的考卷送去鉴定一下。"

小张点了点头。

王士涂又交代："另外，你去通知派出所，边杰身份存疑，身份证暂缓办理。"

"嗯！现在边美珍的样本有了，还差那小子的呢。"眼前的这个"边杰"到底是不是真正的边杰，马上就要水落石出了。虽然小张并不完全认同王士涂，但是一想到要做 DNA 鉴定，真相即将揭晓，内心多少还是有些小激动。

谁知王士涂却迟疑了，沉默了好久，才缓缓地道："容我再想想。"

其实王士涂也说不清自己在犹豫什么，他只是突然想到边美珍，如果再把这个"边杰"从她身边夺走，那么这个可怜的女人又会怎么样呢？

失去孩子的父母们

此时的边美珍正浑身湿透，头发蓬乱，怀里好像抱着什么东西，一众孩子拿着水枪朝她射。边美珍仓皇躲避，孩子们却穷追不舍，一边喷水，一边起哄。幸好，这时小七下班正好撞见，他见状大怒，急忙冲了过去护住边美珍，大声喝道："干什么呢！走开！"

孩子们发出一阵嘘声，一哄而散。

小七扶着边美珍，道："妈，怎么回事啊？"

边美珍小心翼翼地松开手，露出怀里的东西，是一个变形金刚。她献宝一般开心地道："小杰，你丢的玩具，妈妈找回来了！"

玩具没包装，像是孩子玩旧的。想到刚才那群拿水枪的孩子，难不成是边美珍从他们那儿抢的？小七有些无奈地从边美珍手里拿过变形金刚，叹道："妈，这是人家的玩具，你不能抢别人东西呀。赶紧回家吧，我去把东西还给人家。"

边美珍脸上的笑容消失了，像犯错的孩子，有些委屈地看着小七。小七还打算再劝劝边美珍，可是马上就看到一个"大胡子"手里拎着棍子，带着刚才的一个孩子气势汹汹地走了过来。

大胡子用棍子指着小七，问身边的孩子："就是他抢你玩具，还打了你？"

孩子点点头。

小七连忙道："别胡说，我没有！"

大胡子又一指他手里的玩具，瞪着眼怒道："你手里拿的什么！还说没有！"话音未落，抢起棍子就向小七脑袋招呼过来。

小七没想到对方说动手就动手，一时没反应过来。此时边美珍突然一把推开小七，木棍打在了边美珍额角上。边美珍啊的一声，额角已有血流了出来。

突如其来的变故让小七措手不及，他呆了两秒，满脑子都是"他打我妈"！热血涌上头，眼睛顿时红了，身体比大脑更快一步，朝着大胡子就扑上去，二人立刻扭打在一起……

据说人在怒极时是感觉不到疼的，甚至五感都会模糊。这大概是真的。小七不记得和大胡子打架的过程，也不知道怎么被拉开的，他只听见边美珍在哭，在边美珍的哭声里，神智才缓缓恢复过来。

街坊路人已围了不少过来，有的看热闹，有的拉架。小七检查了边美珍的额头，还好伤势不算严重。大胡子还在骂骂咧咧，小七冷眼瞧去，他也见了血，没占什么便宜。

当下不欲再纠缠，小七扶起边美珍，忍着一口气，挤出人群。闹大也没好处，难不成要进派出所，再见王士涂一面吗？

小七觉得照阳这地方真是跟自己犯冲，来到这里没一个月，受的伤比一年都多。

回到家，拿出药水，小七先给边美珍涂额角的伤口。边美珍却心疼地抚摸着小七脸上的一块青紫，心中无比愧疚，突然又看到小七包着纱布的拇指，难过地道："小杰，小杰受伤了！"

小七笑笑，柔声道："没事，我没受伤，我包着玩儿呢。"

边美珍泫然欲泣，捧着小七的脸，歉然道："都是妈妈不好，妈妈没保护好小杰。"

小七沉默了片刻，真诚地看着边美珍，道："我不是以前的边杰了，以后让我来保护你。"

在这一刻，他真的很想成为边杰。似乎，他也真的成了边杰！

所以，他害怕任何能拆穿他身份的人和事，尤其是王士涂。

他也怕警察，但是，就是有这种不得已的时候，他还非要去警察局。

因为上次和金燕遇到小混混的那件事，警察局的小张带着他走在走廊上，边走边说："打你的那两个小子需要你亲自指认一下。"这事明明找金燕也行，为什么非要找自己……小七心中隐隐有种不祥的预感。

果然，小张说着话，把他带到王士涂办公室门口。

小七迟疑地道："我们……不是去秦队长那儿吗？"

小张说："秦队到河溪给你抓黄毛去了，王队在里面等着你呢，快进去吧。"

小七咬了咬牙，敲响了房门。

王士涂的办公室里全是失踪案的资料，密密麻麻地贴满了半面墙那么大的黑板，尤其是三个少年的照片，正贴在最显眼的位置。小七一眼看见边杰的照片，一时间，觉得又刺眼又心虚，很奇异，居然还有点说不清的安全感。

边杰就像一个巨大的壳子，罩在小七外面，代表了亲情和安定的生活，还有美好的未来。壳子一旦破碎，真正的小七将一无所有。

小七看着那张照片，一时有些走神。与此同时，王士涂坐在办公桌后，抬眼打量小七。小七此前刚跟大胡子打过架，鼻青脸肿的。王士涂失笑道:"又跟人打架呢? 性子挺野啊。"

小七低下头,声音闷闷地说:"跟邻居闹了点矛盾。"

王士涂又看到了小七仍然包着的拇指,没忍住嘲讽道:"你那手不能写字,倒是不耽误打架呀。"

小七只有看着别处,装没听见。

"坐吧。"

小七在一个凳子上坐了下来。王士涂拿出一个玻璃杯给他沏茶。

小七连忙道:"王警官别麻烦了,我不喝茶。"

王士涂一边倒水,一边笑道:"不麻烦,对待罪犯要像严冬般无情,对待群众要像春天般温暖嘛。"他把沏好的茶放在桌上,又从抽屉里取出十张照片,一一在小七面前排开。"仔细看看,这里面有打伤你的人吗?"

小七指了指照片,将两个小混混一一点了出来。王士涂点点头:"没错,是他俩。你放心,他们已经被拘留了,我们会依法处理的。"

"让王警官费心了。那要是没别的事,我就先回去了。"小七一刻也不想多留。

没想到王士涂突然站了起来,道:"等等。"

小七心里一抖,立刻想起了他之前做过的那个梦。没错,他做过这样的梦,也是来到警察局,辨认打他的那两个混混。可是认完人他却回不去了,梦里的王士涂突然用手铐铐住了他的手,轻而易举地戳破他外面那个边杰的壳子,把他打回原形,让他万劫不复……

他退后半步,警惕地看着王士涂。现实中的王士涂却没有拿出手铐的意思,而是端起了桌上的玻璃杯,递到了小七面前。

他说:"我这茶不比你家的差,喝一口再走吧,别浪费呀。"

小七的身体顿时放松了许多,勉强挤出一个笑容,他接过玻璃杯喝了一口。 王士涂双眼一眨都不眨地盯着小七喝茶。

在王士涂的炯炯目光之下，小七勉强道："我是喝不出什么好坏，不过确实挺香的。"

王士涂笑了："好啦，看你那副为难的样子，我也不强留你了，回去吧，顺手帮我关好门。"

小七放下玻璃杯，转身出了门。

王士涂看着房门关好，这才拿起了桌上的玻璃杯，避开小七留下的唇印，将整个玻璃杯都装进密封袋里。房门重新被推开，小张进来，询问般望着王士涂。

王士涂向他举了举手里的杯子，小张咧嘴笑了，伸出两根手指做了个胜利的手势。

玻璃杯上有什么，自然是唾液。

有了边美珍的头发，现在又有了小七的唾液，王士涂已经胜券在握，他心情大好。转眼就到了黄昏，同事们都背着包走出警察局的院子，只有他优哉游哉地坐在操场边的台阶上，架着二郎腿，还晃着脚。

不多时，局长拎着公文包经过，冲他道："下班了还不回家？在这磨蹭什么呢？"

王士涂笑呵呵地站起来，道："来来，正好陪我下盘棋，这次我保证不毁棋！"

局长白他一眼，道："改明儿吧，孩子在家等我做饭呢，我都答应她好几次了！"

不知为什么，这句话轻易让王士涂所有的好心情瞬间烟消云散，他呆呆地目送局长越走越远，最后一脸落寞地坐回到台阶上，脑袋耷拉下来，一股悲伤涌上心头。

从警察局回到家的小七开门进屋，金满福已下班了，正坐在沙发上看报纸。

小七叫了一声："爸。"

金满福抬起头："你今天去哪儿了？又跟人打架了？"

小七道："我没事，王警官叫我去指认那天打我的那两个家伙。"

金满福一愣，道："王警官……他没再提要做什么亲子鉴定吧？"

小七道："没。不过……什么是亲子鉴定？"

"现在的一种新技术，听说都不用抽血，用什么头发呀，口水呀，就能测出来人和人之间有没有血缘关系。哼，家里孩子是不是亲生的，还成他们说了算了！"金满福对王士涂的不满还没散去，他絮絮叨叨地抱怨，没注意到小七脸上的表情渐渐僵硬。

怪不得……怪不得王士涂非要他喝一口茶！原来是为了这个！小七紧张地思索着，他已经拿到自己的口水了，那边美珍……

他越想越怕，整个人陷入惶恐不安之中，突然，好像想起了什么，猛地看向了卫生间的门。

小七冲进卫生间锁上门，目光一扫，停在了洗手台上的梳子上。他拿起梳子，看到上面缠绕着许多头发，有一些灰白色的长发，明显是边美珍的。

借用厕所，原来是为了这个……原本怦怦直跳的心，在此时反而平静下来。小七颓然长叹，无力地将梳子放了回去，突然打开水龙头狠狠洗了几把脸。

水还在哗哗流着，小七盯着镜子里自己湿淋淋的脸，面如死灰。

他绝望地闭上了眼睛。

深夜，漆黑的厨房，角落里摆着一个老鼠夹子。一只老鼠探头探脑地过来，嗅了嗅老鼠夹子上的香饵，刚把头伸过去，就被老鼠夹子啪地夹住了。

如果不是贪心，老鼠怎么会被抓住呢？被抓住的老鼠又会怎样呢？据说啊……据说有些老鼠极其心狠，为了逃生，会狠心咬断被夹子夹住的腿。

小七觉得，自己就像被夹住的老鼠。

现在，已经到了他必须做决定的时候。

第二天，他早早就来到了工厂，走进财务室，道："牛姐，咱们几号发工资啊？"

财务牛姐道："下周一，咋啦？"

"我……能不能先预支半个月的？"小七问。

牛姐笑了："咳，跟你牛姐还用说什么预支啊，来，这个月的先给你。"说着，掏出一个信封递给小七。

小七迟疑着道："这不合适吧……"

牛姐打断他，爽利地道："有啥不合适，反正都是肥水不流外人田，以后没准就是你给我发工资了，别忘了你牛姐就行。"

信封里一共三百块钱，正是他一个月的工资。小七捻着那些钞票，嘴角泛起一丝苦笑。

晚上的金家，小七还没回来，金满福和金燕在喝茶，边美珍在一颗一颗地剥瓜子。

金燕故意作势伸手去抓，边美珍打了一下她的手："小杰的。"

金燕扑哧一声笑了，对金满福吐了吐舌头。这时候，房门打开了，小七提着大包小包的东西走了进来。

金满福故意板着脸，道："今天怎么这么晚才回来？又不学好了？"

小七道："去给大家买了点礼物。"说着，从袋子里掏出礼物递给金满福，是两盒西洋参。

他郑重道："爸，为了这个家，你辛苦了。"

金满福接过西洋参，很是意外，一时有些发怔。

小七又掏出一套彩妆交到金燕手上。金燕惊喜道："哇，这个牌子得花多少钱啊！"她愣愣地看着小七，满眼都是感动。

最后，小七来到边美珍面前，从袋子里拿出几盒瓜子仁和栗子仁。他把东西递过去，柔声道："妈，我知道你喜欢吃这个，咱以后不用一个一个嗑了，想吃我就给你买。"说着，打开栗子仁袋子，取出一个喂进边美珍嘴里。边美珍憨笑着，连连赞叹道："嗯，好吃，真好吃。"

小七脸上带着笑容，目光从每个人脸上扫过，他像排练过多次一样，亲切又有点机械地道："我有点累了，先去睡了啊，晚安。"说完走上了楼梯。

夜深了，他躺在床上，似乎已经睡着了。突然，他又毫无征兆地睁开了眼睛，眼神看起来无比清醒。

该醒了。就当是做了个梦吧，到了现在，都该醒了。

他看了看房间的时钟，开始起身打包东西，将重要的随身物品塞进了一个背囊里。收拾好东西，他又拿起笔，在桌上的便签纸上写了一句话：我去外地同学家玩两天，归期未定，不必担心，也不必找我。

既然已经打算远走高飞，便也不在乎这个谎言是不是漏洞百出了。小七又在屋里环顾了一圈，背着背囊出门了。

卫生间传来冲水的声音。边美珍走出卫生间，正看到一个人影闪出了客厅大门，大门被轻轻关上。她愣了一下，走到大门前拉开了门，外面不见一个人影。

迷茫地思索了片刻，突然像是想到了什么，她急忙转身向楼梯走去。

边杰的房间里已经空无一人，边美珍看着空屋子，顿时脸色大变。她穿着睡衣从院子里走了出来，一脸焦急地四处张望寻找，叫着："小杰，小杰去哪儿了？不要丢下妈妈呀，你在哪里呀？"

空荡荡的街道漆黑一片，无人应声。

边美珍一边走一边喊着，身影渐渐消失在黑暗中。

清晨，金满福一边整理刚换上的西服，一边从书房走出来。头顶楼梯上一阵噔噔噔的响声，只见金燕慌慌张张地从二楼小跑下来。

"燕子，一大早的，着急什么？"

"这是小杰房间里的纸条，小杰和妈都不见了！"金燕急得大叫，将小七留的纸条递给金满福。

金满福一愣，扫一眼纸条，恼火地道："美珍肯定是发现小杰不见就出去找他了！熊孩子去什么同学家！"

如果母子俩在一起还好，万一边美珍没追上儿子……金满福不敢再想下去，招呼金燕一声，连忙出门分头找人。

可是照阳那么大，当初失踪的三个少年就没有找到，更何况现在还有个脑子不清楚的边美珍。街坊邻居没人见过他俩，想到留言条上的同学，金满福开车跑到学校找郑老师打听。

可惜的是，郑老师告诉金满福，边杰以前的同学去外地的很少，她知道的只有两个，他们都没有跟边杰联系过，甚至根本不知道边杰回来的消息。

金燕则去警察局找了王士涂，得知消息的王士涂十分惊讶："你说什么？边杰又失踪了？这次连边美珍也失踪了？"

金燕垮着脸点了点头，好像随时都要哭出来一样，将小七留下的那张纸条递给王士涂。

王士涂接过纸条浏览了一下，眯起了眼睛，现出了心知肚明的表情，道："你们家有没有丢什么东西？"

金燕一愣，道："丢东西？没有啊，小杰只是带走了一些他随身的物品，我妈连外衣都没穿。"

王士涂点了点头："唔，那就好。"

"我和我爸分析，我妈可能是发现小杰不见了，出去找他的时候走丢了。"

"也就是说他们没有在一起。边杰毕竟是个心智健全的小伙子，不会出什么大事。"王士涂分析道，"当务之急是要找到你妈，我马上安排人一起找。你们也再到她常去的地方打听打听。"

听了这话，金燕心里多少有点底，道："好，谢谢你，王警官。"

王士涂摆手道："抓紧时间，分头行动吧！"

离开金家的小七此时已经登上了一辆长途大巴。他其实没有一个确切的目的地，想逃，却不知该去哪里。

车上的乘客们昏昏欲睡。车载广播播放着乱七八糟的广告。小七坐在靠窗的位置，心情沉重地看着窗外的雨。

忽然，广告戛然而止，换成了播音员中气十足的声音："下面插播一则寻人启事。边美珍，女，四十五岁，江阳省照阳县羊村人，心智不健全。于4月3日离家后未归，走失时身穿红色印花棉睡衣，脚穿红色拖鞋。有知情人请与其家人或照阳县公安局联系，必有重谢，联系电话……"

小七呆呆地听着，如遭雷击，突然，他猛地站了起来，大声叫道："师傅，停车，停车！"

清晨，天阴着，小雨淅淅沥沥。村外的土路已经开始热闹起来，路两边的店铺，卖早餐的，卖农产品的，都已经开张，即便下着雨，也有客人进进出出。

路上往来的行人或穿着雨衣，或打着伞，只有一人被淋得浑身透湿，她眼神散乱，漫无目的地走在路上。

那正是走了一整夜，从照阳步行来到这里的边美珍。

她还在找小七，一边走，一边去掀路过行人的伞，去看他们被遮住的脸。

她身边的人纷纷投去异样的目光，大家渐渐都开始绕着她走。不多时，走来一个打着伞、戴着棒球帽的年轻人。边美珍看到他，立刻追上去一把拉住："小杰！妈妈可找到你了，快跟妈妈回家吧！"

那年轻人讶然回头，并不是小七。边美珍看清了他的脸，失望地放开手。

年轻人快步离开，只留下边美珍站在雨中，眼泪大颗大颗地落下来。

不过边美珍疯疯癫癫的行为也不只有坏处，她的行踪很快被听到寻人启事的村民上报给公安局。小张得到消息，立刻去找王士涂。

"有一个羊村的村民打来电话，说在羊村附近的路上看到过疑似边美珍的人。"

许是没想到这么快就能找到人，王士涂精神大振，连忙问道："人现在在哪儿？"

小张道："村民说不知道，当时只是匆匆看过一眼，回家听到寻人启事，才意识到他见过的可能是边美珍。"

像边美珍这种情况，认错的概率很小。王士涂立刻赶到了金家，把这个消息告诉了金满福和金燕。

金满福难以置信地道："王警官，你是说，她用了一夜时间，从照阳走到了老家羊村？"

王士涂点头道："她现在仍然在羊村附近的可能性很大，她身上没有钱，就算走也走不远，我已经联络那边的派出所协助寻找了。"

屋内沉默了一秒，金燕马上着急地道："那我弟弟有消息吗？他以前的老师说，并没有外地的同学跟他联系过。"

王士涂没有马上回答，他沉默了许久，才缓缓道："你们不觉得奇怪吗，如果他真的是去找同学，为什么要在半夜不辞而别？"

金满福皱起眉："那你的意思是……"

王士涂斟酌着道："有些事情我本来想过段时间再告诉你们，关于边杰的去向，其实我一直有一个猜测。"

"什么猜测？"

王士涂接着道："他是逃走的，而且不会再回来了。因为你从河溪带回来的这个弟弟，他根本就不是……"他话没说完，房门突然砰地被推开，小七全身湿漉漉地出现在门外。

王士涂顿时目瞪口呆，不仅他，所有人都惊讶又意外。

一看到小七，金燕眼中立刻露出惊喜的神色，她想迎上去，但脚还没动，脸上便罩上了一层寒霜，她瞪着小七厉声道："你跑哪儿去了？出个门跟家里人说一声很难吗？你失踪了三年不知道我们会担心吗？妈为了找你走丢了你知道吗？"

小七低着头，嗫嚅道："我知道……"

王士涂难以置信地看着他，道："你……你怎么回来了？"

小七道："我妈都丢了，我能不回来吗？"

他妈？那根本不是他妈！王士涂难以理解。

金满福则不满地斜了王士涂一眼，道："王警官，你的猜测留着以后再说吧。既然美珍有可能在羊村，咱们赶紧去找人要紧。"说完准备出门。

小七连忙追上去道："你们确定她在羊村吗？"

"不确定，只是有人说在那边看到过她。"

闻言，小七立刻道："那咱们不能都走。万一她不在羊村呢？万一她回来了呢？家里必须得留人。"

这话似乎也有理。

小七接着说："我想这样，羊村我去，你们留在这儿等消息，娄子是我捅出来的，我一定会把她找回来。"

"我开车跟你一起去，让燕子留在家里。"金满福立刻道。

王士涂斜眼看了小七一眼，目光闪烁了几下，道："我也是要去羊村的。我跟那边的派出所比较熟，还是我们两个去吧。老金，你有车，有大哥大，联络方便，机动性强，不如暂时留守，如果其他地方有了消息，可以尽快赶到。"

于是事情就这样决定了。金家父女留守，小七坐上了王士涂的车。

一路上，王士涂一直开车，小七一直看着窗外，二人一言不发。

过了许久，王士涂打破沉默，问："你去哪个同学家玩了？"

仍然看着窗外的小七爱答不理地道："我去哪个同学家玩，也需要向警察汇报吗？"

"那倒不用，只是你们老师说，没有外地的同学跟你联络过。"

小七冷笑道："你们真是为我操碎了心。天天这样盯着我不累吗？"

"你天天这样扮演另一个人不累吗？"王士涂反问。

"我不懂你在说什么。"

那就走着瞧吧。谈不拢干脆就不谈了。

没一阵儿，汽车行驶到山道转弯处，突然一只羊从对面蹿了出来。王士涂大惊失色，急打方向盘避让。下雨天，道路特别滑，车子失去控制，斜着冲出路面，眼看着往路旁的一座谷仓直直冲了过去。

冲撞的前一秒，也不知为什么，王士涂出于本能伸出右手护住了副驾驶座上的小七，随即砰的一声，汽车一头扎进了谷仓。

二人被撞得七荤八素，小七还不知道怎么回事呢，眼前一黑，有几秒钟失去了意识。或许是因为王士涂伸手替他挡了一下，他居然没怎么受伤。

在车里艰难地睁开眼，他发现汽车已经撞在谷仓内一堆草垛上了。仓内昏暗，只能看见前面不知有多少装面粉的袋子被撞破，整个谷仓内弥漫着粉尘，车前盖已经变形弹开，里面的线路嗞啦嗞啦冒着火星。

小七扭头去看王士涂，只见他趴在方向盘上，额头隐隐有血迹。他推了王士涂两下，王士涂不动；他又试了试鼻息，还有气，仿佛只是晕了过去。小七微微松了口气，他推开车门下车。

小七踉踉跄跄地走出谷仓，沿路向前走去。

他刚走了没几步，忽然听到身后轰的一声，扭头看去，只见谷仓的门缝和窗户里都透出火光，谷仓内已经烧了起来。

小七怔怔地看着燃烧的谷仓。

这时，谷仓内的火势已经逐渐大了起来，烟雾和粉尘越来越浓。王士涂趴在方向盘上，仍然处于昏迷中。他耳边隐隐传来豆豆稚嫩的声音。

"爸爸，爸爸！"

这声音越来越清晰，就好像响在耳边。王士涂迷迷糊糊地睁开眼，发现自己正趴在家里的饭桌上，居然不知在什么时候睡着了。

而豆豆就在他的旁边，眉头皱着，焦急害怕，用力地推着他："爸爸，爸爸！快醒醒，快醒醒啊！"

王士涂看着豆豆，一时间没反应过来发生了什么。豆豆指了指厨房的方向，王士涂扭头一看，只见厨房里隐隐有火光和浓烟冒出。

着火了！

王士涂脸色大变，急忙冲进了厨房。

放在炉灶上的水壶已经烧干了，炉火引燃了旁边的抹布，抹布又不知点燃了什么，炉灶上一团火正熊熊燃烧着。王士涂拎起地上的水桶，哗的一声把水全倒在了炉灶上。

马上，他又关掉了煤气，赶紧打开窗子。但浓烟还是不知道从哪里一直冒出来，在厨房里越聚越多。王士涂被呛得咳嗽起来，他四处都找不到浓烟的来源，越来越慌张。

豆豆不知道什么时候跑了进来，他拉住王士涂的衣袖拼命把他向外拽……

王士涂猛地醒了过来，看到车门已经打开，小七正一边咳嗽一边拉着他向车外拽。看到四周的浓烟和火光，王士涂立刻意识到发生了什么。

几经周折，小七终于将王士涂拉下了车，他架起王士涂，摸索着向外走。一坨燃烧的稻草从高处掉了下来，两人慌忙躲避，狼狈不堪。

好在有惊无险，二人终于跌跌撞撞地出了谷仓，头上、身上、脸上落满了黑灰和白面，被外面的雨一浇，黑一道白一道，看起来更加狼狈，简直就和从泥地里挖出来的一样。

身后还有火在烧，也顾不得那么多，二人跑出三四十米，终于把浓烟和火焰甩在身后。冷风冷雨落在脸上，清凉又让人安心。总算可以松一口气，两人疲惫地滚倒在地，一边咳嗽一边大口喘气，冰冷的雨水冲刷在他们脸上。

缓了好一阵子，王士涂扭头看小七："我刚才晕过去了是吧？"

"嗯。"

"没跑啊？"

小七没好气地道："跑了，又回来了。"

"干吗要回来？"王士涂问。

小七反问："那撞车的时候，你干吗要挡住我？"

王士涂一愣，这连他自己都不知道，一时说不出话。

"我不回来，你就没命了。"小七说着，抹一把脸上的雨水。

"那不正好吗？没人天天盯着你了。"王士涂道。

小七扭头瞥他一眼，认真地说："先找到我妈再说。"

王士涂翻身坐起来，审视着小七，冷笑起来："你妈？你们才认识几天啊？我的意思是……挺好的，挺好……"

小七别过了脸，觉得王士涂就是个傻子，道："说了你也不懂。"

谷仓的火惊动了附近的村民，幸好天还在下雨，火很快就被扑灭了。王士涂的车也被拖了出来，简单修了修，还能发动。小七一心惦记着边美珍，催着继续开车上路。于是便可见夜色之中，没几盏路灯的省道上，歪歪扭扭开过来一辆破破烂烂的车。车前盖被撞变形了，挡风玻璃也有了裂纹，车门的缝隙里还漏雨，就连车上的两个人，看起来也像泥猴一样。

车上的气氛很奇怪，沉默中带着落魄，落魄中又带着尴尬。两个"泥猴"谁也没有率先开口，好像在闹别扭。

打破沉默的是车载对讲机。"师父，师父，你在吗？"小张的声音从对讲机里传出来，听着尤其清晰洪亮，把俩"泥猴"都吓了一跳。

没想到这破车如此皮实，不仅能开着上路，甚至连对讲功能都完好。王士涂拿起对讲机，答应了一声："我在。"

对讲机那边，小张道："之前我呼叫你的时候没人应答，没出什么事吧？"

王士涂望一眼同样灰头土脸的小七，掩饰道："没事，一点小状况。"

"不会是那个冒牌货想跑吧？"

车里的二人更尴尬了，小七递过去一个不满又戏谑的眼神。王士涂老脸一红，斥道："别瞎猜，有事说事。"

于是小张便道："边玉堂已经为边美珍的事赶回羊村了，你们到了可以先跟他联系。村子和派出所也已经派出大量人手去找了，但是目前还没有消息。"

不是个好消息。王士涂的脸色沉了几分，放下了对讲机，转向小七："你也听到了吧？如果那么多人都找不到她，边美珍可能已经不在羊村附近了。所以你沉住气，急也没用。"

小七默默地点了点头，两人又是一阵沉默。

羊村是边美珍的老家，边杰失踪前还隔三岔五回来。王士涂开车来到边家堂屋时，雨正好停了，接待他们的是边玉堂——那个从河溪把小七找回来的边玉堂。

虽然是堂姐弟，但边玉堂从小和边美珍的感情就极好，此刻见了自己"大外甥"，也很是亲热，张罗了热水让小七和王士涂清理了一番，又忙前忙后地拿来毛巾，倒了两杯热水。

小七无心客套，道："舅，你们那么多人出去找，一点儿我妈的消息都没有吗？"

边玉堂颓然摇了摇头："村子附近都转遍了，现在天晚了，刚刚又下过雨，路滑危险，只能等明天去镇上再看看。"

听了这话，小七更是担忧，抿住了嘴。

边玉堂叹了口气，在他身边坐下，道："要说我这个姐姐也是命苦，多好的一个人哪，又贤惠又能干。结果你爹下河电鱼把自己给电死了，她改嫁给了开厂子的老金，按说该享福了吧，可你又弄了这么一出，最后她变成现在这个样子……"

既然开了话头，小七低声道："我爸和我姐都没仔细给我讲过，我妈到底怎么变成现在这样的？"

边玉堂对这个自己找回来的"大外甥"毫无戒心，倒也不瞒着他，边回忆边道："你出事的时候啊，我大伯母，也就是你外婆，刚走了没几天，你妈正在守灵……"

那时候院子里搭着灵棚，一口漆黑的大棺材停在灵棚正中。边美珍衣服外套着孝袍，孤零零地坐在一个长条凳上，她已哭了很久，此刻双眼红肿，目光呆滞。

边玉堂端着一碗粥从厨房里走出来，劝道："姐，吃口东西吧，都三天水米不打牙了，你这是要把自己熬死啊！"

边美珍惨然摇头："吃不下，你不用陪我了，回去睡觉吧。"

边玉堂憨厚一笑，在边美珍身边坐了下来："咱俩是从小在这老宅一块长大的，村里姓边的就我跟你最亲，我不陪你谁陪你？"

边美珍的眼泪又很快涌出来，呜咽着道："你常年在外面跑车，家里就剩老太太一个人，我跟她说过多少次，去县里跟我们一起住，可她偏守着这老房子不肯走。我想着她身子骨还硬朗，过两年再说，可没承想，娘俩连最后一面都没见上……她就我这一个闺女！就我这一个闺女！"说着又哭了起来。

边玉堂张了张嘴还想再劝，外面突然传来了汽车声，金满福的车在门外停了下来。边美珍渐渐止住哭声，金满福已经满面焦急地走了进来。

"大半夜的你怎么来了？不说好下葬的时候你再带小杰过来吗？"边美珍抹着泪站起来。

金满福看起来满脸凝重，答非所问地道："这么说，小杰没来过？"

许是哭了太久，边美珍的反应有点慢，迷茫地看着金满福："什么意思啊？他就要中考了，不是在家跟你们一起吗？"

许是不忍心将这个噩耗告诉边美珍，金满福几经挣扎，才开口道："孩子找不到了。"

"你说啥？"边美珍闻言一震，抓住金满福，指甲紧紧陷入了金满福的皮肉之中。

"他一夜没回家，也没去上学，哪儿都找不到！"金满福自责道，"本来不想现在告诉你，可是我又一想，万一他是跑回来看他外婆了呢？"

边美珍呆呆地看着金满福，愣了半天，突然推开他就向门外跑，口中嘶声叫道："小杰！"

然而刚跑出门去，身子一歪，就扑倒在地不动了……

想到从小一起长大的堂姐，几天之内接连失去母亲和儿子，边玉堂心中悲痛。他摁灭手中的烟头，接着对小七说："等她再醒过来，整个人就不对了。大夫说，她是哪根神经被压迫了才神志不清的。后来不知道用了什么药，她不再闹了，但就一直这样糊里糊涂、时好时坏的。"

王士涂一直在旁边听着，这时插嘴道："这么说，老太太的葬礼，边美珍没参加啊？"

"本来停灵还要再停几天的，我姐一出事，第二天就给老太太下葬了。她唯一的闺女躺在医院里，葬礼不能没人管啊！第二天就把老太太给埋了。"边玉堂道。

小七一直没有说话，脸上挂着哀伤的表情，不知道在想什么。

这时边玉堂又絮絮叨叨地道："说起来，老金是个好人。本来就是半路夫妻，但人家这几年一直不离不弃地照顾我姐……"

听到这里，小七突然抬起头："我外婆埋在哪儿？"

边玉堂向外面指了指，道："那边隔一个山头，挺远的。老太太生前死活要土葬，我们也是想尽办法，才在那边给她找了块地。"

"那边你们找过没有？"

"她不可能跑到……"

边玉堂话还没说完，就被小七打断："带我去。"

"现在都夜里十二点了。"边玉堂迟疑道。

然而小七不容置疑地说："马上带我去！"

人的感情是很怪的，小七和边美珍不是母子，他更没有见过边美珍去世的母亲，可是他口中说出"我外婆"这三个字却极其自然，更别提他突然生出的对边美珍的那种"母子连心"的直觉了。

拗不过小七，大半夜的，边玉堂带着他和王士涂爬上了远离村子、老太太下葬的土山。天上云层堆积，无星无月，刚下过雨，山路泥泞。三人打着手电，艰难地来到半山腰，终于看到远处一座孤零零的坟茔，以及蜷缩着躺在坟边的边美珍。

想不到边美珍真的在这里，边玉堂惊呼一声。小七已狂奔到边美珍身边，扑了上去，大声喊道："妈，妈！我来了，你别睡，你快醒醒，你别吓我啊！"他边喊边用力搓着边美珍冰凉的手，又用手去焐她的脸，但边美珍毫无反应。小七鼻子一酸，将边美珍紧紧抱在怀里，声音沙哑地道："你醒醒啊！求求你醒醒啊！"

王士涂也赶了过来，看着小七，似乎也深受触动，上前伸手探了探边美珍的鼻息，大声道："还有气！"

小七心中一松。此时，边美珍动了一下，终于睁开了眼睛。看到面前的小七，她浑浊的双眼闪过了一丝光亮，哭道："小杰……你去哪儿了……别离开妈……"

小七赶紧脱下外衣，用力裹住了边美珍的身体："我在呢，我在呢，别怕，我不会离开你的。走，咱一起回家。"说着，眼泪不自觉地淌了下来。他伸手在脸上一抹，背起了边美珍，一步一滑地向山下走去，边玉堂见状急忙上前从后面扶着。

王士涂走在最后面，看着前面三人的背影，百感交集，若有所思。

再回到边家老宅，把边美珍安置好后，天都要亮了。边玉堂开火给大伙煮了粥，小七和王士涂倒没什么，边美珍却饿坏了。她半靠在床上，小七拿着碗喂她，她很快喝光了一碗粥。

"妈，还喝吗？"小七关切地问。

王士涂道："饿了两天了，一下子吃太多，人受不了。"

小七点点头，转头对边美珍柔声道："那你睡会儿好不好？"边美珍突然一把拉住了小七，满脸惶恐，泫然欲泣道："不，睡着你就走了。"

小七若有所思地说："我一直陪着你。别多想了，睡会儿吧。"

面对边美珍将信将疑的神情，小七又坚定地补充："我不走。"

王士涂看到此处，心中微微有些酸楚，他拿起桌上的空碗，默默地走了出去。小七扶着边美珍躺下来，边美珍这才放心地闭上了眼睛。就像边美珍当初照顾他一样，小七探了探边美珍的额头，又帮她掖了掖被角。

没一会儿，边美珍便睡熟了。

太阳尚未升起的清晨，农村的公鸡还未曾打鸣，天空慢慢地褪去黑暗，气氛宁静又不免寂寥。王士涂独自一人坐在堂屋前的台阶上，他拿出钱包，默默地看着豆豆的照片。

就这样看了不知多久，似乎感觉到身后有人，他回过头，小七站在身后，正越过他的身子，探究地看着他手里的照片。

收起照片，王士涂道："走路一点声都没有，就不能正大光明地过来坐下？"

小七犹豫了一下，走过去坐下，问："你儿子小时候？"

王士涂黯然点了点头，道："有一次啊，也是着火了，跟今天一样。"

小七意外地看了王士涂一眼，随即明白了什么，斟酌着道："那他……没事吧？"

"那时候我还年轻，"想起旧事，王士涂不禁微微笑了笑，"在火场里救个被困儿童什么的，不在话下。"

小七也笑了："还有这样当爹的，管自己家孩子叫被困儿童。"

看见小七的笑容，王士涂也跟着笑了笑，但笑得凄凉、颓然：

"是啊，我确实不配给人当爹。"

小七不解，却也没问，静静等着王士涂说下去。

"五岁的时候，丢了……"王士涂果然继续道，"我要孩子晚，到现在也有十几年了吧，如果还活着的话，大概跟你差不多大。"他努力地想把这些话说得轻松一点，但说出口来，还是满含苦涩。小七在一旁，听得又是惊讶，又是同情。

王士涂很快察觉到小七的心情，强笑道："咳，我跟你说这个干什么。小子，你是不是也该跟我交个底了？你又是从哪儿冒出来的？"

话题还是转到了这里，小七垂下了眼睛："我从哪儿来，早就跟秦队长说过了，其他没有什么好说的。"

这次，王士涂居然没有继续追问，而是打了个哈欠，随口道："行，不想说就睡觉吧，明天一早回城。"

其实天已经快亮了。

"你不怕我趁天没亮跑了？"小七站起来大声道。

王士涂的脚步顿了顿，他没回头，也没说话，随即继续向前走。

小七就站在原地看着王士涂的背影，久久不动。

事实上小七没跑，也没想过要跑。他们一觉睡醒，就按计划，王士涂开着那辆破车，带着小七和边美珍回照阳。

一路开到金家大门口，小七扶着边美珍下了车，王士涂也跟了下来。屋里的金满福和金燕迎了出来，看到小七和边美珍，脸上都现出了喜色。而那辆破破烂烂的车更凸显了此行的坎坷，让人看着便心有余悸。金满福一把握住王士涂的手，连连晃动，感激地说："王警官，这次美珍能平安回来，我要好好谢谢你。"

王士涂看了小七一眼："我没帮上什么忙，你还是谢谢他吧。你们一家团圆，肯定有很多话要说，我就不打扰了。"

没想到居然没有拆穿自己，小七很惊讶。

王士涂回到警察局，一直等着他的小张送来了一个牛皮纸信封："师父，亲子鉴定的结果出来了。"

想起去羊村这一路上发生的事，王士涂不自觉叹了口气，道："你看过没有？"

小张摇摇头："我等着跟您一起分享呢。"

于是王士涂打开牛皮纸信封，将里面的检测报告拿出来，往纸上扫了一眼，脸上毫无波澜。随后，便面无表情地将检测报告放回桌上，还轻轻叹了口气。

这时的小张已经认定小七并不是真正的边杰，看见王士涂神色反常，有些疑惑："什么意思，咱们的推断是错的？"说着，一边拿起检测报告扫了一眼。

他看完后立即喜形于色："没错啊，上面写得清清楚楚，无亲缘关系。您的判断是对的啊，怎么还愁眉苦脸的呢？"

王士涂快快地道："有什么可高兴的吗？我是应该为真边杰仍然下落不明高兴，还是应该为老金一家人被骗了高兴？"

小张一时竟无言以对。

王士涂将检测报告扔进抽屉里，又锁上了抽屉，没好气地道："下班时间到了，你还杵在这儿干吗？等我请你吃饭啊？"说完，自顾自走了出去。

上司有的时候就是会喜怒无常，小张这样想着，觉得自己已经习惯了。

也许真应该请小张吃饭，反正回到家也是一个人。王士涂开门进屋，从门上拔钥匙的时候，钥匙掉在了地上。他吃力地弯腰捡起来，显得十分疲惫。

也许是累了，但更有可能是老了——如果豆豆还在，也该有小七那么大了，有个那么大的儿子，自己怎么可能不老呢？可是自己已经这么老了，本该那么大的儿子，又在哪儿呢？

他简单将桌上未收拾的碗筷收了收，拿着走进了厨房。他基本不在家做饭，冰箱里几乎什么都没有。在厨房里找了半天，发现能用的只有一根大葱。

王士涂给自己做了一碗葱油拌面，这本是他的拿手好菜，可是今天却食不甘味。

他想起那个被错认成豆豆的少年——他叫兜兜，连名字也那么像。自己也给他做过葱油拌面，还记得他吃得狼吞虎咽。

那时候那个孩子的养父正坐在马扎上编竹筐。王士涂把拎来的大包小包的东西堆在桌角，有牛奶，有水果，还有方便面，他对养父说："我……给孩子买了点吃的。"

"我不要。检测结果都出来了，你又不是我的亲爹！"少年道。

王士涂尴尬地站在那里，不知该如何是好。老头没有抬头，手里继续编着筐，淡淡地道："收着吧，都挺贵的，人家一片心意。"

少年这才上前接过了王士涂带来的东西。王士涂看了看手表，又笑了笑，道："生恩不如养恩大，你要好好孝敬你爹！"

少年嗯了一声，道："希望你也早点找到你家豆豆。"

王士涂红了眼圈，直勾勾地盯着少年。如果他就是豆豆该多好啊！

可惜他是兜兜。

想到这里，喉头似乎哽住，口中的面条咽不下去。王士涂索性推开面碗，从口袋里拿出药，在桌上左右扫了眼，就着一口隔夜茶，把药片吞了下去。

恍惚中，他仿佛听到儿子豆豆一阵咯咯的笑声。

豆豆在干什么呢？这么高兴。印象里，豆豆最喜欢搭积木。他总陪豆豆搭积木。

"豆豆，今晚想吃什么？"他问。

豆豆手里拿着一块积木，把它当作小汽车在地上开，大声道："葱油拌面面！"

厨房里传来妻子的声音："不行，没营养。"

王士涂对豆豆做了个鬼脸，朝着厨房道："哎，你说，现在这些小孩子，好好的饭不吃，就爱吃这些？"

"随你呗。"妻子的声音里带着笑意。

王士涂也笑了起来："哦，我儿子爱吃葱油拌面，所以爱吃葱油拌面的都是我儿子，你这个推理逻辑很严密啊。"

厨房里的妻子被逗笑了，他也笑，豆豆也笑。那个时候，他觉得这只是普通的平凡的日子，可是现在想来，却已成为自己人生中最为幸福的时刻。

王士涂悲哀地想，即便豆豆找回来了，那段缺失的陪伴他长大的时间，还有妻子，也都回不来了……

他又想起边美珍和小七，小七不是边杰，可是自己，身边连个假的都没有。

再次见到小七是两天之后，他把小七约在江边见面。正值黄昏，夕阳在水面上洒下一层粼粼金光，江中渡轮传来悠长的汽笛声。小七从远处走了过来，规规矩矩地道："王警官，你找我？"

王士涂看了看手表，说："你迟到了六分三十二……三十三秒。"

小七有些局促："这地方太难找了。"

"照阳谁不知道这里。"王士涂下意识回答后看了一眼小七，然后抬头看天，幽幽地道："太阳都要落山了，夕阳无限好啊，只是近黄昏。知道为什么找你吗？"

小七没说话，扭头去看江水，双方心照不宣。

"你怎么不跑啊？"

小七道："要跑早跑了。"

王士涂却突然改变话题："我有一个朋友，经常去敬老院探望孤寡老人，有些老人脑子糊涂了，把他当成自己的孩子，他也就顺着叫爸叫妈。你说，他犯法吗？"

小七沉默了一下，斟酌道："应该不算吧。"

王士涂拍了拍小七的肩膀，道："我觉得他也没犯法，那算是善意的谎言吧。我找你来是想提醒你，417案我们一直在调查，真正的边杰，我一定会找回来的。那时候你怎么办呢？你现在充其量就是一个躲在边杰影子里的人。你想想，你是要继续做这个看不见的影子，还是要做回自己，在阳光下找到自己的影子？"

听着王士涂的话，小七心中一震，他望着地上被夕阳拉长的影子，发着呆，也不知在想什么。

"过两天来我家吃饭。"王士涂说完，拍了拍小七，转身离开。

就连王士涂自己也没想到，明明一直想证明这个"边杰"是假的，有了真凭实据之后，却偏偏放了他一马。

小七终于能拿到他梦寐以求的身份证了。站在派出所的柜台前，坐在里面的女民警抬头看了看他："边杰是吧，我看看啊……"说着在一堆身份证里翻找着。

小七看着那一沓身份证，不知为何，有些紧张。女民警很快就找到了边杰的身份证，递给了小七。

看到身份证上面写着边杰的名字，照片是自己的，他情不自禁地笑了，欣喜又快活。摩挲着身份证的表面，手指微微有些颤抖，随即他将身份证举起来，对着门外的阳光看去——即便还套着边杰的壳子，他终于也算可以正大光明地走在阳光之下了！

至于那份能证明他不是边杰的亲子鉴定报告，王士涂思来想去，把它压到抽屉的最下层。

刚合上抽屉，秦勇就走了进来。猛然看到秦勇，王士涂哆嗦了一下，快速把抽屉关上，心虚道："哎哟，你吓我一跳。这是刚从河溪省回来？"

秦勇点了点头。

"有什么收获吗？"王士涂又问。

"边杰的猜测没错，那帮人转移了据点，只抓到了几个无关痛痒的小喽啰。"秦勇道，"但是各方面的信息表明，边杰所说的这个组织未成年人乞讨、教唆犯罪的团伙确实曾在河溪省长期活动，而且跟人口贩卖组织有着千丝万缕的关系。"

"看来那小子没说谎。"

秦勇问王士涂："你这边查得怎么样？有什么进展吗？"

王士涂迟疑了一下，摇摇头："没什么进展，前不久边美珍走失了，是我跟那孩子一起把人找回来的。至少在我看来，那份母子之情不是假的。"

他说的是母子之情，而秦勇自动带入了边杰的身份，点头道："我就说嘛，如果他真的有问题，最先发现的应该是家人。还好，这算是回来了一个，希望那两个小子也早点冒头。"

王士涂随声附和道："是啊，不是一家人，不进一家门嘛。"他突然变得这么随和，倒让秦勇不太适应了。

但不管怎么说，结果是好的。秦勇回到自己办公室，趴在桌上写案情报告。还没写完，女警小林敲门走了进来，手里拿着一叠单据。

"秦队，这个月队里的报销单你看一下，需要签个字。"

秦勇接过单据，一张张迅速浏览，突然他看见其中有一张鉴定费的单子。

"这笔鉴定费是干什么用的？"

"是王队请专家给边杰做的鉴定。"小林道。

秦勇愣了一下："哦？把鉴定结果拿来我看看。"

小林应了一声，转身离开。

秦勇又看了看单据，然后在文件上签了字。这时小林也回来了，她拿着一份资料走进来，交给了秦勇。

秦勇接过资料浏览着，他的眉头渐渐皱了起来。

乱七八糟的事一大堆，等小七想起王佳的时候，距离王佳约自己吃饭的日子已经过去好几天了。那天小七没来，王佳心里也不知是满意还是失望，她无心品味，早早把这事忘了，没想到几天之后，小七主动上门了。

这次他提着点心盒子。王母看到小七，愣了一下，随即热情地把他让进屋。

在屋内的王佳看到小七也有些意外，但随即冷下脸来。王佳回想前几次的见面，他好像从来没有空着手过。看也不看小七，她冷冷地道："请你的时候不来，现在又来干什么？"

"佳佳！"王母责怪地瞪她一眼。

小七连忙道："我就是为这事来道歉的，不是我不想来，之前确实有事脱不开身，后来我妈又走丢了，好不容易才找回来。"

闻言，王母关切地问道："你妈她……现在没事了吧？"

小七微笑着点了点头。

王母叹道："咱们两家啊，都是遭了难的，谁也不容易。佳佳，你就别再跟边杰闹别扭了。"

王佳看了小七一眼，轻轻嗯了一声。

还没等小七说什么，外面突然传来了很不客气的拍门声，紧接着是一个年轻的男声："王佳，开门！是我，'大头'！"

听到这个声音，王佳和王母顿时都脸色大变，尤其王佳一脸厌恶，她又是恶心，又是害怕。

她小声恼怒道："妈，他又来了！"

王母对她做了个别出声的手势。

小七见状，满面疑惑，压低声音向二人问道："外面是谁啊？"

外面的拍门声一直不停，一声比一声急促，那个叫"大头"的人好像认定王佳在家，半点没有要走的意思。

王母无奈，压低了声音道："街上的一个二流子。半年前突然上门，要我们家佳佳当他女朋友……"

王佳急道："可我根本就不认识他！"

王母接着道："后来他隔三岔五就来一趟，说是来送东西，其实就是看我们孤儿寡母好欺负，故意来恶心我们。"

"我们到派出所报过案，可他每次消停几天后，就又来了。"王佳皱眉道。她没说完，外面的拍门声已经变成了砸门声。

"大头"用力砸着门，扯着嗓子叫道："他妈的都死屋里了？开门！"薄薄的门板好像承受不住了一样，簌簌地落下了些许灰尘。王佳的身体抖了一下。小七扭头望向门口，脸色一沉。

门外的"大头"手里提着蛋糕和啤酒，站在那儿用拳头砸着门，凶狠道："我告诉你们啊，别在里面装死，我知道家里有人！再不开门我可上脚踹了！"

屋内无人应声。

他十分恼火，嘴里骂了几句，后退了几步，冲上前抬脚正要踹门，房门却突然打开，他连忙收势，一个趔趄，差点摔倒。

等他抬起头，便看见一个瘦削的少年站在门口，身形单薄，腰背却挺得笔直——自然便是小七了。

"大头"从未见过小七，诧异地上下打量了一阵，冷笑道："你谁呀？哦——我说不敢开门呢，原来屋里藏了个小白脸啊，是不是，王佳？"

他看小七的时候，小七也在看他，这人二十三四的年纪，长相、穿着无不草率，正是王母口中二流子的气质。平静地与他对视了几秒，小七淡淡地道："别咋咋呼呼的，我是她哥。"

"大头"一愣，随即皱起了眉头："她哥……不是失踪了吗？"

"我回来了。"小七依旧冷淡。

"大头"目光闪烁了几下，立刻换上了一副笑脸，呵呵干笑了几声，道："原来是大舅哥呀。你还不知道吧？我是王佳男朋友。正好你在，咱哥俩还能一起喝两杯。"说着，不由分说地往屋里挤。

小七也没拦他，侧身让他过去。

进了屋，他大剌剌地往桌前一坐，仿佛主人一般，把那袋长了毛的蛋糕和两瓶早已变质的浑浊啤酒摆在桌上，想跟王佳打个招呼，可是目光还没触到王佳，就被小七隔断。

小七抄了张凳子，在他身边坐下。

不知事情会如何发展，王佳和王母挤在沙发上躲得远远的，不敢走过来，也不敢说话。

看着已经长毛的蛋糕，小七先开口道："你的事王佳已经跟我说过了。她早就拒绝过你，强扭的瓜不甜，老这样死缠烂打也没什么意思吧？"

"大头"冷笑着点点头，挑衅道："这是家里有主心骨了……我可不是死缠烂打，我马大头在这几条胡同大小算个人物。你妹妹不跟我处对象可以，但我这三天两头觍着脸跑来送礼，连这点面子都不给，传出去我还怎么混啊？"

送礼？就那些早过期不知多久的蛋糕和啤酒吗？王佳简直要破口

大骂。但看到前面坐着的小七，终于又咬牙忍了回去，憋着一股气，用力扭过头。

小七指了指桌上的东西，道："你说的是这个？都长毛了。"

"大头"皮笑肉不笑地道："那是因为我舍不得吃啊。都挺贵，别浪费了呀。"

小七依旧不动声色，他点头道："要面子是吧，我给你。"说完，他盯着"大头"，抓起一块长满毛的蛋糕就往嘴里送。

王佳惊愕地看着小七，王母也吃了一惊，情不自禁地大呼一声："哎，别吃！"

小七只是摆了摆手，当着"大头"的面一口一口吃完了那块蛋糕，看得"大头"眼睛有点发直。随后，小七又拿了一块蛋糕，递给"大头"，淡然道："我吃完了，该你了。挺贵的，别浪费。"

"大头"目瞪口呆地看着小七，不自觉地有些胆怯，勉强笑道："她们娘俩还没吃呢，咱俩都吃了算怎么回事？"

小七漠然望着他，声音更加冷漠："玩法是你定的，不讲究啊兄弟。刚才不是还说要一起喝两杯吗？"说着拿起了一瓶变质的啤酒。

然后，只见他毫无征兆地将啤酒瓶砸在桌子的边沿上，啪的一声爆鸣，酒瓶的下半部分爆碎，啤酒喷了一地，抓在小七手里的上半部分则露出了锋利的碴口。

王母吓得惊叫一声，王佳的身体也颤了一下，就连"大头"的脸色也变了。

而小七依旧沉静，他脸上没有任何表情，逼视着"大头"的双眼，情绪毫无波澜，一字一句说道："你要么下次来的时候带把刀，咱俩死一个，要么就别再缠着她，也别再让我看见你！"

"大头"的头上已经冒汗了，心里早就怵了，他不甘心地瞪着小七，咬着牙不说话。

小七用酒瓶的碴口指着"大头"，凛然道："听明白了吗？"

"大头"早没了刚才砸门的气势，忙不迭点了点头，颤声道："好，好，算你狠！"站起身要往外走。

"等等，"小七道，"把你带来的垃圾拿走。"

"大头"不敢不听，回身抓起蛋糕袋和剩下的一瓶啤酒，灰溜溜走了出去。眼见他头也不敢回地走远，直至身影消失，王佳一直惊讶地张大着的嘴终于合拢，她扭头感激地看着小七："你……没事吧？"

"没事，这种小流氓我见多了，"小七淡然一笑，"都是些欺软怕硬的东西。他要是再来，你告诉我，但我估计他是不敢了。"

王佳的眼睛亮晶晶，试探着道："那个……你要不要去把那些东西吐出来？"

"哦，对了！"小七急忙钻进了厕所。

看着他的背影，王佳脸上第一次出现了忍俊不禁的表情。

替王佳把"大头"这个二流子赶走，小七的心情也不错。告别时，王佳将小七送出了门。

如果哥哥没有失踪，如果哥哥回来了……王佳想起这半年来一直骚扰她们的"大头"，想起刚才小七做的事，还有母女俩相依为命的这三年，如果王帅还在，那一切都会不一样。王帅的失踪，就是他们家最大的厄运。

天阴沉沉的，像是要下雨。最近好像总是下雨，这鬼天气，恼人的雨要下不下，让人心情烦躁。

不多时刮起了风，路上的行人更少了。杜父的修车摊孤零零地扎在马路的一角，今天生意冷清，比这鬼天气还要讨厌。他在风中坚守了半晌，直到天空中开始一颗一颗地掉雨点子，才丧气地拿起身边的半瓶酒喝了一口，收拾起东西准备离开。

外面的雨哗哗地下，屋里桌上的电话催命般地响着。杜父匆匆忙忙打开门，来不及放下手里的东西，先拿起了电话听筒，没好气地道："喂，谁呀？"

电话里停了一下，接着传来一个年轻的男声："爸，是我。"

这三个字响在杜父耳边不异于一声惊雷。杜父抱在怀中乱七八糟的修车工具，哗啦一声掉了一地。

回来的变数

逼仄的楼梯上，杜父肩上背着牛仔包，一手提着编织袋，一手提着一塑料袋菜在爬楼。他身后跟着一个年轻人，两手空空，一副桀骜不驯的神色，正是他失踪已久的儿子——杜一。

两人来到家门口，杜父放下编织袋，从口袋里掏钥匙。杜一举目四顾，发现门旁的粉墙上隐隐还能看出被刮掉的"欠债还钱"四个字的痕迹。

杜一脸色不善，问："我不在的时候，青哥他们找过你？"

杜父的声音闷闷的："来闹过几回，反正我赚点钱就帮你还一点，后来听说青哥被抓起来了，他们也消停了。"

杜父掏出了一大串钥匙，一把一把往锁孔里捅。酒喝多了，即便是清醒的时候，他的手也控制不住地发抖，试了两把钥匙都不对。杜一不耐烦地道："你是不是喝酒喝傻了！"说着从自己口袋里掏出一把钥匙，打开门，自顾自地进了屋。

杜父愣了一下，赶紧提起地上的编织袋跟了进去。进了屋，他气喘吁吁地放下东西，倒了一杯水，递给杜一，小心翼翼地问道："你这一走就是三年，到底是咋回事啊？"

杜一没说话，先喝水。"你想烫死我！"他大声训斥道，"愣着干什么呀，有没有吃的？"

"我去热俩剩菜。"杜父卑微地道，还想再问什么，杜一翻着眼睛看了他一眼，他只能闭上了嘴，提起那袋菜转身进了厨房。

离开了这么久，这个破房子还是一点也没变！杜一站起身，溜达着在屋里转了两圈，柜子上有个饼干桶，他眼睛一亮，把饼干桶打开，里面放的都是零零整整的钞票。钱不算多，杜一嫌弃地撇了撇嘴。

放下饼干桶，他又在家里翻箱倒柜搜了一番，顺手拉开了电视机下的一个柜子，抽屉里放着一摞旧报纸。从第一张报纸往下翻，翻了几张之后，露出一张被剪掉了好几个字的报纸。

看着报纸上的一个个小洞，杜一的双眉紧紧地拧在了一起。

厨房里杜父正在炒菜，叮当有声。杜一手里拿着几张被剪掉了字的报纸走进来，朝着杜父晃了晃，不满地道："你留着这些东西，是怕别人不知道那事是你干的吗？"

杜父顿时有些慌，动了动嘴唇，不知该说什么。杜一也不理他，将炉灶上的锅端到了一边，将报纸伸到火里点燃。不少纸灰飘进了刚刚炒好的菜里。烧完了报纸，他转身走了出去。

看着锅里的菜，杜父又是懊悔，又是自责，他拿起一双筷子，一点一点地将锅里的纸灰往外挑。

这时杜一又进来了，这回他手里拿的是那个饼干桶："我出去吃饭了！"

他扔下一句话，转身砰的一声关上了房门。杜父的筷子上还带着纸灰，他反应不过来，呆呆地看着房门。

他也一直找儿子，盼着儿子回来，现在儿子真的回来了，可是……杜父长长地叹了口气，他的儿子，还和原来一模一样。

"大头"自从走后，真的没再上门来过。小七和王佳的关系融洽了不少——他说自己是王佳的哥哥，现在真有点哥哥的样子了，得知王家客厅灯坏了，自告奋勇前来维修。他站在客厅中央，踩着凳子，昂着脑袋，鼓捣了大半天。

王佳还有些不好意思，道："边杰哥，麻烦你了。"

"不麻烦，小菜一碟。"说着，小七已经将灯管装好，拍打了两下手，对王佳道，"开灯看看。"

王佳合上电闸，打开了开关，然而灯并没有亮。

小七疑惑地皱起眉："哎？怎么不亮呢？关上我再研究研究。"

王佳关了开关，拉下电闸，小七继续仰着头鼓捣灯管。这时，王母从门外走了进来，她神情恍惚，脚步有些踉跄，手里提着的一网兜鸡蛋已经破了，蛋液滴了一路。见她这副模样，王佳急忙过去扶，问："妈，您怎么了？没事吧？"

"杜一……"王母失魂落魄地喃喃着，看了女儿一眼，机械地道，"菜场的张婶说，她看见杜一了。"

"你说什么?！"王佳惊讶地喊道。

王母目光发直，声音里已带了哭腔："杜一也回来了，为什么只有咱们家帅帅没消息……"

王佳震惊得回不过神，还不知做何反应，突然听到身后一声巨响。猛然回头，看到小七连人带凳子摔在地上，灯管也掉在地上炸成了碎片。

杜一！杜一回来了！

命运总是这样，每当以为可以踏实过日子的时候，便会来一个要命的转折，直把人杀得丢盔弃甲。

灯泡碎了，灯修不成了。小七连忙脱身返回金家，一路上步履匆匆。杜一回来了，小七生怕跟他在路上撞见。其实撞见也没什么，毕竟连亲人都分辨不出——就怕有人问他三年前失踪的缘由。

自己的谎言肯定一戳就破，那可就要了命了！

好不容易逃回金家，小七困兽一般在屋内走来走去，两只手紧紧地绞在一起，左手冰凉，右手也冰凉。他惨白着脸犹豫了许久，终于做了决定，从抽屉里找出纸笔，开始写了起来。

"爸、姐，我要走了，这次不会再回来了。其实我根本就不是边杰。我……"

写到这里，笔在半空停了半天。小七将最后那个"我"字划掉，另外写了三个字——对不起。

他无从解释，更不知如何道歉，可是心里却有许多话想说。

"姐、爸、妈妈，请允许我最后一次这样叫你们。对不起，我不是边杰，不是你们等了三年的那个孩子……"他想起在东河县派出所，金燕将自己拉进怀里紧紧抱住的情形。再上一次被拥抱是什么时候？他记不清了。

"我来到这里只是个误会，但这对我来说是个幸福的误会……"他想起在金家吃的第一顿饭，那时候，每个人脸上都洋溢着幸福的笑容，金满福向他举杯。

"你们满足了我一个没家的孩子对爸爸妈妈的所有想象……"他想起边美珍，在学校门口第一次见到边美珍，边美珍抱着他痛哭失声。

"我多希望自己真的是边杰，可以永远跟你们在一起。只可惜，偷来的亲情终究不是我的……"又想起金燕送他电脑方面的书籍，金满福带他参观棉纺厂，边美珍给他剪指甲。

他的鼻子酸了，继续往下写着。

"杜一回来了，我之前所有的谎话都会被拆穿。我选择走，不是怕你们知道真相后打我骂我，也不怕被抓进公安局……"他又想起林荫路上金燕面对黄毛时将自己挡在她身后，以及金燕房间里，金满福看到打破窗户的石头和死鸟后的愤怒表情。

"我只是不敢面对你们伤心和失望的表情，我多想告诉你们我的真名，我叫小七，一个连姓都没有的人。"他一边写，一滴眼泪啪的一声落在了信纸上。小七用手背用力地擦了一下，写下了最后一句话："最后，遇到你们真好，我会一直记得，我曾经有过一个家。"

放下笔，找出自己的背囊，小七心情沉重地把自己的东西一件一件放进去。他的动作很慢，显得依依不舍。东西没多少，不一会儿就收好了。最后，小七从抽屉里找出边杰的作文本，端正地放在桌上，又将自己的那封简短的信放在了作文本的上面。

他背起背囊，恋恋不舍地环顾房间——他年纪还小，这种短暂拥有又极快失去的心情，不知该如何形容。

在小七写信告别的同时，杜一回到照阳的事已传遍了照阳。警察局里也得到了消息。

那时候，秦勇正好在王士涂的办公室里，他手里拿着一份文件，递了过去，道："老王，你给边杰做了份鉴定，为什么不告诉我？"

王士涂脸色微微一变，又强作镇定地道："啊？什么鉴定？"

秦勇将文件放在王士涂桌上："笔迹鉴定啊。"

王士涂立刻松了口气："哦，你说这个啊，我费了好大的劲才找到了一份边杰以前的考卷，但文本量太少，说明不了什么。"

可是秦勇指着文件，道："可这显然不是一个人的笔迹啊。之前一个鞋码你都紧追不放，这么明显的问题就能让他这么糊弄过去？"

王士涂敷衍道："我只是推翻了自己的一些想法而已。你这趟去河溪，不也证实了边杰没说谎吗？"

"我抓的几个小角色都是入行不到三年的，他们并不了解那个孩子的过去。"

"想多了吧，他来照阳之后，除了向警方提供了一个犯罪团伙的线索外，没做过任何违法的事情，这像是图谋不轨的样子吗？"

从河溪回来之后，他俩的立场不知为何掉了个个儿，秦勇有些费解地看着王士涂。就在这个时候，小张匆匆跑了进来，大声道："师父，秦队，重磅消息——杜一回来了！"

王士涂和秦勇同时呆住。

秦勇率先回过神来："那正好，把他俩都带来挨个问问。"王士涂也说不出反对的话来……他已尽力了，可能，这就是命吧！

金家大门前，小七转过身，就看到王士涂走了过来。

他们来到河边，坐在长椅上。

开车的小张没有下来，王士涂下了车，和小七四目相对。他打量着小七身上鼓鼓囊囊的背囊，心知肚明地道："杜一回到照阳了，看来你已经知道了吧。"

小七迟疑了一下，点点头："杜一回来了，我也当不成边杰了，我要离开这里了。"

"又想跑？"

小七低下头，没说话。

王士涂盯着他看了半晌，肃然道："我问你，这些日子你有没有利用身份拿过金家的钱？我指的是数额较大的那种。"

小七连忙摇头："我的工资几乎都给他们买礼物了。平常吃饭大部分是在厂里食堂，我没拿过他们一分钱。"

"那你跑什么跑？"

小七神色黯然。"我跑不是怕你们抓我，而是……"他回头看了一眼身后的金家，才接着道，"我不想当着他们的面被揭穿。在河溪的时候，没人把我当人看，我害怕他们也会像看一只老鼠一样看我。"

这些话发自肺腑，王士涂听着有些动容，一时无语。

车子发动了，往警察局的方向开着，只是速度很慢。王士涂对小七说："你之前对我说的那些话，什么中年男人掉钱包，喝酒被下药，被卖到贼窝里，都是瞎编的吧？"

小七道："在河溪的时候，金燕和边玉堂以为我真的失忆了，跟我说了一些 417 失踪案的事，后来我就编了这些谎话，用来应付、应付你们。"

"所以我去你家问话的时候，你瞎话刚编好，还热着呢？"

小七只好点了点头。

"你对边杰的行为习惯完全不了解，金家的人就从来没有起过疑？"

小七想了想，道："金满福平常比较忙，跟我交流不多，我不知道他有没有疑心过。但是金燕，我看得出来，她是真的把我当弟弟。"

王士涂思索着点了点头，又叹了口气："我以前说什么来着，你躲在边杰的影子里，到今天算是到头了。不过别担心，你这不是什么大事，一会儿秦勇来问你，实话实说就是了。"

事已至此……小七沉重地点了点头。

去接杜一的秦勇率先一步回到警察局，秦勇和负责记录的女警小林把杜一带到会议室，倒了一杯水放在他面前。秦勇道："我们请你来，只是向你了解些情况，你不要有什么心理负担。"

杜一坐在沙发上，环顾着屋内的陈设，满不在乎地说："我没负担。"

"那咱们就进入正题。"秦勇道，"我们想知道什么，你应该也清楚，就从三年前你们三个人去玩游戏机那天开始说吧。"

仿佛陷入回忆，杜一慢慢说道："那天……我本来是约了朋友喝酒的，结果那小子放了我鸽子。我闲着没事做，就溜达到了三中门口，正好碰上边杰和王帅放学。我说去游戏厅玩会儿吧，然后就一起去了。"

秦勇问："是你提议去玩游戏机的。这期间发生过什么不寻常的事情吗？"

"没什么不寻常的，那天我们手气还不错，赢了不少游戏币。"

秦勇向前探了探身子，又问："离开游戏厅之后呢？"

这是关键问题，小林也停下了记录，望向杜一。

杜一面不改色地道："我们从游戏厅出来之后，走了没多远，看到有个男的在小卖部买烟，他把钱包往兜里揣的时候，钱包掉出来了，我就捡了，追上去还给他。"

他一说完，女警和秦勇同时愣住。

"然后呢？"秦勇急切地追问。

"然后，那人非说要请我们吃饭喝酒！"杜一说着，脸上愤愤不平，"我们当时哪知道是个套啊，反正我那天也挺馋酒的，就跟着去了。那兔崽子大概是在酒里下了药吧，喝着喝着我就什么都不知道了。"

秦勇沉吟片刻，问："这三年你在哪里？在干什么？"

杜一咬牙切齿地晃了晃脑袋，恨声道："我醒过来的时候，发现那兔崽子把我卖到塔县的黑煤窑了。监工的收了我的身份证，还养了四条大狼狗，看得很严。我这三年有一大半时间都在地底下挖煤。"说着，向秦勇伸出了右手，他的右手上有六根手指，"你看我这手，磨得全是老皮了。"

失踪的经过和小七说的一模一样，秦勇和女警对望了一眼，双眉紧锁，陷入了思索。

过了一阵儿，秦勇才道："黑煤窑看管那么严密，你是怎么逃出来的？"

杜一微微有些得意："我想到了一个办法，吃饭的时候，我把饭里那一两片肥肉悄悄攒起来，在里面包上了耗子药，把狼狗药倒了才跑出来的。"

"你还能找到那个黑煤窑的准确位置吗？"

杜一摇摇头："我这人吧，本来方向感就不强。之前一直被关着，没出去过，夜里逃出来之后漫山遍野一通乱跑，到快天亮时才见到大路。你现在让我再去找那个地方，打死我也找不到了。"

"边杰和王帅的情况，你知道多少？"秦勇又问。

"最后一次见他们，就是跟那兔崽子一起喝酒。到了石泉之后，就只剩我一个人了。"

"你有没有失忆的症状？"

"头两天的时候有点迷糊，后来就没事了。"

好像都能对上。秦勇沉默片刻，旁边小林的目光闪烁了几下，开口道："听起来是挺合情合理的，可是你说的跟边杰说的为什么不一样？"

杜一一愣，道："边杰？你们找到边杰了？"

"边杰说，诱拐你们的人是女性，她掉的也不是钱包，而是身份证。"小林慢悠悠地道，"他还记得证件上，那个女人的名字是苗秀丽，你再好好想想，是不是记错了？"

秦勇看了小林一眼，心照不宣地没吱声。

杜一皱着眉头想了想，随后肯定地说："我不会记错，那是个男人。他掉的钱包是那种短款折叠的，黑色。是边杰记错了。"

听他这么说，小林和秦勇再次对望了一眼，秦勇缓缓地点了点头。

小七待在王士涂办公室里，等待秦勇对杜一的问话结束，就好像等待一场宣判一样。不一阵子，秦勇推门走了进来，他立刻从沙发上站起来，一脸决绝的神色。

王士涂指了指小七，对秦勇道："小秦，这孩子已经说了实话……"

"嗯，我知道。"秦勇将杜一的笔录交给王士涂，"这是杜一的笔录，你看一下吧。"王士涂接过笔录，秦勇又转向小七："边杰，你可以走了。"

小七做梦也没想到，秦勇居然就这么让自己走了！不过，既然他说了可以走……小七一秒都没犹豫，立刻离开了警察局。能够平安脱身，他满脑子都是自己留在金家的那封信。

这个时候，金满福和金燕已经回家了。尤其是金燕，她提着一袋书，兴冲冲地推开了房门，口中道："小杰，看我给你买了……"话说到一半才发现房间里没人，环顾四周，发现床头柜和桌上少了好多小七的随身物品。她随即便看到了小七留在桌上的作文本和信，拿起信一看，顿时脸色大变，拿信的手微微颤抖起来。过了半晌，金燕才高声叫了起来："爸！爸！"

咚咚的上楼声传来，金满福走了进来，问："怎么了？"

将手里的信递了过去，金燕满脸的不知所措。金满福接过信看着，眉头渐渐锁了起来，也不知在想什么。过了好一会儿，金满福才将信慢慢放回作文本上，神色凝重。

警察局距离金家不近，小七背着背囊步履匆匆地回到金家。他偷偷摸摸推门而入，小心翼翼确认了金满福和金燕不在家，这才三步并两步快速走上楼梯，朝自己房间走去。

快步走进房间，看到信和作文本都还在桌上，他终于松了一口气，拉开抽屉，将作文本重新放进抽屉里，顺手从抽屉里拿出一个打火机，将自己留的信用打火机点燃。

他看着这些东西全都烧成了灰，又开窗散了散烟，才走出房门。刚下楼梯，正看到金满福和金燕进门。

没想到他居然在家，金满福和金燕都露出惊愕的神色。

小七懵然不觉地道："爸，姐，你们怎么才回来？"

金燕回过神来："你、你不是……"还没说完，金满福忙从身后拉了拉她的衣服，抢道："你姐书店今天盘点，下班晚，我刚接她回来。你呢？不是说今天去看王佳她们吗？这么早回来啦？"

"哦，是啊，我去帮忙换了个灯管。"小七道。

金满福目光闪烁，试探着问："我听说杜一回来了，你知道这事吗？"

提到杜一，小七的心情有些沉重："嗯，在王佳家听说了。"

"杜一不是什么好孩子，以后还是尽量少跟他来往。"金满福道。

小七点点头："我知道了。"

这时，金满福看了金燕一眼，意有所指地说："燕子，我刚才是不是忘锁车了？你去看一下。"

金燕还像回不过神一样，依然怔怔地看着小七没动。金满福掏出车钥匙塞进她手里，催促道："快去。"将金燕推出了门，他又对小七说："你回房歇会儿吧，一会儿下来吃饭。"

小七转身向楼梯上走去，他隐约觉得今天的金家父女有点奇怪，却又毫无头绪。而在他身后，金满福眯着眼睛，看着他的背影。

台球厅一向是鱼龙混杂的地方，充斥着汗味和烟味，客人多的时候会摆两张桌子在人行道上，一般路人都绕着走。现在，街边的这家台球厅照样把球桌摆出来，可是屋里和屋外一样冷冷清清，偌大的场地，只有两个客人。

不一会儿，这里就热闹了起来。杜一带着几个混混走过来，跟在他身后的一人，就是骚扰过王佳的"大头"。他们嚣张地闯进来，杜一顺手夺过了一个客人手里的台球杆。

客人对杜一怒目而视,杜一表情不屑地看着他,但见杜一等人人多势众,又来者不善,客人只得匆匆离开。

赶走了客人,杜一等人自顾自地拿起台球杆在几张台球桌前玩了起来,就仿佛回家一样。一个刀疤脸从隔断后走了出来,看到杜一很是吃惊,脸色阴沉。

"怎么着,砸场子啊,杜一?"他冷冷地道。

杜一皮笑肉不笑,道:"还认识我啊?听说你们老大进去了,恭喜啊。"

刀疤脸沉着脸:"你是来清账的吗?"

杜一没回答他,态度嚣张地一下一下将桌上的球捅飞,球掉得到处都是。刀疤脸张口欲骂,可是周围的混混围了上来,他恨恨地闭上了嘴,敢怒不敢言。

等到把桌上的球全打飞了,杜一随手把球杆一抛,往台球桌上一坐,不紧不慢地从怀里掏出一个装钱的信封,将其甩在桌上。

"我这个人,最讲信用!"杜一阴冷地道,"这是还你们的本金,还差六千,过两天给你拿过来。但是,我的事跟我家老头子没关系,你们要是再敢去找麻烦,也是要还的。"

刀疤脸捡起信封看了看:"那这三年的利息……"

"哈哈!"杜一一声大笑,夸张地掏了掏耳朵,"你说什么?我没听见。"说着,旁边的混混又逼近两步。

眼见势不如人,刀疤脸咬了咬牙,含恨道:"行吧,还差六千,咱们两清。"

杜一得意至极,一挥手,带着众人扬长而去。

学校附近的游戏厅里,小七在玩一个对战游戏,玩着玩着,也不知想到了什么,他心不在焉地停下。屏幕上对战继续,马上小七这方的血槽将空，他泄愤地捶了一下机器，很是郁闷。

此时，他身后传来了王士涂的声音："喂喂喂，死了。"

小七回过头，看着王士涂，有些意外。

王士涂道："没事就往这儿跑，你这点倒是挺像边杰。走，找你问点事！"

还是上次谈话的江边，水声细碎，江风缓缓地吹着。远处有人拿着鱼竿钓鱼，小七定定地看着那人出神，不知从何处生出了一股悲伤，总觉得那人将一无所获。

身边的王士涂也看了他许久，才开口打破沉默："小七，这才是你的真名吧？"

小七回过神来，点了点头。

王士涂又问："你知不知道，秦勇为什么会放你走？"

这回小七摇头。

"因为打完游戏机之后发生的事情，杜一说的，跟你说的完全一致。"

小七愕然，他依旧没有出声，像是突然变成了个哑巴。

王士涂继续问："你以前见过他吗？"

小七终于开口："我这辈子头回来照阳。"

"你对我说过的那些被诱拐的过程，还有没有对其他人说过？"

"有，之前在夜市，遇到了王佳她们，还有杜一他爸，他们也问过我。"小七想了想说。

王士涂沉吟着道："难怪，看来杜一是回来之后从他父亲口中知道的。可他为什么要帮你圆谎？"

小七最多就看过杜一的照片，连活人都没见过，他只能苦笑着说："我哪里知道啊。"

王士涂想了想，道："那就跟我聊聊你自己吧。你从前，或者说真正的你是个什么样的人？你以前的生活是什么样子的？"

远处那钓者好像真的一无所获，收拾了钓具，准备离开。小七看着他发了会儿呆，许久后才开口："我以前的生活啊，怎么说呢……就好比路上这些人，每个人都是站着过日子的，但我是跪着的。"

他的声音有些缥缈，无比平静，甚至冷漠："每天就跪在那样一个墙角，不停地给人磕头，讨几张毛票换口饭吃。"

说着，他四处望了望，找到一个明显却脏兮兮的墙角，指给王士涂看。

王士涂顺着他指的方向看过去，心情沉重起来，道："你还讨过饭？什么时候开始的？"

"从我记事起，就已经在庆爷的手下了。"小七很快回答，这是他不需要隐瞒和撒谎的经历，"我不知道自己的父母是谁，不知道自己是哪里人，不知道家是什么样子的，连生日是哪天都不知道。从小他们都叫我小七。"一条流浪狗从他们身边经过，小七又一直看着那狗。

狗走走停停，在地上坐了会儿，又往居民楼的方向去了。

小七看着它走远，道："庆爷说，我们都是他的孩子，可其实呢，我们连那条狗都不如。"

庆爷也养狗，他从不饿着自己的狗。小七还记得，庆爷经常带自己去他的狗场。有一次，狗场里除了狗之外，还有两三个小孩子。

他们瑟缩在墙角，又饿又怕地看着笼子里关着的狗。那些狗相貌凶恶，正围着食盆呱唧呱唧地吃着狗食。孩子却没有东西吃，看着狗食都馋，一个个舔着嘴唇，咽着口水。

庆爷指着那些孩子，对小七道："这几天你的任务就是把他们给我看好了，如果跑了一个，后果你是知道的。"

小七点头哈腰地道："放心吧庆爷，跑不了。"

像是很满意他的态度，庆爷转身离开了。

见庆爷走远了，小七变魔术般从怀里掏出两张饼，掰开分给孩子们，低声道："赶紧吃，别让人看见！"

孩子们惊讶地看着小七，不敢伸手去接。小七温言道："别怕，我小时候也是这么过来的，到了这儿都得先挨饿，熬两天就过去了。"

孩子们这才接过小七手里的饼，狼吞虎咽地吃了起来。小七脸上露出了笑容："别噎着，我给你们找点水去。"没想到说完刚一转身，就看到庆爷站在不远处，正抱着肩膀看着他。

那一瞬间，小七觉得自己浑身的血液都冷了。

说到这里，小七停了下来，王士涂急切地问："庆爷看到你偷偷给他们吃东西，揍你了吗？"

小七摇了摇头，漠然道："没有，但那几个孩子被吊在房顶上整整一天。"

他停了停，又说："庆爷那里偶尔会有一些被送来的新人，通过跟他们交流，我发现他们大部分都是被拐卖来的。所以我猜，我应该也是被人从哪里诱拐了，卖给庆爷的。"

听到这句话，王士涂的眼睛不自觉地亮了亮："你是多大被拐到河溪的？拐走你的人长什么样还记得吗？你对原来的家和父母，一点印象都没有了吗？"

他也不知道在期盼什么。小七摇了摇头，王士涂有些失望，又不太失望，又问："你手腕上跟边杰一样的伤疤，又是怎么回事？"

低头看着自己手上的疤痕，小七低声道："真不记得了，很早的时候就有了。"

"你从那个贼窝里逃出来，也是一个人吗？"

"是，也不是……"小七只觉得喉间似有什么哽住，惨然道，"我在那里唯一的朋友，是个结巴。他比我大几岁，从小到大，一直像哥哥一样照顾我、保护我，把偷来的钱拿给我，让我去向庆爷交差，在犯错的时候替我挨打受罚，后来他偷东西被人追的时候，吞了刀片……"说着说着，他的声音越来越小，拳头却越攥越紧。

他还记得结巴死的那天，他红着眼睛去见庆爷。

"结巴死了。"他咬牙道。

庆爷坐在太师椅上，正在看一本《水浒传》，听到这话，从书后面抬眼看了一眼小七，又继续看书，口中道："那你以后跟着黄毛吧。"

小七又重复了一遍："结巴死了。"

庆爷这回连头都没抬："死就死了吧，这就是他的命。"他不知看到了哪里，突然嘿嘿笑了起来。

小七定定地看着他，突然想冲上去重重地砸扁他那张丑陋的脸，甚至想像野兽一般扑上去，一口咬在他脖颈的血管上……

然而他没有，他当然没有。如果他真的这么做了，此刻，也不可能站在这里。或者，他真该这么做，像庆爷这样的人……

"庆爷……他根本就不是人！养大我们就是为了吸血，是他逼我们走上这条路，结巴就是被他害死的！"小七嘶声喊道，浑身颤抖，从口袋里掏出结巴给他的那个缠着胶带的刀片，凄然道，"这是他留给我保命用的，可这玩意并没能保住他的命。结巴说，留在贼窝我们永远是人人喊打的过街老鼠，他一直想带我逃出来。你说，现在他算是逃出来了吗？"

"算。"王士涂斩钉截铁地说，"只要你还记着他，你们就还在一起。"

"结巴不想做过街老鼠，我也不想。"小七的眼中已有泪光，他握紧了刀片，毅然道，"所以我要连他那份一起，好好活下去！"

王士涂目光柔和地看着小七，沉默良久，理解地点了点头。

小七接着往下说："我逃走之后，他们还在到处找我。直到那天在公交车上遇到了边玉堂，我被带到了派出所……以前你问过我是不是很怕警察，是，我看见警察就浑身哆嗦。所以边玉堂说是我舅舅，我也就坡下驴，本来只是想蒙混过去，让他们放我走。"

说到这里，王士涂接道："可你没想到金燕会错认了你，也没想到秦勇会带你回来。"

小七点点头。

"你编了一套谎话应付警察，然后你就觉得自己可以继续冒充边杰了？"

小七摇摇头："不，我是想从金家拿到一件东西之后再走。"

王士涂一愣，眼睛眯了起来，审慎地看着小七。

还是因为结巴，在小七的心中，的确已经将他当作了自己的亲兄长。

他清楚记得，那是 1995 年 10 月份，当时就像现在一样，水流潺潺，水声细碎。小七和结巴靠在栏杆上，手里各拿着一瓶汽水，低头看着面前一条缓慢流淌的小溪。

小七随口道："这水越流越窄，前面就到头了吧？"

"瞎、瞎说，这水只要能、能流动，就、就一定能往更、更远的地方去。"

小七喝了口汽水，沮丧道："哪有什么更远的地方。"

结巴道："大、大海啊！流去大海里！"

小七哑然失笑："大海？那它的命比我们强多了。"

结巴拍拍小七的肩，温言道："我、我们也可以！"他从怀里掏出一个钱包，抽出夹在里面的身份证给小七看，又指着自己的脸道："看，这像、像不像我？"

"你拿人家身份证干吗？"小七觉得奇怪，"像你也不是你的。"

"有了身、身份证，想去哪儿，都、都行！"结巴道，"没、没这玩意，就、就是盲流。警、警察会、盯上咱。"

小七把身份证接过来翻来覆去地看了看，心想，要是能有张自己的身份证多好，偷来的，到底是假的。结巴似乎来了兴趣，道："我叫结、结巴，你、你叫小七，要是真、真有了身份证，你想好姓、姓啥没？"

小七笑了笑："无所谓，你姓啥我就姓啥呗。"

那时候，他是真觉得自己可以和结巴一起逃离庆爷，走得远远的，能去看海，做什么都可以。

"我需要边杰的身份证，"他对王士涂说，"东躲西藏、见不得人的日子我过够了，我想有个能见光的身份，哪怕是假的也好。"

听到这里，王士涂神色放松下来，沉吟道："可是身份证拿到了，你并没有走——你看我说的对不对？你在那个家里有饭吃，有床睡，遇到危险有姐姐护着你，受伤了有妈守着你，习惯了人过的日子，就不想再当老鼠了。对吧？"

小七惨笑一声："说出来你可能不信，有时候我真的会把自己当成边杰，好像我就是他们的儿子，我就是想有个家。这是对是错？"

沉默了许久，王士涂才道："不管是不是亲生的，毕竟一起生活了十几年，金家人对你真的没有一点怀疑？依我看，也就边美珍对你是真心的。"

小七忽然皱了皱眉头，说："不过这两天，我觉得有点不对劲。"

王士涂神色一凝，问："哪里不对？"

"说不上来，就是觉得我爸和我姐好像跟以前不一样了。"小七道，"杜一回来那天，我逃走之前留了一封信，说我不是边杰，后来你们放了我，我回家倒是发现信没被动过。可是……不知道是不是我做贼心虚，总觉得他们会不会已经看了那封信。"

听了这些，王士涂眯起眼睛，思索起来："我都能看出来你不是边杰，金满福怎么可能不知道？"

小七突然回神，问道："几点了，王叔？"

"快一点了。"

"那我先回去了，下午还要上班。"小七道。

不知为什么，王士涂突然觉得挺舍不得他，于是问："你吃饭了吗？"

这是小七第一次去王士涂家，这也是在妻子去世后，王士涂第一次带人回家。

家里依旧又脏又乱，只有小一半存有生活痕迹，更多的地方，好像都没人住过似的。小七在客厅里四处打量着，不由皱了皱眉头，一抬头，看到了墙上王妻的遗像。

照片上的女人看起来很年轻，虽说算不上什么大美人，不过眉眼柔和，想来在世的时候一定也是个亲切和善的人，可惜这么早就故去了，不难猜到是因儿子失踪才早逝的。小七看到遗照，想起王士涂原来说过的话，这才惊讶地发现，王士涂只是看起来像五十多岁，但实际年龄恐怕才四十多。

厨房里一直传来锅碗瓢盆的碰撞声，没一会儿，声音停下来，王士涂端着两个大碗从厨房走出来。小七连忙把茶几上零落的东西拨到一边。

"来来来，趁热趁热。"王士涂把碗递过去，里面是弯弯曲曲的葱油拌面，还卧着一个荷包蛋。小七也不跟他客气，接过碗来，狼吞虎咽地开始吃，很快一碗面就见了底，碗里还剩下一点汤，小七端起碗将汤全都喝光。

王士涂突然抬起头，意外地看着他。

他又想起了豆豆。那时候，一家三口坐在桌前吃面，豆豆就是这样，吃完了面，抱起碗来喝汤。妻子急忙去拦他，说："哎，那都是油，不健康。”

王士涂笑呵呵地道：“哎呀，一天到晚健康不健康的，这汤底我喝了几十年了，不照样身体棒着呢？是吧，豆豆？”

豆豆猛点头。

妻子白了王士涂一眼：“爷俩一个德行！”

妻子的话好像还响在耳边，可她却变成了挂在墙上的遗照，吃面的人变成了自己和这个没有父母的少年。王士涂控制不住地想，如果这个少年就是豆豆，那么现在的这顿饭……算不算是一家团聚！

他呆呆地望着亡妻的照片，看了许久，才回过神来，看向小七：“这汤你不嫌油啊？好喝吗？”

“好喝，面也好吃！”小七头也不抬地说，“以前在河溪的时候，吃的都是剩饭，没吃过这个。”

王士涂倒也不觉得失望，说：“挺捧场啊，以后你想吃面就过来。对了，你什么时候生日？”

小七苦笑道：“我是捡来的，没人知道我的生日是哪天。”

“那我给你定个生日吧。就今天，怎么样？”说这句话时，王士涂的心突然怦怦乱跳，心虚得像做贼。

小七很意外：“今天？”

王士涂故作轻松地指了指空碗：“寿面你都吃了，那可不就是今天吗？”

小七一时有些发愣，他从未过过生日，甚至没想过这件事。

这时，王士涂拿出杯子倒了两杯水，一杯给自己，一杯给小七，他跟小七碰了一下杯：“小七，生日快乐。”

小七依然回不过神来，过了许久，才像猛醒一般，拿起杯子一饮而尽。

可是喝完水又该做什么呢？小七不知道，王士涂也不知道，两人放下杯子，突然都不说话了。就这么沉默了一阵，小七抬头看了一眼墙上的表，站了起来："那个，我得去上班了。"

王士涂点了点头，小七转身离开。

本以为只是简单聊聊天，没想到自己把来龙去脉，甚至从没跟别人说过的话都说了。本以为只是简单吃个饭，没想到居然过了个生日……

小七直到走出去，关上了门，还有些反应不过来——他吃了寿面，王士涂还对他说生日快乐……小七曾多次在电视上看到或旁观过别人过生日，有蛋糕，有蜡烛，有亲人朋友环绕，有生日歌，还有美好的愿望……

他没有，他一个都没有，只有一碗加了荷包蛋的葱油拌面，还有一杯水。

可是他只要想到那碗葱油拌面，便觉得自己已经完全不需要羡慕任何人了……

出门后的小七并没有立刻离开，而是轻轻靠在了门上，用力地抿着嘴唇，眼眶有些潮湿。

王士涂在桌前枯坐了一会儿，目光移到了妻子的遗像上。他起身走到遗像前，点上了三炷香，随后走进了厨房。厨房里有个蛋糕，红的奶油和白的奶油裱出一朵朵花，中间还有用果酱写的"生日快乐"四个字。

他把生日蛋糕端出来，放在桌上，仔细地将蜡烛一根根插在蛋糕上，用火柴点燃。十七根蜡烛，插满了蛋糕。王士涂望向亡妻遗像，幽幽地自言自语道："你看，我们的豆豆啊，今天就十七岁了，时间过得真快啊……"

这天，金满福提着一个塑料袋，敲响了王佳家的房门。王母打开门，有些意外，但还是很快说道："老金？来，进来坐吧。"

"不用了，我今天啊，去医院给美珍拿药，顺便给你捎了点治哮喘的。"金满福说着将塑料袋递给王母。

"哎呀，这、这怎么好意思？"

见王母推辞，金满福摆摆手："就是顺手的事。对了，杜一回来的事，你知道了吧？"

王母点点头。

"那你没找老杜问问，有没有王帅的消息啊？"

王母叹了口气，声音沧桑："问啦，杜一也不知道。"

"杜一怎么跟你说的？他这三年在哪儿呢？"今天的金满福好像对杜一特别关心。王母没想太多，正要说话，张了张口，突然看向了金满福身后。金满福回头，只见王士涂手里拎着补品和水果走进了院子。

"呦，老金也在啊？聊什么呢？"王士涂笑呵呵地说。

王母道："老金也听说杜一回来了，刚才问我杜一咋说的，还有他这三年去哪儿了。"

王士涂似笑非笑地瞧着金满福："怎么不直接去问老杜啊？"

金满福道："我是过来送药，顺嘴一问而已。"说完抬脚就准备走。

旁边王士涂不紧不慢地说："杜一说的，跟你们家边杰说的不太一样啊。"

金满福停住了脚步，警惕地说："是吗？那你们可得好好问问他了，杜一这孩子，以前就不大走正道，他说的话，八成都带点水分。"

"我只是想说，杜一说他被下药后又被卖到了黑煤窑，地方跟边杰不一样。老金你有点敏感了吧？"王士涂笑了笑。

金满福脸色微微一变，但很快恢复正常，强笑着道："关心则乱嘛，当爹的，肯定是更相信自己家孩子说的话。"

这回王士涂没有唱反调，认同地点了点头："那是。"

金满福不置可否，微笑着道："我该去厂里了，咱们回聊。"不等王士涂再说什么，他转身向院门口走去，一回到车里坐下，脸上的笑容就立刻消失了。

虽然没想到会在这里遇上金满福，但王士涂对他的确是刻意试探。小七曾说觉得金家父女不太对劲，自己也一直隐隐有这种想法。边美珍脑子不清楚认不出自己的儿子也就算了，金满福和金燕两个正常人，和小七这个冒牌货生活了这么久，难道真的一点破绽都没看出来？

他们为什么还一口咬定小七就是边杰呢？

现在小七已经对自己承认了他是冒名顶替，那么真正的边杰又去了哪儿呢？还有王帅也没有找到，刚刚回到照阳的杜一，为什么要替小七圆谎……

距离失踪案已经过去了三年，杜一也回来了，可是谜团却越来越多了。

夜晚，小七心情复杂，他来到边美珍房间，看着边美珍的睡脸，帮她盖了盖被子。

然而此时，外面传来了极轻的脚步声，一个人影挡住了门缝下透进来的月光。小七脸色大变，慌乱地向四处看了看，整个人藏到了边美珍床下。

小七屏息静气地躲在床下，透过缝隙，看见房门再次被缓缓推开，一双脚走了进来。那是一双属于男人的脚，除了金满福不会有别人。

他走到边美珍的床头前，站在那儿半天没有动。小七看不清他的动作，只听到轻微的哗啦声，不知道他在干什么。想了又想，小七还是决定冒着被发现的风险，将头探出去窥视。紧接着，他赫然看到金满福将边美珍药瓶里的药全部倒进了一个小塑料袋里，又从口袋里抓出另一些药片，放进了边美珍的药瓶里。

小七瞳孔震颤，惊恐地张嘴想喊，又马上反应过来，用力捂住了自己的嘴。

金满福走了许久之后，小七依旧紧紧缩在床底，回不过神来。金满福要毒死边美珍？他刚冒出这个念头，就打了个寒战。他从床下爬出来，抓住那药瓶，只是掌心中有一层湿漉漉的冷汗，他几番用力，才打开了药瓶。

里面的药片……看起来普普通通，没有半点特殊之处，小七也根本辨认不出这到底是什么药。

不过到了此时，他心里已冷静下来。用毒害死边美珍的风险太大，金满福肯定不会这么做。边美珍应该暂时不会有生命危险。那么，金满福的这些药片到底是什么呢？

小七打定主意，悄悄溜回了自己的房间。

夜晚很快过去。清晨，小七睡醒的时候，金满福又在院子里摆弄他的花花草草——这是他每天的习惯。经营棉纺厂、种植花草，这个人看起来又随和又普通。这样的人，会做什么坏事呢？

小七突然有些怕，心里隐隐冒出了退缩的念头，如果揭开了他的"羊皮"，下面会是什么不得了的怪物呢？

他压抑着自己的情绪，草草和金满福打了个招呼，快步走出院门。幸好金满福丝毫没有在意他，心不在焉地点了下头，眼睛看着某一盆花，不知在想什么。

小七干脆去了医院。

接诊室里，医生正在给一个病人开方子。小七站在门口等了许久，好不容易等到病人拿着方子离开，他急忙走到医生桌边坐了下来。

"你是什么问题？"医生问。

"我是边美珍的儿子，我妈一直在您这儿开药。"小七道。

医生站起来去架子上翻病历，随口道："边美珍……哦，是这个，我记得。"

小七急切地说："我妈最近情况不太好，脑子好像更糊涂了，我有点怀疑她是不是不小心吃错了药，有没有什么药物会导致她病情加重？我们好做好防范。"

医生低头翻看着病历，道："你妈得的是脑血管栓塞，脑梗的一种。还有一种病叫脑出血，是脑血管破裂引起出血。这两种病的外在表现症状是很相似的，但治疗方法是相反的，用来治疗脑出血的凝血药物可能会加重脑梗。"

小七听得惊心动魄。

"是药吃完了吗？"医师问道。

小七连忙点头："我想再开点我妈吃的那种药。"

金满福为什么换掉边美珍的药？他为什么不希望边美珍痊愈？

小七毫无头绪。回到家的时候，边美珍正在折一个纸青蛙，一看见他推门走进来，立刻高兴地对他招手："小杰你看，妈妈给你做了玩具。"说着，将纸青蛙放在桌上，按一下，纸青蛙就跳一下，她玩得像个孩子一样开心。

小七看着边美珍，一阵心酸，从口袋里掏出新开的药，柔声道："妈，该吃药了。"

边美珍抬起头，迷茫道："晚上睡觉才吃药呀。"

小七道："我想看着你吃，不然我不放心。"

只要是他说的话，边美珍无不答应，当下乖乖点点头。小七将药瓶打开，拿起桌上的水喂她吃药。

这天晚上，金家父女回来得很早，不仅如此，还做了一桌丰盛的晚餐。小七对金满福避如蛇蝎，跟他一起吃饭都要做足了心理建设，一看今晚的阵仗，便知宴无好宴。

虽然不知金满福葫芦里卖的什么药，不过……小七偷偷看了一眼坐在身边的金燕。

想必在女儿面前，金满福也不会太过分。

所有的菜都摆上桌后，金满福拿着一瓶红酒走了进来，他笑容可掬，朗声道："美珍、燕子、小杰，今天大家都在，我宣布一个好消息，咱们福业棉纺厂的南康分厂正式挂牌开张了。"

似乎只有边美珍真正开心，她十分捧场地拍手，高兴地看着坐在身边的小七和金燕，一脸满足。

金满福笑眯眯地看着她，道："美珍，还有你高兴的呢！小杰在这一段时间的工作中踏实肯学，我觉得他是块好料，我准备让他去分厂，进一步学学管理，以后这么大一个厂子都得靠咱们小杰了！"

这话似乎发自肺腑，金燕关切地看着小七，边美珍夹了一筷子菜放到小杰碗里。

"快吃，小杰快吃。"边美珍慈祥地道。

小七没动筷子，道："妈，我不想去。"

这时金燕正在给边美珍夹菜，听到他的话，手在半空中顿了一下，她和金满福的脸色都有些不好看。

客厅里沉默了几秒钟，金满福调整了一下情绪，道："嗨！关键时刻咋还往后缩了？这么大个厂子你不管，难道让我一把年纪了还劳心劳力？我要专心照顾你妈呢！是吧美珍？小杰，你不用怕，来，喝杯酒壮壮胆，没啥大不了的。"

怕就怕你的专心照顾！

小七看了一眼金满福手中的红酒，脱口而出："我，不想去分厂，我想留下照顾妈妈。"

金满福的脸色终于沉了下来，将手里的酒瓶一放。金燕放下筷子打圆场，道："小杰，你别惹爸不高兴，就陪他喝一杯吧。"一旁边美珍笑呵呵的，拿起酒杯递给金燕，道："小杰年纪那么小，怎么能喝酒，你和你爸喝一杯吧！"

金燕不接酒杯，而是拿眼看金满福。金满福伸手拿过酒杯，塞到小七手上，一语双关地道："他早不是当年的傻小子了，来吧，咱们爷俩喝一杯。"

可是小七早就打定主意坚决不喝，拿着杯子，不说话也不动，像个木头人。席间场面尴尬，金满福又催促了几次，就连边美珍都看出气氛不对劲，一把抢过小七的酒杯，说道："这个酒红红的，多好看啊，小杰不喝，妈妈喝。"

眼看她端起杯子正要喝，小七到底忍不住一把抢了过来，仰头一饮而尽。他对着金满福冷淡地道："酒我喝了，今天有点闹肚子，身体不太舒服。你们先吃吧。"说完，起身走出餐厅，钻进了厕所。

金燕和金满福对望了一眼。随后，厕所里传来了小七的呕吐声。

边美珍闻声急忙跑了过去，拍着厕所门喊道："小杰，小杰你怎么了？"

金满福脸上一阵青一阵白，把碗筷一推："这顿饭吃不下去了。"说完站起来，铁青着脸走了出去。

宴席不欢而散，但该说的话还是要说，该做的事也要做。做事的方式有很多种，有软的，也有硬的，有软硬兼施的，也有蛮横不要命的。金满福自信一生见过不少大风大浪，摆弄小七这样一个少年，根本不在话下。

对他来说，无非是这个方式不行，再换个方式而已。

金满福依旧在摆弄他的花。他站在花架前，正在整理一盆君子兰。小七走了出来，低声对他道："你找我？"

金满福垂着眼，看也不看他，慢悠悠地浇着水。过了半晌，他才开口，慢条斯理地说："我就不绕弯子了。有件事咱们心里都清楚，边杰不是我儿子，以前的不是，现在的也不是。"

小七听出了金满福话里的意思，心里咯噔一下，本能地后退了半步，戒备地问："然后呢？"

金满福放下君子兰，拿起了花架上的大剪刀，转向小七，淡淡地道："可是你要知道，我能给你的东西，是很多人努力一辈子也得不到的。"阳光照在剪刀上，反射着尖锐的光芒。金满福语速很慢，好像是怕小七听不清、听不懂一样，继续说："人得知道感恩，懂得满足，不要自找麻烦，不要有什么跟自己不匹配的企图。好好活着比什么都强，你说是不是？"

小七目光闪烁着，品味着金满福的话，额头渗出了细密的冷汗。

金满福继续游说："孩子，人活一辈子很不容易，运气来了一定要好好珍惜，好吗？"

说完不再理小七，转身用大剪刀去修剪另一盆花，咔嚓一声将一个含苞待放的花骨朵剪了下来。

"生命真是脆弱啊。"他似乎在自言自语地感叹，小七在旁边看着，忍不住打了个冷战。

小七心想，杜一回来了，是不是应该和他见个面？毕竟，当年也是形影不离的"好朋友"。小七想了很久，提着一袋水果，来到了杜一家楼下。

杜一家在一个看起来又脏又旧的筒子楼里，和王佳家那个又脏又旧的大杂院看起来没什么区别。

小七站在楼下向上面张望，犹豫着要不要进去。然后，一只手从身后拍在了他的肩膀上。小七吓了一跳，猛然回头，却见杜一站在他身后，正似笑非笑地看着他。

"还真是你啊。来找我的？"杜一问。

小七急忙换上一副笑脸："那可不？听说你回来了，我当然得来看看。"

杜一挑着眉毛，目光不善地上下打量着小七："那你杵在这儿干吗？怎么不上去？"

"我……"小七不知该说什么，来时准备的那些词，一个都说不出口。只见杜一脸色一沉："生分了是吧？那就别上去了。"

小七吓得一愣。

杜一把他带到了一个路边的大排档。矮桌上摆着田螺，看上去黑乎乎的。杜一嗑着田螺，也不说话，气氛有些尴尬。

小七想了想，向杜一端起了酒杯："来，咱们喝一杯，今天这顿我请，算是给你接个风。"

可是杜一就像没听到，小七的酒杯举了半天，他才放下手里的田螺跟小七碰杯，两人一饮而尽。

"一晃都三年没见了，你好像也没怎么变样。"小七又道，"不瞒你说，过去的很多事情我都记不起来了，正好趁这个机会，你帮我回忆回忆。"

杜一似乎冷笑了一下，抬头一脸认真地看着他："有意思。是不记得还是不想提啊？又是喝酒，又是下药的，编得还挺真。"

这话说的，小七的表情都凝固了。而杜一突然嘿嘿笑了起来，越笑越厉害，指着小七笑得前仰后合。小七就像个傻子一样看着他笑，他越笑，自己就越心虚。

突然，杜一又毫无征兆地收起了笑容，狠狠地道："我三年没回来了，王帅还不知道在哪儿，你该给我俩多少钱？"

小七强笑道："我们三个不是好兄弟吗？怎么谈起钱来了？"

啪的一声，杜一将手里吃剩的田螺扔在了桌子上，冷冷地道："我和边杰是好兄弟，你又不是边杰，我不跟你谈钱谈什么？"

杜一的话像是一句魔咒。小七的笑容僵在了脸上。

似乎对他的反应很满意，杜一目光中又是得意又是阴冷，他端起了酒杯，优哉游哉地道："重新认识一下，初次见面，我叫杜一。"

既然把话说到这儿了，小七也镇定了下来，他没有去端酒杯，而是说："你凭什么说我不是边杰？"

杜一冷笑了一下，道："编得你自己都信了？"

"但是你在警察面前帮我圆谎了，那是为了什么？"

"那就从头讲起吧。"杜一也放下杯子，"三年前我离开照阳，其实是因为我欠了一屁股高利贷。那帮人心黑手狠，我只能先躲出去，甚至连我爸都瞒着。现在我要把这事儿了了。你走狗屎运，掉进了钱窝，缺个人帮你证明你是边杰。"杜一单刀直入，"我欠了一屁股债，缺钱得很。咱俩正好各取所需。"

小七神色一凛，声音不自觉地大了些："你想找我要钱？"

杜一笑了："你不也是来求财的吗？我是想跟你交个朋友，毕竟边杰是我的好兄弟嘛。但如果你不愿意交我这个朋友的话，警察那里我随时可以改口。"

小七沉默良久，问："你要多少？"

杜一伸出了他那只六根手指的右手。

"五……六百？"小七皱眉道。

"打发要饭的呢？"杜一立刻叫起来，"加个零。"

小七瞪起眼睛，道："金家有钱是金家的，我到哪儿去给你弄这么多钱！"

"以后金家的整个厂子都是你的，这个价钱已经很公道了。"杜一头也不抬，继续挑着田螺，悠悠地道，"你用什么办法弄钱不该问我，我又不是骗子，你比我专业多了。你要是不愿意跟我合作，我去找金满福也是一样的。"

小七在桌子下紧紧捏起了拳头，表面却不动声色，道："边杰回来了怎么办？你知道他在哪儿吗？"

"我是不知道。你爹肯定知道。你真觉得你爹认不出来你啊？"杜一表情夸张，"我跟你说句实话吧，能用钱解决的问题都不是问题，金满福以前可没少拿钱给边杰平事儿。"

聊到这一步，小七早就看出杜一是比那个纠缠王佳的流氓更混蛋的恶棍。他低头想了想，道："这么大的数目，你要多给我点时间。"

"那当然，我这个人最不缺的就是时间。"杜一言语间已经带着胜利者的悠然，他再次端起了酒杯，道，"来，兄弟，现在咱们可以开怀畅饮了，今晚不醉不归！"

一个月的工资才三百，杜一那家伙却要五千……不，是六千。小七既没钱，又不知该拿杜一怎么办，好几天心事重重，闷闷不乐。

夜晚，小七躺在床上怎么也睡不着，辗转反侧，脑中回想着杜一说过的话。

"我是想跟你交个朋友……但如果你不愿意交我这个朋友的话，警察那里我随时可以改口……你要是不愿意跟我合作，我去找金满福也是一样的……"

他绝对不相信杜一的人品，就算给了他五千块钱……不，六千块，他从此就能守口如瓶、安分守己吗？又有谁愿意永远生活在别人的威胁之下？想到这里，小七一骨碌坐了起来，他终于做出了决定。

他推门下楼，来到金满福卧室门外，犹豫良久，才终于鼓足勇气，轻轻敲了敲门，叫道："爸。"

门内一片寂静。

小七又敲了两下："爸，爸你睡了吗？"

门内仍然无人应声。

小七试着用手推了推门，门被推开了，只见屋内空无一人，床铺整整齐齐，看起来根本就没有睡过。他想了想，又去找金燕。

金燕的房间也没有人。

边美珍倒是在自己的卧室睡得正熟，金家父女不知什么时候悄无声息地离开了家。小七走出小楼，反手关上了门。来到院子里，四处张望了一下，周围一片寂静，连个人影都没有，金满福的汽车也不在。

他想了想，推开院门走了出去。

金家父女会去哪儿呢？小七毫无头绪。只是一想到他俩，那种不安的情绪又涌了上来。他心里隐隐有种感觉，今天晚上恐怕要有什么意料之外的事情发生。

深夜的照阳好像是另一个世界，路灯幽幽，夜风细细，树木楼房影影绰绰。

没有亮光的阴影里，好像埋伏着吃人的怪物。小七有些胆怯了。他从小就知道，其实人比鬼怪可怕得多。

所以他才怕。

他一路不停，一直走到了棉纺厂门外。大门已经锁了，整个厂子空荡荡的，被风吹过的树叶发出沙沙声。整栋办公楼黑洞洞的，唯有一个窗口还亮着灯——那正是金满福的办公室。

看着那盏灯光，小七的眼睛眯了起来。

他从墙头上跳进了院子里，蹲在墙根的阴影中四处观察了一下，然后迅速向办公楼的方向摸去。

办公楼的地形小七已经很熟了。他悄无声息地走在漆黑的走廊上，来到金满福办公室门前。下方的门缝里透出了一线灯光，好像把黑夜撕开了一个口子。

里面传出了有人说话的声音，像是金满福，小七连忙将耳朵贴在门上，凝神倾听。

"看来除了我们，还有别人知道他的身份有问题。"的确是金满福。

然后是金燕的声音："爸，我不想再逃避了，有些事终究要自己面对。怪我！所有的事情都是因为我而起。"

金满福的声音又响了起来："燕子，爸爸不会怪罪你。把他从河溪接回来，回来一个'边杰'，对我们是有利的。他是上天送来的护身符。只要他在，咱们家就能太平。"

"可是现在这个'边杰'是一条喂不熟的狗，"金满福继续道，"他一直想逃，不止一次两次。燕子，你都看到了。我把他带到厂里是想告诉他，他不用跑，他想要什么我都可以给他，只要他能安安稳稳，不找麻烦。可是他现在麻烦越来越多，不但有警察，还有杜一。杜一应该知道他不是小杰，却没有揭穿他，为什么？三年前的事他知道多少？这里面肯定有鬼。"

金燕担心地问："那我们怎么办？"

"孩子，别怕。等过了这段风波，我尽快把他处理掉，但是眼下这场戏，咱们还要演下去。如果他再当不好边杰，那我就会让他闭嘴。"

他们说的话如同响雷一般滚过耳边，小七下意识地屏住了呼吸，瞪大了眼睛——他们……他们知道了！

办公室内，金燕坐在沙发上，她双手抱着膝盖，凄然道："我看到他手腕上那块疤，就什么都不顾了，那一刻我真的相信他就是小杰，又回到了我身边，我们的生活还能回到从前……后来我带他去买鞋，他的鞋码不对，但我还是在说服自己，出问题的是鞋不是他，直到……"

金满福看了女儿一眼，沉声道："直到你给他洗头。"

金燕黯然点头，道："我知道，可是看见他，我就觉得他就是小杰，有人要伤害他的时候，我还是想保护他，就像小的时候看见小杰受了欺负一样。"

闻言，金满福叹了口气，道："你和美珍一样，把对小杰的感情放在了他身上。"

金燕含着眼泪："在夜市的时候我教他玩缠糖，是想告诉他，也告诉我自己，不管他从哪里来，我仍然愿意把他当成家人……是我太天真了，没想到事情会变成这样。现在，我已经不知道该怎么跟他相处了，热了显得虚假，冷了怕他起疑……"

"爸没有责怪你。"金满福道，"外人看到边杰回来了，对咱们来说是好事，有他在，我们就是清白的。"

像是想起了什么，金燕低下了头，身体微微有些颤抖。

"我本来打算，做做样子之后，就尽快送他去外地分厂，可是，我发现打从他来到这个家之后，你和美珍都不一样了。"金满福心情复杂地叹着气，"你们好像重新有了魂儿。所以我就想着，再多留他一天也好，结果……现在看来，当断不断，反受其乱啊。那天我看见他在我屋里偷钱的时候就不该放过他！"

门外的小七虽然对他们的话一知半解，但听到这里，脸色立刻就变得惨白。

他还记得，那是来到金家后自己第一次想逃走，他潜入了金满福的卧室，打开保险箱，想要偷点值钱的东西当路费，最后几经挣扎，还是放弃了，没想到自己刚转过身，就看到金满福站在身后……

"原来他们知道，一直知道……"小七汗湿重衫，一阵阵后怕，也不知该做何反应。他的身体紧紧贴在门上，一只手不受控制一般，已经将旁边墙上"厂长办公室"的铭牌按得凹了进去。

他想逃，可是双脚却像被钉住一般一动不动——没有听完金家父女的秘密，他又不甘心。

但一想到"处理掉"和"闭嘴"，小七又心中一惊，不由自主地后退了一步，被他按变形的金属铭牌回弹成原本的形状，发出嘣的一声。

外面的声音令金满福和金燕骤然警觉。

金满福喝道："谁！"他一个箭步冲到门前，用力拉开了房门。

此时的门外，只有空空荡荡的走廊。

金满福跟金燕对望了一眼，惊疑不定。

狼狈逃出棉纺厂的小七在大街上一路狂奔。他不时惊恐地回头向身后张望，好像真有什么吃人的野兽。

野兽会吃人，有时候，人也会的！

好不容易，小七终于跑回了金家院子，却看到金满福的汽车已经停在里面，小楼的客厅里也亮着灯。小七顿时脸色煞白，他没敢进门，目光急速闪烁着，思索对策。

小七在想，自己会不会就此永远"闭嘴"。金家父女在想，偷听的人是不是小七。金燕仰头看着楼上，一步步踏着楼梯的台阶，向上走去。她的脚步很慢，很郑重，像是不愿面对，又像下定了决心。她知道，小七相对可控，如果偷听的人是小七，这对自己最有利。可是，她的内心又无比盼望小七就在自己的房间里。

这时，小七悄无声息地从窗户翻进了金家。只不过不是二楼自己的房间，而是边美珍的房间。

他轻轻地关上了窗，刚一转身，却看到边美珍坐在床上，正直愣愣地看着他。小七吓得一哆嗦，急忙对边美珍做了个别出声的手势。

边美珍低声道："小杰，你在玩捉迷藏吗？"

小七含糊地嗯了一声。

边美珍摇摇头，道："我们不玩好不好？你上次躲起来，妈妈很久很久都找不到你，我们不玩捉迷藏，小杰不要再躲起来。"

即便是快要大祸临头，小七心中仍然泛起一阵酸楚，他握住边美珍的手，轻轻点了点头。

二楼，金燕已经来到边杰房间门外，仿佛豪赌揭盅一般，她深吸了一口气，缓缓伸出手，抓住了门把手。

推开房门，房间里空无一人，她叹息一声，失望地闭上了眼睛。

安抚好边美珍，小七探出头来，客厅里空无一人。他闪身走出来，轻轻关好房门，刚要转身上楼，就看到从楼上下来的金燕站在楼梯口，正看着他。

两人愣愣地对视了片刻，小七率先反应过来，尽量自然地道："姐，你回来了？"

金燕似乎没料到小七会这样问，皱眉看着小七没说话。

小七又道："我半夜醒了，看你和爸都没在，就过来看看妈，聊了两句。你们去哪儿了？"

金燕终于也回过神来，道："哦，我也是睡不着，让爸陪我出去走了走。"

"那咱爸呢？"

金燕看了一眼金满福的房门，道："回房了。你也快回去睡吧。"

小七点了点头，向楼梯上走去。

金燕看着小七上了楼，忽然扭头望向了大门的方向。

然而金满福并不在自己的房间里，此刻，他坐在车里。他看见小七慌张地翻窗跳进边美珍的房间里，脸色越发阴沉。

自以为蒙混过关的小七走进房间，关上门，这才长长地吐出一口气。外面吹进一阵冷风，窗帘晃动了两下。小七的恐惧仿佛要把他摧毁。

这几天金家的气氛也很怪。晚饭的时候，边美珍早吃完离席了，剩下的人一片沉默，没人说话。小七小口小口地吃着东西，食不甘味。

过了一阵儿，金满福擦了擦嘴站起来："我吃饱了。"说完走出了餐厅。金燕也起身开始收拾桌上的东西。小七看到面前的盘子里还剩一块鱼,伸筷子正要去夹,那盘鱼却被金燕端走了。小七抬头惊讶地看着金燕,然而金燕心事重重地低着头收拾碗筷,根本就没有注意到他。

此时,外面传来了金满福的声音:"燕子,到我书房来一趟,有事跟你说。"

金燕应了一声,擦了擦手,迅速走了出去。

透过餐厅的门,小七看着金燕走进了金满福的书房,反手关上了门。他皱了皱眉头,开始动手收拾餐桌上的碗筷。

小七正心不在焉地洗着碗,一只手从他身后伸过来,将一根棒棒糖塞进他嘴里。小七回过头,边美珍正满面含笑地看着他。

"妈妈帮你一起洗碗。"边美珍笑眯眯地撸起袖子,

"妈,我爸和我姐是不是最近有什么心事?"小七问。

"没有呀,只要小杰在,妈妈什么心事都没有。"边美珍答非所问。本来就没对她抱什么希望,小七微微叹息一声,不再说话了。

第二天天气不错,整个上午无云无风,街边的树荫底下,杜父无精打采地守着他的修车摊,眼神放空,不知看着哪里发呆。

只有他自己知道,在当初丢孩子的三家里,唯有自家,和另外两家完全不一样。别人家的孩子是真丢了,而自己家的杜一……

他还记得,那天是 1993 年 5 月 1 日,杜一失踪的半个月后。他是真觉得儿子失踪了,每天借酒浇愁。那天,他还是无精打采地喝着闷酒,桌上的电话铃响起。他随手接起电话,"喂"了一声。

没想到电话那边的人是儿子。听到杜一的声音,杜父顿时瞪大了眼睛,猛地站了起来。还没等他问什么,杜一先道:"警察有没有找过你?"

"你们仨半个月没消息了，警察能不找吗？"杜父着急道。

杜一的声音听起来有点迟疑，他问："我们仨？是王帅和……边杰吗？"

"对呀，你们到底跑哪儿去了？"杜父又问。

杜一沉默片刻才道："我没跟他们在一起，也不知道他们在哪儿。"

杜父一愣，道："你不知道？那你……"

"我犯事了。"电话那边的杜一很干脆地说。

杜父一惊："犯、犯什么事了？"

"大事，塌天的大事！"杜一道，"你只需要知道，如果你告诉别人，就再也见不到我了。"

是逃债吗？杜父知道儿子借了不少钱，可是逃债又怎么能算是犯事呢？莫非是……杜父的嘴唇微微颤抖了起来，他不敢想，更不敢问。

杜一继续道："等我安顿好了，会再联系你的。"还来不及说什么，听筒里便传来了断线的忙音，杜一已挂断了电话。

慢慢放下听筒，杜父失魂落魄地坐回到椅子上，颓然垂下头。这个儿子……是生出来讨债的吧！杜父突然希望自己从没接过这个电话，儿子一直没有消息……他猛地拿起桌上的酒壶，将剩下的半壶酒全灌了下去。

远处，有人顶着日头，推着自行车往修车摊走。杜父一直在出神，直到来人走近才回过神来，抬头一看，来人原来是王士涂。

"我这车啊，最近老觉得蹬着费劲，你给我看看到底是哪里的毛病。"王士涂道。

杜父没说话，搬过王士涂的车，开始检查。

王士涂也搬了个马扎坐在杜父旁边，过了一会儿，开始闲聊："老杜，儿子回来了，你这脸上怎么还是没个笑模样？"

"回来也是一天到晚不着家，跟以前没啥不一样。"杜父冷硬地道。

"杜一回来之前是怎么通知你的？"王士涂问道。

"往家打了个电话。"

"哦，就那一个电话？"

杜父看了王士涂一眼，道："三年都没消息，可不就那一个电话吗？"

王士涂问："之前找他要钱的那帮人，还来吗？"

"说是还上了一些，那些人就没再来了。"杜父随口道。

王士涂眯起了眼睛，思索着说："都给卖到黑煤窑了，这咋还有钱了呢？"

杜父一默，然后突然咳嗽了几声："车蹬不动啊，要么是闸歪了磨到轮子，要么是没气了，你这车没毛病。"

王士涂"哦"了一声，但没有要走的意思，道："车没毛病，那就是人有毛病了，可能是我老了吧。"

随后像是不知说什么好似的，二人之间一阵沉默，杜父一直回避着王士涂的目光。

"老杜，其实我挺羡慕你的。"王士涂叹道。

杜父意外地抬了抬头。

"我家的事，在照阳也不是什么秘密。"王士涂继续说，"我有时候就想啊，要是儿子在我身边，我该怎么管教他，可我没这个机会。老杜，杜一这孩子，本质不差，有什么问题，都来得及改，你这个当爹的该教还得教。"

要是能改好，那就好了！杜父苦笑了一下，道："我就是一个穷修车的，做不了他的榜样，更做不了他的主。"他从怀里掏出一个套子都掉了皮的酒壶，拧开喝了一口。

王士涂凝视着酒壶，道："你这个酒壶，可是用了不少年头了。"

"这是他给我买的，有次有个人修车不给钱，还把这个抢走了。"杜父感慨道，"他第一次打架进局子，就是为了把它抢回来。我当初要是不那么窝囊，可能后来就不一样了，现在……晚了。"他站起来，将自行车的支架踢上去，交给王士涂。

又道："车没毛病，不收钱，人的毛病，我管不了。"

王士涂只好点了点头，接过自行车推着离开。

杜父重新坐下来，看着手里的酒壶出神。

杜一的事，王士涂相信杜父绝不可能什么都不知道。但那毕竟是亲儿子，就算再不满意，也不可能向警察泄露秘密。

离开修车摊，王士涂也心情沉重，杜父越是守口如瓶，是不是代表着，杜一隐瞒的秘密越糟糕？

下午，王士涂带着小张穿过空荡荡的台球厅，来到隔断后刀疤脸的办公区。正在打盹的刀疤脸抬眼看到王士涂，立刻换上一副讨好的面孔。

"哎哟，警官。我、我这里是合法经营！"

王士涂单刀直入地道："杜一来找过你吗？"

刀疤脸给王士涂拉了把椅子，道："哦，他呀，来过，来过。"

"来干什么？"

依然忍不了那口气，刀疤脸撇撇嘴，没好气地道："来示威呗，我们老板被您抓了，他又抖起来了。当然，也还了点钱。"

"还了多少？"

刀疤脸拉开抽屉，拿出杜一给他的那个信封："您看，都在这儿呢！"

王士涂拿过信封，将里面的钱抽出来看了看，又将钱放回去，突然，他注意到信封上有一个不太清晰的印章，上面似乎写着"××供销社"，下面还有一串电话号码。

他眼睛一亮，道："这个我拿走了。"

刀疤脸一怔，马上又点头哈腰地道："啊？嗯，行，您以后只要有需要，随时……再来拿。"

王士涂和小张对望了一眼，哭笑不得，他抽出信封里的钱，还给刀疤脸："我说的是信封。"

带着信封回到警察局，王士涂和小张研究了好半天，才辨认出"××供销社"的"××"二字，原来是"塔县"。王士涂提起电话的听筒，费力地看着信封上的电话号码，开始拨号。

号码不是本地的，带着石泉省的区号。电话很快就接通了，王士涂喂了一声，道："你们是石泉省塔县的供销社对吧？我是谁？我是江阳省照阳县公安局的，有点事跟你们核实一下。"对面的态度很好，王士涂接着道："嗯，你们供销社附近，有没有煤场？有是吧，几家？就一家，那你把详细地址跟我说一下。好，我记一下。"

过了一会儿，王士涂挂断了电话。小张看着他记下来的地址，道："师父，这供销社附近的煤场，就是杜一说的黑煤窑？"

王士涂点头道："可能性很大。"

"但是，杜一不是说他不记得是从哪里逃出来的吗？"小张道，"如果那个地方就在他买信封的供销社附近，他不会不记得吧？"

王士涂沉吟着道："那就要看杜一话里有几成是真，几成是假了。"

"那咱们……"小张试探地看着王士涂。

王士涂站起来，立刻做出了决定："去塔县走一趟，看看他葫芦里到底卖的什么药。"

小张说："师父，去一趟塔县得两三天。"

夜里，小七的身子剧烈发抖，突然双眼一睁，发现自己和衣躺在床上，一身的冷汗。

噩梦，原来是噩梦……他抹一把额头的冷汗，睡在这张边杰的床上，已不知做过多少次噩梦了……

小七又来到边美珍的房间。轻轻推开房门，边美珍正躺在床上熟睡。他轻轻在边美珍床上坐了下来，悲伤地看着她。

这个可怜的女人，得知儿子失踪后就疯了。她不知道自己的心肝宝贝在哪里，更想不到，被她视为亲人的金家父女还包藏祸心……小七这样想着，难过得快要掉下泪来。

边美珍似乎感应到了什么，她慢慢醒了过来，扭头看到小七，仍旧有些睡眼惺忪，口中含含糊糊地道："小杰……怎么不睡觉呀？"

"我……做了个噩梦，睡不着。"小七掩饰道。

边美珍立刻关切地问："啥噩梦啊？"

小七没有回答，反问道："妈，你以前梦到过边……梦到过我吗？"

边美珍连连点头："梦到过的。妈妈梦到小杰哭着说，你在一个又黑又湿又冷的地方……妈妈就哭醒了。"

可能，真有母子连心这回事。也许边杰真的在这样的地方，小七神色越发哀伤，黯然低下了头。

一无所知的边美珍伸手去抚摸他的头发，柔声安慰道："别怕，妈妈呀，给你取名叫边杰，就是盼着你变成又出色又勇敢的孩子。有妈妈在，没人能伤害你的，妈妈会永远保护小杰的。"

小七的眼眶微微有些泛红，他点了点头，用力道："嗯，我知道。"

为了边美珍，小七咬着牙，暗暗攥紧了拳头，他在心里做了一个决定，一个属于边杰的决定！

第二天一早，他就来到了警察局。在大门口徘徊着，看见警察们纷纷走进办公楼上班，可就是不见王士涂——不知从什么时候开始，在他心中，王士涂已经成为最值得信赖的人。边杰遇害这个猜想，除了王士涂，他谁都不敢说。

"我、我想找王警官。"小七向派出所门口警卫说道。

"哪个王警官？"

"王士涂。"

"哦，他去塔县出任务了。"

"塔县……"怎么会这么巧？小七皱起眉头，心想：难道是因为杜一？

小七离开警察局，信步在街上走着，心里胡乱想着，王士涂应该不会放下失踪案突然去外地出差的，杜一这三年一直在塔县吗？那么王帅呢？

琢磨了大半天也没有头绪，小七来到了游戏厅。游戏厅十分喧嚣，杀声阵阵。

小七走进大门，来到吧台前。一见是他，游戏厅老板过来热情地打了个招呼："来啦？"

"给我拿瓶汽水。"小七道。

冰镇汽水很快被递到他手上，小七边喝边跟老板聊天："哥，三年前我们仨失踪的时候，那个案子是叫 417 失踪案吧？"

老板道："对呀，1993 年 4 月 17 号失踪的嘛。当年警察调查的时候，你们最后出现过的地方就是我这儿，嘿，我这游戏厅也跟着出名了。"

小七的目光闪了闪，不动神色地道："当年警察都怎么查的，给我讲讲呗。"

老板立刻来了情绪，凑近了小七："这事你找我算是问对人了，谁不知道我消息灵通啊！"

小七耐着性子道："那你快说。"

"话说，你们仨失踪那天啊，我这儿来了一个老太太，我这火眼金睛一看就知道她不是好人，还是我向警察提供的线索呢。"老板摇头晃脑，似乎很得意。

"然后呢？"小七问。

"然后，案情就越发扑朔迷离。"老板煞有介事地道，"后来听说在青龙山又发现了其他尸块，杀人碎尸啊这是。"老板嗑着牙花子道，"警察挖的时候都上新闻啦，还来采访我了呢，我都录下来了。"

小七眼前一亮："你录下来了？能不能把录像带借我看看？"

老板爽快地道："怎么不行啊？等着啊。"

多亏了这个爱出风头的老板，小七做梦也没想到还能看到当年新闻的录像，他拿着录像带走进家门，悄悄走到边美珍房间门外，将门推开一条缝往里看了看。

房间里的边美珍正在睡觉，小七又轻轻将门关上。他走到客厅的电视机前，打开了电视机和录像机的开关，将录像带塞进了电视机下方的录像机里。

录像机自动将录像带吞了进去，小七拿起电视机的遥控器，将音量调得很低。

很快电视上出现了录制的新闻报道画面。

画面很不清晰，但可以看出视频的背景是青龙山上被警戒线封锁的小树林，隐隐可以看到警察们在树林中忙碌着什么。记者拿着话筒正对着镜头播报。

"观众朋友们大家好，这里是《直击现场》。我现在正位于照阳县郊外青龙山的搜索现场。今年 4 月 17 日，照阳三中两名初三男生边杰、王帅和社会青年杜一相约去玩游戏机，三人于傍晚离开游戏厅后就再也没有出现过，没人见过他们，三人从此人间蒸发。如今一个多星期的时间过去了，三名失踪的青少年依然是下落不明。今天，警方根据群众提供的线索，在青龙山展开挖掘，那么土地下面究竟掩埋着什么样的秘密呢？让我们拭目以待！"

小七死死盯着屏幕，不由自主地屏住了呼吸。

此时，电视机突然啪的一声灭了，将小七吓了一跳。

小七意识到是停电了。他按动录像机上的按钮，想要让录像带退出来，录像机却没有任何反应。他望向墙上的挂钟，已经快到下午五点二十，金满福和金燕的下班时间快要到了。

小七不由紧张起来，他将手伸进录像带的进口，想要将录像带抠出来，但徒劳无功。他焦急地四处环顾，突然看到了墙角的工具箱，他连忙从工具箱里找出螺丝刀，开始手忙脚乱地拆卸录像机。

拆着拆着，小七突然听到身后有动静，他猛然回头，看到边美珍站在他身后，正不解地看着他。

边美珍担忧地道："小杰，不要乱拆玩具啊，会弄坏的。"

小七随口敷衍道："这个录像机……好像出毛病了，我看一下怎么回事。"他说着话，已将录像机拆开，终于把里面的录像带拿了出来。他把录像带揣进怀里，又开始"紧锣密鼓"地把从录像机里拆下的零件往回装。

装得差不多了，小七却骤然发现有个多出来的零件不知应该装在哪里。正当他拿着那个零件纳闷的时候，外面传来汽车声。

金满福的汽车已经到了大门外，正在向院内倒车。

不及细想，小七把多出来的零件塞进了口袋里，不管三七二十一，赶紧将录像机的外壳装了回去，开始拧螺丝。

院子里，金满福停好车，和金燕一起下车向楼门走去。

二人走进客厅，看到小七正趴在电视柜后面接录像机的线。

金满福皱眉道："小杰，你鼓捣什么呢？"

"哦，电视打不开了，我看看是不是接触不良。"小七急中生智道。

金满福拨弄了几下墙上的电灯开关，道："咳，停电了。燕子，去问问邻居家是不是也停电了。"

金燕应了一声，转身走了出去。

小七仍有些惊魂未定，道："那我先回屋了。"他转身往楼上走，此时电视和电灯突然都亮了起来，原来是来电了。

金满福走过去想要关掉电视，却突然发现电视柜下面有一颗螺丝。他捡起螺丝看了看，又去检查录像机，发现录像机的一角少了一颗螺丝。他伸手按了几下录像机的按钮，录像机毫无反应，金满福脸上现出狐疑的神色。

回到房间的小七将怀里的录像带和口袋里的录像机零件都放进了书桌抽屉。关上抽屉，这才长长松了一口气。楼下传来金满福的喊声。

"小杰，你下来一下。"

小七急忙应了一声，走了出去。

客厅里，金满福正蹲在电视柜前，面前是已经拆开的录像机，小七一看，心里顿时咯噔一下。

这时金满福抬起头来问："你是不是把录像机拆开过？"

小七遮掩地道："没有啊……我没动过。"

"那怎么好端端少了个零件呢？"

小七正不知如何回答，边美珍从房间走了出来，一看见他，便问："小杰，还在修呢？"

小七一时僵住，金满福听到这句话，慢慢将脸转向了他，问："你不是说你没动过吗？"

"我、我在厂里上班嘛，最近在学电路，就想照着研究一下它的结构……"小七慌乱地道，"结果拆开之后，我发现有个零件装不回去了。这东西那么金贵，我就没敢说……"

"那个零件呢？"金满福问。

"在我屋里。"小七说着准备上楼去拿零件，金满福却站了起来，叫住他："我跟你一起去拿。"

二人一起走上二楼，短短几步路小七也想不到什么应对的办法，动作拖拖拉拉，能晚一秒算一秒。

金满福率先走进边杰的房间，问："在哪儿呢？"

避无可避，拖无可拖，小七终于咬咬牙拉开了书桌抽屉。零件躺在抽屉里，除此之外还有那盘录像带，录像带上没有任何标识。

没管零件，金满福拿起录像带，问道："这是什么？"

小七急中生智道："那个，找朋友借的电影。"

"什么电影？"

这个还没有编好，不过小七看到了墙上的海报，立刻道："李小龙的。"

金满福点点头："等我把这个零件装上，晚上咱们一起看。"

小七脸色煞白："可是……人家今天找我要呢，我答应这就给他送过去的。"

金满福心中冷笑，盯着小七看了一会儿，淡淡地道："不差这一晚上，明天再还吧。"说完拿着零件走了出去。

金满福走后，小七手里拿着那盘录像带，没头苍蝇般在屋里乱转。如果实在过不了关的话……他咬咬牙将录像带里的磁条扯了出来，想要直接毁掉，但突然又想到了什么。

他埋头在书桌里一通翻找，找出一个废弃的电子线圈零件。小七将线圈里的磁铁拆了下来，用磁铁一段一段地给录像带消磁……

楼下，金燕和边美珍坐在沙发上吃零食，边美珍开心得两条腿荡来荡去，金燕的脸色却很复杂。

金满福把录像机修好了，对着楼上喊："小杰，录像机好了，把你的带子拿过来吧！"

过了一会儿，小七拿着录像带不情愿地走下楼梯。

金满福从他手里接过录像带，故作轻松地道："怎么，还舍不得给我们看哪？"

小七勉强笑笑："哪儿有。"

录像带被放进了录像机，小七紧张地盯着屏幕，一只手紧紧捏住了裤腿。金满福按下了播放键，然而屏幕上除了一片雪花什么都没有。

金满福疑惑地看了小七一眼，小七冲他摊了摊手。金满福又用遥控器让视频快进了一段，但屏幕上还是一片雪花。

"你确定这里面是电影？"

小七道："我朋友是这么说的，是不是他给我拿错了？"

金满福只好无奈地道："那算了吧，看不成了。"他走到录像机旁边打算将录像带拿出来，可就在这个时候，电视屏幕上却突然出现了不清晰的画面，他一眼就看了出来，那正是记者和青龙山。

"究竟掩埋着什么样的秘密呢？……拭目以待！"

这下所有人的脸色都变了。

金满福脸色阴沉地盯着电视屏幕，金燕惊讶地看着小七，小七躲开了她的目光。于是金燕的目光一点一点垂了下去，就像她自己的心一样……

这三人不知该做何反应，一旁的边美珍忽然从沙发上站了起来，腾地一下，把大家都吓了一跳。只见她出神地盯着电视里的报道，一步步走向电视机。所有的目光都朝向了她，不知为何，此时屋里格外安静，好像大家都屏息静气一般。小七面色凝重，金满福则露出了从未出现过的紧张表情。

边美珍走到电视机前，屏幕上又成了雪花。她盯着屏幕看了一会儿，突然拍起手来，大声道："雪花球！燕子的雪花球！小杰在燕子的雪花球里面。有妈妈……"

其他几人一阵沉默，金家父女极快地对视了一眼，小七完全不明所以，刚张嘴想要说点什么，金满福却率先开口道："这应该是以前录的东西没抹掉吧……"说着退出录像带，将其递给了小七。

小七接过录像带，金满福却没有松手，双目炯炯地逼视着小七。"告诉你那个朋友，"他意味深长地说，"下次再想抹掉什么东西，做得彻底一点。"

小七脸色发白，道："那、那我赶紧去还给人家。"他不敢再停留，拿着录像带匆匆出门。

威胁意味不言而喻，小七心虚又害怕，把录像带交还给游戏厅老板之后，也不敢返回金家。直到夜已深了，路上已没了行人，经营到最晚的路边摊也快打烊了。小七醉眼迷离，面前桌上放着四五个空酒瓶，可他仍在喝。

他的心情说不出地复杂，不知金家和庆爷那里哪处更糟糕。他曾深深羡慕过边杰，难过自己不是边杰，可是谁能想到，真正的边杰……

而金家和庆爷那里的相同之处在于，无论害怕也好，痛恨也好，他始终都要回去。小七踉跄着回到金家门外，抬手想要推门，却中途停住。他抬起头，看着金家的院门，自嘲地摇了摇头，转身又往回走，但走了两步就歪倒在台阶上，挣扎了两下没爬起来，就这么睡了过去。

怪不得在边杰的床上总做噩梦，这一次，他没做梦。

不知过了多久，小七睁开眼睛，赫然发现自己的头枕在边美珍大腿上，身上还盖着一条毛巾被。边美珍坐在门口的台阶上，脑袋一顿一顿地打着瞌睡。

顿时，他又是感动又是心疼，动作尽可能轻柔地坐了起来，但边美珍还是醒了，睁开眼睛看着他。

"妈……"小七不由自主地道。

边美珍认真地说："小杰，睡外面会着凉的，你怎么不回家呀？"

小七迟疑了一下，凄然道："这里已经不是我家了，我回不去了。"

"你是不是不喜欢金叔叔，不喜欢这个新家？"边美珍努力又显得有些笨拙地说，"妈妈知道，你有好多好多委屈，可是你要知道，妈妈最爱的人是你啊。"

不管金家父女怎样，至少边美珍……小七百感交集。

夜里寒凉，小七伸手想要拉着边美珍站起来，但边美珍腿已经麻了，半天才站起来。两人刚要走进院门，忽然院门打开，金燕走了出来，扶起边美珍，不满地看着小七。

"妈不让我叫醒你，大半夜的她非要这样守着你。"金燕怨道，"你能不能懂点事儿？"

小七掩饰道："我、我喝了点酒，睡着了。"

然而金燕更加生气，怒道："不用你说，这一身的酒气，玩游戏，喝酒，夜不归宿，你这样跟三年前的……跟三年前的你有什么区别？"

小七脸色变了变，咬了咬牙，还是没忍住，冷眼看着金燕，别有深意地道："我跟三年前的边杰不一样，你知道的。"

金燕的动作顿了顿，眼圈好像也红了，她定定地看着小七，凄然道："对，我知道，你回来没几天我就知道了。可是那又怎么样？你就是我想象中小杰长大后的样子。"

小七闻言浑身一震。

"是我从河溪把你带回来的，我就要照顾好你。赶紧回去洗洗，回屋睡觉。"最后，金燕说。

本来，小七已经笃定边杰已死，而且就是被金家父女害死的。可是……此刻看着金燕的神情，他突然又不确定了。

所以，真正的边杰到底遭遇了什么，到底在哪儿？！

小七最近的种种行为，以及王士涂跟他说的那句"杜一说的，跟你们家边杰说的不太一样啊"，引起了金满福的不安。

金满福找到杜一，敲打他说有人对三年前的事情紧抓不放，并告知杜一，三年前有人在山上挖到一条狗。这句话让杜一冷汗直流，可是金满福却说可以送他一份前程……

杜父回到家的时候，杜一也在。他搬了把椅子正对着大门坐着，面沉似水，看着自己的父亲，就像审视犯人。

把修车工具放在地上，杜父道："今天，没出去啊？"不知该跟儿子说什么。面前的这个年轻人，是他的儿子，又像是讨债鬼，但比起这两个，他更像是因自己怯懦而转变成的怪物，邪恶，强壮，无法摆脱，不受控制。

"三年前警察在青龙山上挖出过一条狗，你知道吧？"杜一目光不善地望着他。

杜父点头道："新闻里说过。"

杜一顿时目露凶光，恶狠狠地喝道："那你为什么不告诉我？"

杜父有些慌，结结巴巴地道："那条狗……跟你，有啥关系？"

"不管有没有关系，我是不是跟你说过，警察的事都要告诉我！"杜一不耐烦地道。

嗯，他还暴躁。杜父低下了头。

见杜父毫无脾气的样子，杜一缓和了语气："过段时间，我可能会拿到一大笔钱。"

杜父惊讶地抬起头，他立刻就想问这钱是从哪儿来的，可是又没问。

反正，杜一也不会说。

"到时候，你的修车摊也不用摆了，咱们换个好点的地方过日子。"杜一接着道。

"那哪儿行啊？"杜父下意识地说。

杜一立刻皱起眉头，斥道："哪儿不行啊？"

杜父抿紧了嘴唇，不说话了。杜一也不再理他，抛下了父亲，扬长而去。

小七想起了前往塔县的王士涂，不由把心思放在了杜一身上。除了金家父女，恐怕只有他知道得最多。

游戏厅里依旧吵吵嚷嚷，小七站在游戏机前，面无表情地下注。也不知道他玩了多久，突然屏幕上出现了"777"的字样，游戏机稀里哗啦地往外吐游戏币。

就在这时，杜一走了过来，斜着身子往游戏机上一靠，吊儿郎当地道："手气不错啊。约我来这儿，看来是钱准备好了？"比约定时间晚了不少，也许他是故意迟到，也有可能早就来了，暗中观察了自己许久。小七看着游戏机屏幕，冷淡地道："想要钱没问题，可是六千块都买不来你一句实话，你让我怎么信你啊？"

杜一沉声道："什么实话？"

小七微微一笑："三年前你们从这儿走出去，你并不是不知道边杰去哪儿了，而且，你还有件很重要的东西在他手里，我说的对吧？"

杜一脸色变了变，但很快恢复正常，轻蔑道："小子，想诈我？让我觉得你也抓住了我什么把柄，然后钱的事一笔勾销？那你还嫩了点。"

小七嗤笑一声："六千块算什么？你胃口太小了。"

杜一一愣。

"你应该能看出来，我不是第一次干冒名顶替这种事了，我也能看出来，边杰失踪跟金家那对父女有关。"小七慢悠悠地道，脸上波澜不惊，一只手却紧紧抓住了裤腿缓解紧张。

比起上次见面，攻守易势了，杜一沉默片刻，问："所以呢？"

小七故作轻松地说："咱们都是求财的，我也不可能一直在这待下去，所以我想赌把大的。"

杜一目光闪烁，问："怎么赌？"

"把你知道的说出来，我去跟金满福摊牌，狠狠敲他一笔，到时候咱们对半分。"小七道，"我离开照阳之后，没人知道这件事里还有你。"说着将装游戏币的塑料筐推给杜一，示意他往游戏机里投币。

杜一眼中闪过一丝贪婪，抓了一把游戏币在手中把玩，沉吟不语。

此时，旁边传来了游戏厅老板的惊呼："杜一！哎哟，你俩可算是又凑到一起玩游戏机了，刚才我看见还以为时光倒流了呢，半天没缓过神来！现在就差一个王帅啦！"

二人都没工夫理会他，杜一应付地对老板笑了笑，

小七则说："老板，那盘录像带我已经放前台了，那时候你不在。"

"我知道，看完啥感觉啊？"老板嘿嘿笑起来，"我上电视的时候帅吧？"

小七苦笑道："看了一半停电了，我还想问你呢，警察到底在青龙山挖出了什么？"

老板有些失望地道："咳，其实也没啥，就是挖出条狗而已，白激动一场。"他话音刚落，只听旁边哗啦一声，不知为什么，杜一手里的游戏币都掉在了地上。杜一弯腰去捡游戏币，但有一枚捡了好几次都没捡起来。好不容易捡起了所有的游戏币，把它们重新放回筐子里，杜一对小七道："游戏机就不玩了，你刚才说的事，我会考虑考虑，到时候找你。"说完，匆匆出门。

小七狐疑地看着杜一的背影，总觉得他好像是在逃。

一路上步履匆匆，杜一离开游戏厅后没有回家，而是越走越偏远，最后一直出了城。小七不远不近地跟着他，杜一心事重重，一直都没有发现。

这个地方，他已经三年没来了。然而三年过去，这里却像丝毫没有改变一样。杜一登上郊外的山坡，树林幽静，枝叶随着微风轻轻晃

动，耀眼的阳光在林中仅剩一个一个的光斑，这片林子的温度似乎比外面低了两三度。

杜一走了很久，来到一棵大树下，正是当初警察挖出那条狗的地方。他举目四顾，拍了拍大树，又跺了跺脚下的泥土，然后掏出一根烟点上，抽了起来。

进了树林之后，小七便不敢跟得太近，他躲在远处，看着那一点暗红色的火星忽隐忽现。

抽了两口之后，杜一又取出了另外一根烟，对着自己嘴上的烟点燃，轻轻插在了树下的地上。

小七看不清远处杜一的表情，只是见到他在大树下一边抽烟一边走来走去。小七用两手的食指和拇指对成一个方框，从方框中看去，杜一所处的位置正是录像带里的位置。他的目光急速闪烁着。

过了没一阵，两根烟都已经烧完，杜一吹散了地上的烟灰，将地上的烟头捡起，连同手里的烟头一起装进了口袋里，匆匆离开。

这次小七没有继续跟上去，而是等他走了许久，才探头探脑地走了过去。他来到树下，久久地看着地上杜一插过烟头的小坑。

从山上下来，回家之前，小七先去土杂店买了一把铁锹、两个手电筒、一副宽皮筋。杜一点烟的地方肯定有秘密，他做好了最坏的准备，一定要亲眼看到那里的秘密。

而另一边，边美珍像是又犯病了，正在屋子里走来走去，四处乱翻，也不知在找什么。

"美珍，你干什么呢？"金满福问。

边美珍头也不抬地道："找那根棍儿，给小杰。"她翻过柜子，又去翻橱子，突然看看金满福，走到墙边拍着墙上的李小龙海报，道："就是原先在他手里的这个棍儿。"

金满福一怔，道："哎呀，都说过多少次了，这画里的人根本就没有拿棍儿。"

边美珍摇摇头："我说的是小杰，小杰原来那根，真的双截棍，你放哪儿去了？"

金满福闻言心中一紧，边美珍不再理他，拉开了书桌的抽屉，继续翻箱倒柜。金满福一眼看到抽屉里有两瓶没开封的药。他快步走过去，拿起一瓶药，问："这是哪儿来的？"

"别动，这是小杰给我的药，他要喂我吃的……"边美珍夺过药，重新在抽屉中放好。

那个冒牌货为什么重新开了药，还专门喂给边美珍吃？难道，自己换药的事……金满福的目光急速闪烁着，脸色迅速阴沉下来。

失踪者的去向

边美珍的一只手张开五指放在桌上，杜一拿着水果刀，飞速插下去，刀锋在边美珍指缝间穿梭，却伤不到手指。

边美珍满脸的新奇和兴奋，连声道："好玩，真好玩！"

这时小七开门进来，正看到这一幕。他脸色顿变，一个箭步冲过去，夺下了杜一手里的刀，厉声喝道："你要干什么？"

杜一满不在乎地笑了笑，嬉皮笑脸地道："没什么啊，我在等你，顺便陪阿姨玩玩，不会伤到她的。"

不明所以的边美珍也凑过来道："是啊是啊，小杰，你朋友会要杂技呢。"

把边美珍拉到身后，小七死死盯着杜一，脸色阴沉。

在边美珍面前不好动粗，小七把杜一带回房间，刚关上门，他反手一把抓住杜一的衣领，将他按在了墙上，压低了声音怒道："谁让你来这儿找我的！"

杜一还是那副吊儿郎当的样子，口气轻佻地道："要不然我去哪儿找你啊？"

小七逼视着他，像要用目光杀死他一般，过了许久，才慢慢放下手，冷冷地道："有话就说。"

杜一盯着小七看了一会儿，目光闪烁地道："我怎么感觉你小子有什么事瞒着我。"

"我几斤几两你不都清楚了吗？还有什么可瞒着你的？"小七掩饰道。

杜一上下打量了他几眼，单刀直入道："交易可以做，但细节得再谈谈。"

"什么意思？"

"我把知道的说出来，你拿钱跑了，我找谁去？"

"那你想怎么样？"

杜一立刻道："先把你知道的跟我说说，你为什么怀疑他们？"

小七皱了皱眉，迟疑着没说话。

"不想说就算了，我还是只要六千。"杜一冷笑起来，作势要走。

事已至此，小七只好开口："他们早知道我是假冒的，但一直装作不知道。"

杜一的眼睛眯了起来："还有呢？"

可小七却不肯再说。"该你了。"他道。

杜一想了想，说："那天离开游戏厅之后，王帅去了哪儿我确实不知道，但是我可以肯定，边杰回家了。"

"果然是回家了，我还听到他们说，边杰三年前就不在了。"小七沉声道。

杜一正要开口，房门突然被推开，金燕出现在门外。"小杰……"她话还没说完，看到杜一，不由一愣。

不知为什么，杜一看到金燕，忽然有些局促，道："燕子，好久不见。"也许是错觉，小七觉得此时的杜一……怎么说呢，就好像变了个人，变得像个人了。

金燕的脸上像笼了层寒霜，冷冷地问："你来干什么？"

"嗯，我就是想来问问他，要不要一起去玩……"杜一道。

金燕打断他，厌恶地说："他现在不玩游戏机了，也已经有了工作，你以后还是少来找他吧。"

被金燕抢白一顿，杜一也不生气，故作潇洒地挥了挥手，走了出去。

见他走了，金燕锐利的双眼又瞪着小七。

"姐……"小七低声道。

"如果你还愿意当我是你姐，听我句劝，"金燕打断道，"去分厂好好学门技术，过好你自己的生活，躲开这些人吧。"她像是生了很大的气，说完话，扭头就走了。

夜色深沉，山路空旷，万籁俱寂。小七背着背囊，手里提着铁锹，沿着山路向上走着。

半山腰的小树林伸手不见五指，小七摘下背囊，从里面取出被绑在宽皮筋上的两个手电筒，打开手电戴在头上，手电便成了两盏头灯。他边走边仔细辨别着方向，一路摸索着，来到那棵粗大的树下。

之前杜一插烟头的小坑还留在地上，小七举起铁锹，用力向下挖去。

山上的土已不知多久没人动过了，他挖得很费劲，累得挥汗如雨，双臂发麻，才挖出一个不算大的坑。

坑的面积小，但很深，他站在坑中，只能露出上半截身子。然而坑里面什么都没有。

也许……这里的确什么都没有。小七在坑边坐了下来，一边喘息一边擦汗。三年前警察早就挖过，如果有什么东西，警察还能挖不出来？现在想想，自己三更半夜上山挖坑这事简直蠢得要死。

想到这里，小七立刻泄了气，他拿起铁锹，收拾了东西，慢慢朝山下走去。小树林里依旧漆黑又安静，他越走越远，身后的坑也离他越来越远。可是走着走着，小七又停住了脚步。

万一……万一警察真的没挖出来呢？

小七一动不动地看着那个坑良久，终究是不甘心地转身又回到了坑边。对啊，万一呢，就算是犯蠢，也犯了这么久了，来都来了……是吧？

他继续挖。

也不知挖了多久，自己都快变成个泥人了。突然，铁锹似乎触到了土里的什么东西，发出"铿"的一声。

小七的动作和呼吸同时停顿。

还……真有万一啊？

过了半晌，他才拔出铁锹，慢慢蹲下身来，小心翼翼地用手拨开刚才插铁锹位置的土层，里面的东西露出来了……突然，小七手脚并用、连滚带爬地从土坑里爬了出来，他一屁股跌坐在地上，用手撑着身体接连后退，死死盯着土坑，苍白的脸上是惊恐至极的表情。

他的确做好了最坏的打算，但是，当那具猜测中的尸骨真的出现之时，小七彻底慌了神。他目光散乱，不知所措。

发了阵呆，他顾不上地上的土坑和扔在旁边的铁锹，也顾不上摘下头上的手电筒，撒腿便向山下跑去。

头上的两束手电光晃来晃去，这绝对是他这辈子跑得最快的一次。

他首先想到的人，仍是王士涂。

满头大汗地跑到王士涂家门外，小七一把摘下了头上的手电筒，举拳砸门，慌乱地喊道："王警官！开门！快开门啊！"然而屋内一片漆黑，毫无动静。

小七又用力砸了半响，把邻居都吵醒了，王士涂的家中还是毫无动静。他想到秦勇说过王士涂去塔县的话，无力地靠在门上，大口喘息着。

最可靠的王士涂不在家，自己又该怎么办呢？小七失望地在台阶上坐了下来，愣愣地看着面前的地面。

不得已，只好先返回金家。小七将两个手电筒做成的头灯藏在了床底下，起身的时候，腿突然一软，扑通一声，瘫坐在地板上。他也不爬起来，脸色惨白，双眼发直地一动不动。

毕竟只是个不满二十岁的少年，毕竟那是一具尸骨。他亲手挖出，亲眼看到，冲击太大，一时难以消化。

而到现在为止，唯一的好消息是——王士涂终于回来了！

小七照例又去警察局门口等王士涂，总算看见小张开着车，带着车里的王士涂，一起进了警察局的院子。

"王叔……"他连忙朝着王士涂挥手，跟着车一路小跑，也追进了院子。

车在办公楼前停下来，王士涂刚下车就被小七一把拉住："王叔，我有事……"后面"找你"两个字还没来得及说，秦勇带着一众警察快步走出了办公楼。一看见王士涂，秦勇一脸急切地道："老王你回来了！发现重大情况，赶紧跟我走！"说完，挥一挥手，一众警察纷纷上了警车。

小七看着有点傻眼，道："什么重大情况？我也去！"

这回轮到秦勇一愣："这孩子……案件现场你不能跟着！"

"那等我回来再说。"听到案件二字，王士涂本能地紧张起来，他随口安抚了小七一句，便跟着秦勇一同上了一辆警车。

警车很快便开出警察局，不见踪影，小七孤零零站在原地，一时不知所措。

目的地是青龙山的小树林，那里再次拉起了黄色警戒线。

大树下的土坑再次被挖开，地上铺着一张塑料布，被清出的白骨都堆在塑料布上。法医蹲在地上，戴着手套正在翻弄白骨，另一名警员在旁边拿着相机拍照。

王士涂和秦勇赶到的时候，除了尸骨以外的其他物品也被挖出并整理好了。鉴定科的人正小心翼翼地将几乎看不出原本颜色的衣服和书包等物品，收进证物袋中。

其中最显眼的，也是最新的，正是小七丢掉的那把铁锹！秦勇戴着手套，仔细检查着铁锹，对王士涂说："附近村里的农民上山挖野菜的时候，发现这里被挖开了，坑里有白骨，这把挖掘用的铁锹就被扔在一边。"

"是被谁挖开的？"王士涂问。

秦勇摇摇头。

王士涂走到被挖出的物品旁，用戴着手套的手拎起了那件血染的衣服，他一眼就看到了校徽，声音微微有些颤抖地说："这是……照阳三中的校服。"

秦勇浑身一震："怎么可能呢，三年前……三年前我们只挖到了一条狗啊！"

三年前是一条狗，三年后却是具尸首……王士涂闭上眼睛沉思了片刻，突然睁开了眼，厉声道："那条狗是障眼法！"

秦勇猛然扭头看向王士涂。

"真正的尸体埋在狗的下面！"王士涂激动地说，"我们当时只差了那么一点点，它就能提前三年重见天日，417也不会成为悬案！你当时的推测是对的。"

此时法医起身走了过来，道："初步检验结果，死者为青年男性。

根据白骨化的程度来看，应该埋在地下两年以上了。"

没错，王士涂说的对，法医也是对的，当年……当年就差了一点点！秦勇紧紧咬着牙，转身走到了一边，一拳砸在身旁的大树上，心中的懊恼久久无法消除。

王士涂跟了过去，秦勇扭头看了看他，两个人都是一脸的丧气。王士涂说不出什么安慰的话，他心中也是悔恨交加，一脚踹在身旁的大树上。秦勇也跟着踹了一脚，王士涂接着又是狠狠的一脚，秦勇再跟上一脚。

他们谁都没说话，但是这一脚又一脚，仿佛传达着他们无声的愤怒。

尸骨在验尸台上已经被拼成了一个人形。法医在验尸台前忙碌着，秦勇和王士涂站在一旁看。

法医道："死者生前被利器刺中胸部，那一刀刺得很深很用力，你看他肋骨上还留有清晰的刀痕。"

秦勇去看法医所指的刀痕，沉默良久，痛心道："一个孩子而已，哪来的这种深仇大恨！"他捋了一下自己的头发，以平复心情，又道："有什么能够帮助确认死者身份的线索吗？"

法医从旁边的桌上拿起一份资料翻开，递了过来："死者的左门牙缺损了一半，结合身高、脚长等参数，从三年前 417 失踪案的资料来看，他应该是……"

不等法医说完，王士涂神色黯然地叹了口气，颓然道："我知道是谁了。"

追查 417 失踪案多年，那三个孩子，每人的体貌特征都深深刻在他的脑海中，而且杜一又已经返回了照阳，剩下的就只有……

不是边杰。

追查三年，回来了一个，一个是假的，还有一个死了。王士涂的心情低落到了极点，他垂着头，等在科室门口，不多时，王佳走过来。

明明还是个花季少女，她却憔悴而沧桑，站在证物台前，怔怔地看着那件染血的校服、书包和从里面拿出来的运动水杯等物品。

王士涂和秦勇站在一旁，神色严肃，一言不发。

王佳盯着运动水杯看了良久，眼泪大颗大颗地落了下来。

王士涂走到王佳身边，悲伤地道："应该是你哥吧。"

王佳已泣不成声，呜咽着道："校服的衣袖上有道口子，是我妈给他补上的……水杯是他过生日的时候，我送给他的礼物……"

说到这里，她的声音哽住，像是被谁扼住了喉咙一般，再也说不出话来。突然，王佳抬起头来，双眼通红地看着王士涂，哑声道："他是怎么死的？谁干的？！"

这个问题，王士涂回答不了。他避开王佳的目光，咬着牙道："佳佳，王叔向你保证，绝不会放过这个凶手！我一定会给你们母女一个交代！"

可无论如何，凶手也已逍遥法外三年。若不是挖出尸骨，自己甚至不知道哥哥已经死了。王佳不是不信任王士涂，她只是……

只是什么，她也说不出。好像是茫然，又像是绝望。王士涂没有让她看到王帅的尸骨。王佳想去看埋葬王帅的那个土坑，王士涂看了看她，终究也没有同意。王佳知道那是在青龙山上，原来这些年哥哥一直在那里。

他已经永远不会回来了，可是母亲还一直等着他呢！想到母亲，王佳更觉得心力交瘁，濒临崩溃。这件事，要怎么跟她说呢？

王佳不敢说，她甚至不敢哭。

回家之后，她一头扎进厨房，从冰箱里拿出几个洋葱，一刀一刀地切。

王母从卧室里走出来，有些意外地问："今天怎么这么早就做饭了？"

"嗯，"王佳不敢回头，尽量平静地道，"晚上我有事。"

洋葱细碎，她的眼泪一滴一滴地落在案板上。

心情糟透的人不止王佳一个。夜晚，秦勇心情郁闷地走进小吃店，叫道："老板，一碗葱油拌面，一份蒸饺，一盘凉菜。"

老板从厨房走出来，道："对不住，蒸饺卖完了。"

又是卖完了！秦勇气不打一处来，看着老板怒道："我一来就卖完了，老王来就永远都有，你就这么做生意的吗？"

老板笑了笑，道："你是你，王队是王队，没得比。"

秦勇一愣，还没来得及说什么，老板已经又进了厨房。他只好在一张桌前坐了下来。不一会儿，老板端上了面和凉菜。

还是没有蒸饺。秦勇执拗地看着老板："来来来，你坐下跟我说说，我和王士涂怎么就不能比了？你不知道吧，我可是他领导呢。"

"可是领导，当初抓我的不是你啊。"老板道。

"你进去过？"秦勇有些意外。

老板点点头，淡淡地说："我当初啊，一时冲动，把人打成重伤，王队办的案子。进去五年，爹妈没了，老婆跑了，可是出狱那天，居然还有人来接我。"

"老王？"秦勇问。

老板用力点点头："嗯。你知道不？但凡他抓的人，他都算着出狱日子呢。我出来找不到活干，王队就借钱帮我开了这家店。"

秦勇一怔，恍然，又有些惭愧，夹了一筷子凉菜往嘴里送。

"我现在倒是老婆孩子热炕头了，可他还是一个人过日子。"老板叹道，"心情不好了，案子遇到难处了，他就来我这儿吃个老三样，哥俩唠两句。他最爱的就是我这儿的蒸饺，所以啊，每天不管他来不来，不管啥时候来，我这永远得有一笼热腾腾的蒸饺等着他。"

听到这里，秦勇皱起了眉头，问道："他……一个人过日子？家里人呢？"

老板便苦笑起来，摇头道："您这领导工作不到位啊。他哪还有啥家里人啊？儿子五岁的时候丢了，没过几年老婆也得病没了。那可是活活让丢孩子这事给憋屈死的呀！"

秦勇张着嘴，愕然看着老板，半天回不过神来。

那天王士涂没有来吃蒸饺，秦勇一个人在小吃店坐到很晚才回去。他终于明白王士涂对 417 失踪案的执念从何而来，那三个少年的家长的痛苦，他的确感同身受。

而这种感觉，没经历过的人不会有，比如自己。

看着漆黑一片的天空，秦勇长长出了一口气，心中突然涌上说不出的庆幸和说不出的难过。

发生过的事情无法挽回，既然已经找到了王帅的尸骨，就该做一些身为警察该做的。秦勇这么想，王士涂也这么想。

会议室的气氛严肃而凝重。

白板上贴着青龙山挖掘现场和王帅遗骨的细节照片，还有一张王帅的头像照，他笑得很阳光，可以看到他左边的门牙有一半缺损。

秦勇目光扫过心情低落的王士涂，眼里流露出不同以往的情绪。他清清嗓子，站了起来。

"根据法医的判断、鉴证的结论和家属的辨认，死者身份可以确定。三年前失踪的照阳三中初三学生王帅，已经证实遇害。"秦勇指着王帅的照片道，"我们现在有理由认为，当时跟王帅一同失踪，后来又出现的边杰和杜一，有重大作案嫌疑。"

啪的一声，局长将手里的案卷重重扔在桌上，站了起来。

"行动！"

两个嫌疑人，兵分两路。秦勇带人去抓杜一，抓"边杰"的，就只能是王士涂。王士涂一路上都心情复杂，他觉得小七这个孩子真是倒霉透顶。他"边杰"的身份，到底是保不住了。

王士涂心情沉重地来到金家大门外，敲响了院门。过了一会儿，大门打开，小七看到王士涂，眼睛顿时亮了起来，激动地道："王叔，你来了！我……"

"你妈呢？"王士涂冷静地问。

"在她自己房间呢。"小七伸手向后面指了指。

王士涂点了点头，道："关好门，别让她看见。有什么话，跟我到局里再说吧。"

小七依言关上了大门，不解地看着王士涂。

王士涂叹了口气，道："我们在青龙山上找到了王帅的尸骨。"

"王帅？"小七瞪圆了眼睛，失声惊呼。

居然是王帅？不是边杰？

王士涂转身向巷口走去，走了两步回头却见小七没动，招呼道："走啊。"

小七这才机械地跟了上来，他回想起杜一在大树下点的那根烟，脑海中有些模模糊糊的东西，看不清，抓不住。等他反应过来王士涂怎么知道青龙山的尸骨时，两人已经走到巷口。巷口停着两辆警车，其中一辆还闪着灯，小张和另外两个警察正等在车前。

小七心底生出不祥的预感，一股寒意从脚底一直升到头顶。

看他出来，小张走上前，向小七出示了文件，严肃地道："边杰，你现在是王帅被害案的重大嫌疑人，我们依法对你进行拘传！"说完，咔嚓两声，一副手铐已铐在小七手上。

这简直是……小七脸色惨白，惊慌失措，脑海里只有四个字：噩梦成真。

王士涂看着小七惶恐的样子，有些于心不忍，他脱下自己的外套，盖住了小七戴手铐的手。

小张正要将小七押上警车，忽然金满福的车快速驶了过来，在警车旁停下。

金满福急急忙忙跳下车，大声叫道："怎么回事？干什么这是？"

"我们要带边杰回去接受调查，请你配合。"小张道。

金满福满脸愕然，提高声音道："不是，你们三天两头来骚扰我儿子，说抓人就抓人，总得给我们家属一个理由吧？王警官，你把话说清楚！"

金满福瞪着王士涂，王士涂没说话，也没看金满福。

于是小张开口道："我们怀疑他跟一宗命案有关。"

金满福顿时浑身一震，失声道："命案？"

小七被押上警车的时候，命案的另一个嫌疑人也正被带往警察局。

马路边上，杜父坐在马扎上，手里拿着一个扳手，正在拧一辆自行车上的螺丝。警笛声传来，一辆警车从杜父面前的马路上驶过。

杜父抬起头，恰好看到车窗玻璃后杜一的脸一闪而过，他正望着自己。

他立刻脸色大变，一把扔掉了手里的扳手，起身就去追警车。

杜一被秦勇和另一名警察夹在座位中间，艰难地扭过身子，从后车窗望去，杜父在后面拼命地追逐警车，似乎还在挥手喊着什么。他听不清，也不在乎。

很快，杜父跑不动了，停下了脚步，身影离警车越来越远，终于消失不见。

杜一怔怔地又看了两秒，然后转回了身子。

也不知他在想什么，由始至终，一直面无表情。

上一次对杜一进行问话是在会议室，这次则是在审讯室。他面前依旧是秦勇和女警小林，只是这次，他们二人面容严肃，气氛肃杀。

"知道你为什么在这儿吗？"秦勇打量着杜一，目光凌厉。

杜一神色坦然地道："不知道。"

秦勇向小林使了个眼色，小林拿起桌上青龙山挖掘现场的照片，走过去重重拍在了杜一面前。

杜一看着照片里的白骨，眼皮跳了一下，长长出了一口气，道："这一天到底还是来了……"

秦勇挑眉道："听你这口气，用不着我们多费口舌了，打算坦白从宽是吧？"

杜一嗤笑一声，无所谓地道："我从什么宽啊，人又不是我杀的。"

"不是你，那是谁？"

"边杰啊。"杜一理直气壮地道。

秦勇和小林闻言都是一愣。

"边杰"现在正在另一间审讯室里，坐在跟杜一一样的审讯椅上。小七手里拿着同样的青龙山现场照片看着，脸上写满了不可思议。他抬起头看着对面的王士涂，语无伦次地道："王、王警官，你说这、这是王帅？怎么、怎么会是王帅呢？"

王士涂皱起了眉头，斟酌着问："什么意思？你知道些什么？"

小七张了张口，如同鼓起勇气一般道："因为……它是我挖开的。"

这话把他面前的王士涂和小张二人都吓了一跳。

"我之前来找你，想说的就是这件事，"小七继续道，"但是……但是……"

"别着急，从头开始说。"王士涂连忙道。

比起王士涂对小七的信任，秦勇则是将信将疑地看着杜一。

"你有什么证据能证明是边杰杀了王帅？"他严肃地问。

杜一指了指自己的眼睛："我用我的眼睛看到的。"

"你是说你目击了边杰杀害王帅的过程？"一旁的小林问。

杜一点点头。

小林猛地一拍桌子，厉声道："那你为什么不报警？又为什么要畏罪潜逃？"

杜一波澜不惊地道："警察同志，你别吓唬我，我这个人胆小。刚才不是说坦白从宽吗？我把我知道的都告诉你们不就得了？"

秦勇面容冷峻，道："那就从你们一起打游戏开始说吧。"

杜一点点头，道："那天我们三个一起去玩游戏机，你们都知道了。但是出来之后呢，没有什么丢钱包的男人，也没有去饭店喝酒，那都是假的，真实的情况是……"

他给秦勇讲了跟"边杰"讲述的完全不同的另一个故事。

那天，杜一等三人嘻嘻哈哈地从游戏厅走出来，勾肩搭背地沿着街道向前走去。边杰晃着手里的一把游戏币，一副意犹未尽的样子："今天大家手气都不错，晚上要不要喝酒去啊？我请。"

王帅立刻道："好啊。"

杜一则说："不能老让小杰掏钱。小杰你只买酒就行了，今天下酒菜算大哥的。"正说着，前方的胡同里忽然传来一阵狗叫声。

三人加快脚步走过去一看，只见狭窄阴暗的胡同中，一条狼狗被拴在电线杆上，正在不满地吠叫。

杜一看了看周围，见四下无人，用胳膊肘碰了碰边杰和王帅，又用下巴指了指那条狼狗。

"想吃狗肉吗？"

"这是人家养的狗，不好吧？"王帅犹豫着道。

边杰嘲讽地看着王帅："瞧你那点出息！我吃！"

王帅想了想，也不好再说什么。

"那你们给我把着点风。"杜一说着，摘下了腰间长长的钥匙挂绳攥在手里，轻手轻脚地向狼狗走去。

他轻而易举地勒死了那条狗。三人拖着狗，商量了半天烤狗肉的地方，然后一路躲着人，来到了青龙山上。

把落叶和树枝堆在一起，大树下已经点起了篝火。杜一留下来一边用弹簧刀割肉一边烤。过了一会儿，边杰和王帅气喘吁吁地走了过来，双双摘下书包，开始从里面往外掏罐装啤酒。

"差不多可以吃了，小杰，刀还你。"杜一将弹簧刀递给边杰，边杰找了片树叶蹭了蹭刀刃，将刀收起来揣进口袋。

天边的最后一抹阳光也渐渐隐去，林中只剩篝火的火光，杜一三人围着篝火烤肉喝酒，明显都已经醉了。

"来来来，干了干了！"杜一口齿不清地招呼二人喝酒，举起易拉罐跟边杰、王帅分别碰了一下。

三人各自喝了一大口，边杰醉眼蒙眬地望向了王帅，道："帅帅，今天你赢的最多，是不是应该跟兄弟们分分？"

王帅白了边杰一眼："你们也赢了不少，为啥单分我的？"

"都是兄弟，不是说好了有福同享的吗？"边杰道。

王帅喝了口酒，说："亲兄弟还明算账呢，别说跟你了。"

"王帅，你成天吃我的喝我的，现在要跟我明算账是吧？"边杰明显急了，"今天狗肉是大哥的，酒是我买的，你交朋友就带一张嘴啊？"

"喂！都少说两句吧。"杜一道。

边杰和王帅谁都没理他。只见王帅沉下了脸，道："不就几罐破啤酒吗，看你一天到晚嘚瑟的！"说完啪地摔了啤酒罐，溅出的啤酒洒在边杰衣服上。

边杰顿时大怒，站起来一脚踢翻了火堆。他走到王帅面前，指着衣服被弄脏的地方："给我擦干净了！"

王帅也站了起来，冷笑道："我要是不擦呢？"

边杰扯过王帅的衣角就去擦自己的衣服，王帅被拽得一个趔趄，衣服也被撕开了一条口子，他挥手一拳就打在边杰脸上，大骂道："操！给你脸了是吧！"

边杰红着眼睛冲上去，两人扭打在一起，但边杰明显不是王帅的对手，很快落了下风。

杜一见状也忙站了起来，喝道："都给我住手！灌点猫尿不知道自己姓什么了吧你们？"说着上前去拉王帅，却被王帅一把推了个趔趄。

边杰趁这个工夫，掏出了后腰那把弹簧刀，噿地弹出了明晃晃的刀刃。

杜一大惊，爬起来想要去阻止边杰，但为时已晚，边杰的刀猛地刺进了王帅的胸膛，接着又拔了出来。

王帅又惊又怒地看着边杰，捂着胸口踉跄了两步，轰然倒地不动了。

杜一和边杰也都呆住了，时间仿佛突然静止。

过了半晌，杜一才回过神来，歇斯底里地大吼："杀人了！你杀了他！你他妈是不是疯了！"

只见边杰慢慢转过身，毫无感情地望向杜一，他从容地用衣服擦掉了刀柄上的指纹，然后将刀扔在了杜一脚下。

边杰貌似无辜地笑了笑，道："人不是你杀的吗？你看，刀都在你那边呢。"

杜一惊恐地后退了一步，颤声道："你……你什么意思？"

边杰还是在笑："大哥，你比我大三岁，欠着高利贷，看守所几进几出，是警察那里标名挂号的'照阳杜哥'。我呢，就是个老实巴交的初三学生，你猜警察会相信你还是相信我？"

杜一不禁怒火中烧，喝道："你想栽赃我！"

"不不不，我只想告诉你，咱俩必须是一伙的。"边杰摇头道，"如果我被抓了，你也跑不了。兄弟嘛，有福同享，有难也该同当才对呀。"

杜一愣了半晌，喃喃道："怎么同当？"

"帮我把他埋了，先埋人再埋狗。"

杜一的故事就讲到了这里。他看着秦勇和小林，继续说："我被他拉下水了，后来越想越害怕，家都没敢回，直接买了张票去了外地。"

秦勇和小林一直沉默地听他说完，二人对望了一眼，不置可否。

故事讲完了，但是审讯并没有结束。秦勇道："既然杀人的不是你，你只是被胁迫的，为什么不报警？"

"出事的时候我们两个都在场，他那把刀我也用过，上面有我的指纹。"杜一说，"一个是游手好闲的社会青年，一个是未成年的初三学生，你们凭良心说会相信谁？我是两头都没有活路啊，警察同志。"

"所以你就跑到了外地，然后呢？"

杜一道："然后我就听说，我们三个都被宣告失踪了。我一猜就知道，边杰肯定是也跑路了，你们并没有发现命案。"

当初……只发现了一条狗。想到这里，秦勇神色有些黯然，他清了清嗓子，调整了一下情绪，又问："根据王队的调查，你是在塔县一家正规煤场做监工，没有什么黑煤窑，更不存在诱拐，为什么要撒谎？"

这个问题好像在杜一的意料之外，他愣了一下，随即镇定下来："看来你们已经查过我了，那还不是被边杰逼的？他害得我有家不敢回，三年我都不敢跟我爸联系，直到有一天……"

那时他正在宿舍里睡觉，工友抱着包在报纸里的食物走了进来，推了推他："来来，哥，肉夹馍。"

工友将报纸铺在小桌上，杜一起身，拿起一个肉夹馍啃了起来。吃着吃着，他的眼睛无意中看到了报纸上的大标题《江阳少年失踪三年后返家》。

杜一一看，急忙将报纸上的肉夹馍都推到一边，拿起沾了油的报纸仔细浏览着。

"我在报纸上看到了边杰回家的新闻。他一个杀人凶手都敢回来，我也想回家呀，可是我又怕会被他灭口，所以我想到一个好办法……"

他来到一个公话亭前，看了看，四下无人，拿起听筒拨号。电话接通后，他压低声音道："喂，爸，是我。"

"我先是联系了我爸，问清楚边杰跟他们是怎么说的，然后一到照阳，我就有样学样，他怎么跟你们说的，我就怎么跟你们说。"杜一对秦勇说。

"这就是你当初说谎的原因？"秦勇问。

"对呀。我就是想让边杰知道，我在主动帮他圆谎，没有要出卖他的意思，我们可以共同保守三年前的秘密。"

秦勇双手抱胸，凝视着杜一："你说的这些都是一面之词，你摆脱不了嫌疑人的身份，除非还有其他的证据能证明你的证词，明白吗？"

杜一突然像是想起了什么，又说："对了，你这么一说，我倒是真想起一件事。"

"什么事？"小林问。

"就在前几天，我在江边路上看到过边杰。"

秦勇问："你看到他干什么了？"

杜一翻着眼睛，似乎在回想。"我看见他在土杂店买了把铁锹。"他缓缓地道，"当时我没当回事，但现在回头想想……这不会跟王帅的尸骨被找到有关吧？"

秦勇不动声色地问："你认为有什么关联？"

"我在不久前还去青龙山埋王帅的地方看过一眼，应该不会那么容易被找到的。"杜一解释道，"但是边杰心里清楚，除了他，还有我知道那个地方埋着尸骨。所以我猜，他买那些东西会不会是想转移尸体，结果搞砸了，才被你们发现的。这是自己挖了个坑，自己往里面跳啊。"

听完他的话，秦勇沉思良久。

与此同时，另一间审讯室里，该说的，小七也说得差不多了。

"就是说，你偷听到了金满福和金燕的谈话，他们早知道你不是边杰，但一直在演戏，所以你觉得，边杰的失踪跟他们有关，甚至可能已经被他们害死了。"王士涂摸着下巴，思索着道。

小七点点头："第二天，我就想把这件事告诉你，可是你去了塔县。"

说完，又犹犹豫豫地道："还有件事，我之前没敢对你说实话。"

"什么事？"

"我第一次见杜一的时候，其实他找我要钱了，六千。"

"他敲诈你？"王士涂皱了皱眉，"那你为什么不告诉我？"

"我对你说了，你肯定要找他。"小七道，"他一翻脸，我怕他告诉金满福，我……我那时候还不想被揭穿。"

王士涂无奈地瞪了小七一眼："你呀，自作聪明。杜一的事情，你说说吧。"

"我想利用他敲诈我这件事，反过来诈他一下——我把杜一约到游戏厅，骗他把知道的说出来，然后狠狠敲金满福一笔。"

"他说了？"

小七摇头："没说，不过后来我和游戏厅老板聊到了青龙山上挖出的那条狗，他的反应很不对劲。"

王士涂向前探了探身子，认真听着小七的话。

"离开游戏厅之后，他去了青龙山，可他不知道，我在悄悄跟着他。"

"他去了藏尸的地方？"王士涂追问道。

小七点点头，说："当时我也猜到，那里就是藏尸的地方。后来……后来我挖到了那具尸骨。"

"你以为那是边杰？"

"对，我以为那是边杰。当时我吓傻了，不知道该怎么办才好。"

王士涂严肃地问小七："我问你，你刚才说在游戏厅跟杜一说要狠狠地敲金满福一笔，这是你当时真实的想法吗？"

小七认真解释道："你还不相信我，我怎么可能！我就是想让他把所有知道的事情都告诉我。我敲诈金满福干什么呀！"

王士涂继续问小七："你还知道什么啊？别瞒我啊。"

小七跟王士涂保证："没有了，全都告诉你们了。"

王士涂心里也长舒一口气，走到小七身边，无奈地说："净耍小聪明。"一边说着一边检查小七手腕上的手铐有没有太紧，安抚小七待着别动，像个老父亲在照看自家孩子。

从审讯室出来，王士涂兴冲冲地去找秦勇，谁知扑了个空。审完杜一，秦勇一刻都没耽误，带着小林去了青龙山下的土杂店。

店主拿着小七的照片端详了半天，肯定地道："没错，他是来过我这儿，好像是买了一把铁锹，还有两个手电筒。"

小林问："他有没有说过，买这些东西干什么用？"

"没有。"店主摇头道。

二人对视一眼，转身返回警车，秦勇道："去金家。"

小七被警察带走的消息，金满福一直瞒着边美珍，边美珍也没问。

秦勇和小林就在这时赶到了金家。

给他们开门的是金燕，她看到门外的二人，微微一愣。马上，金满福也从房间出来，见到秦勇等人，立刻走上前去。

秦勇出示了搜查证："侦破需要，麻烦你们配合一下。"

然而，金满福面含怒意地挡住了门，不满地道："秦队长，你们不明不白地带走我儿子，我们全家人急得像热锅上的蚂蚁，现在又要来搜查我家！我们家属是有知情权的吧？你把话说清楚，不然就别怪我们不配合了！"

秦勇道："金满福，我们依法对你的住所进行搜查，之后会告知你事实，你必须无条件配合。"

说罢，秦勇通知其他警察实施搜查。

边杰房间里，最引人注目的是桌上的各类计算机书籍，秦勇随手翻了翻。女警小林探头向床下看了看，突然发出一声惊呼："秦队！"

秦勇急忙走过去向床下看，随即他戴上白手套，将床下的东西取了出来——正是绑在松紧带上的手电筒。他拿在手中检查着，道："不久前刚被使用过。"说着，跟小林交换了眼神。

和杜一的口供符合，他们二人对杜一的话已信了七八分。

秦勇对金满福和金燕说："我们已经确认，王帅三年前已经遇害，边杰有重大嫌疑。现在能理解了吧？"

这个消息让金满福和金燕都大吃一惊，金满福结结巴巴地道："王……王帅？"

金满福和金燕呆呆地对望了一眼，谁也没有想到王帅居然已经死了。直到众人在沙发上落座，小林拿出本子准备记录。他们父女俩仍然沉浸在震惊中。

夜幕降临，金满福坐在桌前，用手撑着额头，脸色阴沉，不知在想些什么。

金燕端着一杯茶走了进来，小心翼翼地将茶放在桌上。金满福抬眼看着金燕，沉声道："现在我终于知道，当初边杰到底干过什么了。"

"什么……什么意思？"金燕害怕地问。

金满福挑眉道："你难道忘了他三年前带回来的那把刀吗？"

金燕闻言，浑身一震。

怎么会忘呢！她当然记得！

那天，也是如现在一般的晚上，金燕开门回到家，她脱下了外套，正要挂在门边的衣架上，突然听到金满福的卧室里有动静。

金燕疑惑地向金满福书房的方向走去，她轻轻推开书房门，看到房间里五斗柜的抽屉敞开着，边杰站在柜子前，正将一摞现金往书包里塞。

"小杰，你在干什么？"金燕失声道。

边杰浑身一激灵，急忙关上了五斗柜的抽屉，将书包藏在身后。

金燕的脸上如同笼了一层寒霜，喝道："我都看见了，你拿钱干什么？"

"我有事，需要用钱。"边杰不耐烦地敷衍道。

金燕继续说："小杰，每月给你的零花钱都快赶上我的工资了，你有什么事需要那么多钱？"她走到他面前，耐着性子问："跟姐说实话，你是不是在外面赌博？"

没想到，边杰突然推开金燕，向屋外跑去，口中嚷道："我的事不用你管！"

边杰噔噔噔跑上楼，回到自己的房间，呼的一声扯开衣柜，翻出一件衣服，胡乱往书包里塞。金燕追了进来，两人争执之中，一把弹簧刀掉了出来。

是的，那是一把沾了人血的刀！现在想来，那上面的血……

金燕惊恐地捂住了自己的嘴，颤声道："爸，你是说，小杰、小杰杀了人？这怎么可能，他跟王帅关系那么好！"

金满福惨然道："这是最合理的解释了，要么是边杰干的，要么是他和杜一一起干的。"

"你是说，这件事杜一也知道？"

金满福从鼻中哼出一声，淡淡地说："杜一帮那个冒牌货圆谎，肯定是有目的的。"

听到"冒牌货"这三个字，金燕黯然地垂下了眼帘，低声道："他不是小杰……可是现在，却被当成了凶手……"

而金满福抬头望向天花板，缓缓地道："既然他选择了当边杰，那就当到底吧。这是他自己选的路。"

金燕脸色惨变，险些失声惊呼，她的身体剧烈抖了一下，良久才开口："爸，都这么久了，小杰究竟干了什么？他去哪儿了？都这么久了，你为什么不肯告诉我？"

金满福语重心长地对金燕说道："孩子，爸不能告诉你小杰藏哪儿了。"他望向金燕，摇了摇头，声音干涩："还有很多事情爸不能告诉你。但是你要记住，这件事情，仅仅是个意外，跟你没关系。相信爸爸。"

事情怎么会变成现在这样了呢？本来很熟悉的东西好像在突然之间变得面目全非。

金燕回到房间，关上门，无力地靠在门上，有种打破平衡的失重感，她闭了闭眼，觉得整个房间都在摇晃。

过了许久，她才踉跄着走到床头。床头柜上摆着一排大大小小的雪花球，有的里面是小狗、小猫，有的里面是花花草草，美好又梦幻。金燕摩挲了半天，拿起其中一个大雪花球，里面是一家四口在雪地里玩的场景。

金燕晃了晃雪花球，里面的小世界也随之颠覆。雪花球里开始落雪，一家四口身上落满了雪，渐渐地看不清轮廓了。

这天晚上，小七顶着边杰的身份，必须要在警察局里过夜了。不过他毕竟不是边杰，不管杀人的是不是边杰，和他小七总是没有关系的。他将来龙去脉向王士涂和盘托出之后，悬在心上的大石总算落地，心情居然前所未有地轻松。

安置好小七，王士涂找到秦勇，不由分说，拉上他，便去了警察局附近的"专属食堂"。

"老板！两份特供。"他满面春风地招呼老板。

小吃店老板从后厨出来，冲着秦勇心照不宣地点点头。

秦勇倒是有点不太适应，道："哎哟！今天这么隆重，你的特供蒸饺，便宜我了？"

王士涂的心情难得这么好，笑得脸上褶子都出来了："哎呀，看你说的，秦队为查案呕心沥血，一份特供根本不算什么。"

共事许久，秦勇还没见王士涂这么开心过，这样热情的态度，让他既意外，又难免很受用。

"老王，你用不着这样，我知道你担心那孩子，想帮他。可是鉴定科已经确认，那把铁锹上有边杰的指纹，加上在他房间搜到的手电筒，证据对他很不利啊。"秦勇道，"边杰到底怎么说的？口供你现在也没拿给我，我怎么帮他啊？"

"看口供之前，我要先给你秦队看另一样东西。"王士涂道。这时，老板把特供老三样端上桌，王士涂便把话头按住，将蒸饺推到了秦勇面前："先吃东西，你不是一直惦记这个吗？"

他先夹了一个蒸饺放到秦勇碗里，等二人吃完了第一个蒸饺，才郑重道："我这边的口供啊，你就别看了吧。你也知道，因为我审的这个人根本就不是边杰。"

接下来，他从包里拿出了小七那张DNA亲子关系鉴定书，放在桌上。

秦勇拿起鉴定书浏览着，迟疑道："这是……"

"这是边美珍和金家那孩子的亲子鉴定。"王士涂表情凝重，"边杰和小七，根本就是两个人。"

秦勇愕然抬头："你给他们做过鉴定？什么时候的事？"

"你去河溪的时候。"

秦勇又看了一眼鉴定书，肃然道："无亲缘关系，那金家那孩子跟王帅被杀案没关系了啊。"

王士涂难得有些心虚，缓缓地道："但最大的问题就是这份亲子鉴定报告有可能不作数，这是我偷偷做的。因为当时金家人不肯配合，我送检的时候也没有透露样本来源，所以这份鉴定不能作为证据。"

"那就再做一次。牵扯命案，当事人必须配合。"秦勇立刻道。

"必须配合！"

"我写申请。"

"行！"王士涂不自觉地又笑了，殷勤地又给秦勇夹了好几个蒸饺，连连说，"秦队，吃，先吃了再干活！"

看他这副样子，秦勇啼笑皆非，低头又吃了个蒸饺，只是有个念头不受控制地在隐隐作祟……

现在的边杰是假的，那真的哪儿去了呢？

王帅，到底是谁杀的呢？

案件还没有结束，但今天已经结束了。月亮西沉，这些问题，自有明天操心。

一夜很快就过去。清晨，金满福照例早早就起来，披着衣服，来到院子里的花架前，侍弄他的花花草草。

这个习惯，他已经坚持了三年。

他手上整理着那盆君子兰，神色冷峻，不知在想些什么。突然，身后传来王佳的声音——"金叔叔"。

金满福抱着君子兰转过身，看到王佳走了进来，她形容憔悴，就像大病了一场似的，像是随时都会倒下，又像随时都会流泪。

这副模样把金满福吓了一跳，连忙问道："佳佳，你……不要紧吧？"

王佳无力地摇了摇头，低声道："我刚才去杜叔叔家了，杜一和边杰都被警察带走了，但他说什么都不知道，所以我想来问问你，警察有没有跟你们说什么？查到了什么没有？"

金满福捻了捻君子兰的叶子，叹了口气，道："你哥的事，我也实在没想到。不过你想了解情况，应该直接去问王警官啊。"

"他是警察，什么都不会告诉我的。"王佳惨然道。

金满福面露难色，斟酌着说："这个……我不知道该怎么跟你说。"

王佳急切道："所以你是知道些什么的，对吗？"

金满福又叹了口气，说："昨天警察来过，在小杰床下找到了一个手电筒，他们好像是特意来找这个的。"

"手电筒？"王佳疑惑地看着金满福。

金满福继续道："具体我也不清楚，也不知道那孩子成天都在鼓捣些啥。但是我相信，小杰跟帅帅以前好得像一个人一样，他是绝不会害你哥的。"

这话似乎让王佳安心了些，她微微点了点头，道："我也相信边杰哥。那……那我就先回去了。"

"别急着走，进屋喝杯水吧。"金满福说着，忙将那盆君子兰放回花架，却一下没放好，整个花盆从花架上掉了下来，发出哗啦一声。

只见花盆四分五裂，里面的泥土也散开，露出了藏在土里的一个陈旧的塑料袋。

金满福皱起了眉头，嘟囔一句："这是什么？"接着捏起塑料袋，慢慢地将它打开，一把弹簧刀赫然显露出来——正是边杰三年前带回来的那把带血的弹簧刀。

金满福手一抖，弹簧刀掉落在了地上，王佳低呼一声，惊恐地捂住了嘴。

金满福立刻就带着这把刀去了警察局。

刀被送到鉴定科，王士涂和小张则坐到了金满福面前。

"你事先知道花盆里藏着一把刀吗？"王士涂问。

金满福苦着脸，无可奈何地说："我怎么可能事先知道？那盆君子兰我养了快十年了，要是早知道里面有东西，我又怎么会当着王佳的面……"

"你见过这把刀吗？"王士涂又问。

金满福犹豫了一下，说道："好像……好像是见过。以前经常见他拿在手里玩。但是你知道他不是我的亲生儿子，我也不好管太多。"

其实自从坐下后，小张就一直带着一丝不屑，到了此时，终于忍不住说道："王帅的尸骨被发现了，这把刀也冒出来了，恰好还有王佳这个证人，有点巧啊。"

像是根本听不出其中的讽刺，金满福叹了口气，道："你们找到王帅的尸骨不也挺巧的？可能这就是天意吧。"

这话倒是说得滴水不漏，王士涂和小张对视一眼，又道："有一件事，我们需要提取样本，给边美珍和边杰做一次 DNA 亲子鉴定。"

金满福一愣："怎么又要做？"

"侦破需要。我们不是在征求你的意见，而是在通知你。"小张毫不客气地道，"关系命案，你们必须配合。"

金满福沉默片刻，说："不是我们不配合，我之前一直不同意做那个鉴定，是因为做了也没用。"

"什么意思？"

"意思就是……边杰不是美珍亲生的，"金满福看着面前的两个警察，面容异常平静，"他们本来就没有血缘关系。"

到底生没生过孩子，还是要去问一问当事人。虽然，在出发之前，小张心里就做好了无功而返的准备。

等他们和金满福一起到了金家，边美珍正坐在桌前，一颗一颗地嗑着瓜子，将瓜子仁都剥出来放进一个盘子里。桌子上还摆着边杰的玩具变形金刚。边美珍嗑几颗，还时不时把瓜子仁放在变形金刚嘴上抹抹，问一句："好吃吧。"看起来，是把变形金刚当成小杰了。

她神情专注，金满福领着王士涂和小张走进来，她看都没看一眼。

"美珍，王警官来看你了。"金满福轻轻拍了拍她。

边美珍这才望向王士涂和小张，眼神开始警惕起来，把变形金刚紧抱在怀里，侧身把桌上的瓜子和瓜子仁拢了拢，不让外人碰。

"别怕，美珍。王警官他们要问你几句话，你好好回答，小杰很快就能回来了。"金满福温言道。

边美珍露出半信半疑的表情，不再把变形金刚抱得那么紧了。

"边杰的生日是几月几号？"王士涂也刻意放慢了语速问道。

边美珍不答，看了金满福一眼，低下了头。

见状，王士涂换了个位置，挡住了金满福，又问："你再好好想想，你生边杰那天，是几月几号来着？"

边美珍失焦的双眼好像看着王士涂，又好像透过王士涂看向更远的地方，口中梦呓般地道："4月……"

小张一直默默注视着金满福，此刻，他发现金满福的眼角似乎微不可察地跳了一下。

而王士涂声音越发轻，继续问："4月多少？"

边美珍依旧双眼发直，口中道："4月17号，小杰丢了……"

随后小张上阵，又问了几遍，但不管问什么日期，边美珍只回答同一句话。眼看是什么都问不出来了，小张一点也不意外，和王士涂对视了一眼后便跟金满福告辞，走出了金家。

金满福一边将王士涂和小张送出楼门，还一边说着："不好意思，让你们白跑一趟，美珍就是这么个情况，我也没有办法。"

来到院子里，他蹲下身，小心翼翼地给摔碎的君子兰移盆，叹道："唉，怪我不小心，养了十年的花，心疼啊。"

此时王士涂忍不住说："老金，边杰不是边美珍亲生的，这个信息三年前你怎么不告诉我？"

"王警官，每个家庭多少都有点小秘密，你说是不是？"金满福意味深长地道。

小张心中冷笑，毫不客气地抢白道："这盆花的秘密倒是特别想让人知道啊。金满福！边美珍和边杰是不是亲生的，只有你和边美珍知道是吧？边美珍神志不清，她前夫去世了，这不就成了孤证吗！就听你一个人说，你说什么就是什么呗！"说完，愤愤地走出了院子。

看着警察上车走了，金满福又回到花架旁，他也不生气，拿起大剪刀，笑眯眯地剪下一朵盛开的花。

边美珍畏畏缩缩地从客厅里走出来，一双眼睛四处乱瞟，见没有别人，做贼似的来到金满福身边，压低声音道："刚才我什么都没说，小杰，是不是就能回来了？"

金满福笑了笑，把剪下的花递给边美珍："你做得好，等你嗑满一万颗瓜子的时候，小杰就能回来了。"

原本以为，无论边杰是不是凶手，小七至少是无辜的。可是没承想，金满福来了这一手。边美珍和前夫家里都没直系亲人了，现在要证明小七不是边杰，可就太要命了！王士涂焦躁地在屋里走来走去，没一会儿，房门被推开，小张风尘仆仆地走了进来，叫了一声师父。

王士涂连忙迎上去，急切地问："你去羊村有没有查到些什么？"

"边杰出生的那一年，边玉堂在外地打工，不了解情况。"小张道，"但村里倒是有几个人，对边美珍怀孕这件事有印象。"

"可是金满福说，边美珍的前夫没有生育能力，她是假装怀孕，抱养的孩子。"

小张双手一摊："难就难在这儿。边美珍生产的时候，是产婆到家里接生的。事情过去了十几年，产婆已经去世了，能证明的人没了。"

居然连产婆都死了！王士涂恼火地一拳砸在桌子上，咬牙道："又是一个死无对证！"

他出门穿过天井去找秦勇，直接问："你们准备放杜一了？"

"没有再扣着他的理由了，虽然他谎话连篇。"秦勇也很无奈。

"那小七呢？"

秦勇顿了一下，他知道王士涂想听什么，可是他只能说："杜一的口供、土杂店老板的口供、铁锹、指纹，还有最关键的凶器，所有证据都指向边杰是凶手。"

王士涂急道："我问的是小七，他根本就不是边杰！"

"怎么证明？"秦勇反问。

"我证明！我就是证人！"王士涂大声道，"我以一个警察的人格、操守和判断力担保，他不是边杰，更不是凶手！"

秦勇沉默地看了看他，道："我信你，但是老王，办案得讲真凭实据。"

"你还要什么真凭实据？金满福是只老狐狸，还有杜一，那小子满嘴跑火车，这两人的口供你就相信？"王士涂急得扯住秦勇，额头上冒出一层细细的汗，"小七还有我的证词你就不信？好，就算我老王，对那孩子有私心，你们认为我偏袒他。那你呢，你是公正的秦队长啊，当初是你抓了那两个砸伤小七的混混，是你告诉我，那孩子叫小七，你忘了吗？再不行，还有小张，有我们三个人的证词，还不能证明吗？"

"老王，你冲我着急有什么用？"秦勇道。

王士涂憋着一股气，咬着牙不说话。

见他这副模样，秦勇叹了口气，拍拍他的肩膀，低声道："那……再审一次吧。"

再审，就只是审小七一个人。此时的小七对变故一无所知。他被带到审讯室里，见门被推开，王士涂和秦勇走了进来。他满脸期待地看着王士涂，道："王叔，事情搞清楚了？我可以回去了吧？"

回答他的是秦勇："你还要继续配合调查，暂时还走不了。"

王士涂面色凝重，和秦勇坐了下来，

小七反应不过来，眼睛直直地看着两人："我、我已经承认了我不是边杰，你们不是能做那什么鉴定吗？一测就清楚了啊。是不是，王警官？"

小七也不叫王叔了，这回叫的是王警官。王士涂避开小七的目光，低声道："金满福说，边杰是边美珍抱养的，本来就没有血缘关系。"

"什么？！"小七失声道。

"所以就算做了鉴定，也证明不了你的身份。"王士涂接着说。

小七顿时表情凝固住了，久久回不过神来。

这时，秦勇将装在证物袋里的弹簧刀展示给小七，问："这个你认识吗？"

小七失魂落魄地耷拉着脑袋，目光落在刀上，机械地摇了摇头。

"这是在金家找到的，我们怀疑这是杀害王帅的凶器，金满福也承认了，这就是三年前边杰带回家的刀。"

直到此时，小七才回过神来，身子如触电般地跳了跳，大叫起来："这些东西和我没关系！我不是边杰，金满福在陷害我！我要跟他当面对质！"

他一边嘶吼，一边想要站起来，挣扎了几下，突然看向王士涂，带着哭腔道："王叔，我是小七，我不是边杰，你快说句话，替我证明啊！"

王士涂压抑着自己的情绪，不忍心看小七，道："你说你不是边杰，但你拿着边杰的身份证。"

听了这句话，小七仿佛突然失去了力气，颓然呆坐着。

秦勇于心不忍地叹了口气，继续审问："你刚才说金满福陷害你，他为什么要陷害你？"

小七定了定神，马上道："因为、因为他儿子杀了人，他想让我当替死鬼！"

"有证据吗？"

小七道："我没有……"他突然又失控，叫道："可我真的不是边杰！我叫小七！金满福真的有问题，真的有问题……"

说着说着，他的声音渐渐低下去，如同被困在陷阱中的小兽，又像失足跌落深渊，又是无助，又是绝望。

和他相反的是杜一。他已经可以回家了。刚走出公安局大门，便看到父亲正站在门口等着他。

爷俩对视了几秒，好像彼此的情绪都很复杂，他们谁都没说话。

杜父率先转身往回走，杜一默默跟在后面。

这一路谁都没有说过话，气氛压抑。直到二人进了门，突然，杜父用力哐的一声摔上了门。

杜一被吓了一跳，意外地看着父亲。

杜父眼睛通红，瞪着杜一，颤声道："是你干的，对不对？"

"什么我干的？"杜一瞪眼道。

"你杀了王帅！"

杜一冷笑道："胡说八道什么呢？要是我干的，警察能放了我？"

杜父浑身发抖，指着杜一，嘶声道："三年前你在电话里说，你犯事了，塌天的大事，我现在要还不明白，就真是个傻瓜蛋了！"

杜一反而平静了下来，沉默片刻，冷冷地道："你到底想说什么？"

杜父又急又气，语无伦次地道："你怎么能……王帅那么好一个孩子……你怎么能……"

杜一又冷笑起来："你是心疼他，还是心疼他妈呀？"

杜父怒不可遏，抬手作势要打杜一。而杜一直视着父亲，眼神中居然隐隐还有点期待。

但杜父的手颤抖着，迟迟没有落下去。杜一眼中微弱的光芒熄灭了，他失望地嗤笑一声，戏谑道："老杜，硬气一回这么难吗？来，我教你。"说着，他居然左右开弓啪啪啪连抽了自己七八个耳光，大声吼道："学会了没有？"

杜父似被惊呆了，像看疯子一般看着杜一，无力地摇着头，哀声道："畜生，我怎么养出了你这么个畜生……"

"这要问你自己啊，杜元宪！"杜一嘶声叫道，"我妈跟人跑了的时候，你在哪儿呢？我小的时候，他们抓着我的六指让我跪下叫爷爷的时候，你又在哪儿呢？你不管我，我只能自己去跟他们拼命啊！拼得多了，也就不把命当回事了。"

杜父脸色苍白，嘴唇颤抖着，却说不出话来。

看着父亲的样子，杜一不屑地笑起来。然而好像不想被人发现这个苦笑似的，他马上向门口走去，跟杜父擦肩而过的时候停了下来。"知道王帅怎么说咱们吗？"他伸出六指，冷冷地道，"怪胎！"说完，开门离开。

如一具雕像一般，杜父朝空洞的门口呆呆地望了半晌，才慢慢在沙发上坐下来，痛苦地用手捂住了脸。

事情变成现在这样，他好像明白了原因，又好像完全不明白。他闭了闭眼，只觉得心中一片茫然。儿子去哪儿了呢？他无法思考，也想不到。还有，既然杜一被放了回来，那么杀王帅的凶手……

难道……警察认为是边杰吗？

而此时的"边杰"，也就是小七，已被正式拘留了。

消息传回金家，金燕沉着脸闯进金满福的书房。

像是知道她要说什么，金满福神色平静地道："有话说就先关门。"

金燕嘭的一声摔上门，质问道："他被正式拘留了，怎么回事？你到底做了什么？"

金满福放下笔，淡淡地道："打碎了那盆君子兰，当着王佳的面。"

他笑了笑，又道："当然，我是故意的，就算王佳不来，我也会用别的办法让警察找到那把刀。"

"为什么啊？爸，他是无辜的啊！"金燕叫道。

金满福冷笑一声，讥诮地道："无辜？边杰可不是无辜的啊。"

"你知道，他不是边杰。"

"哦？现在他就是边杰！我告诉警察，边杰不是边美珍亲生的，DNA 亲子鉴定也证明不了什么。"金满福极快地说道，"所以，边杰就是凶手，他就是边杰。你说警察还会觉得他是无辜的吗？"

金燕似乎明白了什么，脸色瞬间苍白，颤声道："你要让他做替死鬼？可三年前的事跟他没有半点关系啊。"

金满福猛地站起身，逼视着金燕，脸色阴沉得像要结冰，他森然道："从他踏进这个家门开始就有关系了。他想做边杰，就要替边杰付出代价。"

金燕痛苦地道："该付出代价的人不是他，他为了保护我被人打成脑震荡，他口口声声管你叫爸，他为了把妈找回来……"

金满福恶狠狠地道："边杰从不管我叫爸！他每次这样叫的时候都像在提醒我，我是引狼入室！"

听他这么说，金燕顿时被吓住了，像不认识一样看着金满福。

金满福意识到自己的失态，缓和了语气，道："我给过他机会的，但他不珍惜！现在木已成舟，要么让他坐牢，要么你弟弟坐牢。燕子，你选吧！"

金燕浑身一震，不由跟跄了两步。

小七坐在角落里，背靠着冰冷的墙壁，失魂落魄般望着天花板。他脑中充斥着各种杂乱的声音。

有时候是金燕的声音，她明明说过："小杰，这三年你到底去哪儿了？姐还以为再也见不到你了！"可她又说："我已经不知道该怎么跟他相处了，热了显得虚假，冷了怕他起疑……"

还有金满福的声音："回来就好，啥也不说了，上车，咱回家！"可是他也说过："如果他再当不好边杰，那我就会让他闭嘴。"

小七又迷茫，又混乱。他慢慢伸出手，借着从栅栏门渗进来的光，看着自己的手在地上投出的影子，又想起王士涂的话："你现在充其量就是一个躲在边杰影子里的人。你想想，你是要继续做这个看不见的影子，还是要做回自己，在阳光下找到自己的影子？"

还真让他说着了，小七惨然一笑，要不是早知道真正的边杰绝对不会再出现，金家父女怎么会这么爽快地认下自己！来到照阳的短短几个月，简直就像一场梦。开始是美梦，可突然又变成了噩梦。小七使劲闭了闭眼，这场梦快点醒来吧，也许再次睁开眼，自己就又回到了庆爷的狗场……

狗场，那不过是从一个噩梦回到另一个噩梦。

他心中一酸，险些落下泪来，难道这个世界就真的只剩噩梦了吗？

此时的王士涂心情也同样复杂，他想了再想，还是泡了一碗泡面，推门走进了临时关押处外的办公室。

"王队。"值班警察站了起来。

王士涂道："我替你一会儿，你去吃饭吧。"

值班警察点了点头，走了出去。王士涂拿起桌上的钥匙，打开了关押处的门。小七一愣，见是他，紧张的身子微微有些放松。

看着小七，王士涂温言道："饿了吧？条件有限，我给你泡了碗面，将就吃点。"

小七没说话，接过王士涂递过来的面，吃了起来，一边吃一边凄凉地说："这是去吃牢饭之前的最后一顿吗？"

"你别胡说，这不是最终的定论。"王士涂轻声斥道，"小七，我始终都相信你，所以你也要相信我，我不会让你被冤枉的。"

小七心中一软，可是表面上还是头也不抬地继续吃面，嘴硬道："你就是虚伪，刚才一句话都不为我说，现在装什么好人？如果我是豆豆，被人这样冤枉，你还会这么说吗？"

王士涂语重心长地说："如果是豆豆关在里面，他会信我。"

小七生气地说："我一直相信你，结果呢？你信金满福，都不信我。"

小七不再说话，他低着头，大口大口地吃面，囫囵吞下去，几乎噎住了。

王士涂拍拍他的肩膀，让他慢些吃，又说："你看看你，白眼狼。如果不是我，你就只能吃食堂的馒头了。等你出去，我给你做十碗葱油面，怎么样？"

突然，小七似乎呛住了，他猛地咳嗽，越咳嗽越猛。王士涂连忙拍拍他的背，口中说着"慢点慢点"。可是小七脸上现出痛苦之色，吃下去的泡面哇的一声吐了出来，只见他紧紧捂着下腹，身体蜷缩成了一团。

王士涂脸色变了，着急道："小七！你怎么了这是？"

小七五官扭曲着，艰难地从牙缝里挤出几个字："我……不知道……好疼……"

王士涂急忙上前扶住他，焦急地大喊："来个人帮忙！快点！"

几个警察和王士涂一起，七手八脚地把小七抬上车，王士涂叠声催促着"快快快"，小张慌里慌张地发动了汽车。

公安局门口，金燕提着一包生活用品往里走。站岗的门卫拦住了她，问："你找谁？"

"我弟弟明天要去看守所了，我来给他送点东西。"金燕道。

"我们这不允许送东西，看守所什么都有，你送了也带不进去。"

金燕求道："那，您通融一下，能让我看他一眼也行。"

门卫道："不行！"

金燕还想继续央求，这时便见一辆警车快速驶出了公安局大门。开车的是小张，金燕一眼看到小七躺在后座上，一动不动。

"小杰，小杰！"金燕连忙大叫道。可是车早就开远了。她满脸惊慌和焦急，转头问门卫："他们，他们要带我弟弟去哪儿？"

医院离警察局不算太远。小七被送进了急诊室病房，他躺在病床上，一只手被手铐铐在病床的栏杆上，双目紧闭，一动不动。

医生拿着听诊器听小七的胸腔和腹部等位置，随后他又翻开了其眼皮，小七翻着白眼，看不到瞳孔。

医生收起听诊器，匆匆走了出去。

见医生出来，在门外的王士涂和小张立刻围了上来。

"他情况怎么样？"

医生想了想道："我去准备一下，做个腹部 X 光线看看吧。另外，你们谁跟我去办一下手续？"

"我去。"小张应了一声，跟着医生匆匆离开。

王士涂担忧地走进急诊室，正想安慰小七两句，没想到刚一进门，骤然看到小七手里拿着病历上的铁夹子，正在拧病床栏杆上的螺丝。

他大惊失色，叫道："你干什么！"话音未落，已向病床扑了过去。可是小七已经拧掉了螺丝，将手铐从病床栏杆上顺了出来，他滚落下床，王士涂扑了个空。

小七迅速爬起来，一把抓过床头柜上医生拉下的镊子，对准了自己的脖子，喝道："你别过来！你过来我就跳下去！"

王士涂双眼紧盯着小七，却不敢动了，眼看小七一步步向窗口退去，不由道："小七，你不能跑！"

"要不然呢？去看守所做替死鬼吗？"小七叫道，"我凭什么要去替别人坐牢？凭什么！"

王士涂着急道："你现在跑了就是畏罪潜逃的通缉犯！你相信我，我不会让你坐牢的！"

不知是因为"通缉犯"，还是"相信我"，总之，王士涂的话让小七一时有些失神。就趁这一两秒，王士涂便想靠近他，但他身子一动，小七马上警惕起来，拉开窗户翻上了窗台。

他喝道："我把他们当亲人，可他们想要我的命！我不会让他们如愿的！"

眼见小七就要逃跑，王士涂大为焦急，大喊道："你现在跑了就彻底说不清楚了！小七，别干傻……傻……"突然，他的声音小了下去，不知为何说不下去了。紧接着他脸色惨白，用力捂住了胸口。

小七本能想伸手去扶王士涂，但很快又缩了回来，硬起心肠道："别装了。"

可王士涂已顾不得他说什么了，他将剧烈颤抖的手伸进怀里，掏出了装救心丸的小葫芦，然而还没打开盖子，小葫芦就掉在了地上。他弯腰去捡药，却一头栽倒在地。

小七的脸色也变了，看着趴在地上的王士涂，咬了咬牙。

最终，小七还是逃出了医院，他将手铐铐在同一只手上，撒腿就向大门口跑。

他刚跑到医院大门，突然与一个人撞了个满怀，对方惊叫了一声，却是金燕。两人看清了对方后都愣住了。

金燕又是担心又是焦急，连声问道："小杰？你去哪儿？"紧接着，她看到小七衣袖处露出的手铐，脸色惨变。

小七一言不发，绕过金燕想要离开。然而他经过金燕身边的时候，金燕却一把抓住了他的手。

小七瞪她一眼，低声喝道："放手！"

金燕却怔怔地看了看他，从口袋里掏出自己的钱包，放到了小七手里。想了想，又啪的一声拽断了自己脖子上的金项链，也一同塞过去。

"走，走得越远越好，再也不要回来！"掩面忍泪的金燕说道。

小七最后看了一眼金燕："照顾好妈妈。"咬着牙在暗夜中狂奔，身影瘦削而又决绝。滚烫的眼泪从他脸上滑落，他回头看了一眼，抬起衣袖狠狠擦掉，仿佛要跟那个暗夜彻底决裂。

而金燕，便站在暗夜的这一边，看着他逃跑的方向，眼泪终于流了下来，口中喃喃着道："姐只能帮你到这儿了，千万，千万要好好的……"

急诊室病房里的人换成了王士涂。局长冲进来的时候小张正守在一旁，对局长说："医生检查了，没有大碍，幸好他随身带了药，吃了药。"局长闻言，微微松了口气。

其实王士涂并没有睡着，他听着小张的话，想起自己倒在地上的时候，恍惚中看到小七模糊的影子跳下窗台跑过来，扶着自己的头，将瓶子里的药灌到自己嘴里。

小七不是个坏孩子，王士涂直到现在还这么认为。

是自己太没用，他起身要走时，自己只是无力地拉住了他的裤脚，让他轻而易举地就挣开了，消失了。

想到这里，王士涂颓然叹了口气。

病床前的局长脸色铁青，恨声骂道："老王啊老王，玩了一辈子鹰，被鹰扑了眼，你让我说你点什么好？"

王士涂黯然道："我太相信他了，没想到他会装病骗我。"

"你泡的面那么香吗？你要不是非给他吃这碗面，他能骗到你？"局长继续骂，"他跑的时候，可是只有你一个人在场！"

王士涂皱起眉头："怎么，你们怀疑是我把他放走的？"

"我没有，秦勇也不会！"局长瞪他一眼，"但是之前 DNA 亲子鉴定的事你就隐瞒不报，别人难免不会多想！"

王士涂一时无语。

"我已经签发了通缉令，追逃的事情，由秦勇全权负责。"

王士涂立刻急了，问："那我呢？"

"你先给我好好养病，认真反思，深刻检讨！"局长顿了一下，又道，"还有个情况，王佳母亲进医院了，情况不乐观。"他说完便拂袖而去。王士涂耷拉着脑袋，一脸懊恼。

很快，"边杰"的通缉令就贴了出来。小七去过的小饭馆，还有他常去的游戏厅，都有警员走进来巡视、排查。

只不过小七已经不可能再去这些地方了，他躲躲闪闪地在街上找了半天，看到一辆河溪牌照的运猪车停在路边，思索了一下，悄悄爬上了车。

车很快就发动了，行驶在县道上，小七蜷缩在角落里，跟一群猪挤在一起。他垂头丧气，眼睛有些潮湿，用袖子抹了一把眼睛，看上去无比悲凉。

马路两旁的树渐渐后退，小七离照阳越来越远，离这个叫"边杰"的噩梦越来越远。小七知道，他将要回到名为"庆爷"的噩梦中了。

可是没有办法，他已经不能继续做边杰了，为了摆脱杀人的罪名，他必须找回"小七"这个身份。

他的行动也很快被警察得知。秦勇和几个警察正在开会，研究着抓他的时候，女警小林推开门匆匆走了进来："秦队，有个货车司机报案，边杰就藏在他车上。"

秦勇一激灵："人呢？"

"跑了。"

秦勇也不意外，想了想道："那辆货车本来的目的地是哪儿？"

"河溪！"小林道。

"河溪……"秦勇沉吟着，"不就是那个贼窝吗？那小子要回贼窝！"

贼　窝

　　坐在办公桌前，王士涂面对着白纸发呆，他已这样坐了好久，直到敲门声响起，才如梦初醒。

　　秦勇开门进来。见是他，王士涂低下头，拿着笔装模作样地在纸上写检查，哂然道："直接进就行了，还敲什么门啊？"

　　秦勇尴尬地清清嗓子："那个，我不是怕你还生我气嘛。身体怎么样了？"

　　王士涂摇头道："跟你没关系，是那小子自己不好，我没能说服他，不怪你！"

　　"我们得到消息，他往河溪去了。"秦勇一边说，一边瞧着王士涂的脸色，"你说……他会不会回了贼窝？"秦勇小心翼翼说完，王士涂回避他的视线，心情说不出地低落，低头在白纸上写下"检查"二字。

　　既然知道小七逃到了河溪，"边杰"的通缉令便也贴到了河溪。

　　此时的小七正站在公交车上，也不知他从哪儿顺了件带帽兜的衣服，戴着帽兜遮着脸。公交车上十分拥挤，售票员拿着票夹子艰难地在人丛中向前挤着，大声道："还没买票的同志把票买一下了啊。"

小七愣愣地看着售票员，不可避免地想到在公交车上遇到边玉堂的那天……

"边杰？边杰！真的是你！你怎么会在这儿……小杰，家里已经找了你三年了你知道吗？你妈都急疯了你知道吗？"就是这个人说的这些话，改变了他的命运。

小七正沉浸在回忆中，一只手突然从身后拍了拍小七的肩膀。

小七一激灵，急忙回头，却见是个陌生乘客。

"下车吗？"

小七摇摇头，往旁边让了让，乘客从他身边挤了过去。

小七嘴角泛起一丝苦笑，他又回到了河溪的公交车上，一切都回到了原点。

他在破旧的城区下了车，顺着路边转了转，在街角，有两个蓬头垢面、衣衫褴褛的小乞丐正扎堆数着手里的硬币和毛票。

旁边的电线杆上贴着"边杰"的通缉令。小七盯着那通缉令想了想，到底还是走过去，掏出一张十元钞票，扔给了两个小乞丐。

"告诉庆爷，小七回来了。"

庆爷很快就得到了消息。黄毛来禀报的时候，他正坐在摇椅上，捧着一本书看。

"庆爷，有件奇怪的事。"黄毛低声道。

庆爷嗯了一声，将头从书后抬了起来。

黄毛神态恭敬地道："咱们有好几个点儿都传来了消息，说有人给你传话。"

"传什么话？"

"告诉庆爷，小七回来了。"

闻言，庆爷露出一副像牙疼一样的表情："小七？他敢回来？还敢给我传话？"

黄毛赔笑道："所以我说奇怪嘛。"

"哪几个点儿？"

黄毛答道："都是红楼区的，有两个在馆驿街。"

庆爷嗄了嗄牙花子："多派点人盯着那一片，要真是小七，留一口气带来见我。"

黄毛点点头转身出去，庆爷合上了书本，目光闪烁着，也不知在想什么。

简陋的小饭馆里，小七单独坐在角落处的一张桌子前。老板端上了一碗面，上面卧着一个荷包蛋。看着那个荷包蛋，小七呆呆地出了神。他想起在照阳时跟王士涂一起吃的葱油面，那面上就有个荷包蛋。王士涂还说，那天就是小七的生日——那是小七第一次过生日，第一次有人对他说生日快乐……

现在想起来，真是恍如隔世。小七拿起筷子，吃起了面。饭馆的电视里播放着日本老电影《追捕》，主角高仓健正在四处逃亡，小七看了两眼，觉得他和自己的命运差不多。

最后主角怎么样了？逃出生天，还是被就地正法？电影才刚刚开始，小七低下头吃面。

寻着小七的踪迹，秦勇也带人追到了河溪。他联系上河溪警察局的刘队长，刚一赶到，便马不停蹄地带着人四处巡视。

其实自从接到了通缉令，河溪公安局的人便已派出去不少。只是要在一个城中寻找一个少年，不异于大海捞针。

"自从上次秦队你过来，我们一直在打击这个组织乞讨和盗窃的犯罪团伙，抓捕了大批外围成员。"刘队长一边走一边说，"但是团伙首脑周庆枭，也就是你们所说的庆爷，还有黄毛等几个核心成员一直在逃。"

秦勇担忧道："这个嫌疑人的情况比较特殊，如果不能尽快找到他，他可能会有生命危险。"

刘队长点了点头："我明白。有多名群众反映，曾看到疑似边杰的人在这片区域活动。"

秦勇突然闭口不言，他注意到路旁的电线杆上写着"777"字样，皱了皱眉头。那电线杆不远处有家不起眼的小饭馆。

"那边问问。"他心中一动，加快了脚步，向小饭馆走去。

小饭馆里，小七依旧在吃面，高仓健依旧在逃亡，只是突然，电视里《追捕》的音乐声停了，电视机上出现了一张硕大的小七正面照。

"下面插播一则紧急通缉令；边杰，男，十八岁，江阳省照阳县人……"

小七顿时脸色大变，他急忙戴上了帽兜，掏出几张零钱扔在桌上，起身迅速向外走去。

当秦勇等人走进小饭馆时，小七之前坐的位置已经空了，老板正在收拾碗筷擦桌子。秦勇环顾四周，没有见到形似小七的人，脸色微微一暗。

留在照阳的王士涂也没闲着，他一边神情严肃地打电话，一边翻着自己的小本子。电话那边的小张道："我们已经查明，三姑娘开的是一辆套牌面包车，各个交通要道我们都把着呢，但是并没有发现她的踪迹。"

"郭桂枝这个三女儿最狡猾，很可能咱们撒网之前，她就已经离开照阳了。"王士涂沉声道，"哦，我找到了！"

郭桂枝就是他们三年前抓到的人贩子老太太，当年虽然抓住了她，却跑了人称"三姑娘"的她的三女儿。这位三姑娘自从郭桂枝落网之后一直销声匿迹，可不知为何，如今却突然有了她的消息。

"上次咱们抓的那个掮客，刚放出来。"王士涂凑近了小本子，看着上面的记录，"你想想三姑娘为什么这个时候来照阳？那小子是郭桂枝团伙出货的老渠道，屡教不改，三姑娘一定会跟他联系！"

"师父我明白了，就是盯紧他呗。"电话那边的小张道。

王士涂道："嗯。有情况随时向我汇报！"刚挂上电话，外面就响起了敲门声。

"谁呀？"

门外是局长的声音："我。"

王士涂一个激灵，立刻把自己的头发和衣服都弄乱，装出一副愁眉苦脸的样子，看起来又倒霉又憔悴，然后才慢悠悠地过去打开了门。

门外的局长拿着一副象棋："杀两盘？"

王士涂不答，回到沙发上躺了下来，才道："心脏不舒服，堵得难受，输不起。"

"老王，你这是拿撂挑子威胁我是吧？"局长没好气地道，"你的老对手三姑娘在咱们眼皮子底下拐走了一个小女孩，你不管？"

王士涂心里又琢磨了一遍自己跟小张的布置，表面上却装作不在乎的样子，道："你不是总说我一遇到丢孩子就跟打了鸡血似的吗，我正在反省啊。我觉得领导说的对，要相信自己的同志嘛，小张是我带出来的，我当然更要相信啊。"

看着王士涂一副破罐子破摔的样子，局长恨得牙根痒痒，带着象棋扭头就走了。

现在，就算是王士涂求着和他下棋，他也不下了！

王士涂也觉得这个老领导有点不着四六，已经丢了一个孩子，还下棋？他起身关上办公室的门，又摊开了自己的小本子，仔细研究。

河溪的老城区，街上行人稀少，小七来到一个公话亭前。

他深吸了一口气，拿起听筒拨号。

"喂，传呼台吗？我找王佳。"

传呼台接待员摘下耳麦，对王佳说："王佳，三号，有人找。"

一时想不到谁会给自己打电话，还打到这里来，王佳神色有些迷茫，她和同事换了位置，戴上耳麦："喂，您好。"

"王佳，是我。"没想到耳麦里传来的居然是小七的声音。

王佳心头巨震，脸色顿时变了，颤声道："边杰？你……你在哪里？"她说着，盯着电脑屏幕上显示的带区号的电话号码，拿起笔在一张纸上记了下来。

小七顿了一下，不知该怎么回答。

"你先告诉我你在哪儿。"

电话那边的小七好像知道她的举动，道："你也想帮警察找到我，是吗？"

王佳手上的动作一顿。

"是！你杀了我哥哥！"她索性不再隐瞒，颤声道，"为什么？为什么是你？"

小七一阵沉默，过了半晌才开口道："不是我，我没杀你哥，我不是凶手。"

王佳冷笑道："你不是，刀为什么在你手里？"

"刀不是我的，因为我根本就不是边杰。"

王佳又是一愣，仿佛不相信自己的耳朵般低呼了一声："我凭什么相信你？"

小七接着道："还记得咱们第一次见面吗？我认不出你，不是因为什么失忆，那真的是咱们的第一次见面。我这个边杰是假冒的。"

回想起当时，王佳的身体微微颤抖了起来，不知为什么，这么离奇的事，她居然相信小七说的是真的。她只觉得无法思考，脑海一片空白，下意识地道："那，那你给我打电话，想干什么？"

"现在我要去证明自己的清白，或许再也回不来了。"小七道，"我想让你们知道，我叫小七，我不是凶手。另外，我不敢跟王警官联系，怕连累他，你能不能帮我带句话？"

王佳沉默了许久，才问："什么话？"

"你告诉王警官，我会帮警察抓到庆爷，只要找到7……"小七一边说着，一边四下观察，突然看到两辆警车拐过街角向他所在的方向驶来。他心中猛然一跳，也来不及说完，立刻挂断电话转身就跑。

他没猜错，那警车就是来抓他的。小七在路上不要命地狂奔，可是他又怎么跑得过车轮。眼看两辆警车很快就要追上来了，小七突然拐了个弯，钻进了一条狭窄的小巷。

警车停在巷口，秦勇、刘队长和众警员立刻跳下车，穷追不舍。

然而等他们冲进小巷，小七早已不见了踪影。巷子前面是个三岔口，刘队长做了个手势，警察们兵分三路向三个方向追去。

小巷的地形错综复杂，楼上的窗户探出各种架子、天线，上面晾着衣服，小巷仿佛不见天日。小七在其中七拐八绕，他自己也不知会钻到何处。当他经过一个狭窄巷口时，一条棍子突然从里面抡了出来，小七措手不及，棍子正中额头。

他哼也没哼一声，就被打晕在地，紧接着，一双手将他拖进了小巷深处。

那黑暗的、阳光找不到的地方，仿佛无尽深渊，又像怪物的血盆大口，悄无声息地将小七吞入腹中。

巷中，一众警员无功而返，他们重新在三岔口会合，纷纷摇了摇头。

"看来这小子对地形很熟悉，这里像迷宫一样，他是故意挑这个地方打电话的。"刘队长无奈道。

秦勇脸色阴沉，怒道："查，看看他是给谁打的电话！"

不知过了多久，小七终于缓缓恢复知觉。醒过来时，额头的剧痛还没完全消散，耳中还在嗡嗡作响。他发现自己被倒吊在房梁上，没摘下来的手铐仍然铐在他的一只手腕上。头顶传来阵阵凉意，原来脑袋下面是个大水池，头发已经被泡在了水里。

水池里的水在缓慢上涨，已经淹到了他的头皮。小七四下张望，只见一根水管接到了水池里，还在不停地向内注水，

他不由惊恐万状，拼命扭动身体挣扎着。

很快，池子里的水已经漫到了口鼻处，小七拼命地向上卷起身体，却坚持不了多久，脑袋再次浸在水里，他呛得直咳嗽。

此时房门吱呀一声被推开，庆爷和黄毛走了进来。

小七艰难地朝二人看去，挣扎着道："庆……"

"爷"字还没发出来，黄毛已经上前两步，一把抓住他的头发，将他整个脑袋都按进了水里，恶狠狠地道："跑！我他妈让你再跑！居然还敢去条子那儿点我。现在你找上门来，是打算送死吗？"

小七被倒掉着，完全无力反抗，身体拼命扭动着，但挣扎得越来越无力，眼看就要被淹死了，庆爷挥了挥手，黄毛才不情愿地将小七的脑袋提了上来，脸上恨意未消。

小七死里逃生，剧烈地喘息、咳嗽，吐出几口水，上下牙打着战，艰难地说："我、我被通缉了，实在没有地方去。死在条子手上也是死，那、那还不如死在庆爷手里，从哪儿来回哪儿去。"

自从进来，庆爷的表情就没变过，甚至连眼皮都没抬过。到了此时，他也仅仅是扫了一眼小七手腕上的手铐。旁边的黄毛则殷勤地递

上小七的通缉令，赔笑道："大街上揭下来的。"

通缉令上的确是小七的照片。

庆爷看了两眼，漠然道："你叫边杰？"

没等小七答话，黄毛低头哈腰地道："就是他在照阳假冒的那小子，还认了个爹……"

可惜庆爷对他的抢答很不耐烦，掏了掏耳朵："哪儿来的鸟叫，很吵啊！"

黄毛噤若寒蝉，掩嘴后退，他不敢记恨庆爷，而是阴狠地看着小七。

同样，庆爷也在上下打量着小七，他眼神中带着说不出的嘲讽和鄙夷："就你？杀人？"

小七道："我也算是倒了血霉了。这个边杰跟三年前的一宗杀人案有关，他们家人早知道我是假冒的，想让我去做替死鬼。"

听了这话，黄毛还是没忍住，大声道："哦，我明白了。过好日子的时候想不起你庆爷，现在怎么，死到临头了想拉我们垫背啊？"说完，看庆爷也没有喝止自己，便又将小七的头按进水里，半天才拉出来。

小七几乎已经只剩出气没进气了，虚弱地道："我……拿了金家一大笔钱，就藏在照阳的……只要我能过了这一关，钱都给庆爷……我只想活命！"

庆爷冷笑一声："给我画饼？我跟你的账还没算清楚呢。"

"那你淹死我吧。"小七闭上眼睛道，"我是庆爷从小养大的，你要是不信我，把我交给条子也有奖金，就当还了欠庆爷的债。"

庆爷打量了小七一会儿，道："小崽子还挺有种。行，我琢磨琢磨吧。"回头又对黄毛道："命先留着，吊他一晚上再说。"

留在照阳的王士涂也要来河溪了。

原本他打算再装两天病，好让局长再烦一烦，但是一接到王佳打来的电话，便什么也顾不得了，立刻赶往局长办公室。

临进门前，他还特意整了整仪容仪表，让自己看起来红光满面、容光焕发，才敲响了局长的房门。

局长看着这个人短短两天从病容满面到精神十足，一点也不意外。

王士涂单刀直入地道："局长，我申请参与三姑娘诱拐案的追捕行动！"

局长斜眼看着他，道："心脏不难受了？不堵得慌了？"

他拍了拍胸脯："一点毛病都没了！"

局长还是翻白眼："你不是相信你徒弟吗？"

"这不好几天了他也没抓住人吗？"王士涂做出一副恨铁不成钢的表情，"看来我不出马不行啊。"

"是因为那个人贩子跑到了河溪吧？"局长一语点破，"你那好徒弟给你报的信儿吧？"

王士涂一时语塞，没想到局长不好糊弄，心念急转，连忙组织了几句阿谀奉承的话，想拍拍马屁。可是局长一看他的脸色就知道他想说什么，狠狠地白他一眼，挥手道："还杵这儿干吗？赶紧吧！"

王士涂闻言大喜，大声道："是！"

局长得知消息比王士涂早一点，是秦勇传回来的。三姑娘流窜到了河溪，一路追踪她的小张便也到了河溪，小张和秦勇会合了。王士涂也风驰电掣般向河溪赶去，等他风尘仆仆地到了河溪公安局时，正好赶上小张和秦勇等一众人在开会。

"小张，把你那边的情况先说一下。"秦勇道。

小张将三姑娘的照片资料分发给与会众人，说："我们是追踪这个人贩子过来的。她在东河县郊区弃车逃走，所以我们认为，她应该就躲在东河县。"

河溪的刘队长道："她会躲在什么地方，你们有什么思路吗？"

小张支支吾吾地问："这个……暂时……"

此时，门口传来王士涂的声音："笨死你算了！"

众人循声望去，便看到王士涂推门走了进来。秦勇看着他，既觉得意外，又莫名觉得是在意料之中。他站起来，道："介绍一下，这是我们照阳公安局刑警大队的王队。"

王士涂对大家点了点头，转向小张："你跟我说过，你们是在去塔县路上的服务区堵住她的，对吧？"

"对。"

"可是她没有顺路去塔县，而偏偏拐到了河溪才弃车，你不想想是为什么吗？"

小张懵然道："那……为啥呀？"

"小七……边杰说过，那个贼窝里的孩子都是被拐来的。"秦勇接过话说，"也就是说他们跟人贩子有交易往来，而三姑娘和郭桂枝团伙的主要活动范围就是照阳和河溪，这之间应该会有联系。是这个思路吧？"

王士涂点点头，接着问秦勇："小七有消息吗？你们查得怎么样？"

秦勇道："相关地点都排查过了，暂时没发现可疑人员。不过我们在排查的时候，发现有几个地方都出现了这个标记。"说着拿出照片，上面正是小七的"777"标记。

王士涂一看，激动不已，连声说："就是这个！这孩子给我们留的暗号，777，他最爱玩的那种游戏机的最高奖！"

果然如此，秦勇豁然开朗，转向刘队长道："刘队，我认为三姑娘诱拐案和对边杰的追逃行动，应该并案侦查！"

刘队长站了起来，应道："好！马上行动！"

瓷杯里泡着信阳毛尖，庆爷端着杯子，坐在一张太师椅上，表情依然是一半冷淡，一半漫不经心——小七最讨厌他的这副样子，明明坏事做绝，却偏要装模作样，摆出一副很文明、很高贵的派头！

虚伪又恶心！

"庆爷，"黄毛在他身边低头哈腰地道，"红楼那片多了不少条子，应该是找小七的。咱们要不要也先避避？"

庆爷想了想，道："小兔崽子就会给我惹麻烦。红楼的点先撤了吧，这几天也暂时不'打猎'了。"

黄毛小心翼翼地问："那小七怎么处理？"

庆爷反问："你觉得他说的是真话吗？"

黄毛面露难色，一时不知该怎么回答。此时，一个马仔带着三姑娘走了进来。三姑娘的五官和她母亲郭桂枝并不相似，可动作神情却如出一辙。现在她拖着一只硕大的行李箱，行动有些笨拙地走了过来。

庆爷看到她来，表情总算生动了起来，笑道："哟，三姑娘，你可有日子没来了，这是有新货送给我？"

三姑娘也不答话，用下巴点了点自己带来的行李箱。

庆爷向黄毛和马仔挥了挥手，两人走了出去。三姑娘在八仙桌另一侧坐了下来，庆爷给她倒茶："从哪儿过来的？"

三姑娘喝了一口茶："照阳。"

"照阳？"庆爷眼睛一亮，"那正好，那边有个通缉犯叫边杰，你知道怎么回事吗？"说着，他拿出通缉令递给三姑娘。

三姑娘不接，往他手上看了两眼，道："车站贴着通缉令，我来的时候倒是看见过，你打听他干吗呀？"

庆爷道："他本来就是我的人。"

三姑娘笑了，扯着一边嘴角："哦哟，我早知道你跟通缉犯有牵连就不过来找你了，万一被牵连了！"

"你跟通缉犯还牵连得少了？"庆爷冷笑道，"少在我这儿装蒜。"

"这年头买卖不好做，可要多加小心。"三姑娘瞟了庆爷一眼，"我最近也是被盯得紧，不敢随便出货，这不，还是送到你这儿保险。"

"看看你的货。"庆爷的目光落在了箱子上。

于是三姑娘起身打开行李箱，只见一个小姑娘蜷缩在里面，手脚都被绑着，嘴上贴着胶带，惊恐地看着外面的两个人。

庆爷走过去捏起小姑娘的下巴，像买菜时挑菜似的看了看，皮笑肉不笑地道："啧啧啧，可惜啦，挺水灵一个姑娘，送到我这儿算废了。"

"别猫哭耗子假慈悲了，被你毁了的孩子还少吗？"三姑娘冷冷地道。

似是灵光一闪，庆爷回头道："你这话倒是提醒了我。一会儿安排场好戏，你要不要一起看看？"

三姑娘已坐回桌边，端起茶杯喝了一口，悠闲道："好啊。"

破旧的居民区，街上没几个人，街边的店铺也大多关着门，看起来颇为萧条。两个小乞丐从远处走来，年纪不过十岁上下，穿着破败，满面尘土，即便是眼睛，也没有同龄人那般清澈明亮，茫然而麻木的感觉，看起来与年龄极不相称。

他们脚步甚快，不一会儿便转入一条窄巷，穿过窄巷，来到尽头的一扇大门前。

大门紧闭，门旁的牌匾上写着"某某油坊"字样，上面的字已经残缺不全。小乞丐敲了敲门，过了一会儿房门打开，一个"小胡子"探出头来左右张望了一下，这才让两个孩子进去。

大门重新关闭，刘队长和秦勇从墙角的藏身处闪了出来。

秦勇沉声道："这个小胡子我见过，周庆枭团伙的骨干成员，上次来河溪的时候，差点就抓住他了。"

油坊之内的院子里，黄毛带着被折磨得不轻的小七走进柴房。柴房之内，一个马仔已将小女孩从行李箱中拖了出来，把她的一双手按在桌上。

可怜的小女孩还不知将要发生何事，她的嘴上仍贴着胶布，一双圆溜溜的眼睛又惊又疑地四处张望。

另一个马仔拿着一个DV机正在摆弄，庆爷手里提着一把砍刀，不耐烦地对马仔道："搞好了没有？你到底会不会用啊？"

马仔道："应该，应该是行了。"说着，他将DV机的镜头挪了挪，扫过站在一旁的三姑娘，最后对准了小七。

小七似乎有种不祥的预感，大声道："这是什么意思？"

"现在的人哪，越来越没同情心了。"黄毛皮笑肉不笑地说，"全须全尾的孩子根本讨不到几个钱，非要弄残了才行。"

小七闻言身子一颤，难以置信地看着小女孩的双手，倒吸一口冷气。

似乎对他的反应很满意，黄毛轻笑了一声，像看着砧板上的鱼一般，悠然道："你既然从我们这儿跑了，再想回来就要重新拜山门，得纳个投名状，我们才敢信你啊。"

庆爷将砍刀递向小七，淡然道："去，把她手砍了。"那神态和语调平静得就好像只是让小七去切菜一样。

小七的脸上顿时失了血色，砍刀在幽暗的柴房里依然闪着寒芒。他望着那一点冰冷的光，一时不知所措。

"我的话你没听见吗？"庆爷的声音似乎比刀光还冷。小七不敢去看他的脸，咬了咬牙，将砍刀抓在了手里，他握刀的手不停颤抖，刀尖虽然指着小女孩，脚步却一动不动。

庆爷等了半分钟，见小七还不动手，眼神渐渐冷了下来，森然道："我数到三，你不动手，我就把她双手双脚都剁下来！一！"一旁的黄毛掏出了一把甩刀，哗啦一下甩出了刀刃。

小七身体又抖了一下，他僵硬地一步步走向女孩。

小羊羔似的女孩早就惊恐万状，眼泪扑簌簌地落下来，她拼命扭动身体，但却被马仔铁箍一般的手狠狠按在桌上，半点也动弹不得。

小七的脑子飞速转着，他看了一眼无声哭泣的小女孩，难道，他真的要……事到如今，又能有什么办法呢？他又想起自己给王士涂留下的"777"暗号，心里早就焦急地骂起来：这小老头，怎么来得这么慢！

而在油坊大门外，秦勇、刘队长带着一队警察，正悄无声息地接近油坊。刘队长做了个手势，众警察在大门两侧一字排开，蓄势待发。

柴房之中，庆爷依旧对小七步步紧逼，他拖着长音，已经数到了二。

眼看着黄毛的甩刀距离自己又近了一步，小七的心怦怦乱跳，他不得已挪着步子，来到了女孩面前。小女孩已被吓得浑身瘫软，她泪眼蒙眬地望着小七，目光中露出乞怜之意。她那一双手臂，带着孩童特有的稚嫩和白皙，此时正汗毛倒竖，起着大片的鸡皮疙瘩。

小七喘息了一下，紧紧咬着牙，视线从小女孩的手臂移到了按着她的马仔的脖子上——这已是没有办法的办法。他眯着眼睛，一点一点举起了刀。

油坊门外，刘队长向秦勇点了点头。秦勇走到油坊大门前，抬手准备拍门。

而柴房之中，庆爷终于数到了三！小七眼中厉色一闪，正要对着马仔的脖子砍下去，突然院子里传来一阵砸门声，屋内众人都是一惊。小七提着的一口气陡然松了，半边身子都软了下来。

庆爷率先反应过来，向黄毛做了个手势，黄毛用甩刀抵住了小七的脖子。拿着 DV 的马仔也放下了手中的机器，夺下了小七手里的砍刀，架在了小女孩脖子上。

此时砸门声再次响起……

冰冷的刀刃贴着小七的皮肤，他不敢出声，焦急地往院内张望，让他望眼欲穿的警察，真的来了吗？

然而没有。

庆爷亲自去开的门，门外，是一个戴红袖章的中年人。

红袖章上写着"联防"两个字，庆爷瞳孔微微一缩。

那中年人严肃地道："怎么这么久才开门，干什么呢？"

庆爷不复在小七面前的淡漠和阴冷，仿佛换了一个人一般，赔着笑脸道："上茅厕来着，您有什么事吗？"

"红袖章"拿出边杰的通缉令，道："街道上接到了派出所的通知，要协查两个通缉犯。见过这人吗？"

庆爷故意眯着眼睛看了一会儿，摇摇头。

"这个呢？""红袖章"又拿出三姑娘的照片。

庆爷笑得又是讨好，又是下流，道："不怕您笑话，我大半年没见女人了。"

"红袖章"并没有因庆爷的态度而放松警惕，他朝院里看了看，道："这房子不是你的吧？你是干什么的？"

"房子租的，我是个木匠。"

"红袖章"疑惑地看了庆爷两眼，道："这么大院子，就你一个人？"

"是啊，就我一个人。"

"进去看一眼行吗？""红袖章"又问。

庆爷不由得迟疑了一下。

"怎么，有什么见不得人的吗？""红袖章"冷冷地道。

"没有没有，看您说的，请进。"庆爷舔了下嘴唇，将院门打开。"红袖章"走进院子，四处环视了一圈。借关门的工夫，庆爷将顶门杠抄在了手里。

柴房中的小七被黄毛用刀顶着脖子，透过阴暗的格子窗，看到庆爷在"红袖章"身后举起了顶门杠。他大惊失色，顾不上脖子上的刀，张嘴刚要喊，庆爷已经一杠子抡在"红袖章"头上，"红袖章"闷哼一声倒在了地上。

眼见危险解除，黄毛慢慢放下了小七脖子上的甩刀。庆爷抛了手中的杠子，推门走进了柴房。

三姑娘紧张兮兮地迎上来，道："这地方不能待了。"

"用你说！他是来找通缉犯三姑娘你的！"庆爷沉着脸道，"赶紧撤，上次咱们见面的那个地方，你知道的。"

三姑娘想了想，说："还是分头走吧，我车都扔了，买好了火车票，再不走就走不了了。"她如惊弓之鸟，刚说完话便急匆匆地闯出门去，头也不回地走了。

庆爷也顾不得她，吩咐道："黄毛，出去把那个'红袖章'绑了，关厕所里。其他人，收拾东西赶紧走。"他看了小七一眼，但没说什么，和黄毛一起离开了。

两个马仔架起小姑娘，紧随其后。小七迟疑着也打算跟上去，一扭头，看到那个 DV 机的录制红灯还在一闪一闪。

等到警察赶到庆爷的藏身之处时，院子里一片狼藉，已经人去楼空。

小张和一众警察站在院子里，很不甘心，秦队和刘队长进门，小张道："秦队！我们还是晚了一步。"

秦勇双眉紧锁，不解地喃喃自语道："没道理啊，小胡子交代了这个地方，我立刻就通知你们了，周庆枭他们怎么会那么快就得到消息？"

他百思不得其解，转而又问小张："你师父呢？"

小张往后面一指："在后院搜查。"

此时，一个警察跑了过来，道："秦队，我们在后院找到了一个被打伤的联防队员。"

"怎么回事？"

"他是来协助摸排的，结果一进门就被打晕了。"

闻言，秦勇和小张对望了一眼，二人都恍然大悟——打草惊蛇！难怪他们跑得那么快！

王士涂独自在后院转了一圈，又进了柴房环顾一圈，没发现什么异常。当他转身准备离开的时候，忽然注意到柴堆旁的地上有一块用脚蹭出的痕迹，王士涂换了个角度一看，发现那是一个"7"，数字的尖角像一个箭头一样指着柴堆。

他的眼睛立刻亮了起来，迅速掏出手套戴上，拨开了墙角的柴堆，看到柴堆里藏着一盘 DV 机用的录像带。

电脑屏幕上出现了小七阴沉的脸。王士涂、秦勇和刘队长等人坐在电脑前，看着屏幕上的他手里提着砍刀，僵硬地一步一步走向小女孩，慢慢举起了砍刀，大家都不由屏住了呼吸。

就在小七要挥刀砍下去的时候，画面突然一晃，DV 机被放在了桌上，镜头恰好对着柴房的门口，只能看到下半身的庆爷开门出去。

王士涂沉声道："这就是被三姑娘拐走的那个孩子！果然是蛇鼠一窝。"

秦勇怒气冲冲，一拳砸在桌上，骂道："这帮畜生！"

刘队长则担忧地盯着屏幕，道："他把那个女孩的手砍了？"

"他不会。"王士涂不假思索地说，他早已十分信任小七。刘队长还想反驳两句，可是转念想到院中四处都没发现血迹，便也不言语了。

没有听从庆爷的话，小七的处境恐怕就更危险了，王士涂想到这里，脸上的担忧更深了。

屏幕中的录像仍在继续播放，画面中庆爷重新返回，庆爷和三姑娘的下半身同时出现在画面中。然后传来三姑娘的声音："这地方不能待了。"

画面在庆爷吩咐黄毛收拾东西逃跑之后便结束了，王士涂沉吟道："这个没有露脸的女人应该就是三姑娘了。只要抓到她，就能找到周庆枭。"

秦勇点点头："刘队长，辛苦你让兄弟们把案情和人员特征立刻通报下去，加大火车站及附近区域的摸排力度！"

"好，抓捕时大家一定要注意保护小女孩的安全。"刘队长起身道。

颇有点丧家之犬的味道，躲在阴冷无人的空旷仓库里，庆爷和小七、黄毛等人连热饭都吃不上。他们或蹲着或就地坐着，每人啃着馒头，就着凉水，权当是一顿饭。

其实就算是吃馒头，也不管饱。小七也分到了一个，可那个小女孩却只能眼巴巴地看着他们吃，连嘴上的胶布都没被撕下来。小七看着她，不由心生怜悯，他看了看手里的馒头，有心要让给小女孩，可是看到庆爷，迟疑了一下，到底还是什么都不敢做。

正啃着馒头，庆爷的大哥大响了起来。"嗯。什么？嗯，知道了。"他接起电话，说了两句就挂断，本来阴沉的脸更是铁青得像要吃人。

"庆爷，怎么了？"黄毛试探着问。

庆爷咬牙道："胡子那儿，被条子端了。"

黄毛大感意外："怎么可能？咱们已经提前把红楼的人都撤回来了！"

低头吃馒头的小七听到"红楼"两个字，顿时紧张起来，竖起了耳朵。

只听庆爷阴仄地说："我也觉得不对劲啊，胡子那儿被端了，又有人查到了咱们的老窝，怎么会那么巧呢？"说着，他目光阴冷地扫视着每一个人，明显已经起了疑心。

这下不只是小七，连同其他马仔和黄毛，都噤若寒蝉，大气也不敢出，气氛十分压抑。

终于，一个马仔忍不住指向小七，大声道："庆爷，我觉得这小子有问题，之前他让人给你传话，就在红楼！"

顺着他的手指，庆爷的目光缓缓转向了小七。小七脸色变了变，但随即冷笑一声，道："我找了那么多人传话，就是为了联系上家里。我都不知道哪些是咱们的人，怎么可能知道胡子在哪儿呢？"

马仔道："那就是条子盯着你，想放长线钓大鱼，麻烦就是你带来的！没准你还是故意的！"

还真被他歪打正着说中了，小七心里顿时咯噔一下，正想着要如何狡辩一番，打消庆爷的怀疑，忽然看到了那马仔身边放着的DV机。他腾地站了起来，冷笑道："我以前没见过你啊，新来的吧？我还看你像条子的卧底呢！"说着走到那个马仔面前，一脚将DV机踢了出去。DV机的盖子掉了下来。

黄毛眼尖，一眼看到机器里没有录像带，狐疑道："嗯？里面的带子呢？"

这个马仔此前一直拿着DV机拍摄，他也没想到DV机里居然没有录像带，看着空空的 DV 机，一时愣住。

小七抓住他愣神的空档，立刻后退两步指着他叫道："还真是你啊！我说你怎么又是拍我又是拍庆爷的，是要留给条子看的吧！"

马仔的脸色顿时煞白，双手乱摇，结结巴巴地道："不，不，庆爷，不是我！"他步步后退，庆爷做了个手势，黄毛和另一个马仔同时掏出刀，扑上去将百口莫辩的他按在了地上。

直到此时，小七才暗中松了一口气。庆爷走过来，拍了拍他的肩膀，和颜道："还是跟以前一样机灵啊。"

小七连忙对庆爷讨好地笑了笑。"明天换地方，走之前把他做了，那丫头现在也是个累赘，一块埋了吧，你来动手。"庆爷淡淡地道。一听这话，小七的笑容又僵在了脸上。

也不再理他，庆爷转身向回走，刚转过身来，脸上就挂上了一抹阴冷的笑容。

暂时找不到周庆枭的行踪，警察们只好把重点放在三姑娘身上。小七留下的录像带里，三姑娘明确说了要坐火车逃跑，最好的办法，当然是在火车站守株待兔。

火车站永远都是熙熙攘攘的，候车室挤满了人，月台上也有不少人在等车。几个戴着耳机的便衣目光锐利地在人群中扫视着；秦勇也混入旅客之中警惕地四处观察着；王士涂坐在进站口附近，手里拿着一张报纸，藏在报纸后的眼睛审视着每一个进站的旅客。

刘队长坐在车里，手里拿着对讲机，不时询问是否发现目标。只是众警察已埋伏许久，眼见夜越来越深，狡猾的三姑娘却一直没有露面。

"都打起十二分的精神来，有情况随时汇报，今晚一定要把这个女人给我摁住！"刘队长在对讲机里大声道。

终于，一个挎着包的老太太来到广场上，正是化妆后的三姑娘。她警惕地四处扫视了一下，迈着小碎步向进站口走去。

　　当她来到进站口时，突然旁边有个农民工模样的人匆匆走过，不小心撞了她一下。她的挎包掉在地上，里面零碎的生活用品散落出来。

　　不远处的王士涂看到了这一幕，起身想要过去帮忙。然而三姑娘已经动作麻利地将东西捡起来放回包里，随着人群进了站。

　　于是王士涂又坐了下来。

　　三姑娘来到候车室，找了个不起眼的角落坐下。秦勇从她身边走过，扫了她一眼，并未起疑，继续向前走去。

　　车站的广播响了起来："开往冀州的1132次列车即将到站，请乘车旅客做好准备。"

　　三姑娘拿出自己的车票看了一眼，正是1132次车。车马上就要来了，她马上就可以检票上车，最多不过十分钟，就要离开这个是非之地了。她已打定了主意，这次一走，几年之内都绝不踏入河溪……

　　突然，一个人坐到了三姑娘旁边，她扭头一看，却是王士涂。

　　"去冀州啊？"王士涂对她咧嘴一笑。

　　三姑娘不认得王士涂，将身体往旁边缩了缩，一副爱答不理的样子。

　　王士涂心中暗笑，悠悠地道："别紧张，我是警察。"

　　三姑娘的身体僵了一下，脸上却不动声色。

　　王士涂打量着她，道："大姐，我看你面善，像我一个老熟人。"

　　三姑娘不得已，敷衍了一句："是吗？"

　　"我说了你别生气哈，那人是个人贩子，带着她俩儿子干这种缺德营生，被我给抓了。"王士涂目光闪烁，试探着道。

　　三姑娘闻言脸色一变，她目光闪烁着，盯住了不远处的安全逃生通道。此时，候车室里，工作人员拿着大喇叭喊了起来："1132次列车开始检票了啊！"

乘客纷纷起身去排队检票，三姑娘急忙趁机起身混进了人群，可是无论她去哪儿，王士涂都跟在她身后。

三姑娘心急如焚，焦急道："你老跟着我干什么？"

"有缘呗！"王士涂道，"刚才在外面我就注意到你了，有人碰掉了你的包。"

三姑娘脸色阴沉，没说话。

王士涂笑一笑，凑近她的耳朵小声道："所以我就很纳闷啊，你都这么大年纪了，包里倒是装了不少小姑娘才用的东西啊？！"

到了此时，三姑娘终于按捺不住，突然毫无征兆地拔腿就跑。然而她刚跑了没两步，就被冲过来的秦勇和几个便衣警察合力扭住了。

王士涂追上来，一把揪下了她的白色假发，露出里面乌黑的头发。三姑娘扭过头，恶狠狠地盯着他。

"老王，真有你的。"秦勇赞赏地道，"这回行了，他们一家可以团圆了。"

王士涂却没有一点抓捕成功的喜悦，他鹰一般盯着三姑娘，低声喝道："说！周庆枭在哪儿？"

三姑娘一脸冷笑，轻蔑地别过了眼："你猜我会不会告诉你？"

一片漆黑的仓库里，众人都已入睡，黄毛等人的呼噜声仍然震天响。小七在黑暗中睁开了眼睛，借着微弱星光，他向庆爷所在的方向看了一眼，发现庆爷呼吸均匀，显然已经睡熟。

他又扭头望向小女孩所在的方向，小女孩和马仔都被绑着，嘴上贴着胶布。小七的目光正对上了小女孩晶亮的眸子，小女孩见小七在看她，吓了一跳，急忙紧紧闭上了眼睛。

小七悄无声息地起身，向小女孩所在的方向摸了过去。

被绑着的马仔也没睡着，他看到小七的动作，顿时明白了什么，他瞪大了眼睛，拼命扭动着身体，想要示警，却发不出声音。小七已来到他面前，忽然伸手捏住了他的鼻子。他憋得眼睛充血，想要挣扎却无济于事。

过了一会儿，小七才放手，他拼命呼吸。小七将手指放在唇边做了个别出声的手势，又作势去捏他鼻子，马仔惊恐得连连点头。

小七又去看小女孩，见她紧紧闭着双眼，身体却不由自主地发着抖。他凑到小女孩耳边，声音低到几乎连他自己都听不见："别怕，我救你出去。"

小女孩蓦然睁开眼，看着小七的目光中充满了惶恐和不信任，一边不停地摇头，身体一边向后躲。

"我是好人，我爸是警察。"小七轻声道，"我已经通知过他了，等他一来，这些坏人一个都跑不了。"

小女孩惊讶地看着他，眼中重新浮现出一丝希望。

小七将食指放在唇边："别出声好吗？要不咱们都走不了。"

小女孩急忙点头，于是小七轻轻揭下她嘴上的胶布，然后开始解她身上的绳索。

生怕吵醒庆爷等人，他的动作很轻很慢，好不容易解开了绳索，二人蹑手蹑脚地往仓库大门走去。

轻轻将门推开一条缝，小七探出头去看了看，见四下无人，便将小女孩也拉了出来。

他们二人刚走了没几步，赫然看见黄毛从一个大棚后转了出来，挡住了两人的去路。他手里拿着一根钢筋，用其轻轻拍打着另一只手的手心。

"打算去哪儿啊？"黄毛戏谑道，"真以为一个破 DV 机就能骗过庆爷？"

小七脸色大变，转身就想跑，却看到庆爷带着那个已被松绑的马仔和另一个马仔从仓库里走了出来，三人挡住了他的退路。

"你爸是警察？你倒是挺会认爹啊！"庆爷嘲讽地道，"还他来了我们一个都跑不了？我好怕呀，可你的条子爹在哪儿呢？"

小七惊恐万状，庆爷几人开始向他和小女孩围拢，小七急中生智，拉着小女孩钻进了两个大棚之间的小道。

庆爷四人也立刻追了进去。

小七拉着小女孩在几个大棚之间钻来钻去，捉迷藏般地躲避庆爷等人的追击。可是小女孩腿短力弱，没一会儿就跑不动了，脚下一软，摔倒在地，痛得眼泪直掉。

见状，小七干脆背起了她，躲进了一个大棚门口的阴影里。他放下小女孩，对她做了个别出声的手势。

很快，庆爷等人追到了小七刚才停留的位置，四下观望，没有见到二人，庆爷咬牙切齿地道："他们跑不远！搜！"

夜沉如水，星光微弱，几人拿着手电筒四散搜寻。这样下去迟早会被他们抓住，小七急得满头大汗，却无计可施，他急促地喘息，又不敢发出太大的声音。

这时他感觉身上衣服紧了紧，原来是小女孩轻轻扯他。"你的警察爸爸怎么还不来救我们？"小女孩趴在他耳边轻声道。

小七拍了拍她，安慰着小女孩，也安慰着自己："再坚持一会儿。快了，会来的，他一定会来的！"

他自己心中也怕得要死，他自然是相信王士涂一定会来的，可是什么时候来呢？几束手电光在大棚附近晃动，扫来扫去。看情形，庆爷他们肯定是要比王士涂来得早得多。

马上，小七听见不远处传来庆爷的声音："小七，你们跑不了的，这个地方很隐蔽，也别指望条子会来救你们。"

小女孩吓得浑身发抖，小七安慰地搂住了她，二人都咬紧了嘴唇，一声不出。

庆爷又道："你知道我舍不得要你命，老实跟我回去，我放过那丫头，怎么样？"

小七目光闪烁着，正在思索对策，忽然看到一束手电光离他们的藏身之处越来越近。

小七手中出汗，低声对小女孩说："我引开他们，不管听到什么，你都躲在这里不要动，等天亮了再出去。出去了就往有路有房子的地方跑，看到人就让他送你去公安局，记住了吗？"

小女孩一脸惊恐，眼泪又快要流出来了，却还是定定地看着小七，点点头。小七微微一笑，拍了拍小女孩的脑袋。

此时庆爷的声音再次传来："考虑得怎么样了？吱个声！"

深吸一口气，小七猛地起身冲出了大棚，一边跑一边喊："我信你才怪！"

见他现身，庆爷呼啸一声，几束手电光立刻向小七逃走的方向追去。

小七跑得虽快，但追兵也穷追不舍，渐渐他体力不支，眼看着身后的手电光越追越近。

马上就要被手电光锁定，小七一个急转弯向另一个方向奔去。然而跑了没两步，庆爷和黄毛就斜刺里扑了出来，将小七按倒在地。

小七挣扎着，此时他忽然听到一阵尖叫，抬头看到一个马仔拽着乱踢乱蹬的小女孩也走了过来。

一见小七，小女孩泪汪汪地哭喊道："你骗我！你骗我！你没有警察爸爸！"

是的，一切都是假的，什么警察爸爸，什么希望，都是他自己骗自己……

小七的一口气泄了，他绝望地闭上了眼，放弃了挣扎。

仓库的大棚里，黄毛将砍刀架在小七的脖子上，两个马仔挥动着铁锹，已经在地上挖好了一个坑。

庆爷面无表情地将被捆绑着双手的小女孩推进了坑里。然后他从一个马仔手里接过一把铁锹，拿着走到小七面前。

"我养你还不如养一条狗。你就那么想做个好人吗？"他居高临下地看着小七，残忍又冷酷地道，"我跟你说过的，你不吃人，就要被别人吃，我们这种人，就得这样活。把她埋了，你就能活。"他将手里的铁锹递向小七，黄毛也松开了架在小七脖子上的砍刀。

小七接过铁锹，抡起来就向庆爷砸去。早有防备的庆爷轻松躲开，小七趁机跑到了坑边，握紧铁锹，困兽般守卫着小女孩，双眼血红，朝着庆爷嘶吼："谁跟你是一种人？！你拐来了那么多孩子，养大我们，只是为了喝我们的血，吃我们的肉！我早就受够了跟你一样像只老鼠躲在地洞里！"

庆爷脸色不变，一步步逼近小七，冷冷地道："不，你跟他们不一样。他们是被拐来的，你这条命是我救回来的，我把你从小养到大，只有你才算得上是我的孩子，我一直在给你机会，难道你看不出来吗？"

眼见他走近，小七挥起铁锹想要逼退他，然而此时一个马仔早已悄悄绕到他身后，手里的钢筋猛抽在他后背上。

猝不及防之下，小七被打得踉跄着跪倒在地。他艰难地爬起来，咬牙道："少来这一套！你以为结巴就这么白死了吗？这笔账我还记着呢！"

此时庆爷接过马仔递来的铁锹，手一挥，眼都不眨地用边缘砍在小七腿上，小七痛呼一声再次摔倒。

"结巴？他带你'打猎'的时候从不让你脏手，你以为我不知道？"庆爷狠狠地道，"我养大的孩子，应该由我来教，我就是要让你和我一样，我就是要让你脏手！脏手！脏手！"

他说一个"脏手"，就用铁锹狠狠砍小七一下。小七已经被打迷糊了，他毫无章法地抢着手里的铁锹，却打不到人。

"这就是你……最无耻的地方！"小七已神志不清，却依然嘶声叫道，"你自己要做贼是你的事，可你凭什么……用你的脏手去控制别人的命运？你问过我们吗？因为你，结巴自己把自己逼死了，因为你，我天生就有罪。我下地狱都想拉上你！"说着，他扑向庆爷，黄毛却挡在庆爷面前，一脚将他踹了回去，身后的马仔又补上了一记钢筋，最终庆爷一铁锹拍在他头上，小七倒进了土坑里。

"可惜了……我养条狗都比你听话。"庆爷说着，仿佛坑中的小七真的只是一条狗而已。他亲自铲了一铲土，扬在小七身上。

即便倒在坑里，小七仍然努力地护住小女孩，声嘶力竭地叫道："我是人！不是你……的狗！"

庆爷不再看他，挥一挥手，黄毛等人已拿起铁锹，用力往坑中填土。在小七怀中的小女孩更是哭得撕心裂肺。

就在这千钧一发之际，仓库的门被撞开，王士涂等一众警察持枪冲了进来。

刘队长大喝一声："警察！都不许动！"

变故突起，黄毛跟两个马仔想要四散逃窜，但没跑几步，很快就被警察们按住。

老奸巨猾的庆爷却趁这个工夫将小七从坑里拽了出来，掏出刀子抵在了他脖子上，跟警察对峙道："谁敢过来，我就杀了他！"

秦勇等人举枪对准了庆爷，喝道："把刀放下！"

可庆爷的刀却在小七脖子上紧了紧，眼看小七脖颈上已被压出一道血痕。

这时，王士涂将枪放在地上，举起双手上前两步，对庆爷道："我身上什么都没有，我来换他，我跟你走！你别伤害他！"

庆爷冷笑道："小七，这就是你的警察爹啊？"紧接着手一扬，大喊道："我才是他亲爹！"说着就要将刀扎下去。

眼见小七危在旦夕，王士涂脸色大变，向前猛冲。可是小七突然用后脑勺猛地一撞，正撞在庆爷鼻子上。庆爷吃痛，手一松，小七立刻便脱离了他的掌控。

等到他举刀再次向小七扑去时，王士涂也冲过来扑了上去，想要夺下他的刀。两人厮打在一起，扭作一团。

"老王！"秦勇大叫道，他的枪口晃来晃去瞄准庆爷，却投鼠忌器，不敢开枪。

遍体鳞伤的小七从地上爬了起来，突然听到身后王士涂一声痛呼，一回头，正看到庆爷将刀插进了王士涂的胸膛。

时而仿佛静止了，王士涂倒在地上。就在这时，砰的一声枪响，秦勇击中了庆爷的小腿，庆爷半跪在地上惨叫着。

看见王士涂中刀倒地的小七仿佛失去了理智，只见他双眼血红，怒吼一声，不知哪儿来的力气，抓起地上的铁锹将庆爷砸翻，又抡着铁锹一下一下发疯般地往庆爷身上猛砸，像是要吃人一般。秦勇冲上来死死地拦着他。

中了枪，庆爷手上还多了一副手铐。这个与警方纠缠多年、横行河溪的恶霸，终于走到了末路。

小七扑过去查看王士涂的伤势，带着哭腔叫道："王叔，王叔！"眼见王士涂不应声，小七眼泪扑簌簌落了下来，抱着他的身子不肯放开。小七心里想着，若是王士涂有个三长两短，那庆爷就算死上一百次也不解恨。

没想到王士涂身子微微一动，然后便听他缓缓说道："别叫唤了，快给你压死了，松手。"

小七一愣，王士涂已龇牙咧嘴地捂着胸口坐起来，将胸前的刀拔了出来，只有刀尖上有一点血。

小七等人不由愣住。

接着王士涂从怀里掏出钱包和他那个随身带着的小本子，两件东西都已经被刺穿。翻开钱包，里面照片上的豆豆已经被扎穿了一个洞。王士涂死里逃生，不由感慨万千，看着豆豆的照片，喃喃道："是儿子救了我一命啊。"

小七和小张把王士涂扶了起来，秦勇看着厚厚的本子，失笑道："幸亏你抓的人多，要不然今天可能就没命了。"

"所以啊，努力工作是有回报的嘛。"王士涂咧嘴一笑。

秦勇扑哧一声笑了出来。小七也笑了，这么多天来，他第一次由衷地笑了，笑得特别开心。

天边已经泛起了鱼肚白，刚才一直在坑里差点和小七一起被活埋的小女孩早被救了出来，此时正被一个女警抱在怀里。小七扭头见她安然无恙，才算是彻底放松下来，道："天亮了，没事了。"

小女孩瞪着圆溜溜的大眼睛，看看小老头一般的王士涂，又看看年轻的秦勇，然后指着王士涂，问："他就是你的警察爸爸吗？"

王士涂一脸懵地望向小七。小七尴尬地扭脸去看别处，赧然道："啊，就、就他。"

像所有的故事一样，警察在危急时刻如神兵天降，坏人被绳之以法，连天都亮了，霞光灿烂。这个废弃仓库的长夜已成过去。小七上车离开时，想起了《追捕》中的高仓健，那个电影一定也是好人取得胜利的圆满结局！

不圆满的，就是被绳之以法的庆爷了。

庆爷鼻青脸肿，头上缠着纱布，是自己拄着拐进的审讯室。

坐在他对面的秦勇问："小七是什么时候进入你们团伙的？"

"从小就在啊，十几年了吧。"庆爷道。

王士涂望了一眼秦勇，心想：这下总能证明小七不是边杰，从而洗脱他的杀人嫌疑了吧？秦勇回望一眼，点了点头。

"他也是被人贩子拐卖送到你这儿的吗？"王士涂问。

"小七不是，"庆爷道，"他是 1984 年 7 月 29 日那天，我从路边捡来的。"

王士涂意外地抬了抬眼："记得这么清楚？"

"不会错，那天是那个谁……许海峰拿了奥运会第一块射击金牌，我跟兄弟们听着广播，喝了不少。"庆爷的态度很配合，当然，坐在审讯室里，他想不配合也不行了，"我出门撒尿的时候，看见一个孩子被扔在路边，发着高烧，半死不活的。"

只听他接着往下说道："那天中国人拿金牌了，我也是为了图个吉利，心想，我把这孩子捡回去，他要是能活，我就养大他，好好培养！没想到这孩子命大，还真活了下来。当时他也就四五岁的样子。"

王士涂目光闪烁着，喃喃道："84 年……四五岁……"

秦勇看了一眼，低声问："跟豆豆对得上？"

王士涂没有回答，只是盯着庆爷，道："你接着说。"

"因为是七月份的尾巴捡的，所以我给他起名小七。"庆爷陷入回忆之中，声音居然变得柔和起来，"给他治病治了大半年，问他叫什么他都不知道，我赔了！本来打算把他卖了……有一天，我给他煮了一碗面，他突然叫我爸爸……我就把他当亲儿子养。兔崽子，越长越可爱，见过他的人都说他是我儿子。"

说着说着，像是忽然回过神来，他自嘲地笑了笑，讽刺地道：

"哼……做个好人……好人难做呀……养那么大，到底还是认了别人当爹，然后回来要我命啊……"说着意味深长地看着王士涂。

"废什么话？好人能坐在这儿？！"秦勇喝道，"问什么交代什么，你要真把人家当儿子，还能下得去这黑手？你还想当爹？当人你都不配！"

哥哥去世的消息、边杰、小七，这一系列的事情压得王佳喘不过气来。

她双眼发直，失魂落魄地回了家。母亲见她这副样子，连忙问："佳佳，你这是咋了？"

她双眼无神地望向王母，过了好一会儿才喃喃地开口："妈，以前我怨他，因为他不学好，带坏了我哥。"说着，眼泪便掉了下来，王母还不知她口中的"他"是谁，一脸关切又焦急地扶着王佳坐下。

"佳佳，你这絮絮叨叨说啥呢？"王母不解地问道，"边杰咋了？你俩又吵架了？"

到了此时，王佳才哇的一声哭了出来，她从没有哭得这么大声这么悲痛过，她哭得浑身颤抖，嘶声道："妈，我想不通！为什么是边杰，为什么是他啊！"

王母脸色苍白，帮王佳擦去脸上的眼泪，心疼地安抚她。

"妈，我想哥哥了。我们再也见不到他了……"王佳痛哭道，"是边杰杀了他！我已经去过公安局，辨认了遗物……"

王母闻言一愣，似是明白了什么，浑身似乎都僵硬了。她怔怔地看着王佳，顿时也泪如雨下。

忽然，她开始喘不过气来，用手捶自己的胸口，想要将那口气吸进去，喉咙里发出可怕的哮鸣音……

王母倒下了。

毫无生气的一天，街上车来车往的。汽车喷着烟，扬着土，让路边的修车摊子乍一看仿佛被烟熏火燎。

杜父满手机油，正在埋头捣饬一辆自行车，一旁支开的小马扎上，客人正坐着等待。

不一阵子，杜一走了过来，靠在修车摊旁边的树上。过了好一会儿，杜父才抬头看到他。

杜父有些意外，道："来啦？喝水吧？我手脏，你自己拿。"

杜一慢悠悠地道："王佳她妈，下病危通知书了。"

听了这话，杜父噌地站了起来，愣愣地看着杜一。

看着父亲，杜一不自觉地扯了扯嘴角，嘲讽地笑了笑，道："能不能熬过今天都不好说啊。"

杜父双眼空洞，嘴唇动了动，正要说什么，旁边的客人不耐烦了："哎，我说老板你快点啊，我这着急用车啊。"

杜父不知如何是好，习惯性地对客人赔着笑，局促不安地用围裙使劲擦手，并没有蹲下继续修车。

杜一嗤笑一声，伸出一根手指头，夸张地嘲笑道："老杜，你能不能像个爷们儿一样啊，一回也行。"说完，毫无征兆地变脸，恶狠狠地瞪着催促的客人，突然一脚将那辆自行车踹出老远，喝道："滚蛋！"

无论如何，今天绝对不是个好日子！杜父丢下摊子，扭头就朝医院跑去。像是早猜到了一般，杜一冷冷地看着父亲的背影，从鼻腔中哼出一声冷笑，冷漠又鄙夷。

许是年纪大了，没一会儿就气喘吁吁、浑身冒汗，可是杜父没有停下来，他提着一股气，反而加快了脚步，跑进医院，三步并作两步地跑上楼梯，刚转过走廊拐角，先听见一阵哭声，是王佳。

杜父心中一凉，只见王佳跪坐在走廊的墙角处，哭得撕心裂肺。他慌忙走进王母的病房，床上空无一人。

他顿时如遭雷击，踉跄了两步，扶住旁边的墙壁，才勉强稳住身体。

是啊，年纪大了……他悲凉地想，王母和他一样，都已上了年纪，都会有这么一天的……

病房外，王佳依然在哭。麻绳专挑细处断，这个女孩子，刚刚知道了哥哥的死讯，现在又失去了母亲。她在这个世界上，从此便孑然一身了……

小区院子里其他的房子透出灯光，只有王佳家的屋子黑着，显得无比凄凉。

杜父提着工具箱和一瓶白酒走了进来，找了几块砖放在王佳家的电闸下，站了上去。他打开工具箱，从里面取出东西，开始更换电闸里的保险丝。

他的动作很慢，聚精会神，仿佛此刻这就是世界上最重要的事情。

杜父喃喃地说着："刚认识那会儿，总来给你家换这玩意儿。你说让我给你换根铝的，我说那不安全，容易起火，其实我只是想多来两趟。一个人带孩子多不容易，咱俩最清楚，想着往一块凑凑，也算是个家。可后来孩子们出了事，谁也没心思了……这保险丝啊，断了还可以换，可是有的东西啊，断了就接不上了……"换完保险丝，他推上了电闸。

"给你照个亮吧！"他希望王母在天有灵，寻着灯光，魂兮归来。可是马上，他又害怕起来，若她真是在天有灵，知道了王帅的事，那必定恨死了他，灵魂也不得安宁。

杜父矛盾至极，在门口转了一圈，不忍离去，拎着酒瓶在王佳家门前的台阶上坐了下来，一口一口灌着酒。他酒量不差，今天却醉得很快，嘴里不自觉地嘟嘟哝哝："我对不起你，对不起你们家，可是我能怎么办，我能怎么办啊……"

忽然，身后的房子里亮起了灯，杜父惊讶地回头看。

房门打开，红着眼睛的王佳走了出来。杜父酒醒了大半，慢慢站起来，嗫嚅着："佳佳，你在家……"

王佳双眼红肿，低声道："杜叔叔，我妈临走前让我转告你，这些年，你对她的好，她一直都知道。"说完，向杜父鞠了个躬，转身回了屋。

杜父站着没动，老泪纵横。

王母的葬礼很简单，草草地火化，草草地下葬。她去世得太过突然，让人措手不及。葬礼用到的一应物品，连同墓地，都是王佳东拼西凑，又预支了工资，才临时备齐的。

等到母亲丧事办完，王佳早已形销骨立。呆呆地站在墓碑之前，她仿佛已无力悲伤，默默伫立许久，才把怀中的花摆在墓前。

天阴沉沉的，还刮着风，树木的枝叶在风中身不由己地挣扎着。杜父不喜欢秋冬，摆摊子太难熬。他喜欢夏天，夏秋过渡时也不错，那时候有夜市，夜市上可以买手套。

他凄然想起自己买的最后一双手套，决定以后不再去夜市了。

他也不再喜欢夏天了。

提着满满当当两大袋子的零食、水果，杜父等在王佳工作的传呼台大门外，不时向里面张望。不一会儿，胳膊上戴着黑纱、形容略显憔悴的王佳快步走出传呼台大门。

"杜叔叔，你找我？"

见她出来，杜父忙将手里的袋子递了过去，道："你这些天肯定吃不好睡不好，我买了点你爱吃的东西，上夜班别饿着，拿着吧。"

王佳推辞了几次，可是杜父强硬地将塑料袋塞进她手里，王佳低声道："您不用特地跑来给我送吃的，我能照顾好自己。"

杜父怜爱地看着王佳，叹道："孩子，别老硬扛着，你、你不是没有亲人，杜叔还在，有啥事就给我打个电话。"

王佳的眼圈顿时红了，她用力抿着嘴唇，忍着眼泪点了点头。而杜父的心情复杂，王母、王帅……他不敢细想，不再说话，冲王佳挥了挥手，转身便走。

抓住三姑娘，找到被拐走的小女孩，弄清了小七的身世以及他和王帅命案的关系，王士涂等人来河溪的任务圆满完成。走出公安局办公楼时，众人都一身轻松。

秦勇拍着小七的肩膀，高声道："走出这个大门，你以后就可以堂堂正正地告诉别人，你，叫小七！"

小七恍如在梦中，回头看看办公楼上的警徽，一时百感交集。

"有什么话上车再说吧，该走了。"秦勇招呼他上车，可是小七却没有移动脚步。

王士涂看了看小七的脸色，道："你现在自由了，也证实了清白，接下来怎么打算的？留在河溪，还是回照阳？"

小七不由苦笑起来，道："照阳……哪里还有我的去处啊？"

也对，当初去照阳是因为冒充边杰，现在既然已经恢复身份，难道还能返回金家吗？王士涂有些失落，却也无可奈何。

"那你想去哪儿啊？"这时秦勇问。

小七想了想，道："先去海边吧！结巴说，他想做个水手，他的愿望没机会实现了，可我想替他去看看海。之后，大概找个地方打工吧。"

秦勇瞅瞅一旁无精打采的王士涂，笑道："有海的地方，最近的那不就是照阳吗？"

小七一愣。王士涂的眼睛也亮了。

"还有啊，边杰的身份你不能再用了，"秦勇接着道，"你连个自己的身份证都没有，去打工谁敢要你啊？"

"那、那怎么办？"小七为难地问。

秦勇则胸有成竹地说："让你王叔带你去看海！身份证的事儿我给你想办法！走走走，赶紧上车！"

说着，如轰小鸡似的，将小七推进了车里。

小张傻乎乎地想跟着王士涂上车，秦勇一把把他拉了过来，还瞪了他一眼。接着，小张稀里糊涂地被秦勇塞进他的车里。

汽车飞驰，从河溪到照阳的这一路，小七已经走过一次，只是上次忐忑不安，这次则轻松快意。路过无数树木农田，汽车驶入隧道，光线很暗。

王士涂开着车，小七坐在副驾驶位置，两人都沉默着，气氛有些尴尬。小七眼珠转了转，突然捶了王士涂一拳："身体挺棒啊王叔，挨了一刀啥事都没有。"

王士涂笑道："这叫正义必将战胜邪恶。你现在自由了，接下去有什么打算？"

小七被他问得一愣，挠了挠头，似乎有些迷茫。

"人哪，就像这车一样，得有个目的地。"王士涂意味深长地说，"只要认准了，就奔着这个方向去，可以停下来休息，但不能走回头路。凡事有始有终，才是个完整的人。你想做个什么样的人啊？"

小七看着前方，琢磨着王士涂的话，心中突然冒出一个念头。他想也不想地道："王叔，我想做个和你一样的人。"

王士涂好像突然想到什么，问小七："你知道为什么在你刚来照阳的时候，我就揪着你不放吗？"

"为什么？"小七也想知道答案。

"因为如果默认你是边杰的话，那从此417案失踪的真正的边杰，就再也没有人去找他了。到现在我也不知道边杰去哪儿了。"他的语气中充满了不甘和失落，"一点头绪都没有。"

王士涂看了看小七手里的边杰身份证，感慨说："你们两个还真是像！"并且嘱咐小七："如果你在这个世界上看到一个人跟你长得一模一样，你马上抓住他，然后打电话报警。因为那个人一定叫'边杰'。"

汽车就在此时驶出隧道，前路阳光洒满，一片光明。

照阳的海，籍籍无名，完全没有经过开发，即便在夏天也没什么游人。这里的沙滩也是简朴、粗糙的。

阳光很好，海面波光粼粼，海滩上很空旷，空气里有大海特有的淡淡的咸味。这是小七第一次看见海，一时有些失神。

海浪轻轻拍打着沙滩，一朵朵白色浪花小小的，沙子中带着几片贝壳。小七情不自禁地朝海边跑去，他卷起裤管，光脚跑在沙滩上，在身后留下了一串脚印。

小七来到了离海最近的地方，海水寒凉，冲刷着他的双脚，可是他却觉得快意。

快意之中，又带着些说不出的怅然。

他想起结巴。看海，一直是他的心愿。他们说好离开庆爷，一起来看海，结巴还说，以后要当水手……

许是风太大了，小七鼻子一酸，眼圈发红，眼泪就快要掉下来。

"王叔说，只要你在我心里，我们就在一起。"小七在心里默念着，一扭头，仿佛看到结巴就站在他身边，脸上挂着憨厚的笑容。

结巴不说话，像以往一样，温和地看着小七。小七掏出那个缠着胶带的刀片，将其放进汽水瓶里。

"等这天等很久了吧？"

结巴点点头。

"我们都自由了，从此以后，我有阳光，你有大海。"小七用力地将装刀片的瓶子扔进了海里。结巴捧起一捧海水，水从他指缝间流下，他的身体渐渐变得透明，直至消失。

小七的眼泪还是落了下来，他用力抹了一把眼泪。至此，他终于彻底脱离庆爷，和过去告别。

而因为有结巴……即便是在庆爷手里那段暗无天日的日子里，他也是被保护着的。

他是何其不幸，又是何其幸运。

而从今天开始，庆爷、边杰，这些都成了过去，他再也不用躲在任何人的阴影里。他要好好活下去，必须好好活下去——连同结巴的那一份一起！

呜呜咽咽的海风变得轻柔，站在车边的王士涂放弃了那根死活也点不着的烟。小七已大步向车的方向走来，他的步履轻盈了很多，仿佛获得新生，甩掉了一直以来所背负的不幸。

洗去阴霾，才是少年真正该有的样子。

王士涂看着他，脸上不由露出微笑，他仿佛听见了幼年的豆豆在喊他："爸爸，爸爸……"

信　任

才过了几天，金家花架上的植物打蔫的打蔫，枯萎的枯萎，看得出是由于缺少照顾，再也没有往日的生机盎然。

金满福脸色憔悴，身体也像枯萎的植物一般。他呆坐在书桌前，手里拿着"边杰"的那张通缉令，他的双眼似乎在看，却没有聚焦。

半晌，金满福将通缉令揉成一团，扔进了废纸篓。

"边杰"的通缉令撤销了……不，应该说，是那小子的通缉令撤销了。这对他来说，不是个好消息。

最好是，那小子被当作边杰抓起来，坐牢，枪毙，就此一了百了！金满福恶狠狠地想。

突然，他脸上浮现出一丝痛苦之色，手摸了摸胃部，从抽屉里拿出一瓶不知什么药物，倒了几颗在手里，含水吞服。

可惜啊……

金满福还不知道小七回了照阳，小七也不可能再回金家，王士涂干脆把他带回了自己家。他带着小七买了洗漱用品、拖鞋，连床上用品都买了两套，兴高采烈，乐在其中。

让王士涂花钱，小七很难为情。可是王士涂大手一挥："你王叔有钱！"

他倒没说大话，直到这次带着小七大肆采购，他才发现，自己已有好多年不曾这样买过这么多东西了。

只有自己一个人，就算想花钱都不知该如何花。

提着大包小包走到门口，王士涂别着身子从口袋里掏钥匙。没等钥匙掏出来，手里的东西稀里哗啦掉了一地。

小七弯腰去捡，埋怨道："你这是要搬家啊，王叔，买这么多东西。"

"你小子，还不都是为了你！赶紧捡！"王士涂掏出钥匙，打开门进屋。

家里仍然是又脏又乱。王士涂有些尴尬，道："还不是得怪秦队，非要把你往我这儿推！"

这时候他觉得有秦勇这个同事真是不错，连借口都不用费劲找。

"你不高兴啊？"小七道，"不高兴还买那么多东西欢迎我！"

"不是秦队说的吗，他负责给你办身份证，我负责带你看海。"王士涂道，"现在倒好，我还得管你吃管你住。今天花的这些钱我都得找他报销。"

小七笑了起来，环顾了一下环境，道："王叔，我不白住，你这里乱七八糟的，我负责给你收拾干净，每天做好热饭热菜等你回家，你看行吧？"说着动手准备打扫。

王士涂叫住他，打开一间上锁的房间，他拿着新买的枕套和床单，道："来。"

小七跟着王士涂走进客房，不由得目瞪口呆。

这明显是一间为年轻人准备的卧室，窗明几净，一尘不染，跟外面的脏乱形成了鲜明的对比。家具都是一尘不染的，墙上贴着电影海报，还挂着一把木吉他。书柜里陈列着各种各样的玩具，从小手枪、铁皮青蛙到变形金刚，应有尽有。

小七这里摸摸，那里看看，他从柜子里拿出铁皮青蛙，拧上弦放在地上，青蛙咔嗒咔嗒向前跳，小七嘴角泛起一丝微笑，他很快又将铁皮青蛙拿起来，重新放回原位。

他环顾着房中的一切，似乎明白了什么——这是王士涂为豆豆准备的房间。

王士涂叹道："每年他的生日和儿童节，我都会给他准备一份礼物。后来我想着他越来越大了，应该有间自己的屋子，万一有一天突然回来了，省得抓瞎。现在，便宜你了，房租我找秦队要。"

说罢，他开始忙活起来，拿出新枕套和床单，开始铺床。小七拉住他，道："王叔，我住这里，不合适。"

"有什么不合适的，屋子不就是给人住的吗？"王士涂道，"难道你想跟我这个臭老头挤一张床？"

小七想了想，摇了摇头，认真地道："王叔，我觉得豆豆他一定会回来的，房间是他的，所有的惊喜也应该留给他。我能有个沙发睡，已经比贼窝里强太多了，比金家……也强太多了。"

看着小七，王士涂忽然有点心疼，故意道："也行，那你把打扫这活干利索，我满意了，再说搬屋的事儿。"

小七咧嘴一笑，麻利地把王士涂铺了一半的床单重新恢复原状。

"那你收拾着，我去煮面。这次你不用演戏了，可以踏踏实实多吃点。"王士涂道。

"王叔，打人不打脸啊。"小七苦着脸道。

王士涂向门口走了两步又停住，回头道："一会儿把你知道的所有关于金家和杜一的情况，再事无巨细地跟我说一遍。"

"遵命，王警官。"

调查命案是重中之重，在这之前，二人各司其职，分别开始忙碌。到了夜晚，二人早吃饱喝足，屋子里也焕然一新。堆在沙发上的脏衣服已经不见了，干净衣服都叠得整整齐齐，堆在沙发一端。生怕压着干净衣服，小七蜷缩在沙发上没伸直腿，虽然姿势不太舒服，但是他睡得很香。枕头旁边还放着一本关于计算机的书。

王士涂拿开衣服，把书放到茶几上，又帮着掖好被角，让小七睡得舒服一些。

客厅的灯已经熄灭了，王士涂的房间还亮着灯，他拿过妻子的遗像，仔细擦去灰尘。妻子已经离世多年了，王士涂干了一辈子警察，没什么文化，自然说不出"十年生死两茫茫"这样的句子，只是此刻思念亡妻的心情，和大文豪一般无二。

"老婆，今天家里来客人了，小七，你看到了啊，这孩子挺懂事儿的吧？"他喃喃低语，"把我那么多天的脏衣服都洗了。他从小无依无靠的，遭过不少罪，现在算是熬出头了！

你放心，咱家豆豆应该不会受这个苦，他肯定在哪家享福呢。我觉得吧，好像豆豆离我越来越近了，快回家了，放心吧！"

王士涂是个警察，他是坚定的唯物主义者。但是因为他挚爱的妻儿，他又盼望人死后有灵，盼望妻子的在天之灵护佑他们不知所踪的孩子。

杜一敲开了金家的大门。来开门的金满福看到杜一站在门外，不由一愣。

尽管不情愿，金满福还是把杜一带到书房里。

"找我有事？"他冷漠地问。

杜一嘲讽地笑了下："我想跟你聊聊边杰的事情。"

"小杰有消息了？警察找到他了？"金满福表现出的迫切关心让

人很难怀疑。

"咱们之间，就没必要演戏了。"杜一带着一丝冷笑，直视着金满福，"警察抓的那小子是个冒牌货，别揣着明白装糊涂了。你肯定知道边杰在哪儿！"

金满福依然平静："我听不懂你在说什么。"他敲着桌子道："他那天根本就没回家！谁都知道！"

杜一不禁佩服起金满福的沉着，冷笑道："是吗？金老板，那天晚上我可是亲眼看着他进了家门呀。"杜一不紧不慢地继续说道："而且我在你家大门口一直等到大半夜，也没看到边杰出来。反倒是你这大晚上，下着雨开着车出了门……"他故意拖长了声音，观察着金满福的脸色，而金满福则阴鸷地看着他沉默不语。

见他没什么反应，杜一接着道："你带他去哪儿啊？"

金满福的脸色极其难看，低头冷静了一下之后，抬头冷冷地对杜一说道："我金满福去哪儿，需要向你这个小崽子汇报吗？"

金满福身体向前倾，紧紧盯着杜一的眼睛，向他施压："王帅就是你杀的吧？"

这句胡乱攀咬，倒是把杜一说得内心有一丝慌乱："什么王帅就是我杀的？你在说什么，我听不明白。"

杜一的这个反应，让金满福露出了笑容，道："跑出去三年，想必过得不容易。"说着从办公桌抽屉里拿出一个装满钱的信封，对杜一继续说道："这些钱你拿着，过去的事情就到此为止吧。你们爷俩折腾半天不就是为了这个吗？"说罢将手中的信封递给了杜一。

杜一冷笑了一声："哼，金老板，你们全家的前程，一个信封就装下了？"

金满福沉默不语，看着杜一的目光更加冰冷。

杜一离开的时候，金燕正好开门回家。看见杜一，金燕一张俏脸上像结了一层冰，她冷冷地看着杜一，就像看着一只耗子。

对于她眼中的厌恶，杜一也不知是看不出，还是不在乎。他还对金燕笑了笑，道："我觉得你多笑笑会更好看。"说完便走出了金家。

"爸！杜一找你什么事？"

"不用搭理他！"金满福同样厌恶地道。

小七的笔录很快就整理好了，用王士涂的话说，自己的徒弟小张虽然脑子转得慢点，但是干这种不费脑子的事，那是驾轻就熟的。

秦勇拿过笔录翻看，小张在旁边道："秦队，除了小七的自身情况，我们还从他冒充边杰的经历中发现了新的重要信息。"

"哦？你接着说。"

"经过我们的详细询问，总结下来，他提供的重要信息有以下几点。"小张一条一条地道，"第一，杜一从一开始就知道他是冒充的，还曾经威胁要告诉金满福，对他进行敲诈。"

"是吗！"秦勇抬了抬头，"小七以前说过金家父女也早知道他是冒充的，看来这两家人都不简单。"

"对，后来小七利用杜一的敲诈反过来套他的话，杜一曾明确告诉小七，案发当天，边杰是回过家的。"小张道。

秦勇思索了片刻，道："我审问杜一的时候，他只说边杰要挟他，让他一起埋了尸体，然后他就逃往外地，没有提到这一点。"

秦勇皱了皱眉，陷入了沉思。

小张咬了咬牙，道："还有一点，小七亲眼看到，金满福偷偷换掉了边美珍吃的药。"

这让秦勇有些吃惊，他讶然道："为什么？他要谋害边美珍吗？"

"后来我们推测，金满福应该不是第一次这样干了，他不希望边美珍的病好起来。"这是唯一的解释了。

"因为如果边美珍清醒过来，那她就不会放过边杰失踪这件事。"秦勇认可道，"又或者，边美珍本来就知道些什么。不过，从边美珍嘴里恐怕是问不出什么，先看看杜一和金满福怎么解释。你去把杜一带来。"

杜一的态度不算好，他被从自家楼下带走，跟着小张走进会议室。会议室里，秦勇和小七正在等他，杜一看到小七，瞳孔顿时一缩。

秦勇指了指空椅子，示意杜一坐下。杜一的动作顿了顿，拉开小七面前的椅子，跟小七相对而坐。

"杜一，给你介绍一下。"秦勇开口道。

杜一道："我认识，边杰嘛，老朋友。"

"我是小七，你到现在还在演戏？"小七道，"咱们一起喝酒的时候，你不就知道我不是边杰了吗？"

秦勇严肃道："杜一，我们已经证实他不是边杰，现在他指控你敲诈，你老实交代。"

杜一看了看小七，突然夸张地道："哟！还真不是边杰？可我什么时候敲诈过你啊？"

"你找我要六千块呢，你忘了！"

"哦哟，冤枉啊！"杜一大声道，"因为王帅是被边杰杀死的，可是这事你一个字都没提，我就觉得很奇怪，问你要钱只是想要试探你。而且我到现在也没见着钱啊，这算不上敲诈吧？"

"敲诈的事你不承认就算了，"小七道，"但你后来还跟我说，出事那天晚上，离开游戏厅后，边杰是回过家的，这没错吧？"

"对呀，他是回过家，只不过，不是从游戏厅直接回家，而是从青龙山。"

秦勇道："具体说说。"

杜一眯起眼睛，似乎陷入回忆……

那天在青龙山上，边杰对杜一说："我们出去躲几天看看情况。如果警察找到他了，咱们互相做证，谁都没有作案时间。如果没找到，就说你带我出去玩了几天。打完老虎机，咱们就跟王帅分开了，不知道他去了哪里。听明白了吗？"

杜一想了想，只好点了点头。

边杰审视了他片刻，这才用手帕包着手，把那把弹簧刀捡起来，塞进了自己书包里。

随后二人沿着山路下山。

杜一道："咱们去哪儿？我身上可没多少钱。"

边杰想了想说："去远一点的地方吧，我先回家拿点路费。"说完，突然停住了脚步，凑到杜一面前看着他的眼睛："别给我耍花样。"

杜一站在金家门外隐蔽的角落处，不安地四处张望。

远处传来汽车的引擎声，两束车灯的光射来，杜一急忙钻进了草丛。等他从草丛里探出头来，正看到金满福开车呼啸而过。

杜一对秦勇道："我等到半夜也没见边杰来。后来，我看见金满福开车出了城，虽然我不知道他要去哪儿，但是我猜，他肯定是知道了什么，没准是边杰这小子栽赃我了，所以我赶紧跑了。"

秦勇眯着眼睛，道："你是说，边杰是把凶刀装进书包里，带回家了？"

"至少我知道的是这样。后来那把刀不是也在金家找到了吗？"

"后来你看到金满福的时候，车上只有他一个人？"秦勇又问。

杜一一口咬定："反正没看见别人。"

秦勇瞪着他，道："三个孩子，一个失踪，一个死亡，就你一个还好好的，这是你想躲就能躲得了的？"

从青龙山下来后，边杰的确回过家，可是回家之后呢？杜一那里也问不出更多了。

小七独自来到金家，大门紧闭着。他先是将耳朵贴在门上听了听里面的动静，然后从口袋里掏出了钥匙，可是钥匙插不进锁孔，门上的锁是新的。

他并不感到意外，收起钥匙，抬头去看金家的院墙。见四下无人，他跃上了院墙，翻进了院子，随后轻轻推开窗，驾轻就熟地翻进了边美珍的房间。

这时边美珍背对着他坐在床上，拧紧手里的药瓶，抬手将其放在桌上，桌子上还摆放着一碗剥好的瓜子仁。

小七望着她的背影，轻轻叫了声："妈。"

边美珍闻声回过头，愕然看着他，仿佛是认出了小七，开心地说："你回来啦？"

小七迟疑了一会儿，不知道该如何解释之前的一切，如果边美珍问他去哪里了，他也不知道该如何回答。小七想起之前准备好的借口："我……我给你拿了瓜子。"

边美珍盯着小七打量了一会，捧着"儿子"的脸，心疼地说道："瘦了……"

这一刻的小七和边美珍就是"母子"，他们都是幸福的。

小七看着边美珍，眼眶渐渐有点发红，急忙勉强地笑了笑，道："妈，我前段时间工作有点忙，好长一段时间没回来看你，对不起。"

边美珍发自内心地笑着，关心地问道："辛苦吗？"

"还好。"小七不忍心看她期盼的眼神，低下头继续说道："妈……我可能，可能没办法回来住了。"

边美珍听到之后，失望的情绪立马显示在了脸上："不回来住了？"

小七赶忙安慰她，跟她解释道："工作的地方太远了，我要每天回来住不方便。但是我会经常来看你。我答应你。"

边美珍用力地点点头，叮嘱小七："那你好好吃饭，妈妈好好吃药。我一直等你……"

边美珍想了想，伸出了小拇指，小七立刻会意，也伸出小拇指跟她拉钩。边美珍脸上露出了笑容，她看了看桌上盘子里和碗里的瓜子仁，犹豫了一下，将那个碗推到了小七面前。

"那，这个给你吃。"

小七眼眶有些泛红，抓起一大把瓜子仁塞进了自己嘴里。

他最后赶在金满福回家前悄悄溜走了。

小七又来到金燕工作的书店。

这个时间，书店没什么人。看见小七时，金燕只是惊讶，却没有敌意，定一定神，领着小七到书店角落的一张桌子旁坐下。

小七掏出了金燕给他的那条金项链，轻轻放在桌上。

"姐，这个还给你。"小七道。

金燕拿起金项链，握在手里。这声"姐"胜过千言万语，不管面前的这个人是谁，他还是她的弟弟，一个亲切的陌生人。

金燕有点尴尬地笑道："还不知道你的真名叫什么。"

"我叫小七，五六七的'七'。"

"好听！"金燕点点头，真诚地说。

转而一想之前种种，金燕酸楚地道："小七，你恨我吗？"等待答案的时间仿佛无限漫长，而那个答案她甚至又不敢去听。

"我知道你和你爸不一样，我不恨你，所以我今天才来找你。"小七道，"我有件事要告诉你。"

不等她问，小七立刻又说："我还是小杰的时候，你爸说过要让我去分厂，知道我为什么不肯去吗？"

"为什么？"

小七表情严肃，双眼眨也不眨地望着金燕，沉声道："因为我看到你爸换掉了妈吃的药。我不能走！我得保护她！"

金燕一声低呼，不知为什么，她完全没有怀疑小七的话。

"现在我不是边杰了，也不能守着她了，但是你能。"小七恳求道，"我想求你替我，也替边杰，照顾好她。"

金燕向小七保证："我会照顾好妈妈。"

"行，那我会来这里找你。"

说罢，小七转身离开了。他还有更重要的事情……

金满福为什么要换药？他想害边美珍吗？这些问题金燕不想考虑，或者她根本不敢考虑。和小七见完面后，她一整天心事重重，好不容易下班回到家，先喂边美珍吃药。

那是她刚去医院开的药，一回来她就把旧的药扔了。

下班回家的金满福，照例先来看望妻子，在边美珍房门口却听到金燕对边美珍说："妈妈，要记得按时吃药，吃燕子、弟弟给的药，别的药不吃。这是咱们三个人的秘密，不要告诉别人哦。"

金满福看见垃圾篓里的药片和药瓶，似乎明白了什么，道："燕子，跟我来一下。"他说完走了出去。金燕抿了抿嘴唇，也跟了出去。

"一个来历不明的冒牌货，说我给你妈换了药，你就认定我在害她？"金满福不可思议地瞪着女儿。

金燕垂下头，低声道："他叫小七，我只是觉得，他没有说谎的理由。"

二人沉默了许久，金满福叹了口气，拉开抽屉，拿出一瓶维生素，道："这维生素，还是你妈走丢那次，那小子送我的，记得吧？"

"我记得，他买了好多保健品。"

"你妈老是说，治病的那些药，她吃了肠胃不舒服。"金满福道，"有一次我发现她偷偷把药换成那小子买的维生素，之后我就留了心眼，我只是把被她自己换掉的药又换回来了，仅此而已。"

金燕微微皱起了眉头，她半信半疑，还是没有抬头去看金满福。

金满福又道："燕子，听我句劝，如果你真的为那小子好，就离他远点，别再让他搅进这浑水里来了。"

金燕不置可否，说："爸，他有名字，叫小七，而且我相信他是真的在意妈妈。以后照顾妈妈的事，还是交给我吧。"她说完，走出了书房。

没能说服女儿，金满福脸色阴沉。

小七怕金满福害边美珍，金燕也怕。小七只是单纯地想保护边美珍，而除了边美珍之外，金燕还想保护金满福。

在书房简单的谈话，没有起到任何效果。小七虽然离开了，却依然影响着边美珍，甚至金燕，这是金满福不愿看到的。他想了又想，把金燕约到了一家小餐馆。

这家馆子虽然小，却已开了很多年，生意不见得有多好，半死不活，却依然开着。

饭馆很冷清，父女俩坐在角落的一张桌前，老板来来回回上了几个菜，都是简单的家常菜。

望着面前冒着热气的菜肴，金燕神情郁郁，幽然道："怎么想起带我来这儿了？"

"你还记得这里？"金满福声音温柔。

"小的时候，每次你跟妈妈吵完架，就带我到这里来躲清静。"金燕扯了扯嘴角，想笑一下，只是那笑容里满是苦涩。

"对不起，燕子，你那么小，就要承受这些，爸爸对不起你。"金满福歉然道。

他疼爱地给金燕夹菜，金燕满腹心事地拿起筷子，低头不语。在这里的那段时间，对父女俩来说，并不是什么美好回忆。

"记得刚离婚那会儿，正是我创业最难的时候。"金满福叹道，"可是再苦再累，不管我几点回家，总能吃上一口热饭，还有一个乖巧可爱的女儿过来帮我捶捶腿，揉揉肩。燕子，你那时候才上小学啊，懂事得让人心疼。"

金燕神色哀伤："那个时候，我知道你只有我了，我也只有爸爸了。你那么辛苦都是为了我。"

听她这么说，金满福欣慰地喝了口酒，他已很少喝这样廉价的酒了，辛辣的味道就像那段艰难的过往。

"其实爸心里总觉得亏欠你，所以离婚之后，我想再给你一个幸福美满的家，可是又怕你被后妈欺负。直到遇见了边美珍。"金满福沉重地道，"那时候，你每天放学后到厂子里来找我，没吃没喝，一直等我下班。美珍是厂里的普通女工，没人让她那么做，但她就是默默地把吃的喝的，只要他儿子有的，都多带一份给你。要不是你喊她妈妈，我还真下不了决心跟她结婚。"

想起过往，金燕微笑了一下，道："她是个好妈妈，她把这个家照顾得很好。"

她想起边美珍刚刚带着边杰来到自己家的时候，还是那个小楼，还是那个院子。那是花草盛开的春夏之交，年轻的金满福带着自己站在门口，满脸笑容，又难掩紧张地等待着边美珍。

没一会儿，温柔的边美珍穿着崭新的衣服，牵着稚嫩的边杰走了过来。

金满福连忙迎上去："美珍，小杰！"又回头招呼金燕："来，燕子。"

那时金燕才十岁，她走上前，露出大大的笑容，脆生生地叫道："妈妈，弟弟。"

闻言，两个大人都开心地笑起来，边美珍连声答应着，给金燕整理着歪歪扭扭的小辫子。她又拉过五岁的边杰，道："小杰，叫爸爸。妈妈在家怎么教你的呀？"

边杰抬起小脸，迟疑地看着金满福，支支吾吾地道："嗯……嗯，金叔叔……"

这让边美珍和金满福有些尴尬。金满福牵过边杰的手，笑呵呵地道："哎，没事儿，来日方长，来日方长。"

生活好像就从这一天走上了正轨。在金燕的印象中，虽然边杰一直没有叫金满福爸爸，但他们的关系却一直不错。

她还记得没过多久，他们这个新组成的家庭一起去拍全家福。金满福和边杰嘻嘻哈哈地打闹，贤惠的女主人边美珍正给自己扎头发。

她边梳头边道："别闹了你们！老金你赶紧给小杰整整新衣服。燕子，你看他俩皮不皮？"

金燕幸福地看着，满脸微笑。

扎好头发，整理好衣领，边杰、金满福在身边站定，边美珍左右打量着一家人，满意地站好，微笑面对镜头。

"一、二、三，茄子！"

镜头定格在一家四口幸福的瞬间。金满福、边美珍站中间，边杰、金燕分列左右。

不幸的家庭各有各的不幸，从那以后，他们则脱离不幸，成为幸福又平凡的一家四口——金燕一直这么认为。

尤其她和边美珍的关系非常好，甚至远远超过她与亲生母亲的关系。自父母离婚后，她再也没有见过生母，母亲的样貌在她脑海中早就模糊了。可是，她依然记得在自己十六岁的一天下午，边美珍坐在桌前的模样。

她手里拿着一个小瓶，正用一个小木棒捣瓶子里的花瓣，挤出花汁。那时金燕正背着书包，放学回家。

边美珍向她招了招手，有点调皮："燕子，来，手伸出来。"

金燕听话地伸出手，边美珍拿起一个小刷子，蘸着瓶子里的花汁，给金燕涂指甲。正逢夕阳西下，窗外的天空有大片大片的彩霞，绚烂无比。

不一会儿，十个指甲都涂好了，边美珍轻轻对着金燕的手吹了吹。

"好看吗？"

学校不许涂指甲，可是十六岁的少女哪有不爱美的，那正是晚霞一般的颜色。金燕雀跃地道："好看！妈，这指甲油你在哪儿买的？"

边美珍笑了起来："什么指甲油啊，这是妈自己做的。"

"用什么做的？"

边美珍指了指窗外："就是外面那些凤仙花啊。"

金燕夸张地瞪大了眼睛，压低声音道："你把爸的凤仙花掐了？老头儿回来会发飙的。"

可是边美珍满不在乎地摆摆手："哎呀，他一天到晚忙得晕头转向，少个一朵两朵看不出来，咱不告诉他。"

金燕看着边美珍，捂着嘴狡黠地笑起来，像个分赃的小贼。她拿过边美珍手里的小瓶子，道："来，我给你涂。"

她是他们班上第一个涂指甲的女生，也是唯一一个涂了指甲却没有挨骂的。

这时，金满福的一声叹息把她拉回了现实。"美珍是个好女人啊！"不知想到了什么，金满福惆怅地叹道。

金燕默默点了点头。

"燕子，你说我有什么理由害美珍？她是我媳妇儿，她是你妈，我害她是图啥？你难道还不相信爸爸吗？"金满福情绪渐渐激动起来。

金燕用勺子搅动着面前的汤，红了眼眶，哽咽道："这个家曾经很幸福，可是一切都被我毁了……"

"已经发生的事情谁也改变不了。燕子，只要你在，我在，我们就还有家。"金满福怜爱地看着她，柔声道，"你要相信爸，你比我的命更重要，我做的一切都是为了你，为了我们，为了这个家。"他说着，给金燕擦去眼泪，金燕不再说话，默默点了点头。

以金满福对女儿的了解，这件事应该就这么过去了。这孩子太单纯，心太软，对谁都极易产生感情，所以把边美珍当作亲妈，把边杰当作亲弟弟，就连那个冒牌货也……

不知道刚才女儿想起了什么，但应该都是过去的美好回忆，而自己想起的过去……

像往常一样，金燕站在床前喂边美珍吃药，边美珍嘴里喃喃着："小杰，小杰，我的小杰什么时候才能回来啊？"

"妈，小杰在外地分厂呢，他在那里干得特别好，忙得抽不出身。"金燕柔声道，"你乖乖吃药，小杰回来看到你病好了，会更高兴的。"

边美珍拿着金燕递来的药片，磨磨蹭蹭地没将药往嘴里送。突然，门外传来轰的倒地声。

金燕顾不得监督边美珍吃药，急忙跑了出去。

客厅空着，她跑到金满福的房门口，赫然看见金满福摔倒在地上。他扶着椅子想要艰难地爬起来，但没成功。

见状，金燕脸色大变，大声道："爸！"

金满福被送进医院，最先得到消息的是王士涂，是医生给他打的电话："王警官，我是二院的林医生，您之前不是交代我，金满福再来的时候让我通知您。"

"他去医院了？"王士涂意外道。

医生说："胃出血，正在做详细检查。"

金满福的情况不太好。医生拿着金满福的胃镜检验报告和血常规报告，仔细查看。金燕扶着脸色苍白的金满福，在旁边一脸担心地等着医生的结论。

"胃出血引起的贫血。我的建议是，住院治疗。因为胃部溃疡的面积已经很大了，出血量比较多，再发展下去可能要手术。"医生道。

金燕眼圈顿时红了起来，哽咽道："爸，你……"对于此时的金燕来说，猜忌、怀疑都抛在脑后了，没有什么比金满堂的身体更重要。金满堂为她和这个家付出了太多，她又有什么理由去怀疑呢？

比起杜一，杜父更加胆小心虚。杜一没回来之前，他谨小慎微；自从杜一回来，警方又找到王帅的尸骨后，他更是每天都战战兢兢。

现在，他拿出家里存钱的饼干桶，从里面掏出一块旧手绢打开。里面的钱有零有整，大钞是少数，多的都是毛票。除了纸币，他又翻转饼干桶，只听一阵稀里哗啦，倒出了不少硬币。

坐在他对面的是个戴着眼镜的男人，他看着桌上的钱，皱了皱眉头，又翻着眼睛看杜父。

杜父在浑身上下的口袋里翻找，又翻出了几张钞票，也拿出来放在桌上，然后将钱全都推到眼镜男面前，脸上带着讨好的笑容。眼镜男这才不紧不慢地拿出一份协议，不耐烦地啪一声拍在杜父面前，指了指协议上签名的位置。

于是杜父急忙拿起笔在协议上签名，又用手指头蘸了一下印泥，将手指头放在嘴边哈了点气，在协议上按了手印。

这些年风吹雨打的，也不知修了几百辆车了……不，远远不止几百辆，可能，有上万辆了吧。挣钱实在不容易，花钱又总是太快。眼镜男走后，杜父对着桌上空了的饼干桶发了好一阵呆，看着空无一物的桶，心里仿佛也被掏空了一样……过了好久，他才缓缓盖上了盖子。

这时，房门被不客气地打开，杜一走了进来。

见他回来，杜父略僵硬地招招手："回来了？有个大事跟你说。"

杜一站着没动："你能有什么大事？"

"你之前不是说，咱们换个地方过日子吗？我想通了……"

还没等他说完，杜一便嗤笑一声，嘲讽道："你想通有个屁用？该到手的钱又没到手。"

"钱，钱我有，"杜父道，"我用钱买了两张船票。"

杜一斜眼看了他一下："什么船票？"

"前几天有个老主顾跟我说，他有路子安排人去东南亚工作，那里有大工厂招人。我想着，咱既然要走，干脆就走远点。"杜父解释道，可不知为什么，声音越来越低。

"老主顾？"杜一挑眉道，"谁？骗子吧？"

杜父脸一红，争辩道："咋能是骗子呢？要签好几份合同呢。"

杜一眯着眼走近："真的假的？"

杜父回避儿子的眼神，低声道："我们是老朋友了，他不会骗我的，而且，钱、钱也不是一次给的，分两次。"

"钱给了多少？"杜一皱眉道。

"这些年，我攒了点，都……"杜父有些心虚，连忙又道，"不过人家说了，那边的钱好赚，咱从头再慢慢攒。"

"老杜，转性了？这么大的事眼都不带眨的？不像你啊。"仿佛不认识父亲了一般，杜一夸张地道。

"我怕再不走，你走不了了。"杜父看着儿子，担忧之色溢于言表，"你、你根本就不该回来！"

也许是吧，杜一仿佛也被触动了似的，神色难得有些认真，他道："你倒不如说，三年前的那些事根本就不该发生。这是我家，我凭什么不能回来？"

　　不该发生的也都发生了，不该回来的也回来了，可是回来之后呢？杜一没想那么多。他接着道："谁愿意东躲西藏？谁不想安安稳稳过日子呢？可是我不像你啊老杜，有些事你能忍，我忍不了，有些事做了，就得扛着，这就是命。"

　　如果这是他的命，那他就得认。

　　杜父的心情更加沉重，低着头，一言不发。杜一似乎意识到自己说得有些多了，又换上了那副玩世不恭的表情："哎，我说，那我要是不去，你那钱还能要回来吗？"

　　"这、这咋能不去呢？"杜父立刻慌了，"我都签了字的！我，我和你一起走。"

　　父亲的确是窝囊了一辈子，可不知为什么，此刻听到"一起走"这三个字，杜一莫名觉得有些安心。

　　他已经很多年没有这样的感觉了。

　　虽然是去国外，但背井离乡这事，他又不是没干过。人离乡贱，不管是去外地，还是外国，都是一样贱。

　　和上次不一样的是，这次不是仓皇逃窜，他还可以跟人道个别。

　　他来到金燕工作的书店，店里没什么客人，金燕正坐在椅子上看书，她半天都没翻一页，只是愣愣地盯着书页出神。杜一随手拿了几本书放在收银台上，问："多少钱？"

　　金燕抬头看到是杜一，有些意外，马上，眼中又浮现出冷漠和厌恶。她极快地算出了图书的总价，向杜一报价，一脸等着他赶紧付款走人的样子。

　　见状，杜一不由尴尬道："我不是来买书的，是专门来找你的。"

金燕别过了脸，冷淡地道："有什么事就说吧，别影响我工作。"

"我明天一早就要出国了。"

"出国？"金燕果然有些意外。

杜一故作轻松地道："去东南亚。你们家有钱，你爸也没带你去国外转过吧？"

金燕没说话，气氛有些尴尬。杜一局促地清清嗓子，鼓足勇气继续说："我走了，可能就不会再回来了。我……"他不知该怎么说，从包里掏出一个首饰盒递向金燕。

"留个纪念吧。"

金燕没去接首饰盒，道："我跟你又不熟，没什么纪念的必要吧？"

"我、我就是觉得……这个发卡挺适合你的。"杜一说着，打开了首饰盒，里面是一个金属做的蝴蝶发卡。

"我不要！你给别人吧！"金燕冷硬地说。

"燕子，我没别的意思，我只是想送给你个礼物。"杜一坚持递过去，"我明天就要走了，也不知道什么时候能回来，你就收下吧，希望你别忘了我。"见金燕不接，他把蝴蝶发夹硬塞到金燕手里，金燕尴尬无比，立刻松手。蝴蝶发夹掉在地上。

看着地上的蝴蝶，杜一失望地将其捡了起来，又朝着金燕看了一会儿，失落地向外走去。

没想到刚走到书店门口，正遇到小七走进来。一见杜一，小七脸色立刻沉了下来："你来干什么？"

杜一骂道："关你屁事啊！你个冒牌货整天上蹿下跳个什么劲儿啊？他妈哪儿都有你！"说完用肩膀挤开小七，扬长而去。

此时金燕也迎了上来，疑惑道："小七？"

小七回头看了一眼，问："他怎么来了？没找什么麻烦吧？"

"没有。他说明天要出发去东南亚打工了，是来向我告别的。"

小七脸色一变："什么？他要去东南亚打工？明天一早？"

小七觉得事情严重，急忙追了出去。

被金燕拒绝的杜一满脸沮丧地回了家。他郁闷地坐在房间里，发了一会儿呆，然后掏出钱包，最里面的夹层里有一张底片，对着光细看，上面是一个女子，那女子身段曼妙，却只有背影，看不见面目。

她是金燕。

杜一还记得那一幕，金家的卫生间的窗户飘出哗哗的水声和雾气，金燕正在洗澡。而卫生间的窗外，杜一痴痴地看着。

浴室里的女人被包裹在水雾之中，朦朦胧胧，又像发着光，杜一仿佛连呼吸都忘了。不知看了多久，他突然回过神来，意识到自己手里拿着一个傻瓜相机，便慢慢举起相机，咔嚓一声，对着窗户按下了快门。

现在，他看着手里的底片，恋恋不舍，但还是掏出打火机，慢慢将手里的底片点燃。

他看着那团小小的火焰，又从口袋里拿出没送出去的蝴蝶发夹。

"再见了。"他喃喃着道，声音悲凉又沧桑。

他已做好再也无法和金燕见面的准备。但是，如果他真杀过人的话，警察是绝对不会让他逍遥法外的。

秦勇在档案室中翻看着已经微微泛黄的 417 失踪案相关资料。翻着翻着，目光突然被一张杜一和杜父的合影所吸引。

照片里，杜父和杜一各自伸出了那只长有六根手指的右手，杜父笑得很开心，杜一却一脸不情愿。翻过照片，下一页是杜父的家庭住址和电话号码等信息。

这些信息他和王士涂已经看过很多遍，几乎都能背下来了。秦勇正要将这一页也翻过，却突然想到了什么，又翻了回来。

盯着上面的电话号码看了一会儿，秦勇猛地站起来，拿着资料匆匆走了出去。

他步履匆匆地走进王士涂办公室。"老王，我发现个问题。"说着，将手里的资料推到王士涂面前，指着杜父家的电话号码。

"杜一家，三年前就有电话对吧？"

"对。"

"他的经济条件那么差，为什么会装一部固定电话呢？"秦勇又问。

小张也在王士涂的办公室里，他拿起资料道："杜元宪说装电话的钱是杜一出的，方便老客户临时联系他修车。"

秦勇的眼睛亮了亮："三年前你们登记这些资料的时候，杜家的电话号码还是五位数，但是杜元宪最新留的联系方式是一个七位数的新号码，他在这三年里换过号？"

"我想想啊，这三年里，照阳的固定电话进行过两次升位，号码从五位数变成了七位数。"小张琢磨着道，"而且升位的方法非常复杂，地县区号也改成了长途区号。所以升位之后，杜家的电话等于换了一个新……"说到这里，他突然停住，似乎想到了什么，立刻大声道："还真有问题啊！杜元宪家的私人号码在黄页上查不到，杜一回来之前，怎么能准确地拨通家里的电话呢？"

"哎！开窍了啊！"王士涂赞道。

"所以杜一在说谎！"秦勇道，"升级后他确实只打过一次电话，但是升级前，没准儿他跟他爸频繁联系。杜元宪也隐瞒了这一点！"

"我以前怎么没想到呢！"小张也激动起来，"如果真是这样，那杜元宪会是个很好的突破口，他不会像金满福这个老狐狸一样那么难缠！"

王士涂点头道："明天一早，咱们先去电话局，看看能不能查出点什么。"

就剩这最后一个晚上了，到了明天，杜一就能彻底摆脱这个城市以及在这里发生的一切。今晚的杜一本应该好好在家待着，安静又低调地躲过这最后几个小时。

但他不知道以后的事，所以他没有。

此刻的杜一正在夜市里最热闹的烧烤摊上。一桌好几个人，杜一和"大头"以及其他几个混混围坐在一起，正在吃着烤串，推杯换盏。

地上的空酒瓶子已堆了不少，"大头"喝得脸色发红，举着酒杯大声道："六哥，你这才刚回来多久啊，怎么说走又要走啊？"

旁边一个混子接着道："就是，哥几个还打算以后跟你混呢。"

杜一笑了笑："照阳这屁大点的地方，能混出什么出息来？猛龙得过江，知道不？"

"你是要去哪个国家啊？""大头"问。

杜一犹豫了一下才道："反正肯定是发达国家，人往高处走嘛。来来来，喝酒喝酒。"

此时，小七发现了杜一。他拿起公用电话，果断报警："喂，110吗？夜市大排档，有人打架斗殴。"

众人酒意正酣，谁也没留意小七什么时候也来到了路边摊。他盯着杜一的背影，悄悄走了过去，经过一张桌子的时候，顺手抄起了桌上的一个空酒瓶，然后毫无征兆地将酒瓶砸在杜一头上。

杜一顿时惨叫一声，捂住脑袋跳了起来，其他几个混子霍然起身。"大头"一眼认出了小七，大叫道："是你！又他妈是你！"

小七看着杜一冷笑："是啊，哪儿都有我啊。"

"大头"想要冲上去，却被杜一拦住，他盯着小七，眼神凶狠地问："你想干什么？"

小七冷笑一声："我听说你要出国了，恭喜啊。"

杜一脸色铁青，极力保持着冷静。他掸了掸自己头发上的玻璃碴子，咬牙道："那我谢谢你。"

"杜一，你现在怎么这么屄啊？"小七盯着杜一，一字一字地道，"跟你爸一样废物。"

一听他提到父亲，杜一眼睛顿时红了，抄起地上的马扎就向小七冲去，"大头"和几个混子也一起向小七扑了过去。

仿佛早就知道会这样，小七转身就跑，却不跑远，绕着几张路边摊的桌子跟杜一等人兜圈子，不时拿起酒瓶砸向对方，顺手掀掉几张桌子，很快将路边摊砸得一片狼藉。路边摊老板想要阻拦却不敢，急忙跑到旁边的公话亭打电话报警。

对峙中，杜一等人绕了几圈也没抓到小七。只听杜一呼啸几声，几个混子分散开来围堵小七。小七所有的退路都被封住了，终于被杜一几人抓住，然后就被按在地上围殴。杜一边骂边打，很快，被众人拳打脚踢的小七头破血流。

一辆警车从远处驶来，两个民警跳下车，向围殴小七的"战团"奔去。

"警察！住手！都别动！"

杜一等人见状想跑，满脸是血的小七却死死抱住了杜一的腿，杜一的拳头狠狠往小七脸上"招呼"，但小七就是死活不肯放手。"大头"和几个混子四散奔逃，有一个民警去追，杜一和小七则被剩下的民警按在了地上……

最后，双双挂彩的小七和杜一都被关进了牢房，那是派出所关押嫌疑人的临时牢房。他们二人被关在相邻的牢房，隔着栏杆，都神色不善地盯着对方。

"为什么故意找我麻烦？"杜一恨恨地道。

"你差点让我当了替死鬼，不会以为这事就这么过去了吧？"小七瞥他一眼。

"想让你当替死鬼的是金满福，跟我有什么关系？"

也不跟他争辩，小七冷冷地道："跟你没关系是吧？那就要看警察查到什么了。"

杜一顿时恼羞成怒，伸长胳膊对着小七一顿乱抓，大骂道："你他妈再说！你个死冒牌货，天天盯着我！不给你点教训，我他妈就是你孙子！"

小七也毫不退让，伸着胳膊回打杜一，隔着栏杆，二人打得不可开交。

"都给我住手！"不知从何处传来一声暴喝，二人受惊停手，只见黑着脸的王士涂和秦勇跟在一位民警身后匆匆赶来。

一见他来了，杜一抢着道："王警官，你好好管管这个冒牌货，他三天两头找我麻烦！今天我正吃着饭，他上来就打，也不知道发什么疯！"

"别吵！"秦勇喝道，"杜一，你先跟警察同志去做笔录说明情况！"

民警打开牢房门，杜一不服气地跟着离开了。

不用说，秦勇和王士涂也知道是怎么回事。秦勇指着小七训斥道："还真长本事了你！什么都敢管，你看给你王叔气的……"一边说着一边观察王士涂的脸色："好好给你王叔道个歉。"之后走到王士涂身边小声劝解他："孩子为你好，没白疼。好好跟他说话，认错就行了。"说罢，走出去，将空间留给二人。

剩下的小七看着王士涂，低低叫了一声："王叔……"

王士涂目光严厉地紧盯着小七，斥道："胡闹！为什么要找杜一打架？"

小七狡辩道："我就是在路上看见他跟人喝酒……"

话还没说完，王士涂厉声道："还撒谎！自作主张去找杜一，还砸了人家的摊子！还有你不敢干的事吗？我现在管不了你了是吧？"

小七索性承认道："他要跑，他肯定有问题！我是想帮你……"

"我用得着你帮我吗？"王士涂怒道，"你当我们警察都是吃干饭的？他一个重大嫌疑人，想跑我们就能让他跑了？你上次自作主张跑到河溪，我还没找你算账呢！有勇无谋，耍小聪明，猪脑子！"

"我那是智取！"小七赌气道。

"智取？"王士涂给气笑了，"你取下来了吗？杜一是什么人你不知道吗？你去找他的麻烦，他狗急跳墙也给你一刀怎么办！"

那他就更跑不了了。小七在心里嘀咕着，扭过头不说话。见他不服，王士涂叹了口气。

"我是不是把他留住了？"小七委屈地继续说，"我都立功了，你还关我！"

"立功归立功，你这是寻衅滋事……你今晚就待着吧，别走了。"王士涂嘴上说得严厉，其实早就已经心软了。

小七问王士涂："有没有葱油拌面啊？"

"要不要再来个烧鸡？"王士涂问道，"你还点菜！这什么地方？没有！"

小七看他刀子嘴豆腐心的样子，也不说破，而是继续撒娇道："我饿了。"

王士涂可听不得这句，马上站起来往外走，还嘴硬道："我去食堂看看，我也饿了。"

小七没忍住笑出了声，王士涂嘴上说："笑什么，我肯定不会给你打饭的。"但是嘴角上扬，根本压不住。

王士涂出去打饭了，留下小七一个人在审问室。

又一次身在牢笼，但这一次，小七选择相信王士涂。

不管怎么说，杜一被关在派出所，总比在外面强。小七的计策虽然笨了点，但是有效。

暂时不用担心杜一了，秦勇和小张在办公室里盯着一份文件。

"那个号码的通话记录真的查不到吗？"秦勇问。

小张摇头道："电信局的程控设备是老式的，查不到通话记录，只能提供他近一年来的话费单据存根。"

秦勇接过小张手里的话费单据，迅速地一张张浏览，喃喃道："杜元宪很少打电话呀，每个月的话费基本上都是租机保号的最低资费，看来这是个只接不打的电话。"

小张凑近了，指着单据道："但是您看这几个月，是有长途资费的。"

"他这个长途资费那么少，查一下通话时间大概是多长。"

小张翻阅着单据看了看："都没超过一分钟。"

"如果他是在跟杜一联系的话，通话时间不该这么短呀。"秦勇皱眉道，想不通杜家父子是如何联系的。

王士涂独自来到杜一家门外，他深吸了一口气，整了整自己的头发和衣服，敲响了房门。不一会儿，愁眉苦脸的杜父打开了房门。

引着王士涂进了屋，杜父隐隐焦急地瞟了一眼墙上的表，道："王警官，你们怎么又把我儿子抓了？他也没干啥坏事，什么时候能被放出来啊？"

王士涂观察着杜父的表情，他敏锐地扫视了一圈家中的陈设，并故作自然地走到杜一的房门口打量，道："老杜，我听说杜一要出国打工？"

杜父一惊，急忙闭上嘴不说话了。

见他这副样子，王士涂语重心长地说："老杜，我也不绕弯子了，我今天过来就是为了杜一的事。之所以让他接受调查，是因为王帅那个案子，我们发现了一些新的证据。"

杜父脸色微微一变："啥新证据啊？"

王士涂不答，却突然拿出传呼机看了看："能用一下你家的电话吗？"

杜父不太情愿地嗯了一声。没想到王士涂走到电话机前，直接按下了免提键，然后按了回拨键。等待音之后，电话里传来一个女声："你好，这里是晋达电讯，请问有什么可以帮您的吗？"

听到这句话，杜父脸色大变，腾地站了起来。

王士涂对着电话机道："你们是塔县的传呼台，对吧？"

"是的。"

随后王士涂没再说什么，直接挂断了电话，转身看着杜父，缓缓地道："你平常几乎不打电话，所以电话机里还留存着你最后一次给杜一打传呼时的号码。这三年，你们一直是通过这种方式联系的吧？"

王士涂观察着杜父的脸色，叹道："老杜，我一直不觉得你是个会说谎的人，出乎意料啊。"

杜父支支吾吾地道："我只打过一次，这不犯法吧。"

王士涂没有继续追问，走到桌前重新坐下，顺手拿起了桌上的一个唐三彩奔马摆件，道："你属马，我记得这个唐三彩，是王佳她妈送给你的吧。"

杜父嗯了一声。

"这三年哪，我向她保证过无数次，王帅的事我会给她一个交代。

可是直到她走,她都不知道究竟是谁害死了她的儿子。"王士涂说着,看着杜父。

而杜父躲开了王士涂的目光,深深的悲伤爬上了他的脸。

"说实话,我早就想去她的墓地看看,但是……没脸去。"

王士涂温言道:"老杜,你要是知道点什么,就该可怜可怜她,让她死个明白啊。"

杜父没有说话,身体却明显地抖了一下。

见他神色松动,王士涂继续道:"你知道王帅怎么死的,是吗?"

杜父则立刻换上了防备的神色:"我不知道。"

王士涂观察着他的反应,知道自己说中了,继续道:"那我跟你说实话吧,我知道你安排了杜一坐船走。被抓和自首是两码事,现在还有的选。"

说到这里,他缓和了语气:"老杜,劝他迷途知返,投案自首吧。"

然而杜父霍然站起,从旁边柜子里拿出那个陈旧的银酒壶,打开,仰起脖子咕嘟咕嘟灌进去半壶。杜父双眼瞪着王士涂,冷冷地道:"那我问你,如果你儿子犯了法,你会举报他吗?"

"你知道,我的豆豆十二年前就丢了,现在在哪儿我都不知道。"王士涂沉声道,"我,是个不称职的爹。"

杜父冷笑一声:"你儿子丢了,你怎么会知道,一个当爹的,是怎么一把屎一把尿把一个小不点儿拉扯成现在这样一个一米八大个子的。"

王士涂还想说什么,却被杜父打断:"你胡说八道!我跟你没啥好说的,你走吧!"

说完他指着门口,冷漠地道:"走!"

天已经亮了起来,牢房外墙上的挂钟滴答滴答,指针一圈一圈地转动，太阳越升越高。杜一起身走到门口，用力拍着铁栏杆，大喊道："喂，有人吗？来个管事的啊！"

不多时，小张和一位民警走了进来。

"杜一，你真是关在哪儿都不老实！叫唤什么呢！"

"张警官，你帮我去问问他们还要关我多久啊，都快十二个小时了。"杜一说着，指着小七，"明明是他先挑事儿的，那么多人都看见了！你们把我关这么久几个意思？各打五十大板啊？"

"你们这叫互殴，知道吗？"小张道。

"他拿酒瓶子砸我，难道我只能等着挨揍？"杜一指着自己脑袋叫道，"我这是正当防卫！"

"要不然你们签字和解。"小张道。

"那不行！我白挨打了？赔钱！"

小七把头一扭，道："我没钱！都耗着吧。"

杜一恨恨地瞪着小七，恨不得扑上去咬他。要是目光有杀伤力，此刻小七肯定已经被揍得生活不能自理了。

然而如果目光真能伤人的话，杜一自己何尝不是早死个几百回了？

"行，算我倒霉。"杜一咬牙道，"我愿意签字和解，这样我可以走了吧？"

民警掏出钥匙打开了铁栅栏门。小张道："走吧！别再惹事了啊！"

杜一走之前还不忘对小七做了个挑衅的手势。

早知道就关这么会儿，就应该在今天他临跑路之前去揍他！小七暗暗咬着牙想着。

他抬头问小张："你就这么让他走了？那我呢？"

"他能走你不能走，你是寻衅方。"小张道，"还有啊，你砸了人家店里的东西，我师父得赔进去半个月的工资，我一会还得给你交罚款去呢。"

"那、那王叔自己怎么不来？"

小张没好气地道："他现在不想看见你呗！"

此时的王士涂刚刚走出杜家的门。一晚上过去，还是没说服杜父。王士涂满脸沮丧，他向前走了几步，回头向楼上杜一家窗口的位置望了一眼，随即长叹一声，快步离开。

所谓真相

杜父面沉似水地坐在桌前，酒壶放在桌子上，他怔怔地看着酒壶，大口灌下壶中的酒。桌上的电话响了起来，他充耳不闻。

派出所门口的公共电话亭里，杜一手里拿着电话听筒，可是电话无人接听，杜一顿时焦急起来，他甩开听筒，拼命跑了起来，引得路人纷纷侧目。

酒壶已经空了，杜父摩挲着陈旧的银酒壶。他走到柜子前，打开柜子抽屉的锁，拿出一张船票，然后将其放在了桌上。

等到杜一气喘吁吁地跑回家，家里已空无一人，桌上放着一张船票和一张纸条。

上面是杜父的笔迹：儿子，你要相信爸。

杜一读完脸色大变，桌上的电话响了起来。

"喂？"杜一一把抓起了电话。

电话里传出一个陌生男人的声音："杜一吗？车已经到你家巷口了，就等着你一个人呢，你到底走不走了？"

杜一一怔，不知该如何回答。此时，杜父却已经来到公安局门外，他抬头看了看办公楼上庄严的警徽，随即整了整自己的衣服，走了进去。

"王帅是我杀的，跟我儿子没关系。"杜父对警察说。

坐在他对面的小林问他："你为什么要杀害王帅？"

"你也知道，我们家本来就不宽裕，全靠我修自行车过活。"杜父面容惨淡，颤声道，"那两个小混蛋，天天拉着我儿子玩游戏机，欠了一屁股高利贷。我说了好几次让他们离杜一远点，他们就是不听！我就想，把他们骗到青龙山上都宰了！"

"你的意思是，边杰也被你杀了？"

"那小子机灵，提前跑了，我只杀了王帅。"

"杀完人之后，你都做了什么？"

"我偷了人家一条狗宰了，又把狗埋在王帅的尸体上面，这样尸体不容易被你们发现。"

"难道你就不怕逃走的边杰告发你？"

"咋不怕？我是打算杀他灭口，然后一起埋了的。可是找不到他人，我有啥办法？"

直到这时，坐在旁边的秦勇才开口道："老杜，我得提醒你，做伪证帮不了任何人，还会害了你。杀人犯法，做伪证同样犯法。"

杜父道："我知道。我懂法，我没做伪证，我说的都是实话。"

"行，那我来好好问问你，"秦勇说道，"杀王帅用的是什么凶器？"

杜父回答："杜一那把弹簧刀。"

"可那把刀为什么会在金家呢？"秦勇又问。

"我找不到边杰，就想着陷害他，半夜把刀扔进老金家了。"

"你捅了王帅几刀？都在什么位置？"

"一刀，"杜父用手比画着，"肚子上。"

做记录的小林抬起头，看了杜父一眼。秦勇不动声色地问："那你又是怎么杀的那条狗？"

"也是用刀，抹脖子。"

小林道："我们一直没有找到王帅的书包，你扔哪儿了？"

杜父想了想，说："我在包里装上石头，扔水库了。"

"既然人是你杀的，杜一为什么离开照阳三年之久？"秦勇问。

"那跟杀人没关系，他是出去躲高利贷的。"

秦勇笑了笑："可是你儿子杜一说，王帅是边杰杀的。"

"我是他爹，他当然向着我，跟你们编瞎话呢。"杜父道。

秦勇意味深长地看着他，缓缓地说："那我怎么知道，你现在不是为了保护他在编瞎话呢？"

杜父眼中闪过一丝慌乱，声音都高了几度："人就是我杀的！我都承认了，你们还要怎么样？"

没错，就是这样的。快点把他抓起来，快点判刑，让他坐一辈子牢，或者干脆枪毙他！他还想到儿子，想到那张船票，他盼着杜一赶紧走，这件事赶紧尘埃落定……

但是杜一没有走。住宅楼阴暗的楼道里，他坐在台阶上，仿佛泥塑一般，手里拿着父亲留下的告别信。

这老头真是可笑，窝囊了一辈子，到现在才说什么爸给你担着……他怎么担？！他早干什么去了？！

杜一心中一酸，他立刻想起自己很小的时候被几个孩子围着，他那只长有六指的手上戴着连指手套，几个孩子起着哄想要将他的手套拽下来，杜一拼命将自己的手藏在腋下，撕扯中自己被推倒在地。

虽然那时候父亲很快赶了过来，欺负他的孩子也一哄而散，但其中一个孩子的父亲走过来似乎是问怎么回事时，父亲却笑着摆摆手表示没事。

他还记得自己当时的心情，无比失望。

是的，从那个时候起他就已经失望了，一直到现在。既然如此，他又为什么一直坐在这里，一直不肯走呢？

他好像累了，又像是在等什么。一辆警车驶到楼下，坐在台阶上的杜一抬眼看了警车一眼，连动都没动。

警车把杜一带到警察局，办公室里，王士涂给他倒了杯水。

"知道为什么没有直接拘你吗？"王士涂问。

"不知道。"

"今年多大了？"

杜一回答："二十一。"

"属兔。"王士涂想了一下说，"王叔到现在还记得，那年你爸带着你从外地搬到照阳的时候，你还是个小孩。王叔是看着你长大的，你小时候是个好孩子。"

王士涂站起来，走到杜一身边，跟他说："之所以不把你直接带去审讯室，是想给你一次自首的机会。"王士涂又淡淡地道："你爸来自首了，他的证词驴唇不对马嘴！很明显，他是想替你顶罪。"

而杜一嘴角泛起一丝冷笑，那老头还真这么干了。

"在照阳这么多年，我太了解你了。你把懦弱，把现实中的挫折都归咎于他，可是我佩服他作为一名父亲的勇气。你爸最在意的就是你，你就忍心看他不明不白地坐牢吗？"王士涂劝道，"我猜这三年你没睡过一天安稳觉吧。这次就算你逃去了东南亚，那你觉得你能逃过自己的良心吗？"

杜一脸上的冷笑渐渐消失。他拿起面前的水杯喝了一口，突然将水杯扔在墙上摔了个粉碎。像疯了一样，他摔完杯子，又一脚踹翻了椅子，掀翻了面前的茶几。

"他就是个尿货！没用的老头子，活该给人修一辈子自行车！活该一辈子被人欺负，被人看不起！"他歇斯底里地又摔又砸，声嘶力竭地骂着，"你们现在就枪毙他好了！他就是在我面前被一枪崩了，我连眼睛都不会眨一下！"

一开始小张想阻止他，却被王士涂拦住了。王士涂一动都没动，就这样静静地看着杜一发疯。

"你是这么看你爸的？可能在你眼里老杜是一个孬种，但是在我看来，他起码是一个合格的父亲！"王士涂看着杜一，严厉地说道，"但是你杜一呢？你根本不配做他的儿子！"

"你看你现在像什么样子？一步错，步步错！你才是孬种！敢做不敢当！"王士涂看了看手腕上的表，继续说道，"如果你是个男人，我想劝你珍惜最后的机会。留给你的时间不多了。"

又骂又砸地过了许久，杜一粗重地喘着气，终于停了下来。

王士涂依旧平静，缓缓地说："为了你爸，为了你自己。"

这句话就像是子弹，杜一被其击中，身体一软坐倒在了沙发上，他深深低下了头，将双手的十一根手指插进了自己的头发里，许久许久沉默不语。王士涂也没再说话，甚至连小张都保持着沉默。他们都在等，而他们想要的答案，已经呼之欲出了。

"人是我杀的，跟老头子没关系。"

"说吧，三年前到底发生了什么？"

杜一被带到审讯室，审问他的除了王士涂，还有秦勇和小林。

"是他自己找死。"杜一漠然道。

"你态度放端正点！把详细经过说清楚！"秦勇厉声道。

杜一抿了抿嘴唇，虽然仍有些不情愿，还是坦白道："出事前半个月，边杰玩游戏机上头了，让我去他家把他的照相机拿来换游戏币。我去的时候看见……"说到这里，不知为什么，他又停住了。

"看见什么？"

"没什么，我就试试相机好不好用，随便拍了张照片。"杜一别过了脸。

"拍的什么照片？"

杜一不想说，可是难免陷入回忆之中，说起来，都怪边杰。没错，都是边杰的错……

他还记得当时边杰输红了眼，死死盯着游戏机的屏幕。屏幕上的图案转得越来越慢，第一个停下来的是数字7，边杰的眼睛亮了起来。第二个停下来的也是数字7，边杰的呼吸开始变得急促。第三个图案终于缓缓停下，却是个苹果。

边杰恼火地砰一声一巴掌拍在游戏机上。前台的老板见状对边杰喊："喂喂，别把我的机器拍坏喽！"边杰掏出钱包又要买游戏币，却发现钱包已经空空如也。

杜一走过去对他道："又输光了？走吧，别玩了，看录像去。"如果那时候边杰跟自己走了，可能后面就没事了。杜一想。

然而边杰却一把推开了他，还气急败坏地说："我就不信今天一把都赢不了！"

"你不都没钱了吗？再说，你这个玩法，总押777，输多赢少不很正常吗？"杜一道。

边杰想了想，摘下挂在脖子上的钥匙，塞到杜一手里："我家这会儿应该没人，你去我房间，把书桌抽屉里那个照相机拿过来。"

"你爸过生日送你那个？"

边杰点了点头，走到前台对老板说："再给我拿两百个币，我把相机押你这儿，杜一一会儿把相机送过来。"

杜一不是第一次去边杰家，但是独自一人，还拿钥匙开门，怎么都有点做贼的意思。他在门外弄了半天才把门打开，随后，真如同小偷似的，探头探脑地走了进去。

刚一进屋，楼上传来关门声和下楼的脚步声，杜一一惊，急忙闪身到沙发后面躲了起来。

金燕拿着洗浴用品走下楼梯，走进了一楼的浴室，关上了门。杜一这才从沙发后面钻出来，赶紧蹑手蹑脚地上了楼梯。

他很快就找到了边杰说的相机，他来到院门前，正要开门出去，突然犹豫了一下，又转身向回走。神使鬼差地，他悄悄来到卫生间窗外，随后，慢慢举起相机，对着窗户按下了快门。

再然后，把相机交给边杰之前，他先取出了胶卷。

"后来我托朋友把照片洗出来，那张照片一直放在我钱包里。有一次我喝多了……"杜一对警察道。

这次，都怪王帅！

边杰酒量不行，喝了几杯就跑去厕所吐，王帅说要去看看边杰，跟着进了厕所。桌边只剩下杜一一个人了，他掏出钱包，拿出了那张金燕洗澡的背影的照片。

虽然只有背影，但是金燕连背影都很好看，肩背部处还有一个蝴蝶状的胎记。看着金燕照片的杜一，脸上出现了罕有的温柔神色，他嘴角微微上挑，带着一抹笑意。

等到他合上钱包的时候，一回头，却发现王帅不知道什么时候已经站在了他身后。

"干吗呢？谁让你看的？"杜一不快地道。

"那谁啊？"王帅挑眉问。

"我女朋友，你管得着吗？"

没想到王帅冷冷地道："燕子姐是你女朋友？"

杜一顿时有些慌，逃避般移开目光，不去看王帅。王帅接着说："那个胎记就是燕子姐的啊！她是你女朋友，不可能吧？这个照片一定是你偷拍的！我要告诉他们！"

杜一恼火地揪住了王帅的衣领，用自己的头狠狠撞了王帅的头，红着眼低声喝道："闭嘴！你找死吧！"

他大力揪着王帅不放，面目狰狞。王帅鼻子流血，被杜一的凶相吓得不敢出声。此时边杰摇摇晃晃地从厕所走出来，惊讶道："你俩，干、干吗呢？"

见他出来，杜一松开了王帅，又帮他整了整衣领，换上了一副笑脸："来来来，接着喝！"

"那张照片被王帅看见，就算是埋了颗炸弹，早晚要炸的。出事那天，我们从游戏厅出来，偷了人家一条狗，这些都是真的。只不过青龙山上发生的事，不是我以前说的那样。"

大树下已经点起了篝火，杜一三人围着篝火烤肉喝酒，明显都已经醉了。杜一和王帅因为买酒钱和游戏币吵了起来，剑拔弩张。

杜一怒道："怎么着，我这个大哥说话不好使了是吧？"

王帅脸上挂着嘲讽的冷笑："我拜把子冲的是边杰，你除了让边杰掏钱请客，什么时候拿我们当兄弟了？现在我赢两个游戏币你又惦记上了，有你这样的大哥吗？"

"行，我不配。"杜一道，"回头等你妈嫁给我爸，没准哪天你还得叫我亲哥呢。"

这句话刺激了王帅，他脸色发青，大声道："我们家人可不长六指。癞蛤蟆想吃天鹅肉，你跟你爹一样，都是癞蛤蟆想吃天鹅肉！"

杜一脸色一寒，厉声道："你再说一遍！"

王帅提高了声音叫道："怪胎想吃天鹅肉！"

杜一腾地站了起来，向王帅走了过去。见他真的发怒了，边杰急忙拦住他，劝道："好了好了，大家都是兄弟，干吗呢这是？王帅，你别这样跟大哥说话。"说着，将杜一往回推。

可是王帅含沙射影地笑道："你拿他当大哥，他可想当你姐夫呢。要不我说他跟他爹一样，都是癞蛤蟆！"

边杰一愣，杜一脸色大变，跳起来指着王帅叫道："你他妈给我闭嘴！弄死你信吗？！"

王帅丝毫不惧："怎么？敢做不敢当啊？"又转向边杰道："他钱包里藏着你姐洗澡的照片呢。"

边杰顿时瞪大了眼睛看着杜一。杜一尴尬地说："小杰，你别听他胡说八道。"

"把你钱包拿出来我看看。"边杰严肃地说。

杜一下意识地摸了一下裤子口袋。见他做贼心虚，边杰大吼一声："拿出来！"便朝杜一扑了过去，两人扭打起来。

不过边杰明显不是杜一的对手，没一会儿，便被杜一掐着脖子按在了树上。王帅见状也冲了上去，死死抱住了杜一。边杰趁机从杜一裤子口袋里掏出了钱包，一把弹簧刀也被从口袋里带了出来，掉在地上。

钱包里果然有一张自家卫生间里金燕洗澡的背影的照片。边杰的眼睛顿时红了，他将钱包往地上一扔，冲过去加入了王帅和杜一的战团。三人扭打着滚倒在地，杜一趁机将地上的弹簧刀抓在了手里。

边杰一拳打在杜一鼻子上，杜一鼻血横流，他恶向胆边生，按动按钮，啪的一声，刀刃弹出了。他执刀向边杰刺去，王帅见状，扑上来抓住杜一的手想要夺刀，却被杜一一刀刺进了胸膛……

空气好像在这个时候凝固了。杜一和王帅同时僵住，王帅震惊地看着杜一，满脸的恐惧和难以置信。就这样过了两三秒，他便如漏气的气球一般，软软地翻倒在旁边。

鲜红的血从他胸口涌出，血越流越多。杜一和边杰都呆呆地看着。

边杰反应过来，面如土色地喊了起来："杀人了！杀人了！"他手脚并用地爬起身想跑，此时杜一猛地冲过去将边杰重新扑倒，并将带血的弹簧刀架在了他脖子上，咬牙道："你敢跑，我就连你一起宰了！"

边杰吓得牙齿打战，哆嗦着道："别、别杀我，我什么都没看见。"

这，就是当时的真相了。

审讯室里，小林道："你上次说，是边杰和王帅发生争执，边杰杀了王帅，你是旁观者。"

杜一道："我瞎说的，真实的情况正好相反，是王帅说我拍了燕子的照片，边杰来抢，混乱中，我的刀扎中了王帅。后来，边杰要我把金燕的照片交给他，我就让他跟我一起埋尸体，然后回家拿钱。"

"我现在给你两个选择：第一，跟我有难同当，这事咱俩谁都跑不了；第二，跟他有难同当，我送你去跟他做伴儿。"当时杜一这么说。

边杰早就被吓傻了，颤声道："我都、都、都听你的。"

杜一这才拿开边杰脖子上的刀，两人站了起来。杜一将弹簧刀塞进了边杰手里，抓着他的手。

"来吧，我们有难同当！"杜一强拉着边杰来到王帅身边，抓着他的手向王帅捅了下去。

边杰怕极了，又不敢拒绝，只能用力闭上了眼睛。捅了王帅一刀后，杜一将弹簧刀拿了回来，这才放开边杰。杜一捡起了自己的钱包，命令道："把他埋了。"

"那你先、先把我姐的照片，还给我。"边杰结结巴巴地说。

杜一迟疑了一下，从钱包里抽出照片，递给了边杰。边杰看了一眼，赶紧把照片放在衣服口袋里。准备挖坑之前，杜一又道："坑挖深一点，先埋人，再埋狗。"

埋完人，下山的时候，杜一对边杰说："咱们先出去躲几天看看情况。如果警察很快找到他了，咱们互相作证，谁都没有作案时间。如果没找到，就说打完游戏机，咱们就跟王帅分开了，我带你出去玩了几天，不知道他去了哪儿。"

"那，我得先回趟家，拿点儿钱。"

杜一脸色一寒："你不会是想跟我要什么花样吧？"

边杰失魂落魄，仿佛马上就要哭出来："第二刀是我捅的，人是我跟你一起埋的，我还能要什么花样？"

"行吧，出去也确实需要钱。"杜一迟疑了一下便同意了。

两人继续向前走着，杜一有意落在了边杰后面。他掏出那把沾了血的弹簧刀，用衣袖垫着手擦掉了刀柄上的指纹，悄悄将刀从拉链缝隙中塞进了边杰的书包里。

"你是说，王帅总共被捅了两刀？"秦勇问。

杜一点点头。

王士涂对秦勇低声道："第二刀应该是没伤到骨头，所以咱们也没发现痕迹。"

"后来，我和边杰约好在金家附近碰头，但是我等到半夜，只看到了开车出去的金满福。"

王士涂问："你是什么时候第一次跟你爸联系的？"

"到了塔县大概半个月吧，我想打探一下王帅的尸体有没有被发现，这才知道我们仨都被宣告失踪了。"杜一道，"我只告诉老头子我犯事了，没说是什么事。后来我办了个传呼号，让他有急事的时候给我打传呼。"

秦勇问："后来你是不是跟金家父女也串过供？"

这次杜一摇了摇头："没有。我是在他们拿出那把刀、想整死冒牌货的时候，才觉得他们心里有鬼。后来冒牌货大摇大摆地回来了，我倒是去找过金满福，可他不愿意承认那天晚上见过边杰。所以我觉得这边杰是不是被他藏起来了。"

杜一笑了笑，又说："他还想给我两万块钱当封口费。所以最后见过边杰的人是金满福，不是我。"

秦勇和王士涂对望了一眼，王士涂微微点了点头。

"杜一，你这个年龄，本应该有大好前程等着你。但是你淡薄的法律意识，还有你的错误观念使你走到今天这一步。"秦勇道，"虽然你做过伪证，但是你今天主动交代罪行，认罪态度良好，警方会尽量为你争取宽大处理的，希望你继续深刻反省。"

说完，秦勇和王士涂便要一起转身出去，但是杜一开口喊住了王士涂："王叔，我有些话想跟您说。"

王士涂走到杜一跟前，对他说："我们有纪律，不能一对一单独说话，有什么话你就直说吧。"

杜一点点头，仿佛陷入了回忆，感慨地说道："我这辈子什么坏事都敢做，谁的名都不在乎，但是唯独老头子的不行。王叔，我想让你帮我传句话。"

"什么话？"

"我从来都没有看不起他。"杜一哽咽说道。

审完杜一，王士涂又去看杜父。

"老杜，你这是何苦？"

杜父站起来，说："王警官，人真是我杀的，你们怎么就不相信我呢？"

"你觉得，杜一知道你替他顶了罪，他会怎么想？"王士涂反问。

杜父避开他的目光，倔强地道："人就是我杀的，他爱咋想咋想，反正他也一直觉得我这个爹给他丢人。"

王士涂摇头道："他没有觉得父亲丢人，也不想让你替他顶罪，如果他真的心里没有你，那他早跑了。我们去找他的时候，他就在那儿等我们。杜一没有走，他自首了，已经把什么都说了。"

杜父身子一颤，如遭雷击，脸色一点点灰败下来。像是身体里有什么东西崩塌毁灭了，他慢慢在墙角蹲下来，捂着脸痛哭了起来。

最终还是这样的结果，他这一辈子，终究还是什么都没为儿子做过。

可是，人总是要为自己做过的事负责的。杜一此后的自由，赔偿给了被他杀死的王帅，杜父此刻的痛苦，则赔给一直让他心怀亏欠的儿子。

"老杜，等我们调查清楚，会给你个公正的结果。"

想起"死不瞑目"的王帅和王母，还有孤苦伶仃的王佳，如今总算对他们有个交代了。王士涂长长松了一口气。当年失踪的三个少年，杜一和王帅都已找到，唯一剩下的边杰，也有眉目了。

金满福为什么不揭穿小七假冒边杰？事发当晚，他开车去了哪里？他为什么要否认见过边杰？花盆里的刀是不是他藏的？

这些疑问萦绕在秦勇心头，金满福成为最可疑的人物。

第二天，秦勇和小张来到金家，找金满福了解情况。

沙发上的秦勇和小张目光灼灼地看着他，也等了许久。如果他们的耐性耗完，那恐怕就要换一个地方谈话了，所以，金满福最终还是开了口："我承认，那天边杰确实回过家。"

"他回家之后发生了什么？"秦勇问。

"那天我下班回来，看到他在书房偷我的钱。"金满福叹道，"我质问他怎么回事，他什么都不说就往外跑，我拉他的时候，那把刀从书包里掉了出来。"

小张问："他就这么跑了？"

金满福不安地道："我追出去的时候，人已经不见了。"

"金满福！"小张厉声道，"这么重要的情况，你三年前报案的时候为什么不说？"

"他带回了一把有血的刀，我怎么知道发生了什么？"金满福申辩道，"本来想等人找到了，好好问问他，谁能想到三年都没消息。"

小张根本就不相信，挑眉道："后来他不是回来了？我看你也没问吧？"

秦勇给了他个少安勿躁的眼神，严肃说道："那把刀，你后来问他是怎么回事了吗？"

金满福沉吟片刻，缓缓道："怎么说呢，我想着他失忆了，就算真干过什么或许也不记得了，而且这孩子回来后跟以前大不一样了，又上进又懂事，我就没张嘴问，一切都能重新开始不是更好吗？"

"如果边杰是畏罪潜逃，那那把刀为什么会在花盆里？"秦勇又问。

"是我放的。"金满福承认了，"我不知道出了什么事，扔又不敢扔，只能先把刀藏起来。后来你们抓了边杰，我心一慌，打破花盆被王佳看见了。"

"刀柄上的指纹也是你擦掉的吗？"

"那不是。上面的血我都没敢擦。"金满福道。

"可是找到刀的那天，你并没有把这些情况告诉我们。"

金满福又叹了口气："虽说不是亲生的，但他毕竟是我儿子。如果他真的犯了法，我不敢包庇他，但事情没弄清楚之前，我怎么好乱说？谁知道那上面是猪血还是狗血？"

"现在又说他是你儿子了。"小张不由冷笑道，"可是小七说，你们早就知道他是假冒的。"

"小七？"金满福装作第一次听到这个名字。

"我们已经证实，你们领回家的那个孩子，叫小七。"秦勇道。

金满福呆了半晌，喃喃道："难怪呢……我们真没想过他是冒充的，这个王八蛋！他装得太像了，把我们全家都骗了！"他说着，抬头急切地问道："那我儿子边杰还活着，他现在在哪儿啊？"

他没想过才怪呢！小张真想告诉金满福，就算是再好的演技，自己也看够了，别再装模作样了！他忍了又忍，到底还是把这句话憋住了，可是没忍住翻了个白眼。

相比之下，秦勇平静得多，他目光如常地审视着金满福，金满福也泰然与秦勇对视了一眼。在旁观的小张看来，二人似乎是隔空用眼神过了一招。

秦勇怀疑金满福与边杰的失踪有关。警察和嫌疑人之间，本来就是场暗战。

这天王士涂加班到夜里才回家。小七其实一直在等着他，可是又不好意思，一听到他开锁的声音，就赶紧关了灯，躺进被窝里装睡。

王士涂走进家门，站在沙发前，看着小七脸上的伤，不由有些心疼。他转身去找来药膏，轻轻涂抹在小七伤处。

小七没睁眼，却突然开口："疼。"

王士涂一惊，急忙将手缩了回来："没睡你在这儿装睡！起来！再抹点药就不疼了。"

小七坐了起来："王叔，你心脏还好吧？我真的不是故意气你的。"

王士涂一愣，不由放缓了语速道："骂你是我不对，我、我检讨。但是……谁让你那么不听话的？"

"你办公室那一面墙，全是边杰、王帅他们的照片，我知道那是你的心病，就想做点什么。"小七低声嘟囔着，"再说了，杜一杀了人，凭什么想跑就让他跑了？"

"我知道你一直都是个好孩子，但是做事的方法错了。"王士涂说着，语气里带着欣慰，"这个世界上为什么要有警察？我们才是要去面对那些犯罪分子的人，无论是作为警察还是作为你王叔，我都有责任把你保护好。"

小七黯然道："我是从贼窝里出来的，我是不是永远也成不了你那样的人？"

"当然不是。"王士涂伸手揉揉小七的头顶，"就好比你学的这个计算机，我连看都看不懂，当你能做到别人做不到的，就会有人需要你。有人需要你，你就能为社会、为身边的人做有益的事，这跟我当警察不是一样的吗？傻孩子，我看你挺喜欢看计算机的书，可以往这个方向发展。"

"我该怎么往这个方向发展呢？"小七好像终于有了点精神。

王士涂道："我帮你打听过了，现在有个自学考试，没门槛，谁都能考。只要你努力读书，选个和计算机有关的专业，考出来就能拿到文凭。我觉得这个挺好的。"

听了这话，小七又高兴起来，道："行，我都听你的。"

王士涂笑吟吟地看着他："再告诉你个好消息。王帅那个案子，破了。"

小七惊喜地瞪大了眼睛："杜一……"

"杜一已经认罪了。"

想不到杜一真的认罪了，想不到居然这么快！小七激动得一时不知道该说什么。

王士涂笑着夸赞道："你为我们争取到的时间，发挥了很大的作用。"说完又立刻板起了脸："但是下不为例。把脸伸过来！"

小七傻笑着让王士涂继续给自己涂药，这一顿打没白挨！

王士涂看着小七高兴的样子，对他说："你提供线索给警方，帮了大忙。"

小七一脸疑惑："提供线索也算帮忙吗？"

"那当然！"王士涂认真地给小七解释，"在刑事侦查里，线索是最关键的。"

小七一听，突然想到了一个一直以来他都想不通的问题："王叔，我还真有一个线索。之前在金家的时候，我看到金满福偷换了我妈吃的药。"

"你知道换的是什么药吗？"

"普通的维生素片，我拿去给医生看了，医生跟我这么说的。"小七认真地对王士涂说道。

金满福调换边美珍的药，王士涂觉得匪夷所思。

小张将边美珍的病历交给法医，道："辛苦您，这是复印的边美珍的病历，这些大夫的字啊，我看像天书一样，还得麻烦您帮我看一下。"

法医接过病历浏览，道："边美珍这个病，学名叫'脑卒中'。她主要用的药是抑制血小板聚集类药物。"

听起来也像天书一样，小张为难道："这个我还真听不太懂，我这么问吧，和您刚说的药作用相反的药，最常见的是哪种？"

法医想了想，道："促凝血药。"

虽然不知道是什么，小张继续问："普通药店能买到吗？"

"难。这类药物，就算去药店买，也要有医生处方，那还不如直接去医院开。"

小张点了点头，本来已经打算走了，又转身道："那再麻烦您给我列个单子。"

随后，这份病历又被他送到秦勇手里。"秦队，之前跟您汇报的金满福给边美珍换药的事情，我们已经调查了。"小张道，又把另一份病例递给秦勇，"这是金满福的病历，他在医院总共开过六次这种促凝血药。我之前问过法医，这药看起来跟边美珍吃的药很相似，但效果完全相反，会严重影响边美珍的康复。"

秦勇皱起眉头，道："三年中只开了六次，如果说他长期给边美珍换药的话，有点少吧？"

"小七说过，他拿着金满福给边美珍换的药去问过医生，是普通的维生素。我推测，金满福应该是准备了两种替换药物，一种是促凝血药，一种是维生素。"小张道。

闻言，秦勇恍然道："两种药物交替使用，保证边美珍的情况不会好转，但也不至于害死她。"

"秦队，金满福这个老狐狸明摆着在撒谎，咱们直接把他拘了不就好了！"小张愤愤地道。

秦勇无奈苦笑起来："我知道，拘了痛快，但证据呢？光凭他几句假话，光凭我们的感觉？小张，越是这个时候越要沉得住气，拘他是早晚的事，但我们一定要找到证据。"

小张皱起眉头："可是从病历上看，金满福开药的理由是胃出血，我们怎么才能证明是边美珍吃了这些药呢？"

"继续查，任何线索都别放过。"

边美珍的病情不好不坏，也许是最好的情况。但是作为警察，却不能不做最糟的准备。

母亲去世后，王佳更多的是迷茫。她总是不自觉地流露出凄凉的神色。有时，她觉得自己已经很坚强了，有时又觉得不够坚强。同事送给她一叠彩纸，教她折纸鹤，据说折到多少只，可以实现愿望。

该许什么愿呢？

王佳曾虔诚地盼望着哥哥能够回来，可是哥哥死了。她又希望母亲身体健康，然而母亲也死了。

王佳机械地折着纸鹤，她不敢许愿。

这个时候，外面传来轻轻的敲门声。

"谁？"

"我，小七。"

王佳愣了一下，疑惑地过去打开门，看到小七站在门外，提着点心和饮料，对她露出一个有点局促的微笑。

"这是给你的！"小七把手里的东西递过去。

"我不要。"王佳扭过了脸。

小七直接进门，熟门熟路地把点心和饮料放在餐桌上。

刚才的态度是不是太生硬了？王佳尴尬地道："我给你倒杯水。"

"不用，喝这个就行。"小七直接拿出一瓶饮料，朝王佳晃了晃，"你不要，我自己喝。"

王佳果然中计，瞪眼道："不是给我的吗？"

小七又不是边杰，王佳实在没理由讨厌他。

"对不起！那天在电话里，我误会你了。"王佳内疚道，"我报警的时候，真的不知道你有苦衷。"

小七道："都过去了。对不起，我假冒边杰，骗了你这么久。"

王佳摇摇头，道："挺好的，幸亏你不是边杰。"

小七问："真正的边杰，是个什么样的人？"

"他天天跟我哥混在一起，我跟他不熟。"王佳叹了口气，"他家里有钱，出手大方，常常请我哥他们吃吃喝喝，喝多了就打架，他老拿个双截棍抢来抢去地学李小龙，好像感觉自己很厉害。"

"双截棍？"小七皱起了眉头。

王佳嗯了一声，道："我哥说边杰那根双截棍是自己做的。"

想起边杰房间里的李小龙海报，小七喃喃着道："原来他还真的有根双截棍。"

王佳手里有一只叠好的纸鹤，她递给小七。

"这是什么？"小七问。

"送给你，据说许愿很灵的。"

"你许了什么愿？"

王佳看着纸鹤默了默，强笑道："很多啊。比如，我希望你对我说的都是真的，希望早点找到边杰。"

小七微微一笑，安慰道："祝你愿望早日实现。"

小七很忙，看完王佳，又去看边美珍。

金满福的车不在院里，小七推开窗翻了进去。边美珍好像一天大多时候都在睡觉，此时被响动惊醒，睁开眼，看到儿子回来，开心得不得了。

小七温柔地道："妈，我记得你说过，我房间里那张海报上的李小龙是拿着双截棍的，对吗？"

边美珍皱着眉头想了想，说："我好像看到过他拿着那个棍儿，可是有时候有，有时候又没有……"

"我是不是有一根双截棍？"

边美珍连连点头："有的，有的。"

果然有。小七期待地看着边美珍，问："那根双截棍在哪儿？"

"找不到了……我那天去找了好久，找不到了……"边美珍神色黯然，也不知说的是双截棍，还是边杰。

"那还有什么其他的东西找不到了吗？"小七追问。

边美珍摇摇头。

小七思索着，喃喃自语："所有东西都是原封未动的，唯独那根双截棍不见了……"

令小七意想不到的是，金满福和边玉堂此时回到了家中。

金满福听到声音，无声无息地走到边美珍房间门口，猛地推开了门。

小七措手不及，赫然暴露在金满福和边玉堂的面前。

没等金满福说什么，边玉堂先瞪起了眼睛："是你！"而金满福错愕过后，脸上却露出了小七熟悉的笑容。他皮笑肉不笑地说："原来是你回来了呀。"

不出意外，小七立刻被轰了出来。其实，只要见到了金满福，就算没人轰他，他也待不下去。

边玉堂把小七推出大门。金满福也跟了出来，看着小七冷冷地说："你来干什么？"

小七道："我只是想来看看妈。"

"还叫妈呢！你个冒牌货！"边玉堂大声斥道，"我当初在河溪真是瞎了眼才把你当成小杰！"

小七的身体震了一下，沉默不语。

"这次我不跟你计较，但我以后不想再看到你。"金满福居高临下地看着小七。

小七直视着他，沉声道："我又不是来看你的，我也不想看到你！"

金满福眼神中的戾气一闪而过，他叹了口气，换了个语气："也不知道我们家这是招谁惹谁了，小杰没找到，倒来个趁火打劫的，家门不幸啊！玉堂你看着办吧。"说完，转身进了院子。

早在旁边憋不住火的边玉堂已经冲上来，一拳挥在小七脸上。

"小王八蛋，你还赖上我们家了是吧？我姐变成那个样子，你还来骗她！你还是人吗你？你还是人吗你？"自从知道小七的真实身份，边玉堂早就憋着一口气，此时毫不留情，对着小七拳打脚踢。

小七也不敢还手，只能双手抱头躲避着。幸好，这时金燕回来了，看到这一幕，大惊失色，连忙跑过来推开边玉堂，大喊道："舅舅！别打了，别打了！这怎么回事啊？"

边玉堂指着小七大声道："我和你爸一起回家，听到房间里有动静，结果发现这小子藏在你妈屋里！臭小子，你给我长点记性，以后离我姐远点！"说完气呼呼地进了院子。

金燕急忙扶起小七，关切地问道："没事吧？"

小七被打得够呛，嘴唇都破皮了，但还是摇了摇头。

"你是来看我妈的？"金燕问。

小七没出声，点了点头。

金燕目光复杂地看着他，凄然道："你不应该来，这里早就不是你的家了。"

小七扯了扯嘴角，自嘲地笑了笑，哑声道："以前我以为，家就是个屋子，里面有爸有妈。现在我知道了，屋子不重要，人才是最重要的。你们这个屋子，早就不像个家了。"他说完，也不理金燕，一瘸一拐地走了。

去金家挨了一顿打，鼻青脸肿地回到家，小七还被王士涂骂了一顿。王士涂一边给他涂药膏，一边说："都说了让你小心一点，你小子不是挺能打的吗？之前一个打三个那劲头哪儿去了？被人揍成这样。"

"我能怎么办？"小七苦笑道，"边玉堂又不是坏人，他心里有气也是应该的，我总不能也打他一顿。"

"不错啊，还替别人说话。那为什么愁眉苦脸啊？"

"我就是担心我妈。我姐不让我再回那个家了……"

"那不能，等以后事情都过去了，该回去还是得回去看人家的。毕竟你住在人家家里的时候，边美珍和你姐对你不错。你要学会理解。人家为什么打你？"

"那我怎么知道。"小七委屈得要命。

"因为你是边杰的影子，你不是真正的边杰。边玉堂虽然生你的气，但是边玉堂对他的姐姐那是没的说的。他也是保护他姐姐。我看看你骨头有没有问题，你手像我这样动动试试。"说着，王士涂把右手手腕向前弯着动了动。检查确定小七没有问题之后，他又嘱咐小七每天涂药，晚饭当然也是他独家的葱油拌面。

吃着饭，王士涂和小七喜笑颜开，杜家父子则"凄风苦雨"，人的悲喜并不相通。而整个照阳依旧平静，这只是这个城市无数个日日夜夜中的某一天。

生活依旧平平淡淡，太阳依旧东升西落，人群也依旧熙熙攘攘，照阳的夜市，也依旧很热闹。

卖缠糖的摊位还在，一对夫妻买了一根缠糖递给孩子。那个卖爆米花的老头生意也不错，摊位前围了一堆人，老头手里的摇柄越转越快。

"老板，拿一双这个。"王士涂走到鞋摊前，为小七挑选了一双鞋。

"穿多大的？"

小七刚要张嘴，王士涂故意提高了声音："43！"小七想起了以前的事，不禁有些尴尬。

偏偏王士涂不放过他，继续道："哎，要不要再给你多买几双袜子啊？你上次是套了几双袜子，用44的鞋糊弄秦勇的吧？"

小七只好无奈地道："王叔，知道你火眼金睛，但也不带这么揭短的，给我留点脸不行吗？"

王士涂嘿嘿地笑了起来。

买完了鞋，二人继续往前走，经过一个卖海报和画片的摊位时，小七忽然看到了一张李小龙的海报，不由停住了脚步。

边杰的房间里也有一张，就和眼前的这张一模一样。小七走到海报摊位前，指着那张海报问："老板，这张海报，有拿双截棍的类似款吗？"

"那没有，这一款海报就是不带双截棍的。"老板道。

小七皱着眉头，若有所思。"琢磨什么呢？"王士涂问他，他也不言语。

小七想到了自己刚到金家时，边美珍曾看着这张海报犯过病。

"那个棍呢？他手里那个棍怎么没有了？假的，这是假的。"当时她自己嘴里念念叨叨的，还想伸手去揭海报，可是立刻被金满福阻止了。

当时边美珍的话是不是有什么深意呢？明明海报里的李小龙没有双截棍，而且，到底什么是假的呢？冒充边杰的小七本以为说的是自己，可如果是另有所指呢？

离开海报摊，小七一直在冥思苦想，回了家也是。见他这副样子，王士涂一边给他的新鞋穿鞋带，一边道："一张海报你琢磨一晚上，边美珍脑子那么糊涂，肯定是她记错了呗。"

"我本来也是这么想的，但是前不久王佳告诉我……"

"王佳告诉你什么？"

"边杰原来确实是有一根双截棍的，而且是他自己做的。"

"那会不会……是边美珍把这两样东西记混了？"王士涂道，"所以她认为海报里的李小龙应该是拿着双截棍的。"

小七道："金满福说，边杰屋里的东西都是原封未动的。可我在边杰的屋子里住了那么久，从来没有见过什么双截棍。"

王士涂没有立刻回答，但是穿鞋带的手动作放慢了。小七又道："不知道是不是我疑神疑鬼了，现在回想起来，我总觉得边美珍要去揭开海报的时候，金满福挺紧张的。"

消失的双截棍和让金满福紧张的海报，到底哪个有问题？或者都有。那么又有什么问题呢？如果说问题的答案和边杰的失踪甚至和边杰的死有关，那么问题的谜面又是什么？

现在还不知道，但是王士涂决定把它找出来。

第二天，几辆警车在金家大门外停了下来，王士涂和秦勇等人下车，来到小楼前敲响了大门。秦勇将一张搜查证举到了金满福面前。

"你们这是什么意思？凭什么搜查我家？"金满福波澜不惊地问道，一点也不意外。

"我们已经证实，边杰不是杀害王帅的凶手，也就排除了他畏罪潜逃的可能。"秦勇道，"现在我们怀疑边杰的失踪另有隐情，配合一下吧，老金。"

搜查令都下来了，他不配合也不行了。

边杰房间内，墙上的李小龙海报已经被揭了下来，放在桌上，窗帘也拉上了。小张和鉴定科的警察正在做鲁米诺检测。

其余人，包括金满福、金燕、王士涂和秦勇，都等在门外。金燕紧张地看着屋里，一张俏脸毫无血色。里面小张将鲁米诺试剂涂在墙上颜色异常的圆点处，金燕一直盯着他，两只手用力绞在一起。

马上，被涂抹的位置显现出微微的荧光。

"师父、秦队，发现血迹反应！"小张大声道。话音刚落，检测地板的警察也抬起头来："这里也有，很大一片！"

王士涂和秦勇进屋，果然看到墙壁和地上都有发光的血迹反应。

金满福和金燕也跟了进来，金燕身体微微发抖，金满福则脸色如常，握了握她的胳膊。

"老金，解释一下吧，这是谁的血。"王士涂道。

金满福沉默了半晌，缓缓吐出三个字："边杰的。"

一时间所有的目光都射向了金满福。秦勇道："一般来说，常人在生活中不小心受伤产生的血迹，不会出现在这么高的位置，也不会有这么大的量。边杰为什么会留下这些血迹？"

金满福抬手指向墙上那个圆点："因为那个地方原来有根钉子。"

顿时，金燕的脸色更白了，震惊地望向金满福，好像马上就要晕倒。

"然后呢？"

金满福面不改色地道："当时是夏天，边杰打蚊子的时候，被那根钉子割破了手，挺长一条口子，血流了一地，当时把我们都吓坏了。"

秦勇道："据我们了解，这个地方一直挂着那张电影海报，为什么海报上会有根钉子？"

"是边杰自己钉的钉子，用来挂他的双截棍。"

王士涂扭头望向桌上被取下来的海报，似乎明白了什么。

"钉子和双截棍，现在在哪里？"秦勇问。

金满福道："出了这样的危险，我把钉子起下来，连双截棍一起扔了。海报也换了一张一样的。"

秦勇向小张使了个眼色，小张将墙上的一块墙皮刮到证物袋里，再继续向下刮，墙上露出一个被泥子堵上的小洞。小张道："这个位置确实钉过钉子。"

"边杰受伤是什么时候的事？"王士涂问。

"他失踪前一年的暑假。"

闻言，秦勇意味深长地道："暑假，这个时间点好啊，边杰受过这样的伤，如果不是暑假，老师、同学都可以作证的。"

金满福笑了笑："可惜就是这么不巧。但要不是暑假，也没有蚊子可打呀。王警官，你说对吧？"他脸上一直挂着淡淡的微笑，很平和，又像是嘲讽。这像一场无声的较量，金满福又一次打退了警察的进攻。

回程的时候气氛沉闷，开车的小张不甘心地猛拍了一下方向盘，汽车喇叭尖锐地响起来，像大声地骂了一句脏话。

"每次都是差那么一点点！如果找到了边杰的尸体，再加上金家的血迹，他金满福说下天来也没用！"小张大声抱怨道。

秦勇沉声道："到目前为止，咱们所有的突破口都被金满福堵得死死的。"

"就是啊！我看他这三年时间没干别的，把每个细节都琢磨透了。"小张恨恨地道，"地上的出血量不多不少，说是头部受到致命的重击，有可能，说是手臂的严重划伤，也说得过去！哎，不对，可他既然考虑得这么周全，为什么不直接重新装修，把地板换掉？"

"这正是他的聪明之处。"秦勇叹道，"我三年前来照阳的时候，就是往命案方向查的，如果金满福在这期间重新粉刷和装修过房子……"

小张接上一句："他马上就会进入侦查视线。"

车上的三人一起沉默了。过了一会儿，王士涂拍拍秦勇的肩膀，道："也用不着跟霜打的茄子似的。金满福砌起来的墙，我们正在一面一面拆掉，小七没有成为替死鬼，杜一也认罪了，我们进一步，他就只能退一步，他已经快被逼到死角了。"

俗话说，要想人不知，除非己莫为。俗话又说，天网恢恢，疏而不漏。俗话还说，邪不能胜正……总之，俗话和世间的道理都是站在他们这边的。金满福再机关算尽，只要他们坚持不懈地查下去，总有他百密一疏的时候！

王士涂对胜利极有信心。

反观金满福，这一回合，或许是他胜了，可是他没有半点胜利的喜悦。警察走后，他站在院子里的花架前，手里拿着一个水壶，却没有浇水，而是盯着花朵发呆。

花架上的花大多已经枯死，盛开的只剩下一朵。原来他的花架上郁郁葱葱，花草茂盛，怎么突然之间就剩下一朵了呢？

金满福看着"硕果仅存"的一朵花，难免想到自己，是不是也快到了山穷水尽的地步……

在他出神的时候，金燕轻轻推门从楼里走了出来。

"爸。"

金满福没反应。

金燕又叫了一声："爸？"

金满福回过神来，"啊"了一声。

"你怎么在这儿？"金燕问。

"我在想白天的事。"金满福道。

金燕凄然道："杜一被抓了，我们也不远了吧？"

"警察现在怀疑的是我，"金满福沉声道，"只要爸还在，就没人能动你。"他顿了顿，又眯着眼睛补充了一句："就算爸不在了，也没人能动你。"

金燕沉默片刻，忽然开口："爸，你累吗？"

"不累。"金满福随口道。

"我是说这三年，你累吗？"金燕直直地看着他，不等金满福回答，她又幽幽叹道，"有些故事的结局，是一开始就注定好了的。"

金满福缓缓移开目光，平静地看着女儿："那也是我的结局，不是你的。记住，这件事和你无关。"他说完，放下手里的水壶，转身离开。

于是，院子里便只剩下金燕和那朵花。与花朵相顾无言，金燕伸出手，轻轻触碰着它的花瓣。花瓣轻软，就像糊在真相之前的一层窗户纸，不知道什么时候，就会被人戳破。

那天也是下雨。就是三年前的那天。

金满福还记得自己回到家，一开门进屋，就看到金燕的外套掉在衣架旁的地上。然后他上了楼，边杰房间的门虚掩着，他刚一推开，骤然看到边杰趴在地上，而金燕一动不动地跪坐在旁边，如泥塑一般神情呆滞。

地上有边杰的书包，还有一把带血的弹簧刀，金满福顿时如遭雷击，大脑一片空白。过了许久，他才回过神来，颤抖地伸出手，去探边杰的鼻息，马上，他又如触电般将手缩了回来。

他脸色发白，颤声问道："怎么回事？燕子，怎么回事啊？"

坐在地上的金燕似乎也被吓傻了，木然道："我不是故意的……我真的不是故意的……"

就这两句话，便把金满福吓得魂飞魄散。他立刻明白了什么，瞪大了双眼看着女儿，一脸恐惧。

而金燕依旧呆滞，她望向金满福，眼神空洞："爸……怎么办……"

怎么办？难道要女儿赔命吗？！金满福跟跄着走过去抱住了金燕，连声道："这不是你的错，不是你的错，有爸在，你什么都不用怕，什么都不用怕……"虽然这样说着，可身体却在不停地发抖。

然后，就是那个编织袋。金满福安抚好金燕，把边杰装进了编织袋，又把编织袋塞进汽车的后备箱。

他忙得满头大汗，好不容易弄完，关上后备箱，便神色仓皇地开车行驶到郊外路上。他也不知道该去哪里，前路一片漆黑，该把边杰藏到哪里去呢？

思绪混乱之际，车后突然传来咚的一声，好像有人在后面敲打什么。金满福吓得浑身一震，惊恐地猛然回头，然而后面空空如也，什么都没有，声音也消失不见了。

他回过头，没想到前方是个转弯，车马上就要撞到路边的石头了！

金满福手忙脚乱地猛打方向盘，才堪堪避过……

曾经，金燕生命中有两个最重要的男人，一个是和她相依为命的父亲，一个是跟她没有血缘关系的弟弟。

金燕最近总是回忆起过去的事。

她还记得小时候，和边杰在院子里用装了水的气球打水仗，那年边杰才五岁，脸红扑扑的，特别招人喜欢。

后来，他长大了点，上了小学，自己每天都去接他回家。

“姐，我同学都说你可漂亮了，有个姐姐真好。”金燕还记得他说过这样的话，那个时候，自己用手指刮了一下他的鼻子。

再后来，他又上了初中。还记得那天，自己正坐在桌前，给他包书皮。本想去他书包里拿书，却掏出了一个纸盒。

里面正是个雪花球。

边杰噔噔噔从楼梯上跑下来，大叫道：“哎哎哎，谁让你动的！”然后一把将雪花球抢了过去。

“怎么，打算送给小女生的礼物被我发现了？哎哟，好丢脸哦。”

可是边杰噘着嘴，又将雪花球放在了金燕面前。

“明天是你生日，我本来打算偷偷放在你床头的，真没劲。”他转身要走。

“你别走。过来，站好。”

边杰很乖，走到金燕面前站好，金燕拍拍他的头。

"谢谢你，小不点。"

记忆中的边杰不好意思地笑了，可是现在的自己，却忍不住快要哭了。

雪花球晶莹剔透，突然，球中的小天地剧烈晃动，停下来的时候，就开始下雪。

夜晚，金满福坐在书桌前看工厂资料，用手揉着自己的鼻梁，看上去心力交瘁。金燕推门走了进来。

看到女儿，金满福勉强挤出一个疲惫的笑容："燕子。"

"你最近一定很累吧？我给你揉揉肩好不好？"金燕道。她揉捏着金满福的肩膀，金满福靠在椅背上，放松地闭上了眼睛。

不知过了多久，一滴泪落在金满福的肩膀上，他却毫无察觉。

"爸，你累了，我也累了。我不想再让你为我担惊受怕了。"金燕思考了很久，做了决定，"你告诉我，小杰是不是根本就回不来了？"

金满福低头沉默着。

"你知道吗？我是因为你三年前那句谎话，才撑到现在的。"金燕提高声音道，"小杰出事那晚，你从羊村回来的时候……"

金满福一怔，顿时想起了什么。

是的，那时自己筋疲力尽地从羊村回来，一进屋，就看到金燕站在客厅里。她手里拿着一把刀，另一只手的手腕已经被割破，地上有一小摊血。

他吓得脸都白了，冲过去一把夺过金燕手里的刀并将其扔在地上，大喊："燕子，你干什么！"

金燕神色木然："我把命赔给他。"

金满福手忙脚乱地翻箱倒柜找出了纱布，一边替金燕包扎，一边语无伦次地道："你、你、你别这样，不要丢下爸爸……你、你不需要把命赔给他！因为、因为……边杰他、他、他没死！"

死气沉沉的金燕听到这话，眼睛终于动了动，望向金满福。

"你说什么？"

她伤口处的纱布上又沁出了血。金满福定了定神，继续缠纱布，道："我开车出去，想找个地方把他埋了，可是我挖好坑，打开后备箱，发现他醒过来了！"

在这个时候，为了让金燕好好活着，他什么事都敢做，也什么话都敢说。

"那……他人呢？"金燕怀疑地看着他。

"他以为我要杀他，不知跑到哪里去了。"金满福道，"可能，过几天他就回来了呢。"

金燕惨笑了一下，将头扭向一边："这些话，小孩子都不会信的。"

"燕子你相信爸，我说的都是真的。"金满福绞尽脑汁地道，"你想想他带回来的那把刀，他在外面干了什么？或许他是因为这个才跑的！"

闻言，金燕愣愣地看着金满福，神色终于松动。

她希望父亲说的都是真的，就算有百分之一的可能，也一直相信着，盼望着。

"爸，你知道我为什么非要去河溪不可，因为我心里还存着哪怕是万分之一的希望——小杰还在，我弟弟还活着！"金燕说着，已泣不成声。

"可是现在我知道了，从来就没有过什么希望，万分之一也没有。"

金满福声音虚弱地解释："燕子，其实当时……"

金燕想要知道真相，进一步逼问金满堂："你只是想安慰我，让我不要那么难过。可是你知道这三年我是怎么过来的吗？"金燕对金满堂哭诉道："每次听到有人敲门，我都会想是不是小杰回来了。可是我从来没有等到过他！我知道你很爱我，但是我不能只靠你的爱活着！"

金燕抬起手腕，金满福看到了上面伤痕累累的刀疤，痛心地对金燕说："孩子，你这是何苦啊？是小杰造成了这一切，你为什么要伤害你自己？"

"是我造成的！"金燕哭着喊道，"我不这样根本就活不下去！"

"爸爸，我不想每天都活在等待里，你就让我死心吧，好吗？爸爸。"

金燕哭着祈求金满福能给她一个真相，金满福实在不愿意看到女儿如此，便对金燕说："如果你觉得等待很痛苦，就不要等了……"说着又低下了头，他不知道该怎么回答，他根本不敢直视女儿的眼睛。

金燕知道了真相……

第二天，金满福上班后，金燕手里捧着雪花球，又推开了边美珍的房门。正在认真数瓜子仁的边美珍抬头看到她，道："燕子，妈妈给你准备的早饭，你吃了吗？"

金燕摇了摇头，将雪花球捧到边美珍面前："妈，你还记得这个雪花球吗？"

"小杰……小杰送你的。"

金燕凄然一笑："对。你看这里面，有小杰，有我，有爸，有妈，像不像咱们一家？"

边美珍点头道："嗯，这就是咱们家。"

金燕郑重地将雪花球放在边美珍手里，道："我想把它送给你，替我保护好它，保护好这个家，好吗？"

边美珍迷茫地看着她，问："你不喜欢它了吗？"

金燕垂下了头，仿佛自言自语一般："喜欢，很喜欢……可是我必须要走了。"

　　"你要去哪里啊？"边美珍担忧地问。

　　"去一个……能让我心安的地方。"

　　"哦，那我好好保护它，等小杰和燕子回来，四个小人就又在一起了。"唯有边美珍无忧无虑。

　　金燕忍着眼泪点点头，转身准备离开，她走到门口，忽然停住脚步，回头看见边美珍望着她的眼神……金燕反身回来用力抱住了边美珍："妈妈，对不起……"

　　金燕约小七出来，她想见见他，这个她真的当作弟弟的男孩子。

　　两个人在河边吃着冰棍。金燕笑着看着小七，问他过得好不好，以后有什么打算。小七对未来充满了希望，兴高采烈地跟金燕分享他现在的生活："我每天都在看计算机的书，就是太难了，有些都看不懂。"

　　金燕鼓励小七道："你好好学，以后找个好工作。"

　　"嗯！"小七回答道。

　　金燕又问他："身份证办下来了吗？"

　　"应该马上就能拿到了。等我有了自己的身份证，我就不再是别人的影子了。我可以堂堂正正地告诉别人，我叫小七。"

　　小七对未来的美好憧憬感染着金燕。

　　"我的生日是四月十一号。"小七兴奋地对金燕说道。

　　"还有生日啊？"

　　"嗯，王叔给我定的！"

　　"早知道就陪你过个生日了。"金燕略显遗憾地对小七说，"你有空的时候多陪妈妈说说话吧，她挺想你的，总念叨你。"

　　小七感觉到了金燕的异常："姐，你今天怎么这么奇怪？"

金燕思考之后，下定决心，说："我要去自首了。"

"自……自什么首啊？"小七震惊得话都说不利索了。

"对不起，是我杀了边杰。"

"为什么?！"小七觉得难以置信，一时呆住了，马上又高声道，"怎么会？怎么会是你呢？为什么呀！你不是最爱他的吗！"

金燕麻木又恍惚，小七愣愣地看着她，两人就这么沉默了下去。

过了好一阵儿，金燕才低声道："那是个意外，但是，是我，造成了这一切。"她看着自己的手，就像看着杀人凶器。

"你知道吗，这个秘密把我压得喘不过气来。这三年，我整夜整夜地失眠，睡着了就会梦到他，我自己惩罚自己，每一天都是拼命熬过来的。"金燕一把撸起自己的袖管，手臂上一道道自残的痕迹，触目惊心。

"这些伤疤有多深，我的心里就有多内疚。我再也不敢穿短袖，我不想让外人看见，更不想让爸爸看见伤心。如果可以回到当天，我宁愿是自己去死，可现在，就算我死了也无济于事……太晚了。"她说着，眼泪扑簌簌落下。

小七看着金燕，目光中浮现出同情，柔声道："姐，你说了这是个意外，现在说出真相还来得及。警察肯定会给你机会。姐，我们去找王叔，把你说的都告诉他，他肯定也相信这是个意外，因为你不是坏人，你是好姐姐、好女儿，一切还来得及！"

他骑上自行车，金燕坐在后座，抱着小七的腰，微风拂面，她又将头轻轻靠在了小七的后背上，脸上有种难得一见的轻松。

公安局很快就到了，金燕神色忐忑，脚步有些僵硬。小七轻轻拉住了她的手。

"我陪你，别怕。"

金燕没说话，但用力握紧小七的手，二人走进了大门，正好看到王士涂走出来。王士涂看到他俩有些意外。

小七道："王叔……"

金燕抢先开口："王警官，我是来自首的。"

王士涂和秦勇一起审问金燕。

"你说是你害死了边杰？"秦勇道，"可是据我们了解，你跟边杰的感情一直很好，是怎么发展到那一步的？"

金燕望着前方，眼神空洞，陷入了回忆。她口中喃喃着道："我十岁，他五岁，那一年，我们成了姐弟，跟那些从小生活在一起的姐弟没什么区别。可从初中开始，小杰就变了，他开始疏远我们，尤其是我爸。家里条件好，他兜里从来不缺钱，所以杜一他们这些混社会的人老是拉着他一起，去游戏厅，喝酒，旷课……"

她说着，摇了摇头，似乎在替边杰惋惜。

"在家里，妈妈脾气温和，总觉得孩子长大了就好了，我爸一直都是'金叔叔'，也不好管教太多。"

秦勇道："那出事当天到底发生了什么？"

金燕回过神来，看着面前的二人，正色道："我爸跟你们说，那天他回家看到边杰在偷钱，其实不是他看到的，而是我……"

那天，姐弟俩争执了起来，边杰甩开金燕，冲进房间，从衣柜里拿出一件衣服往书包里塞。墙上海报中李小龙手的部位钉着一根钉子，上面挂着一根双截棍，看起来仿佛是李小龙拿着双截棍。

金燕追了进来："不把话说清楚，你哪儿都别想去！"

边杰不理金燕，装好衣服后想绕过金燕出门。

"你给我站住！"金燕喊着，伸手去拉边杰的书包。

书包的拉链没全拉上，金燕一拉，一把弹簧刀掉了出来。刀子落地的时候碰到了刀柄上的按钮，刀片咔的一下弹了出来，上面血迹斑斑。

他们二人同时呆住了。

金燕满面惊恐地看着边杰，颤声道："这是什么？小杰……你到底干了什么？"说着她要去捡弹簧刀。边杰一下挡开了她的手，弯腰去捡刀，照片从他胸前口袋里掉了出来。

边杰拿着刀气急败坏地大吼："我说了你管不着！"

金燕震惊地看着他，跟跄了一下。突然，她注意到地上有一张照片，捡起来一看，居然是她在卫生间洗澡的背影，肩背部赫然有一块蝴蝶状胎记。

看着照片，金燕如遭雷击，觉得难以置信，指着边杰嘶声道："这是什么？小杰，你、你怎么……我是你姐姐呀！"

边杰急忙一把抢走了金燕手里的照片，将其塞回了胸前口袋里。他的嘴唇翕动了两下，什么话都没说出来。

"姐，我……"

"你别叫我姐！"

边杰上前去拉金燕衣袖："姐，你听我说……"

金燕像是被蝎子蜇了一下，突然尖叫一声："走开！"

她用力一推，边杰顿时失去平衡，蹬蹬蹬倒退几步，后脑正撞在海报和双截棍上，突然瞪着眼睛不动了。

金燕稍微平静了点，看到边杰不对劲："小杰你怎么了？"她想去拉边杰，但还没碰到，边杰就直挺挺地倒在了地上。

墙上的钉子在滴血，海报和双截棍上也都沾染了血迹。金燕急忙扑到边杰身上，却在他后脑上摸了一手的血。

"小杰，小杰！"

边杰看着金燕，想要去掏怀里的照片，但手伸到一半，就无力地落在了地上。

三年前的事，却好像刚刚发生，金燕泪流满脸，凄然道："我不知道他为什么要拍那样的照片，我把他当亲弟弟，但我觉得小杰不是那样的孩子……"

王士涂叹了口气，道："金燕，照片确实不是边杰拍的。我们审杜一的时候，杜一已经承认了，是他拍的照片。"

金燕低呼一声，愕然看着秦勇，想用眼神来确认是不是真的。

秦勇惋惜地朝她点了点头。

金燕颤抖地问道："所以是我错怪了他，冤枉了他？"

王士涂道："王帅的死，也是因为那张照片。"

然后金燕的身体开始发抖，哑声道："是杜一威胁小杰，栽赃他对吗？"

王士涂点点头。

金燕顿时泣不成声："他不让我碰那把刀，是不想我也跟着受连累……他那时候一定很害怕，他在外面被人那样欺负，可我根本就没有听他解释，我连说话的机会都没给他……"

她捂着脸，泪如泉涌。一旁记录的小林走过去，递给她一个手帕。好不容易等她情绪稳定了些，秦勇才开口："金燕，毕竟事情都已经发生了，我们现在把事情搞清楚，才是对逝者最大的安慰。你稍微控制一下情绪，我们继续。"

金燕无声点了点头后，秦勇继续问道："金满福知道你误杀边杰之后，就帮你藏匿了尸体？"

听到这句话，金燕骤然坐直了身体，满脸戒备，生硬地道："不，我爸什么都不知道。"

秦勇目光一凛，正色道："金燕，我不得不提醒你一句，如实供述自己的罪行，是自首成立的前提条件。"

而金燕面无表情地道："我说的就是事实，我爸什么也不知道。"

"燕子，你来找王叔自首，我很欣慰。但我要提醒你，如果你企图隐瞒什么的话，就是包庇。我们在审讯杜一的时候，杜一交代，案发当晚他亲眼看见你的父亲金满福开着车从家里离开。你能告诉我们金满福去了哪里，做了什么吗？"王士涂道。

"我爸去了羊村，因为我告诉他边杰一晚上没回家，让他去羊村问一问。藏尸，还有后来转移尸体，都是我一个人做的，跟我爸无关。"

警察根本就不相信。秦勇道："你说转移尸体也是你做的，车被你爸开走了，你用什么运输尸体？"

金燕倔强道："我去我爸厂里，弄了一辆三轮车。然后把小杰的尸体拉到河边，丢了进去。"

"你爸可不是这么说的！"秦勇不禁微微冷笑。

"我爸是不是说回家看到小杰在偷钱，然后小杰拿着刀跑了？那是我告诉他的，所以他一直以为小杰失踪了。"

金燕低下了头："他告诉你们这些，是因为他想帮我打掩护。"

王士涂死死盯着金燕，道："是你在帮他打掩护才对吧？"

金燕脸色苍白，却咬紧了牙，什么都不肯再说了。

出了审讯室，王士涂心情沉重，长吁了一口气，叹道："九十九拜都拜了，可惜就差这一哆嗦。"

秦勇道："对金燕来说，这是最理所当然的选择，她既然都自首了，当然想把所有事情都扛下来，我看她是不会轻易松口的。"

王士涂神色凝重："看来想把那只老狐狸关进笼子，还得费一番工夫啊。"

父亲，与父亲

金满福下班，照例买了菜回家，准备给老婆和女儿做一顿丰盛的晚餐。

"美珍，你看我买什么回来啦？"

金满福看见边美珍坐在沙发上，正在玩金燕的雪花球。

他皱了皱眉头："你不要乱动燕子的东西。"

边美珍急忙将雪花球抱在怀里，道："是她给我的。"

"瞎说。"金满福斥道。

"我没瞎说，她说她要走了，把这个送给我。"

金满福顿时有种不好的预感，连忙向金燕的房间走去。

屋里空无一人，桌上放着一封信——金燕离开前夜，孤独一人在书店写了这封信，又独自去童年常去的小餐馆吃了最后一顿饭，临行前，把信留在了桌上。

信中的第一句话便是："爸，我走了，我不想看到你再为了我越陷越深。"

金满福看了一眼，心脏顿时一阵乱跳。

"小时候你告诉我，犯了错误就要勇于承认。这三年里，我们失去的不只是小杰。三年前是我一手造成了这一切，三年后也该由我画上这个句号，付出应有的代价。"

"我一直相信你，可是我错了，过去的事情，真的是过不去……"

金满福看完信，慢慢将它放回了桌上。他还记得金燕说过，有些故事的结局，是一开始就注定好了的……

他久久地站立不动，他不喜欢这个结局。

客厅里，边美珍晃动着那个雪花球，看着里面的雪落下来。金满福走到边美珍面前，伸出了手，平静地说："把它给我。"

边美珍看了金满福一眼，将雪花球抱在怀里。

"你会把它摔碎的，给我。"

可边美珍依旧不肯。金满福突然扑上去抢夺雪花球，歇斯底里地吼道："给我，还给我！你会把它摔碎的！会摔碎的！"

边美珍坐在沙发上，转身背对着金满福，轻轻地吐出一句话："你才会把它摔碎的。"

金满福顿时失去了所有的力气，瘫软下来。雪花球中仍在下雪，沐浴在雪中的小世界美得像童话，而现实中的这个家却早已支离破碎了。是自己摔碎的吗？金满福悲哀地想。

或者，是因为这世上根本没有童话。

那天晚上，边美珍睡着后，金满福轻轻走进她的房间，他憔悴不堪，整个人仿佛苍老了十岁。他拿着雪花球走到边美珍的床前，为她整理了床头柜上散乱的瓜子壳、变形金刚，再把雪花球和玩具们放在一起。

边美珍依旧在熟睡，金满福为她披了披被子，捋了捋黏在脸上的头发，喃喃说道："美珍，对不起，我不该凶你。但是燕子是我唯一的孩子，就像小杰是你的心头肉一样，燕子也是我这辈子活下去的希望！你知道燕子在给我的信里说了什么吗？她，她……"

他无力又悲伤地哽咽起来，过了许久，才道："美珍，燕子说我们这个家绝对不能散。这个家可以没有我，但不能没有燕子，她还年轻，她对你那么好，你也希望她能一直陪在你身边吧……"

也许是听到了他的话，边美珍在睡梦中微微动了一下头，梦呓着道："不能散……家不能散……"

微弱的光亮中，金满福悲伤地看着她，目光决然。他是一定要救出女儿的，都已经到了这一步，他仍然有对策。

王士涂说的没错，这三年来，他的确已经将有可能发生的情况全都想了一遍，做好了万全的准备。小张说的也没错，他的确是只老狐狸。

可是啊，事物是在变化的，猎人也有可能落入狐狸的陷阱，谁知道最后的结果会是怎样呢？

狩猎是件你死我活的事，不管是谁，活到最后的才是猎手，谁是猎物还不一定呢。在金满福眼中，王士涂又何尝不是猎物呢？

现在的王士涂正在屋里走来走去，他对小七道："金燕想把所有事情一个人扛下来，保住金满福。"

小七不由一愣，随即大声道："她撒谎！转移尸体的人绝对不是她！"

"我们也知道她在撒谎，至少她不可能一个人完成埋尸、移尸。"王士涂话音未落，传呼机响了起来。

消息的落款是金满福——狐狸，或者说是另一个猎手。

夜晚的棉纺厂空无一人，车间里还留着白天工人工作的痕迹。厂房的门开着，像是在等待着谁。一片安静与黑暗之中，王士涂走了进来，像一个入侵者，与这里格格不入。他警惕地朝厂房的深处观望着，像看着怪物的巢穴。

突然，他停住了脚步——金满福正站在楼梯最上方，面无表情地看着他，就像是猎人看着闯入陷阱之中的猎物。

办公室里灯火通明，金满福倒了两杯茶，道："顶级铁观音，尝尝。"

王士涂淡淡道："心脏不好，家里人让我戒茶了。"

金满福嗤笑一声："家里人！这小子还真是管得宽，你喝不喝茶他管，燕子去自首，应该也是他撺掇的吧？"

王士涂正色道："去自首，那是为金燕好，你这个当爹的都不给孩子指条正道？"

金满福怨毒地看着王士涂，阴冷地道："一个连亲生儿子都能弄丢的人，不用你教我怎么当爹！"

王士涂的表情顿时冰冷起来："你叫我来，就是为了说这个？"

而金满福笑了："如果我对你说，边杰是被我误杀的，燕子跟杜元宪一样是去顶罪的，你信吗？"

"那要看你怎么做了。"王士涂缓缓地道，"如果你真的为女儿好，我劝你还是把自己做过的那些事说出来，别让她一个人扛。"

金满福点了点头："有道理，看来是时候把我做过的事说出来了。"说到这里，突然话锋一转："王士涂，想不想知道你儿子在哪里？"

王士涂愣了一下，随即笑了起来："金满福！我儿子的事儿，我自己操心，你顾好金燕吧！"

金满福也笑了，那笑容冰冷，又充满嘲讽，他看着王士涂的眼睛，像是能看穿他，看到他的灵魂。他道："你儿子是1984年6月5号失踪的，上身穿着一件蓝色的确良小衬衣，下身是褐色的灯芯绒裤子，身上还带着一把小木枪，我没说错吧？"

仿佛是怕王士涂听不清，他刻意说得很慢。而王士涂也冷笑起来，道："你是从哪儿找到当年的寻人启事的？背得挺熟嘛。"

金满福没说话，他拿过桌上的包，从里面掏出一把陈旧的小木枪，放在了王士涂面前。

"这东西应该是你给他做的吧？还认识吗？"

王士涂愣愣地盯着桌上的小木枪，过了一会儿，他才拿起小木枪仔细看着，渐渐地，他的手哆嗦了起来。突然，他像一头发怒的雄狮扑向金满福，抓着他的衣领将他拎起来，嘶声吼道："我儿子在哪儿？我现在就可以抓你回去！"

那个小木枪是金满福对付王士涂的致命武器，果然王士涂一看到便立刻崩溃了。金满福带着胜利的从容，淡然一笑，道："然后呢？严刑拷打吗？我要是说那把枪是我在路边捡的，你们拿我有办法吗？"

王士涂怔了怔，渐渐松开手，最终无力地放开了他。

"你想怎么样？"他咬牙道，目光犀利地看着金满福。

而金满福则慢悠悠地站起来整了整自己的衣服，重新回到桌前坐下，一副居高临下的样子："你现在体会到了吧，一个父亲为了保护孩子，可以疯狂到什么地步！我想跟你做笔交易。豆豆爸爸！"

"什么交易？"

"让警察相信杀边杰的不是金燕，"金满福一字一字地道，"把燕子救出来！"

王士涂沉默良久，干涩地开口："金燕已经认罪了。"

"世事无绝对，撞到那根钉子上的那一下一定是致命伤吗？未必。"金满福冷冷地道，"不管你用什么方法，这方面你比我专业，就不用我替你编故事了吧？"

王士涂从楼内走出来。目光涣散，仿佛被彻底击溃。击败他的是谁呢？是金满福吗？或者是豆豆，更可能是他自己。

怪他是警察，同时也是一名父亲。

不，似乎又和是不是警察没有关系……都怪他是个没能保护好孩子的父亲。

一片漆黑的街道，不知为何突然亮起了灯，朦朦胧胧的亮光中，王士涂好像看见了豆豆。

豆豆手里拿着一包无花果干，一边吃，一边走在小公园的路上。他将剩下的半包无花果干装进了上衣左边口袋，又从裤子右边口袋里掏出了一把小木枪。

他举着小木枪到处瞄准，忽然，似乎看到了远处的什么，噔噔噔跑走了。

"他上衣的左边口袋里有半包无花果干，裤子的右边口袋里有一把小木枪，贴身穿的是一件黄色背心，上面画着一个小熊。那天他去了幼儿园附近的一个小公园，从此以后就不见了。

只要你同意做这笔交易，不但可以找回失散多年的孩子，还可以惩罚我这个害你妻离子散的元凶，又可以给417这个案子画上一个圆满的句号。何乐而不为呢？你把我的燕子救出来，我就把你的豆豆还给你！"

脑海中回荡着金满福的话，王士涂失魂落魄地在路上走着，满脑子都是豆豆。

他想起很久以前，和豆豆一起玩跷跷板。

"豆豆，你长大了想干什么呀？"

"我要当厨师。"

"哦？为什么是厨师呢？"

"爸爸工作那么辛苦，我要天天给你做好吃的。"

"那你觉得什么好吃啊？"

"葱油拌面！"

这傻小子就知道葱油拌面。

还有那把小木枪，是王士涂亲手做的。他把它送给豆豆。

"现在豆豆和爸爸一样，也有手枪啦。"

豆豆拿着小木枪，爱不释手："我现在也是警察，啪啪！"

"哎？不是说要当厨师吗？"

豆豆被问住了，挠着头不知该怎么回答。王士涂便又笑了起来。

现在的豆豆当了警察还是厨师呢？王士涂只觉得鼻子和眼睛一起发酸，他现在连豆豆是不是还活着都不知道。

马路边的电线杆一根一根，每一根的上面都贴过豆豆的寻人启事，已经不记得贴过多少张了。可是它们早就被撕掉了，只留下带着斑斑印记的电线杆。摸着电线杆，王士涂又想起当年寻找豆豆的辛酸。

那时候妻子还活着，他把寻人启事贴到电线杆上，有行人路过，王士涂赶紧拿寻人启事向路人打听。妻子拿着糨糊桶跟在他身后。可是路人连看都不看，走几步就随手将寻人启事团成一团扔进了垃圾桶。

看见这一幕的妻子突然失去了力气，手里的糨糊桶咣当一声掉在地上，她无力地跌坐在地上，黯然流泪。王士涂搀扶起妻子，把她身上的土给掸干净，重新捡起糨糊桶。

他搂着妻子，轻声安慰，妻子擦干眼泪，挥了挥小桶，故作轻松地回应。"老王，咱们继续努力！"她又模仿豆豆的口吻，道，"爸爸加油！妈妈加油！咱们豆豆一定能找到！"

王士涂看着妻子，笑得比哭还难看。

可惜妻子没有等到豆豆，自己到现在也没有等到。也许金满福是寻找豆豆的唯一希望了，王士涂突然很怕，他怕自己也会像妻子一样，至死都等不到豆豆。

他不是怕死。

而是怕豆豆有一天回来，却再也没有爸爸妈妈了。

想到这里，王士涂的眼泪终于落了下来。

王家灯火通明，桌上摆着红烧鱼等好几个菜肴。小七坐在桌边等着，王士涂却迟迟没有回来。

小七看了看墙上的挂钟，起身拿起衣服出了门。

他焦急地下了楼，却看到夜色之中，王士涂独自枯坐在楼下不远处的石凳上。

石桌上放着一把刀，还有一把只削出了雏形的小木枪。小七轻轻走到王士涂身边，看到他拿起了刀和木枪，轻声问："王叔，你怎么不回家？"

王士涂没有抬头，他发狠般削着小木枪，咬牙道："我答应过我媳妇儿，也告诉过我自己，如果老天爷再给我一次机会，无论用什么来换，我都会不顾一切地选豆豆……"

"王叔，到底出什么事了？"小七着急问道。

"他知道豆豆在哪儿。"王士涂的声音低下去。

"谁？"

"金满福。"

小七愣了一下："他要用豆豆换金燕？"

王士涂不再说话，继续发狠般削着小木枪。

长夜即将过去，天色将亮。王士涂一夜未眠，他在豆豆的卧室坐了一夜。一把拉开窗帘，窗外的微光透进，王士涂脸色憔悴，但神情坚毅，他已经做好了自己的决定。

"天亮了，我该去找豆豆了！"

他走的时候，沙发上的小七依然酣睡未醒。

这个决定对他来说做得很艰难，而金满福的耐心也并不多。办公室桌上的传呼机送来一条留言："王警官，考虑得怎么样了？"

王士涂放下传呼机，他迟疑了一下，抓起了桌上的电话听筒，拨号的时候，办公室的门突然被推开了。

原来是小张，他风风火火地走了进来，王士涂急忙不动声色地将电话听筒放了回去。

"师父，给谁打电话呢？"

"你管得够宽呀，有事说事。"王士涂皱眉道。

"我们带着金燕去确认抛尸地点了。"小张把报告递过去。

而王士涂心不在焉地应了句："哦，确认了吗？"

"她完全是在胡扯！她就在河边随便指了一个地方，那下游就是采沙场，要是有尸体的话，早就发现了。而且我都去市政问过了，去年河道淤堵，全清理了一遍，没有发现任何异常。"

"看来尸体根本就不是她处理的，她根本不知道尸体在哪里。"

"我就说嘛，那么小的个子怎么能挪得动，肯定有人协助作案。"小张顿了顿，得到王士涂的示意后，才接着道，"金满福不是说边杰有根双截棍吗？双截棍会不会跟尸体在一起？"

"双截棍……"王士涂喃喃自语，他思索着，用手指有节奏地敲着桌子。

那天夜里，小七正在沙发上辗转反侧，忽然听到咔嚓咔嚓的奇怪声音，小七一骨碌坐起来，警觉地盯着王士涂的房间。

他轻轻起身，走了过去，悄无声息地推开房门，看到王士涂背对着他，正在鼓捣些什么。

走近一看，只见地上摆着一根木条，旁边有一个工具箱和图纸，王士涂手里拿着另一根木条，想要用刨子将方形的木条刨成圆柱形。

小七疑惑道："王叔，你这是……"

王士涂吓了一跳，猛然回头，掩饰道："我……睡不着，瞎鼓捣呢。吵到你了是吧？"

小七拿起那张图纸看了看："这什么东西啊？"

王士涂目光闪烁了几下："是这样，阳台上有一个豆豆小时候坐的小椅子，断了条腿，我一直想修好。"

"这是……两条腿吧？"小七皱眉道。

"留一个备用嘛，我这手艺不行，万一做坏了呢？"

小七道："哦……那我帮你吧。"说着想要去拿地上的木条，王士涂却挡开了他的手，大声道："你别碰！"

小七一愣，王士涂缓和了一下语气："我自己来就行，你赶紧回去睡觉吧。"

到了第二天，王士涂才给金满福回电话。他用的是公用电话。

不一会儿，电话里传来金满福的声音："喂？"

王士涂压低声音道："是我。"

"你既然肯回我电话，应该是想通了吧？"金满福说。王士涂看不见金满福的表情，不过想来，应该是又从容又得意，有种胜券在握的高高在上。

王士涂沉默片刻，道："我已经有了一个初步的计划，不过实施起来没那么容易，你要给我几天时间。"

"没问题，我等你的好消息。"

王士涂道："你承诺我的事情，如果做不到，你知道后果。"

"当然。"

谈话到这里就结束了，王士涂挂断了电话，四下看了看，匆匆离开。

此时，小七正坐在家中的地上，身边放着装有锛凿斧锯的工具箱、一把少了一条腿的小椅子，还有两条已经成型的"椅子腿"。

小七试图将其中一条"椅子腿"装到小椅子上，却发现尺寸不对。他拿过旁边的图纸仔细看了看，自言自语："这图纸不对呀……"

他想了想，放下手里的"椅子腿"，从工具箱里拿出工具，想要修改一下，却带出了里面的一根铁链子，铁链子正好掉在两条做好的"椅子腿"之间。他的动作突然停顿，盯住了地上的"椅子腿"和铁链。

铁链看起来像是将两条"椅子腿"较细的一端连了起来，整体看起来很像一副双截棍。

他将铁链和两条"椅子腿"都捡了起来，双手攥住了铁链和"椅子腿"的连接处，将铁链拉直，就像用双手拿着一副双截棍。

这东西不是椅子腿啊……

他脑中回响起边美珍的话，还有昨晚他跟王士涂的对话。

"那个棍呢？他手里那个棍怎么没有了？"这是他第一次知道双截棍的存在。

"你说如果边杰被害死了，有没有可能双截棍就是凶器，然后跟尸体一起被处理掉了？"他对王士涂说过自己的猜测。

而昨晚王士涂说："他知道豆豆在哪儿。"

"他要用豆豆换金燕？"

小七的目光急速闪烁着，心中突然有了个可怕的猜测。

他立刻起身，一秒也没有耽误，出门去找王佳。

"小七哥，你怎么来了？"王佳欣喜地道，"我刚买了点苹果，快进屋，我给你拿几个。"

顾不上和她寒暄，小七从背后拿出了那副双截棍，他的手仍然攥着两根棍子的末端，一截铁链从手里垂落出来，看起来像是两根棍子之间连着铁链。

"王佳，你看这是什么？"

王佳立刻瞪大了眼睛："边杰的双截棍，你们找到了？"

果然，是双截棍。小七深吸了一口气，道："边杰的双截棍……"

"对呀，之前王叔还来问过我边杰的双截棍具体是什么样子的，没想到这么快就找到了。"王佳道。

小七神色一凝，正色道："他专门找你问过双截棍的事？"

王佳点了点头。

"那他有没有说原因？"

"没有，就是说案件调查需要。"

像是印证了心中的猜测，小七不自觉地用力攥紧了手里的双截棍，脸色也变了。

"小七哥你怎么了，有什么不对吗？"王佳仔细打量着他，担心地问。

小七喃喃着道："出事了……"也顾不得跟王佳打招呼，他转身就走。

"喂，拿点苹果去吃吧，小七哥……"王佳在他背后喊道，小七听如不闻，焦急地离开了。

路边小卖部支出的桌子上放着那两根短棍和一瓶一口没喝的汽水，小七坐在桌前，看着那两根短棍发呆。没一会儿，小张匆匆走了过来，很不解地打量着小七。

"你小子，找我有事？"

小七看了小张一眼："你先坐下。"

这小子好像老成得很，小张只好坐了下来："有什么事不能去局里说吗？怎么还鬼鬼祟祟的？老板，来瓶汽水。"

等到一瓶汽水放在小张面前，小七这才开口："在你们公安局，你是不是跟王叔关系最好？"

"那必须啊，我是他一手带出来的，'亲生'的徒弟。"小张不假思索地道。

小七放心地点了点头，担忧地说："王叔，他最近不太对劲。"

小张喝了口汽水，随口问："他咋了？"

小七用下巴示意桌上的两根短棍："他之前在偷偷做这个东西，你看它们像什么？"

放下汽水瓶，小张端详了短棍一会儿，道："什么东西的腿子？这么短，这玩意儿要是用来打人也不灵啊。"

王叔这徒弟的脑子吧……小七从口袋里掏出那根铁链，将两根短棍连了起来。

"现在呢？"

"这个……李小龙的双截棍？"小张疑惑地问。

小七看着小张的眼睛，一字一字地道："是边杰的双截棍。"

然而小张还是没有反应过来，皱着眉头问小七："边杰的双截棍？什么意思？不是，你到底想说什么？"

"他有没有告诉过你，金满福知道豆豆的下落？"小七沉声道。

正在喝汽水的小张瞪大眼睛看着小七，讶然道："你说什么！"

"金满福想用豆豆换金燕！"

小张闻言被汽水呛了一下，说话也结巴起来："这、这、不可能！我师父，他、他不会犯糊涂吧？！"

小七摇摇头，道："我不知道，但是他骗我说这是椅子腿。而且他专程去问过王佳，边杰的双截棍长什么样，王佳说就是这个样子。"

"可是法医都下定论了，边杰不是死于双截棍敲击，他做个假的，有啥用啊？"小张一脸茫然。

"我也不知道，但王叔如果同意拿金燕换豆豆的话，那这双截棍肯定就是给金燕洗脱罪名的重要工具。"小七平静地道。

小张依然沉浸在惊讶之中，像是在说服自己，自言自语地道："不可能，不可能，我师父不是那样的人……"

他从未怀疑过王士涂的正义感和作为警察的职业道德，就像……就像他从未怀疑过他对豆豆的爱意和执念。

小张茫然地看着面前的汽水瓶，已完全不知该如何是好了。

午休时间，王士涂拿着一个饭盒匆匆穿过走廊，推门走进了法医办公室。他反手将门关好，里面传出了轻微的上锁的声音。

小张鬼鬼祟祟地从走廊拐角处闪了出来，蹑手蹑脚地来到门前，将耳朵贴在门上偷听。

里面传来王士涂的声音："我想知道，现在咱们有多大的可能推翻边杰的死因？"

一听到这句话，小张的脸色瞬间苍白。

"就现有的证据看，难度比较大，除非你能找到新的证据来佐证。"法医回答。

里面沉默了片刻，王士涂的声音再次响起来："是这样的……"

可是说到这里，两人说话的声音突然低了下去，小张用力将耳朵紧紧贴在门上，还是什么都听不到。这背着人的小声密谋……小张一副完蛋了的表情。

小七的心情更是沉重，晚上吃饭的时候，闷着头一言不发。

"怎么了臭小子，对自己的厨艺不满意？"王士涂抬头看他一眼。

小七沉默了片刻，似乎终于鼓起了勇气，道："王叔，你做的那东西真的是椅子腿吗？"

王士涂一愣，低下头去接着吃饭，过了许久，才生硬地道："要不然呢？"

小七望着他，意有所指地说："如果那把椅子修好了，是不是豆豆就能回来了？"

王士涂吃饭的动作停顿了一下："有一线希望，总比没有好。"

天气很好，蓝天白云。照阳好像很久没有这么好的天气了，好像就从三年前那个下雨的夜里开始。金满福优哉游哉地背着手站在一片小树林边，望着远处——自己也很久没有这样的轻松心情了。

这个地方原来不是小树林，而是个公园，他记得，很多年前，这里曾有一棵很粗的大树。

他还记得，那个时候，就是在这里，自己手拿一把铲子，一铲子一铲子往外挖土。挖了一个浅浅的坑后，从包里掏出一辆崭新的玩具汽车，将汽车放进坑里，又将土坑仔细埋好，在上面踩了两脚。

盯着被踩平的土地看了一会儿，他终于转身离开，再然后……

再然后，身后的脚步声打断了他的回忆。那人在距离他不远处停了下来。

金满福没有回头，淡淡地道："来了。"

王士涂冷着脸说："你倒是会选地方！"

金满福依旧没有回头，道："跟我说说你的计划吧。"

王士涂上前两步，跟金满福并肩站立："边杰现在的尸检报告上新加了一条——颅骨骨折。"

金满福扭头看了王士涂一眼："目的呢？"

"撞到墙上的钉子不会引起大面积颅骨骨折，除非是被什么东西猛击头部，这样就与金燕的口供矛盾了，口供就有了被推翻的可能。"

"然后呢？"

"指向金燕的证据链，缺了最关键的一环，那就是凶器没找到。"王士涂道。

"那根钉子？"金满福挑眉道。

"边杰颅骨上的伤痕，表明致死凶器只能是一根钉子，但是，钉子一定是墙上的那根吗？如果边杰的双截棍上也有一根钉子呢？"

金满福终于转过身面对王士涂，他的表情没变，眼睛却开始发亮："你继续。"

王士涂道："案发当日你回到家，发现边杰在偷钱，你追着他到房间里，发生了争执和推搡，然后，你拿双截棍失手抽了他后脑，而棍子上正巧有根钉子。"

他拉开提包，露出了里面已经做好的双截棍，两个短棍之间已经连上了铁链。

"双截棍我已经替你准备好了，只要在这上面留下你的指纹，就能证明是你的凶器。"

金满福迟疑了一下，将包里的双截棍拿了出来，在手里抡了两下，道："还挺像。"

"对这根棍子有印象的，除了你们家人之外，就是王佳了。"王士涂道，"我找她打听了，这个东西就是根据她的描述做的。"

金满福笑了："棍子做得再像，它也是假的。有没有长时间的使用痕迹，别说你们警察，连我这个门外汉也能看出来。老王，你糊弄我，可对豆豆的事情没好处啊。"

"金满福，我就是为了豆豆才和你沆瀣一气的！"王士涂怒道，"我告诉你，我已经回不了头了！如果你想救金燕，这就是唯一的办法！"

盯着王士涂充满决绝之意的眼睛，金满福抚摸着双截棍的末端，沉吟道："那钉子呢？"

"边杰房间的海报和双截棍你可以烧掉，但那根钉子是烧不掉的，你那么谨慎，我不相信你会随便把它扔掉。"王士涂道，"所以，双截棍可以伪造，但钉子必须是真的那根才行。至于边杰的血迹，你就要自己想办法了，局里没有边杰的血迹样本。"

金满福沉吟了片刻，不置可否地说："这个计划要成功，最后得要秦勇同意吧？你有多大把握搞定他？他可是你们队长。"

王士涂笑了起来："秦勇确实是个麻烦，不过反过来，他最重证据，人只要被别人摸透了脉，就不难对付。"他似乎意有所指，金满福点了点头，没再说话。

于是王士涂打开提包举到金满福面前，示意他将双截棍放回去。

"这既然是我用过的凶器，不该拿在我手里吗？"

"还没到时候，我现在已经是开弓没有回头箭了，你至少也要拿出点什么，让我相信你确实知道我儿子的下落吧？"

金满福嘴角一挑，笑了笑，手一松，双截棍落回王士涂包里。王士涂拉上了手提包的拉锁，金满福则重新倒背起双手。

"我做生意最讲诚信，要不我也不会选这个地方跟你见面。"金满福悠然道，"那么多年过去了，这里改变很大啊。"

王士涂的脸色越发痛苦。没错，这里就是当年豆豆走失的小公园。

"豆豆！不玩捉迷藏了，放学了，爸爸来接你啦！"那天，王士涂焦急地呼喊着，突然瞥见小树林的深处，一个孩子的身影一闪而过。

"豆豆！"他几步冲进了小树林，一把抓住了那个五六岁小男孩的肩膀。小男孩回过头来惊恐地看着王士涂，却不是豆豆。

王士涂一边比画着一边问小男孩："你有没有看到一个跟你差不多大的小朋友？大概这么高。"

那小男孩摇了摇头，王士涂满脸失望，却没有注意到小男孩的衣服兜里藏着豆豆的小木枪。

幼儿园的杨老师也跟了过来，抱歉地跟王士涂解释道："豆豆爸爸！真是对不起，老师们还在周边继续找，并去同学家挨个打听了。"

她满面歉意，声音也怯怯的，可是那又有什么用！"放学后，我们带着孩子们玩丢手绢，就在滑梯那儿，一边玩一边等家长来接，我亲眼看见豆豆也和大家一起玩。可是等妈妈来接的时候，孩子就不见了，就一眨眼的工夫。"

王士涂将小男孩交给她道："你先把这个孩子送回去，别再让他丢了！这里离幼儿园不远，我以前带豆豆来过，我继续找找。"

他没找到豆豆，从那以后，他再也没见过豆豆……

王士涂回过神来，一把揪住金满福的衣领，嘶吼道："金满福，你为什么？豆豆那么小，有什么你可以冲我来啊！"

金满福满不在乎地笑起来："哎呀！王警官，这还真是个误会。那个时候，我真不是冲你们！老王你知道，燕子是我唯一的孩子，我一直希望能有个儿子。跟美珍再婚后，她带着边杰，我也挺喜欢。不生就不生吧，可是后来我生意越做越大……"

是的，一开始，他根本没有别的想法，可是有一天，在和几个生意伙伴的饭局上，他们推杯换盏、气氛热烈的时候，其中一个人大着舌头说："老金，你现在也是照阳数一数二的大老板了，我听说，家里就一个宝贝闺女？"

"谁说的？我有儿子呀！"金满福清楚地记得，自己是这么说的。

可是对方道："得了吧，拖油瓶也能算儿子？他跟你一个姓吗？"那人拍着他的肩膀："老金，我可是为你好。你这厂子红红火火，以后那么大的家业，给那个外姓的儿子！你看看老李，他到头来就是竹篮打水一场空啊！"

旁边的老李脸上挂了相，举起酒杯一饮而尽，愤愤地道："就得有个自己亲生的儿子才行！"

金满福苦笑道："这种事，我一个人打算有什么用？"

"嫂子不同意啊？得，我教你个法儿……"那人凑近了金满福的耳朵，低声道，"你想个办法，先把那个小孩送走。等嫂子跟你再生一个后，你再把他接回来不就完了吗？！"

金满福急忙摆手："你这什么馊主意！"

"拉倒！来来来，喝酒喝酒！好心当成驴肝肺。"

他明明拒绝过了，回到家后，也跟边美珍好好商量了。可是，边美珍还是拒绝了。

怪谁呢？潘多拉的魔盒已经被打开了。

金满福叹了口气，对王士涂说道："后来，我一时冲动，就按照我朋友的办法……"

那年边杰才六岁，这么小的孩子，很好骗。那天他戴着红领巾，正拿着个小铲子不知在土里挖什么。金满福轻轻走了过来，和颜悦色地道："又在挖宝藏呢？"

边杰嗯了一声。

"金叔叔知道哪里有宝藏，真正的宝藏。"

边杰立刻瞪大了眼睛，望向金满福。

"还记得我和妈妈带你去的那个小公园吗？"金满福压低了声音道，"那里有一棵特别粗的梧桐树，宝藏就埋在树下面。"

边杰兴奋地问："真的吗？"

"你明天放学去看看就知道了。不过一定要保密，不要让你的同学知道，要不然宝藏就被别人挖走了。"说着，金满福做了个将手指放在唇边的手势。

"我把他的照片给了那个中间人，约好了时间和地点，还特意让边杰穿上一套小警服以便中间人确认。后来不知道怎么回事，边杰居然回来了。"

那还是金满福第一次干亏心事，气喘吁吁地跑回家，神色慌张。

边美珍焦急地问他："你怎么才回来？你看见小杰了吗？他怎么还不回家？不会出什么事吧？"

金满福假意安慰道："你别急。他肯定是跑去哪儿玩了。"

"不行，我得去找他！"边美珍拿了外衣就跑出去拉开了大门，却看到一个女人和边杰正站在门外。

边杰上身只穿了个背心，下面是一条类似警服的绿色裤子。金满福看到边杰出现在门外，先是愣了一下，随即双眉拧在了一起。

边美珍却一把抱住了边杰，接着仔细查看他的身体是否受伤，连声道："小杰，你跑哪儿去了？妈妈都要急死了你知道吗？"

边杰满脸惶恐，低声道："我、我去找宝藏了。"说着从裤子口袋里掏出了一个玩具小汽车，望向了金满福。

金满福假装没看见，走到女人面前露出了客气的笑容："谢谢啊，给你添麻烦了。"

边美珍注意到边杰没穿外套，问："你外面的衣服呢？大盖帽呢？"

边杰迟疑了一下："丢了。但我换到了一把小木枪！"

"你这孩子！"边美珍斥道。

边杰突然哇的一声哭了起来，金满福紧紧盯着边杰手里的小木枪。

随后，他气急败坏地给中间人打电话："怎么回事？他怎么好端端地回来了？"

电话那边是个女声："不能啊，我们抓的就是穿警服戴大盖帽的小男孩啊。"

"你们认错人了吧？不是给你照片了吗？"

然而那个女人说："那么大的孩子长得都差不多，照片顶啥用？我去的时候就那一个孩子在啊。"

"你抓的那孩子里面穿的什么？"

"上身蓝色的确良小衬衣，下身咖啡色灯芯绒裤子，最里面是个黄背心，上面有个小熊。"

金满福似乎明白了什么，大声道："看来那孩子穿的是他的外套，你都看不见这上下的衣服不配套吗？"

女人冷笑着道："老板，这是坐牢的营生，我还有工夫给你看配不配套？"

"她带走的孩子是豆豆！"听完金满福的话，王士涂紧紧攥着拳头，从牙缝里挤出几个字。过了半晌，又声音颤抖着问，"送边杰回家的人，是个女的吗？"

"是个女的，第二天美珍去上门感谢才知道她是幼儿园的老师。"金满福道。

王士涂踉跄了两步，喃喃道："边杰，原来那个孩子是边杰。"没错，自己当时拉住询问的小男孩，就是边杰。

"他看见了，他一定看见了！我哪怕再多问一句……"

金满福道："其实吧，我离开小花园，把边杰一个人留下，当时还真有点想打退堂鼓。所以后来边杰回家，我也挺开心，有没有儿子都不重要，我想通了！"

"你想通了，为什么不把豆豆的事情告诉警察，告诉我们？"王士涂嘶声道，"我和他妈妈天天在大街上发疯一样找孩子，你看不见吗？"

可是金满福无所谓地笑笑："谁让你是个警察呢？我可不敢把这个事告诉你，我不想让自己惹上更大的麻烦。"

到了此时，王士涂再也抑制不住自己的情绪。王士涂嘶吼一声，气得原地打转。

"你……你不是人！"

"老王，我要不是人，就不会来跟你做这个买卖！"金满福道，"我是个生意人。豆豆换燕子，这笔生意，你觉得不划算吗？"他从容地转身离去，丢下一句话。

"钉子的事，你等我消息。"

王士涂缓缓地在一块石头上坐了下来，望着不远处一棵粗大的梧桐树，目光仿佛穿透了时空。

树下，六岁的边杰正在用小铲子挖土。挖着挖着，他看到一双小脚出现在了旁边，抬头望去，拿着小木枪，穿着蓝色衬衣、褐色裤子的豆豆正好奇地望着他。

豆豆声音稚嫩，问："你在干吗？"

"挖宝藏。"

"挖到了吗？"

边杰还没开口，突然小铲子碰到了土里的什么东西，一辆玩具小汽车露出一角。

豆豆惊喜地叫起来："哇，真的有宝藏！"边杰高高举起小汽车，两个孩子高兴地又跳又笑。

王士涂在远处看着，脸上也闪过了一丝温柔。

豆豆拿着边杰的小汽车玩了一会儿，又将它还给边杰，道："我们一起玩捉迷藏吧。"

"好啊。"边杰说着，将小汽车装进了裤子口袋，豆豆歪头看着他穿在最外面的警服和大盖帽，羡慕地说："你的衣服真好看，我爸爸就是警察，他穿着警服可威风了。"

"好看吗？那借给你穿一会儿。你把你的枪给我玩玩。"边杰说着，脱下警服外衣和大盖帽给豆豆穿戴上，豆豆又把自己的小木枪给他。

陷入想象中的王士涂噌地站了起来，失声叫道："不要！豆豆！

不要穿！"

然而两个孩子完全感觉不到他的存在，边杰道："我先藏，你来找。"

豆豆点了点头，趴到梧桐树上开始数数。边杰钻进了旁边的小树林里。他躲在一棵树后，偷偷看着。豆豆数完了数转过身来，四处搜寻。此时，一个人影不知从哪儿冲了出来，将一个手绢捂在了豆豆嘴上，豆豆的身体软软地倒了下去。那个人抱起晕倒的豆豆就走。

王士涂目眦尽裂，几步冲上去，伸手去抓那个人的肩膀，却抓了个空——一切归于黑暗，人贩子、豆豆和边杰都消失了，只有呆呆站着的王士涂。

那个时候，他救不了豆豆。可是现在……王士涂痛苦地把脸埋进手掌，浓黑的夜色像要将他吞没。

白天，小张和小七照样约在街边见面。他们面前开了两瓶汽水，正在一颗一颗地冒着小泡泡，可是谁也没心情去喝。小七脸色沉重地看着那浮上又破裂的气泡，小张更是愁眉苦脸，哀声道："完了，完了！从昨天开始我一直盯着师父，他肯定有问题！他都不在食堂吃饭了，直接端着饭盒去了法医室，也不在办公室询问案情、检查我作业了。我一不注意，他人就不见了，神神秘秘的。"

他重重一拳砸在桌子上，道："你说，他不会真想着和金满福交易吧？那可不能啊，417 这个案子在他心里那么重。"

"或许，豆豆在他心里更重吧。"小七黯然道。

"我师父是个好警察，但是，他也是豆豆的爸爸，如果非要他选……"小张纠结道，"这，我也选不出来啊。"他突然站了起来，大声道："不行，我看，我们还是得把这事告诉秦队。"

小七吓了一跳，急忙又拉着他坐下来，道："那他就完了！我当年在贼窝，结巴护着我，让我别脏手。后来，王叔把我带到光明大道上，我现在不能看着王叔也走错路啊！我们要想办法帮他去除杂念，他得是个好警察。"

"我师父就是好警察！"小张争辩道。

小七沉吟着说："他是为了豆豆才变成这样的，只要能找回豆豆……"

"他找了十几年都找不到，就凭咱们两个臭皮匠？"小张苦笑起来，"他不是有个小本子吗，上面的人，他都挨个调查了一遍，可没有一个……"说到这里，他突然神色一变，住口不语。

小七瞧着他的脸色，急忙追问道："你想起什么了？"

小张郑重地道："三年前我们抓郭姨，也就是三姑娘她妈，那老太太说豆豆就是她拐的，而且已经病死了。"

小七愕然道："啊？豆豆死了？"

"她那是为了激我师父，我师父差点动手抽她！她肯定是胡说八道！"小张解释道，"但是想想啊，这么多年，她还真是唯一一个承认见过豆豆的人。"

"那得再问问啊！怎么能放过她呢？！"小七急道。

小张叹了口气："可是她判都判完了，老东西恨死我师父了，她当时都没松口，现在更不可能说了。"

"张哥，不管怎么样，如果能问出豆豆的下落，王叔就不用和金满福做交易了！"小七正色道。

"嗯！死马当活马医。"两个臭皮匠也的确没什么更好的办法。小张回去后立刻去监狱查郭姨，而没过多久，秦勇就接到了监狱狱政科的电话。

"是秦队吗？"狱政科的警员在电话里对他说，"中午你们刑警队小张让帮忙查询一个犯人的情况，我们查证后确认，你们要找的犯人郭桂枝入狱半年后就病死了。"

不仅秦勇知道了他在查郭桂枝，郭桂枝还病死了。这一下，小张得到了两个坏消息。

面对秦勇的质问，他招架不住，没有过多抵抗，便和盘托出："秦队，你知道吗，那个老狐狸金满福知道我师父他儿子在哪儿。我担心，金满福会用这事要挟我师父！"

秦勇吃了一惊，随即皱起了眉头，问："这事你是怎么知道的？"

"是我师父家那个小七告诉我的。"

秦勇的脸色阴沉了下来："他怎么跟你说的？"

小张支支吾吾地道："他、他说，金满福想用豆豆的下落换出金燕。我本来是坚决不信我师父会答应的，可是、可是后来我偷听到他跟法医说……"

"他跟法医说什么？"

小张脸色更难看，声音也更小了："他说……有没有办法，推翻边杰的死因……"

他边说边小心翼翼地观察着秦勇的脸色，半天才开口道："事关重大，我会好好查实，你要守口如瓶，不能再告诉其他人，免得……"

小张顿时心怀希望地用力点点头："好！免得错怪了我师父！"

"免得打草惊蛇。"秦勇厉声道。

小张的身体抖了一下，张了张嘴想要替王士涂解释两句，可是秦勇已经命令道："去，叫法医来见我！"

不知秦勇跟法医说了什么，小张也没心思听，接下来的一整天，他都有种出卖同志的负罪感，心情低落。

夜里，金满福阴沉着脸坐在椅子上，沉思良久。他从书桌下拉出一个工具箱，从里面拿出了一把锤子，他在自己坐的椅子上用手摸索着，终于找到了一根钉子。

金满福用锤子将那根钉子起了出来，那看起来就是一枚普普通通的钉子，但它又一点都不普通。金满福拿着钉子，翻来覆去地看着，就好像那是什么价值连城的珍宝。

可是一颗钉子，又怎么会价值连城？这个说法不对，换个更贴切的形容词——应该是性命攸关。

这颗平平无奇的钉子关系两条人命，他的两个儿女的两条命。三年前是边杰，现在，则是金燕。

第二天的下午，王士涂收到了他的信息，传呼机屏幕上显示着一行字：下午三点，陆羽茶楼。

王士涂当即起身出门。他匆匆穿过走廊，经过大办公室窗外的时候，瞥见办公室里一个人都没有。

他疑惑地停住了脚步，此时正好看见小林从对面走了过来。

"王队。"

王士涂指了指大办公室："他们人呢？"

"哦，秦队叫大家去开会了。"

王士涂皱起眉头："开会？开什么会？"

"具体我也不清楚。"小林道。

开什么会不需要通知自己？王士涂目光闪烁，满面疑惑。

比他早到一步的金满福已经坐在茶楼的包间里。他泡的茶是自己带来的铁观音，很贵，当初没舍得多买，平时也不舍得喝。

只不过现在嘛……他小口小口地喝着，事情如果顺利的话，能喝茶的时间也不多了。燕子不喜欢喝茶，早知道是这样，真该多泡几次。

正当他呆呆望着茶壶出神时，桌上的大哥大响了起来，他接起来："喂？"

王士涂的声音从电话里传出："你在哪儿？"

"不是说好了在茶楼见面吗？我在等你啊。"

"事情有点不对劲，你马上离开那个地方。"王士涂道。

金满福意外地皱了皱眉："怎么了？"

王士涂没有解释，而是着急地说："听我的，赶紧走！"

听了他的话，金满福立刻挂断了电话，将衣服的领子竖起挡着脸，匆匆走出茶楼大门。并不是他多么信任王士涂，而是王士涂既然这么说了，不管有没有危险，至少，他是不会来了。

金满福刚沿着街道走了没两步，就看到两辆警车迎面驶了过来。他一惊，转身拿起了小卖部门前的公用电话话筒，装作在打电话。

两辆警车停在了茶楼门前，一众警察下车冲进了茶楼。金满福偷看着，暗自心惊。

似乎没人注意到他，金满福扔下话筒，匆匆钻进一条小巷，走到一个岔路口的时候，一只手突然伸过来，将他拉进了另一条小巷。

金满福定睛望去，只见拉他的人是王士涂，他立刻神色凝重地问："怎么回事？"

王士涂四下看了看，压低声音道："秦勇瞒着我，部署了一场抓捕行动。"

"怎么会这么巧，偏偏是在我约你见面的地方？"金满福挑眉道。

王士涂脸色不善："不是巧合，我觉得应该就是冲咱们来的，他可能已经怀疑我了。"

"那怎么办？事还能办成吗？"

王士涂咬牙道："开弓没有回头箭。只要能把证据摆在秦勇面前，就算他心里有怀疑，也说不出什么。赶紧把东西给我。"

然而金满福沉默片刻，道："那根钉子，我没带。"

王士涂一怔，顿时勃然大怒，他一把抓住金满福的衣领，将他按在了墙上，恨声道："姓金的，我已经上了你的贼船，你耍我？"

金满福道："我也是想谨慎点。之前我一直没有完全信你，明天，还是这个时候，去我们上次见面的地方，我把东西给你。"

王士涂怒目而视，慢慢放开了手，指着他的鼻子怒道："别再给我耍滑头，我现在什么都干得出来！"

他心情极差，空着手回到警察局。穿过走廊时，迎面遇到了小张。小张的神色很不自然，磕磕巴巴地道："师父……你……刚才去哪儿了？"

王士涂声音疲惫地道："去见个老朋友。"说完就准备离开，跟小张擦肩而过的时候，小张再次开口："师父，我这几天总会想起刚跟您那会儿，您教我的那两句话。"

他顿了顿，才接着道："您说，地里种了菜就不容易长草，把心放在当间儿，晚上才能睡好。"

他意有所指，可是不知道王士涂听出来了没有。王士涂沉默了片刻，抬脚向办公室走去。

小张扭头看着王士涂的背影，脸上写满了担忧。

撇下小张，王士涂再一次约了金满福，还是在那片小树林边。这次，是王士涂先到。

梧桐树粗大，多年前的小公园都不在了，它却还在。世上的事就是这样的，有些一直在变，有些又永远不变。

王士涂背着手望着那棵粗大的梧桐出神，没一会儿，金满福从王士涂身后走了过来。

"东西带了吗？"王士涂听到动静转过身来。

"带了，不过在交给你之前，我要确认一件事。"金满福道。

"什么事？"

金满福还没说话，王士涂的传呼机就响了起来，他拿出来一看，是一条留言：你是不是跟金满福在一起？秦勇。

王士涂盯着传呼机看了一会儿，将传呼机屏幕给金满福看，金满福讶然道："秦勇？他、他知道我们在这儿？"

王士涂冷冷地看着他，沉着脸道："别演戏了。这传呼是你打的吧？事情都到这一步了，你还在防着我，那这买卖就别做了！"他说完就要走，金满福急忙拦住他。

"别生气，你知道的，我一直是个谨慎的人。"金满福终于从口袋里掏出了那枚钉子，递到了王士涂面前。

王士涂盯着那枚带有暗红血迹的钉子，微微动容，从包里拿出一个证物袋打开，示意金满福将钉子放进去。

眼看着钉子落进袋中，王士涂道："豆豆的下落，你打算什么时候告诉我？"

"等燕子出来和我团聚的时候。"可他的话音刚刚落下，身后就传来了秦勇的声音。

"不会有那一天了！"

金满福霍然回头，只见秦勇和法医从小树林里走了出来。他顿时脸色大变，失声叫道："秦勇！"又朝王士涂道："他怎么会在这儿？"

秦勇冷笑道："我本来就在这儿，所以我当然不会给老王打传呼。"

法医也走了过来，王士涂将装钉子的证物袋递过去。仔细观察着袋子里的钉子，法医沉声道："看起来污染得有点严重，要想从血迹里提取到边杰的 DNA，得送到最先进的检测机构才行。"

秦勇正色道："金满福，我现在正式通知你，警方怀疑你协助金燕藏匿尸体，包庇犯罪，检测结果出来之前，你不得离开照阳，随时听候我们的传讯。"

金满福一瞬间有些崩溃，他红着眼睛盯着王士涂，嘶声道："王士涂！原来你一直在演戏！千算万算，我还是没能算过你啊！"

"你太自信了，你以为拿出了足够重的筹码，我就一定会入你的局。"王士涂冷静地看着他，淡然道，"可是你不了解我，你不了解警察，也不了解站在我身后的战友！"

其实，从一开始王士涂就没瞒着秦勇。虽然为难，但他还是对秦勇道："当务之急是坐实金满福帮金燕藏尸，你不要为我的事情分心，我自己想办法。"

然而秦勇说："那不行，你打了半辈子的拐，帮多少被拐孩子回到了家，你的事情不能没人帮，你的儿子不能没人管。"

王士涂感激地看着秦勇，眼圈有些发红。这时，秦勇突然灵光一闪："老王，我们能不能将计就计？"

王士涂眯起了眼睛："你的意思是……"

秦勇立刻道："没错，假意答应金满福，想办法从他嘴里套出豆豆的下落，同时让他自己把协助犯罪的证据交出来，一箭双雕。"

王士涂沉声道："这样太冒险了吧，万一要是出什么岔子……"

"不入虎穴，焉得虎子？"秦勇坚定地道，"无论是为了豆豆，还是为了把金满福绳之以法，咱们都不该错过这次机会，出了任何问题，有我这个刑警队队长担着！"

王士涂沉默了片刻，沉重地道："小秦，谢了。"

而秦勇摇了摇头："保密起见，这件事你知我知，接下来没人能帮你，你要独自面对金满福。"

于是王士涂深吸一口气："我得好好琢磨琢磨，怎么才能入虎穴、得虎子。"

所以，后来他去找了法医，压低了声音道："为了取得金满福的信任，我们现在需要你的技术协助。能不能在尸骨上找到一个突破口，证明凶器有可能是双截棍？"

法医想了想，告诉他："如果是被双截棍重击后脑，应该会造成颅骨骨折，你可以告诉金满福，你在尸骨上伪造了颅骨骨折的痕迹。"

事情的经过就是这样，到了此时，金满福才看清整件事的全貌。他呆呆地站了半晌，突然苍凉地大笑起来："我是太自信了，都是当爹的，我以为你会跟我一样为孩子不顾一切。没想到啊，我没想到会有这么无情的父亲。你对豆豆就那么不上心？好啊，那我向你保证，你永远都别想从我这儿得到半点儿豆豆的信息！"

"从一开始，我就没打算从你嘴里问出豆豆的下落。"王士涂神色不变，"如果我的孩子是靠徇私枉法找回来的，那我才真的不配做一个父亲！儿子不在我身边，但他永远在我心里。可是你呢？金满福，你是有孩子，一个死了，一个被关押，你就是用那些处心积虑的阴谋、栽赃、欺骗和要挟来保护孩子的？你才是愧为人父！"

金满福又笑了起来，这次却无比凄凉："你是不是觉得自己特别伟大，牺牲了那么多，只为了把有罪的人绳之以法？可是我告诉你，你冤枉了好人，我女儿是无辜的，那根钉子不是凶器，这个案子的真相根本就不是你们以为的那样。你以为你赢了是吗？不，这件事没有胜利者，所有人都是受害者，所有人。"他说完就转身离开，脚步踉跄，背影沧桑。

在他身后，王士涂眯起眼睛，不知为什么，他把这最后的几句话听进了心里，口中喃喃着道："钉子不是凶器……金满福你什么意思！"

秦勇也一愣："除了藏尸和转移尸体以外，金燕的口供跟我们掌握的证据是完全吻合的，这个案子还能有什么隐情？"

王士涂想了想，道："再给金燕次机会吧。如果最后是由我们证实金满福是帮凶，那她的自首就没有任何意义了。"

揪出了金满福，王士涂和秦勇的心情都不错。唯一忐忑不安的，只有小张。

他像被罚站的孩子一样低着头站在房间中央，王士涂背着手，一圈一圈地围着他转。没一会儿，小张便苦着脸哀求道："师父，要不你踹我两脚得了，你这样我这心里发毛啊。"

"可以啊，小张同志，你这个'张'是自作主张的'张'吗？怀疑你师父伪造证据，警惕性很高嘛。来来来，你给我铐上带走呗。"王士涂向来是会阴阳怪气的，向小张伸出手，小张急忙往后躲。

小张着急道："我哪里知道您和秦队是商量好的，再说都是小七那小子，他专门找的我，又是双截棍，又是金满福的……"

"他是群众，你是警察，他说你就听啊？"王士涂抢白道，"你既然怀疑我，为什么不老老实实向秦队汇报呢？"

"我是想汇报来着，可小七不让。我也是怕您万一脑子一热……结果我自己脑子一热，就信了他的邪了。"虽然王士涂没踹他，可是他是真想踹小七了。

王士涂叹了口气："知道为什么不告诉你行动计划吗？"说着，用手指在小张脑袋上狠狠杵了一下："你不是脑子一热，你是根本就没长脑子！"

小张有些委屈地道："不是，师父，虽然郭姨死了，但是她女儿三姑娘还在，我们可以继续审她女儿啊！"

"十几年前，三姑娘才多大点儿？"王士涂叹道，"滚，出去多晒晒太阳，赶紧长脑子去！"

晚上小七回家的时候，看见王士涂一个人呼噜呼噜吃着一碗拌面。小七叫了一声："王叔。"

王士涂头也不抬："今天罚你，没饭吃。"

小七讶然瞪大眼睛："为啥啊？"

"你自己做了什么不知道？"

小七一下就蔫了，低声道："我和张哥就是想帮你，如果我们能知道豆豆的下落，你就不用和金满福做交易了……"

"就你们两个臭皮匠还想帮我？"王士涂生气地一撂筷子，"你呢，永远冲动上头，他呢，就是个猪脑子。你俩能帮上我什么？不给我添乱就是烧高香了。"

自己也不是很冲动，但是小张，反正他的确不聪明。小七满脸沮丧地垂着头，王士涂突然有些不忍心了，缓和了语气道："我知道你担心什么。我告诉你，你担心的事没有发生，以前没有，以后也不会有。"

"王叔，真的？太好了！"小七笑了，大声道，"我就知道，你是个好警察！比我以为的更好！"

"还用得着你说！"王士涂故作恼怒，"去，把沙发边上的小椅子拿来。"

"王叔，你已经修好了？"小七依言取来。

王士涂没有回答，将它翻过来放在地上拍了拍。

"坐下试试。"

小七听话地在椅子上坐了下来，道："王叔，可是豆豆……"

王士涂拍了拍他的肩膀，打断道："去，自己把锅里的东西端出来。"

"还有好吃的？好香啊！"小七早就饥肠辘辘，扭头就钻进厨房。

王士涂看着他的背影，神色有一瞬间黯然。他绝不可能徇私枉法，也不相信金满福知道豆豆的下落，用豆豆换金燕，从金满福找他开始，他想都没想过。然而现在尘埃落定，他却控制不住地去想，万一呢……万一金满福真的知道呢？自己是不是错过了找到豆豆的机会？

这会不会是此生最后的一个机会？

他鼻子一酸，想到了妻子临终前的那天。

"今天气色不错，给你炖了鸡汤，快趁热喝吧。"王士涂努力装作神色轻松的样子，打开食盒为妻子盛鸡汤。

妻子靠在病床上，脸色灰白，人早就瘦成一把骨头，她看着王士涂，虚弱地道："老王，我想吃你做的葱油拌面。"

医生说过，就这几天了，想吃点什么就吃吧。如今王士涂听到这句话，手突然一抖，碗里的鸡汤洒了出来。

被烫到的痛感隔了两秒才传到大脑，他掩饰般手忙脚乱地掏出一条手帕，去擦床头柜上的汤，手却突然被妻子握住。

"老王，咱不找了吧。"

王士涂愕然抬头，只见妻子目光凄凉，她柔声道："等我走了，就只剩你孤零零一个人了。去贴寻人启事的时候，连个帮你刷糨糊的人都没有。以前咱们两个回到家，还能说说话，可是你一个人，担不起那么重的伤，我不想你也像我一样被压垮。答应我，咱不找了，行吗？要不然，我走得不安心。"

在那个时候，他就已经答应了妻子。可是，却从来没有做到。

他幽幽地叹了口气，妻子已经与世长辞，可能此生都无法再见面的豆豆，就是自己在世上唯一的亲人了。

王士涂觉得自己马上就要落下泪来，这时，厨房里传出铲子和锅相碰的盛菜声，不一会儿，小七便捧着一大盘子拌面出来了。他在王士涂面前坐下，大口吃着面。

看着他，王士涂又愣了愣神，他又想起当时妻子的温暖笑容和她对自己说的最后一句话："以后啊，你会再有一个家，也会再有孩子的。我看得到，你信吗？"

王士涂泪流满面，颤声道："信，我信。我、我好好过日子，我会有一个家，也会有孩子，他也会爱吃葱油拌面，我会给他买好多玩具，我教他走正道，送他上大学，我、我……"

对，这个孩子爱吃葱油拌面，他们一起打游戏，自己还鼓励他继续上学……

王士涂的视线模糊起来，他飞快转过了头，但是更快地，一滴眼泪沁出了眼角。

接下来，就是对金燕进行最后一次审问。

秦勇道："你马上要移送看守所了，现在是最后的机会，还有没有什么要交代的？"

金燕神色木然："没有了。"

"我看得出来，你选择来自首，不是为了争取宽大处理，你是真心真意地悔过，想要给你死去的弟弟一个交代。"秦勇审视着她，"那你觉得，边杰对这个交代满意吗？"

金燕闭了闭眼，无力地道："我欠的债，由我来还，我能做到的只有这些了。"

也是料到了她油盐不进，秦勇叹了口气，向一旁的小林使了个眼色。小林便将豆豆那张拿着小木枪的照片放在金燕面前，问："你小的时候，有没有见过这个孩子？"

金燕盯着照片看了半天，还是摇了摇头。

"你再好好想想，在边杰六岁的时候，你有没有见过这个孩子，或者听金满福提到过豆豆这个名字？"秦勇道。

金燕皱起眉头："没有。"

"那边杰有一次差点走丢，你有印象吗？"

这次金燕则点头道："我记得，他跑到不知道什么地方去挖宝藏，后来是被好心人、一个女老师送回来的。"她说着，神色渐渐变得凄凉，悲伤地道："有时候我甚至会想，如果他那一次再也没能回来，或许现在还好好地生活在某个地方。"

对面的秦勇看了她很久，才缓缓地开口道："豆豆就是在那一天被拐走的，而边杰亲眼看到了这一切。"

他明明说得很清晰，很平静，金燕却大吃一惊地抬起了头。

秦勇继续道："你知道边杰长大后为什么会疏远你们吗？"

金燕依旧迷茫，但不知为什么，心里却涌上一股难以言说的恐惧。

秦勇突然提高了声音："因为那天，是金满福骗他去挖宝藏的！他原本安排了人要把边杰送走，但是边杰跟一起玩的孩子换了衣服，那个孩子就是豆豆，王警官丢了十几年的儿子！"

"不可能！"金燕顿时惊呼一声，她如遭雷击，脸色瞬间煞白，悚然道，"我爸、我爸为什么要这么做？"

"你爸说，因为他想要一个自己的亲生儿子！"秦勇冷冷地道，"而现在，他居然想用豆豆的下落把你换出去。"

金燕努力支撑着身子，咬紧了牙，可身体却剧烈地颤抖起来。

"金燕，你父亲是个罪人！"秦勇毫不留情地说，"对一个六岁的孩子都这么狠心，他明明知道伤及无辜，却还是将错就错，害得王警官妻离子散。现在居然还以此要挟王警官！他究竟值不值得你保护，你自己好好想想吧！"

话已至此，女警小林走到金燕身边说道："走吧。"

金燕木然地坐着没动。

"我们把你爸爸的事告诉你，并不是要逼迫你，我相信你是无辜的。"

金燕沉默良久，终于道："其实，我不知道小杰在哪儿。"

秦勇的眼睛亮了起来："金燕，你终于肯说实话了，那天夜里去藏尸的人是你父亲对吗？"

金燕的眼睛湿润了，哽咽着道："在那种情况下，他只是做了一个父亲会为女儿做的事。他做的一切都是为了我，甚至第二天他回来的时候，还骗我说，小杰没死，他醒过来逃走了。是这句话，让我多活了三年。"

"他跟你说边杰没死，他醒过来了？"秦勇眯起眼睛，沉吟着道。

与此同时，一心想把女儿救出来的金满福签好了一本股权转让书，上面是金燕的名字，他把一切都转给了金燕。然后他关掉了办公室的灯，走出去。与看守所不同，工厂的走廊被灯光照得格外明亮，连地板都反射着灯光。

金满福穿过这样的走廊，伸手一盏一盏关掉了走廊上的灯。工厂一点一点归于黑暗。最后，他来到工厂控制室，按下一个按钮，所有的机器停转。

没有光亮，甚至连声音也没有了。

这一夜太过漫长，又不知从何时开始，电闪雷鸣，疾风骤雨。金家院子里，花架上唯一的那朵花在风雨中飘摇，终于被吹断了枝干，花瓣零落一地。

等到第二天早上，金满福走出小楼时，花架上已经没有花了。

金满福低头看到地上的花瓣，他慢慢蹲下身，心疼地将花瓣一片一片捡起来，放在自己的手心里，喃喃自语道："燕子，爸没有别的办法了，不管付出什么代价，我一定要把你救出来！"

再出门的时候，金满福买了肉，还有木炭和烧烤架。除此之外，他还走进一家药店，买了一瓶安眠药。

回到家，他支好了烧烤架，取出铁扦子，用手抓着那些还渗着血的肉，一块一块往扦子上穿。终于他穿好了肉，点好了炭火盆，

肉在烧烤架上发出滋啦滋啦的响声，受热的肉块渗出暗红的血。

烤好肉后，金满福又倒了两杯酒，在其中一杯里面放了一片安眠药。安眠药沉入杯底，慢慢溶解……

那杯酒是为边美珍准备的，他推开边美珍的房门，轻轻叫了一声："美珍。"

边美珍神色不安地坐在床上，怀里抱着边杰那套很像李小龙经典服装的运动服，看到金满福，立刻惊恐地缩到了墙角。

金满福柔声道："别怕，那天是我的错，不该对你那么凶。外面有烤肉，可香了，我们一起吃好不好？"

边美珍有些不信任地看着金满福，但她抽了抽鼻子，似乎闻到了烤肉的香气。金满福向边美珍伸出手，意味深长地道："走吧，我们一起走。"

边美珍不明所以，迟疑了一下，终于搭上金满福的手。

烤肉的确很香，金满福食不下咽，叹道："咱们有多少年没两个人像这样坐在一起吃顿饭了。"

边美珍突然停止了咀嚼，抬起头来，问："燕子呢？还没下班吗？"

"燕子不是跟你说过她要走嘛，她不会回来了。"金满福平静地道，"还有小杰……你很快就能见到他。"

边美珍立刻高兴起来："真的？那我快吃，快吃，吃完去找小杰！"

看着她懵懂无知的样子，金满福端起了酒杯，语气中带有一丝阴森："美珍，你是个好女人。"但是也是因为你，因为你不肯给我生儿子，毁了我的家、我的女儿——这句话金满福并没有说出口。

边美珍吃着肉，含混不清地道："你对我挺好的呀，对小杰也好。"

听到这句话，金满福心中一痛，用手紧紧握住了酒杯，半晌才开口："一起喝杯酒吧。"

两人碰杯，一饮而尽。

不知过了多久，边美珍歪在沙发上睡着了。

金满福将烤肉移开，往火盆里又加了不少木炭。然后他关紧了门窗，拉上了所有窗帘。

王士涂在查案的时候，独自在家的小七走进豆豆的房间，他打开书柜，看着里面的一个相框，相框里是豆豆小时候的照片。他还是有些不死心，万一金满福真的知道豆豆的下落呢？就算他死也不说，边美珍有没有可能知道点什么？

他打定了主意，将相框拆开，抽出了里面的照片，转身匆匆离开。

去金家前，他还特地买了边美珍爱吃的瓜子仁和坚果。

然而此时的金家，火盆里的木炭半明半暗，边美珍已经昏睡不起。

不一会儿，小七就赶到了，他熟门熟路地翻进了金家院子，从墙头跳了下来。绕到边美珍房间的窗前，看到窗户紧闭，窗帘拉着。

他推了推窗子，推不开，便轻轻敲了两下，低声道："妈，是我！妈，你在吗？"

虽然边美珍已经不认他了，可是在小七心里，她还是"妈妈"。

屋内毫无动静。

小七等了好一阵儿，皱了皱眉头，重新回到门前，侧耳倾听里面的动静，突然闻到了一股烧焦的味道，脸色顿时一变。他立刻用力砸门，大叫道："妈！妈你没事吧？！"

屋内还是没有动静。小七四下看了看，从院子里的自行车座下找出了一根铁丝，他将铁丝弯了一个钩，三两下就捅开了门锁，冲了进去。

一踏入客厅，一股焦煳味扑面而来。小七一眼看到了屋内燃烧的炭火和歪倒在沙发上的边美珍，急忙跑上前摇晃着边美珍的身体。

"妈，妈你怎么了？妈……"

小七话没说完，突然浑身一震，一个玻璃镇纸重重打在他的后脑，他眼前一黑，缓缓倒下。

在他身后，拿着玻璃镇纸的金满福脸色阴沉。

就在刚刚，金满福接到了边玉堂打来的电话："姐夫，警察有没有找你啊？"

"没有啊……"金满福有一种不好的预感。

"今天来了好多警察，喊了半个村的人，问大娘下葬那天你来了没，几点来的，几点走的……问得可仔细了，还带来好多警犬。咋回事啊？弄得村里人心惶惶的。"

越听越严重，金满堂紧张地问："他们现在还在吗？"

"走了。不过人太多，没问完。说是明天再来继续问。"

"嗯，知道了，没事没事，就是因为小杰失踪的事情，例行问讯。"金满堂敷衍道。但是他真的慌了。

律师跟他说过，找不到凶器的话，相当于没有物证，金燕到时间就会被释放。但是那枚钉子被找到了。金燕自首杀人，但需明确作案动机、时间、地点，以及最重要的尸体在哪儿。警方一天没有找到尸体，金燕就不能被坐实杀人罪。但今天边玉堂的这个电话，让他不得不冒险主动出击……

此时，他回头看了一眼熟睡的边美珍和小七，走出了门。不知道是不是巧合，今晚与案发那晚一样，雷雨交加。

金满堂驱车来到羊村，一铲一铲挖开了岳母的坟，用汽车将棺椁拉出后继续挖。他费尽全身力气，一边说着对不起，一边抱起了边杰的尸骨，准备转移。而就在此时，王士涂带领着一众警察瞬间冲过来，把金满堂包围，吓得金满堂直接跌在泥里。看来没有必要再做任何挣扎了。

就在警察羁押金满堂上车的时候，金满堂突然转头对王士涂说道："王士涂，你赶紧去我家，不然就来不及了。"

王士涂愣了一秒钟，马上反应过来金满堂是什么意思，立马打电话求助。

王士涂赶到的时候，小七已经被送进抢救室，抢救室大门上方亮着红灯。王士涂坐在门外的长椅上，双手深深插进头发里。

这孩子，怎么就这么命运多舛，等他出来，非要好好教训他一顿……

可是教训他什么呢？他什么时候才能出来呢？王士涂抬头看了看亮着的红灯，焦急，却又不得不忍耐。

终于，抢救室的房门打开，一个医生走了出来。王士涂噌地站了起来，用布满血丝的眼睛盯着医生不说话。

"一氧化碳中毒导致严重的脑、肺水肿，我们已经尽力了……"医生的声音很沉重。

王士涂腿一软，差点倒下。医生急忙扶住了他，道："你先别急，能不能挺过来，要靠他自己。"

昨天还活蹦乱跳的孩子，怎么就……

小七戴着氧气罩，躺在床上昏迷不醒。王士涂一直紧紧握着他的手。

"在我们这儿啊，都兴给孩子起个贱名。什么小啊，豆啊，蛋啊之类的，说是命硬，好养活。"他喃喃地念叨着，"你不是叫小七吗，这命应该够硬了，所以你不会有事，不能有事，也不许有事！"

不知什么时候，他的眼泪已经夺眶而出。突然，王士涂感到自己的手被攥紧了，急忙抬起头，小七已经睁开了眼睛。

小七虚弱却努力地朝他微笑着："金满福说的没错，我这有人生没人养的，阎王爷都不要我……"

见他醒来，王士涂又惊又喜，嘴唇颤抖着看着他，心中百感交集。

小七脱离危险、能下床走动的时候，先去看望了边美珍。边美珍躺在床上昏昏沉沉地睡着，听到开门声惊醒过来，睁开眼睛看到小七，似乎一时间有些恍惚。

望着边美珍，小七怎么也说不出边杰遇害的话，却也不忍心欺骗她。他垂下头，艰难地道："我……我已经找到……"

可是话没说完，边美珍脸上突然露出了惊喜之色，扑上去喊道："小杰！小杰你可回来了！"

边美珍拉住了小七的手，带着哭腔，絮絮叨叨地道："你不知道妈妈有多想你……太好了！"

小七把到嘴边的话憋了回去，忍着眼泪，点了点头。

那根钉子上的血迹的检测结果和边杰与边美珍的 DNA 亲子鉴定结果都出来了。钉子上的血迹是属于边杰的，而边杰和边美珍的确是母子关系。

秦勇翻阅着报告，皱眉道："金满福果然是撒了一个弥天大谎！"
小林道："这样我们就能证实，金满福包庇金燕并栽赃小七。"
秦勇沉声道："远远不够。我们现在怀疑金满福才是杀害边杰的真凶。可他现在是铁板一块……得想办法撬开他的嘴才行。"
抓住了狐狸，还必须降伏他。

王士涂一直都没有放弃努力。他一直站在满是417案资料的黑板前思考。看着黑板上的文字和线条，他大脑飞速运转着。

金满福说："世事无绝对，撞到那根钉子上的那一下一定是致命伤吗？未必。"

金满福又说："你冤枉了好人，我女儿是无辜的，那根钉子不是凶器，这个案子的真相根本就不是你们以为的那样。"

金满福的口供中也没有提到那张照片，他一定还在撒谎。

还有金燕说："小杰没死，他醒过来逃走了。"

王士涂的眼睛渐渐眯了起来，他迅速转身，快步走出了办公室。

"我有一个问题，那根钉子，一定是致死凶器吗？"他跑去问法医。

法医笑道："王队，你不会真的相信金满福的话，觉得钉子不是凶器吧？"

王士涂想了想，道："那我换个问法，如果边杰的颅骨上没有那个孔洞，仅仅从尸骨本身看，你对死因的判断会是什么？"

法医也严肃起来，思索片刻，道："机械性窒息。"

"为什么？"

法医取出两张颅骨的局部照片，指着说道："边杰的尸骨上存在颞骨岩部出血和玫瑰齿现象。这两种现象指向的死因是机械性窒息，但指向性并不强。因为颅脑损伤也会造成玫瑰齿，所以在没有其他佐证的情况下，我对死因的判断只能还是依据他后脑的那个孔洞。"

法医放下照片，笑了笑，又道："王队，你说的这个后脑没有孔洞的假设是不存在的，因为它实实在在就在那儿啊。"

王士涂则问："那么，边杰颅骨上的那个孔洞，绝对致命吗？"

"这要看现场具体情况，边杰颅骨上的伤口在后脑的位置，如果那根钉子够长的话，只要伤及脑干，人基本会当场死亡。"法医道。

"如果不够长呢？"

"不够长的话，损伤的就是小脑，有可能不会致命。"

"那假设边杰没死，但别人以为他死了，这种情况有可能吗？"

法医想了想，道："小脑出血压迫脑干，人的生命体征消失，陷入深度昏迷，就是你说的那种情况，也就是假死状态。"

听了这话，王士涂沉默了一会儿，才缓缓地说："如果那根钉子上挂了一根双截棍，它是不是就不够长了？"

鉴定科的检测报告也出来了，小张第一时间将它送到王士涂手上。

王士涂叫上小张，开车前往羊村。

在路上，他对小张解释道："法医提出的颞骨岩部出血和玫瑰齿，指向的另一种死因是窒息。能造成机械性窒息的除了溺水、扼颈之类的……还有活埋。"

也就是，被埋在土中！

小张一脸难以置信："可是，在那种情况下，边杰真的有可能还活着吗？"

"你之前跟我讲过，有本侦探小说里是怎么说的来着？"王士涂缓缓地道，"当排除了所有可能性……"

"当排除了所有其他的可能性，剩下的那个不管多难以置信，都一定是真相。"小张接口。

没用多久，二人就来到边美珍母亲的坟前，王士涂目光深邃地看着面前的坟包。几滴水落在王士涂脸上，他抬头向天空望去，天上下起了小雨。环顾四周的环境，一些支离破碎的片段在他脑中闪现。

当年，边杰死的那天，也是下着雨。那一晚应该是大雨瓢泼，这整个山坡都是泥泞不堪的。

从假死状态中苏醒的边杰，脸上带血，踉踉跄跄地往山下跑，不时惊恐地回头望向身后。然而没跑多远，身后传来踏着泥水的脚步声，一条黑影猛扑上来，将边杰按倒在地……

随后，一双有力的手拖着身体瘫软、看不出死活的边杰来到大坑前，将他扔了进去。那双手拿起铁锹，一下一下将土填进坑里……

山下传来呜里哇啦的唢呐声，黑影迅速钻进汽车里，开车从山坡的另一面逃走。

送葬队伍吹吹打打地来到坟坑前，黑暗中，坟坑下的泥土浮动，一个人影想要挣扎着坐起来，却被下放的棺材重重压倒……

如果，边杰真是死于活埋的话……

边玉堂和一众派出所的警察来到了山坡上，王士涂回过了神来。

九十九拜，只剩最后的一哆嗦了！

于是羊村的这座坟，被第二次挖开！

边玉堂和一众警察合力将棺材抬了出来。众人将棺材高高架起，查看棺材底部，而棺材底部赫然有一道道触目惊心的用手指抓出的暗红色血痕！

众人见状无不惊呼出声，边玉堂甚至一屁股跌坐在地上，嘴唇剧烈哆嗦着，颤声道："活埋的，小杰是被活埋的……"

王士涂也扭过头去不忍再看。警察上前用照相机对着棺材底部拍照。

连小张的声音都是颤抖的："竟然……竟然真的是这样……上次金满福挖坟的时候，我们都只关注坟坑里了……没想到，最关键的证据就在棺材下面。"

边玉堂哭道："王警官，小杰是被活埋的，难道真是我姐夫干的？到底是为什么啊？"

"三年了，真相可能会迟到，但是永远不会缺席！"王士涂叹道，"玉堂，我一定会给你一个交代！"

"师父！现在可以收网了吧？"小张大声道。

没错，到了现在，猎人和狐狸的较量，终于可以结束了！

王士涂坐在办公桌前，桌上铺着几张棺材底部划痕的照片，他弓着身子凑近那些照片，一张张仔细看着。忽然，他似乎是发现了什么，挑出了两张照片，从抽屉里拿出放大镜，凝神观察。

棺材底部那些划痕，有两处似乎像是什么图案。

这都是边杰留下的，他到底划了什么呢？王士涂看了好一阵，忽然好像看出了什么，他猛吸了一口气，恍然大悟。

他带着小张，再次去见金燕。金燕苍白又憔悴，她才二十出头，明明是个明媚的姑娘，此刻却像个行将就木的老妇，失魂落魄，死气沉沉。看着她，王士涂眼里充满了同情。

"边杰的案子，有了新的发现。我们本来打算给你父亲留一点时间，让他主动交代罪行，可是现在没有时间了。"王士涂开门见山地道。

他观察着金燕的脸色，缓了缓，才又说："我不知道这个消息对你来说是庆幸还是更大的打击，你做好准备。因为你有权利知道事情的真相。"

金燕在心中苦笑了一下，还能有什么更大的打击……她什么也没说，沉默地点了点头。

于是王士涂道："孩子，你弟弟不是被你害死的。"

金燕难以置信地低呼一声，骤然瞪大了眼睛。

王士涂艰难地道："是你父亲……他在羊村……活埋了边杰。他跟你说，他去抛尸的时候，边杰醒过来了……是真的。"

金燕呆呆地看着王士涂，过了半晌，缓缓摇了摇头："不可能！绝对不可能！我爸为什么要那么做？他没有理由那么做！"

真正的凶手金满福看起来也苍老了许多，审讯室里，王士涂、秦勇和戴着手铐的金满福相对而坐。

金满福抬起头看着王士涂，哑声道："我交代，你们想知道什么，我全都交代。"

秦勇低声问道："那天夜里，羊村附近的坟山上，到底发生了什么？"

那天，已经是三年前了，可回想起来，却像是昨天。

金满福偏过头看着审讯室的墙壁，又像看着很远的地方，他的声音听起来好像也非常遥远，极不真实："那天夜里，下起了一场大雨……"

大雨滂沱，水线扯天扯地垂落，像在为谁哭泣。汽车停在半山腰，后备箱敞开着，里面放着一个编织袋，已经被打湿。

不远处，金满福挥动着铁锹，正在边杰外婆的坟坑里奋力向下挖。突然，他身后后备箱里的编织袋动了一下，金满福却浑然不觉。编织袋的拉链一点一点被从里面拉开，一只带血的手从里面伸了出来。

金满福察觉到身后有动静，身体骤然一僵。他猛地回头，看到边杰已经半个身子钻出了编织袋，脸色苍白，正直勾勾地看着自己。金满福吓得一屁股坐在了坟坑里。

醒过来的边杰扯掉了身上的编织袋，从后备箱里滚到地上，挣扎着想要爬起来。金满福终于反应过来发生了什么，他扔掉铁锹爬出坟坑向边杰走去，惊喜地叫道："小杰，小杰你醒了？你没事了？"

可是边杰却满面惊恐地躲避着他，哑声叫道："别杀我，我不想死！"

金满福急忙上前拉住他解释："不，这是个误会，你姐她不是故意的……"

边杰挣脱了他的手，指着坟坑，瞪着充满恐惧的眼睛，大声道：

"不是故意的……你、你这是在干什么！"

"小杰，你听我解释，事情不是你想的那样……"

"我知道你干过什么！你早就想要我死！"边杰嘶声打断他，"小时候骗我去挖宝藏，我什么都看见了！现在趁我妈不在，你又要害死我！连坟都挖好了，你别想骗我，就是我想的那样！就是我想的那样！"

金满福闻言愣住，边杰趁机奋力推开了他，踉跄着向山下羊村的方向跑去，一边跑一边嘶喊："妈，舅舅，他们要杀我，救命啊！"

一不小心，他摔倒在泥泞中，手脚并用挣扎着向前爬。金满福扑上来按住边杰，飞快地道："边杰，算我求你！如果你因为当年的事恨我，我天亮就去自首！可燕子真的不是故意的，你放过她行吗？"

可是边杰似乎什么都听不进去了，他用力挣开了金满福。撕扯中，怀里那张金燕的照片掉了出来，边杰没有察觉，踉跄走了几步，又摔倒在地。

金满福捡起了照片，抹了一把脸上的水，当他看清了照片上的背影时，身体骤然僵住。边杰还在往前爬，浑身沾满了泥水。爬着爬着，一只手突然抓住了他的后脖领将他拖倒在地，金满福面无表情地拖着边杰向山坡上走去。

边杰浑身瘫软，几乎昏迷，被拖到坟坑边上，金满福毫不犹豫地一把将他扔进了坟坑里。在泥水中，边杰抓住坟坑的边沿想要爬出来，金满福抬脚将他踹了下去。边杰挣扎着试图再次爬出来，金满福又将他踹了下去，随后铲了一铁锹土，撒在他脸上，接着是第二锹、第三锹……

雨小了很多。边杰已经被埋进了坟坑，金满福正要用铁锹拍实坟坑里的泥土，可是，山下已经传来呜里哇啦的唢呐声，隐隐可见送葬的队伍已经上山了。

金满福大惊失色，急忙拿着铁锹往坟坑外爬，却因为太滑几次都没有爬上来。送葬队伍越来越近，金满福终于爬出了坟坑，他迅速钻进汽车里，开车从山坡的另一面逃走。

　　送葬队伍吹吹打打地来到坟坑前，抬棺的众人准备将棺材放进坟坑里。

　　在棺材落下去之前，谁也没有看到，坟坑下的泥土松动了一下。

　　老太太的棺材被放进坟坑，发出沉闷的响声。

　　最后，送葬众人都已离开，山坡上只剩下孤零零的坟头。

　　审讯室里一片寂静，金满福疲惫地闭了闭眼。三年前的雨夜，真是发生了太多的事……

　　过了许久，秦勇才开口道："金满福，你知道吗？你离开的时候边杰还活着，是送葬的唢呐遮住了他的求救声。"

　　金满福浑身一震。

　　王士涂道："老金，我始终想不明白，你到底为什么非要杀了这个孩子。救了他，就等于救了金燕，也等于救了你自己，可是你却选择活埋他！"

　　金满福的身体又剧烈颤抖了一下，他咬牙道："就是因为我爱我的女儿，所以我不能放了那小子。"说到这里，他突然暴怒，吼道："那张照片！他竟然敢拍那样的照片！我不敢想他还会对燕子做什么！"

　　然而秦勇告诉他："那张照片是杜一拍的。边杰，是无辜的。"

　　听到这话，金满福像是被抽掉了魂，呆了很久。

　　"怎么可能，怎么可能……"他根本不愿相信，可是，到了这一步，他又没法不相信。

　　都是因为那张照片，金燕因为那张照片推了边杰，金满福也因为那张照片活埋了边杰，甚至，王帅也是因为那张照片而死……可是，如果没有那张照片，一切就都能避免吗？

王士涂叹道："老金，你本应该是个好父亲，可惜一步错，步步都错。"

金满福沉默片刻，道："是啊，你说的没错，有些事，发生了就是发生了。边杰差点儿被拐走的那天，我就已经后悔了。"

是的，当天他骑着自行车去小公园找边杰，可那时，公园里已经空无一人。他在那棵粗大的梧桐树附近跳下车，跑到树下，看到树下有一个土坑，自己埋的小汽车已经被挖走了。

他抓了一把树下的土，愣愣地看着出神，土渣从他指缝中缓缓流失。

也许，从这个时候起，未来的一切就都被改变了。

金满福泪流满面，他声泪俱下地道："王警官，我向你道歉，我不是人！你们说的对，人这一辈子，一步错，步步错……其实上次我撒了谎！我发现他们把边杰和豆豆搞错了之后，就马上联系了中间人。中间人让我把豆豆接回来……"

王士涂忍住眼泪，问他："你去了吗？"

"我去了……我接到了豆豆……我就想着马上把他还给你。可是路上有那么多警察，我不想惹麻烦，我就把豆豆放到了桥上。我跟豆豆说，下面有很多警察，我让他去找警察，让警察带他去找爸爸妈妈。其实他最后见的人，是我。"

王士涂揪心得说不出来一句话。

金满福忏悔着继续说道："其实我应该亲手把豆豆交给你，我说的都是实话。我是看到寻人启事才知道豆豆那天没回家，他走丢了……"

找了这么多年，王士涂也早就料到豆豆可能找不回来了。但是金满福亲口说出来……王士涂痛苦地闭上了眼睛，他心中隐隐期盼着的那个"万一"消失了。他恨不得将金满福千刀万剐。金满福的一句句对不起又有什么用呢？

过了许久，他流着眼泪，缓缓地走出了审讯室，犹如行尸走肉一般。

金满福的身体慢慢滑下来，肩膀不停地耸动着。

三年前的案子，至此，终于真相大白。

尾 声

时间有时候过得很快，有时候又过得很慢。人们的悲欢从不相同，命运各异，唯有时间相同，也唯有时间，既冷漠，又公平。

案子告破的半个月后，小七终于拿到了向往已久的身份证。他仔仔细细地看着那张小小的卡片，上面有他的照片，照片旁边，赫然写着"王小七"三个字。阳光照在他的脸上，他的眼睛闪闪发亮！

秦勇高喊一声："王小七！"

"到！"他的声音尤其响亮。

"咱们说好的，王叔带你去看海，我给你办身份证！"秦勇拍着他的肩膀道，"小七，恭喜你啊！新身份，新开端，好好珍惜啊！珍惜你王叔，还有这个家。"

小七美滋滋地将身份证揣进了自己怀里，忽又想起了那段在贼窝的日子，想起了结巴。他喃喃着道："结巴，你看见了吗？我是王小七，我们做到了！"

他闭上眼睛仰起了脸，让和煦的阳光照在他的脸上。

从那以后，好像每天都阳光极好。

有时也下雨，下雨也极好。

这天，边玉堂带着小七和王佳走进了客厅，扯着大嗓门道："姐，你看谁来了！"

边美珍看到王佳，迟疑了一下，然后道："你是……王佳，佳佳。"

王佳大为惊喜，拉住边美珍的手，激动道："阿姨你认出我了？能叫出我的名字了！"

边美珍笑呵呵地道："你们坐，我去，洗水果。"

"我跟你一起去。"王佳跟边美珍一起走进了厨房。

趁着没人，边玉堂对小七说："那个……我还是叫你小杰吧。我现在搬过来照顾我姐，但这隔三岔五呀，我还得回村里去打理我那一亩三分地，到那个时候，我姐就要靠你照顾了。"

小七笑道："你都叫我小杰了，照顾我妈不是应该的吗？我早就想好了，这一声妈不是白叫的，她只要还认我这个儿子，我愿意照顾她一辈子。"

边玉堂咧嘴笑了起来，用力拍了拍小七的肩膀，朗声笑道："纯爷们，随你舅舅我！"

临近下班时间，王士涂频频看表，局长却慢悠悠地摆开棋盘。

"怎么了？就晚几分钟下班，陪我杀一局，看把你急的。"局长道，"家里热饭热菜的又不用你动手，你说说，咱俩多久没谈心了？"

"你每次这么说，准没好事儿！"王士涂早就摸准了局长的脉，"别摆龙门阵。赶紧说吧！"

"市里的通知下来了……"

"哎，等会等会，这句话我怎么听着那么耳熟呢？"王士涂打断道，"哦，我想起来了，上次你这个口气，说的是秦勇要来当刑警队队长。这回怎么，他又高升了？"

然而局长道："这回说的是你的事儿！"

"我？"王士涂不以为意地拿起了一个车。

"去南康县公安局，任职刑警大队队长，任命书已经送到我这儿了。"局长郑重道。

王士涂呆呆地看着局长，将手里的棋子放下。

"哎哎哎，你这车都学会拐弯了？"局长叫道。

"不是，这也太突然了吧？我在这儿干得好好的，凭啥把我调走啊？是领导不满意我的工作？要把我清出去？"王士涂也叫。

局长走了一步棋，慢悠悠地道："这是高升！好赖不分啊！以你的能力和成绩，早就该升了，这有什么突然？！你本来是个车，现在换成将了，这不好事吗？"

"还将，将我的军还差不多。"王士涂道，"我不去，你跟领导说我不去，让秦勇去。"

"胡闹！"局长斥道，"已经定了的任命，你想怎样就怎样？我知道你的心结，豆豆是在这儿丢的，你想在这儿等他，对吧？以前你看不上别人，孤军奋战，现在你的战友成长起来啦！我，小张，我们继续在这儿站好岗。你还不放心？不放心，还有秦勇啊，那个最懂你的人！给你一天时间准备，后天去报到！"

局长叽里呱啦说了一大堆，但总结下来就两个字——"不行"！

"明天晚上呢，给你安排个欢送会。"

王士涂耷拉着脸："算了吧。有什么可欢送的？"

晚上回家，王士涂便把调职的消息告诉了小七："我被调到南康县任职了，要不然，你跟我一块过去？"

小七愣了片刻，面露难色，道："我……我刚答应了边玉堂，他回村的时候，我要照顾边美珍。"

闻言，王士涂叹了口气："好吧，看来，一切都是最好的安排。"

他举目四顾，有些伤感，两人一阵沉默。过了一会儿，小七从口袋里掏出自己的身份证，率先开口："我的身份证，秦队帮我办下来了。"

"好，老秦靠谱！"王士涂拿过小七手里的身份证，看见"王小七"三个字，又道，"好啊，王佳的'王'，她管你叫哥。"

然而小七认真地看着他，郑重道："不是王佳的'王'，是王士涂的'王'。"

王士涂的身体抖了一下，愕然看着小七。

"行吗？"小七双眼亮晶晶，期盼地望着他。

王士涂用力抿了抿嘴唇，声音有些发颤地道："行！王士涂的王！王小七，好听！"

"我户口也在这儿，这里就是我家。"小七道，"你不在的时候，我会替你好好守着，要是哪天弟弟回来了，家里不能没人。"

王士涂一愣："弟弟？"

"豆豆，"小七道，"豆豆。"

王士涂双眼发热，脸上终于露出笑容："傻小子，你俩谁是哥谁是弟，还不一定呢。"说着从口袋里掏出豆豆的小木枪。"豆豆的枪，给你留着。"

小七有些意外地接过小木枪："王叔，这……"

"别废话，来来来。"王士涂打断他，走过去拿起了游戏机的手柄，"陪我来两局！"

然后，就是王士涂在照阳县公安局的最后一天了。

他站在那面贴满了资料和照片的墙壁前，将照片一张张摘下、归拢，全部放进了一个档案袋里。他给417失踪案彻底画上了句号。

把档案袋放进了档案柜，他又开始整理档案柜里的文件。整理了很久，直到把每个柜子都整理了一遍，他才回到椅子上坐下。

他想了想，拿起桌上的电话拨了个内部号。

"喂，我是王士涂，让小张来我办公室一趟。"

接电话的是小林，她道："他出任务去了，您要有事我过去也行。"

王士涂有些失望："哦，没事，没什么事。"挂断电话，神色有些落寞地喃喃道："一天到晚师父师父的，关键时刻掉链子……明天你就没师父了。"说完，起身找出一个纸箱子，开始收拾个人物品。

收拾好了之后，他将纸箱子放在桌上，又回到椅子上坐下。窗外夕阳西下，一直到暮色沉沉，王士涂始终坐在椅子上没动。

天很快就黑了下来，走廊上静悄悄的，所有办公室都关着门，大家似乎都已下班。王士涂办公室的门终于打开，他抱着纸箱子走出来，想要关上门的时候他犹豫了一下，但还是用力地关上了门。

他抱着纸箱子向走廊深处走去，背影渐渐隐没在黑暗中。

办公楼外，院子里一片漆黑，楼门两侧的车位上静静停着两排警车。王士涂回头向楼上看了看，只有局长办公室的那扇窗户还亮着灯。

他举步准备下台阶，突然，两排警车中离他最近的两辆同时亮起了大灯，接着是第三辆、第四辆、第五辆……两排警车的灯光在王士涂面前铺成了一条明亮的道路。

王士涂一时愣住。

接着，警车顶上的警灯也全部闪烁起来，所有的车门同时打开，原来车里都坐满了人。警察们下车在"光路"两旁整齐地站成了两排，排头两人分别是秦勇和小张，没有一个人看王士涂一眼。

王士涂似乎明白了什么，他抱紧怀里的纸箱子，迈着坚定的步伐向"光路"走去，同样目不斜视。

当王士涂经过秦勇的时候，秦勇一声令下。

"敬礼！"

所有人齐刷刷地敬礼。

王士涂脚步不停，但一边走着，一边流下了感动的眼泪。

终于走到了大门口，王士涂缓缓转过身，所有人都望着他行注目礼。局长站在办公室的窗口，太远了，王士涂只能看到剪影，那剪影缓缓举起了手。

王士涂对着一众同事、局长和警徽，郑重地还了一个礼。

是的，这就是他在照阳县公安局的最后一天了。

生活在继续，每天都在重复，每天又都充满希望。

小七去看望金燕，金燕的脸看起来有些浮肿，但比以往多了几分生气。

"我给你带了好多点心，都是你爱吃的，已经交给狱警了。"小七柔声道。

金燕低下了头："你不用来看我，我不想让你看到我这个样子。"

"我来，是有两句话要对你说。"小七道，"你的家还在，厂子的主人也已经是你了。我们会等着你回来。"

金燕扭过头，拼命忍着眼泪。

"你看着我。"小七直视着金燕的双眼，认真道，"姐，我原谅你了，你也原谅你自己吧。"

这一瞬间，金燕觉得这句话仿佛是从边杰口中说出的，她一下子哭出了声，脸上却挂着笑容。

此刻的金满福也在监狱中，他正坐在硬板床上，一动不动地看着一张他和金燕的合影。

杜父的修车摊仍摆在老地方，他正在给一个少年修一辆山地车。少年掏出一根烟，正要点上，杜父突然站起来，一把将烟夺了过来。

"才多大的孩子？学点好吧！"杜父将烟扔在地上，用脚碾碎，坐下来继续修车。

杜一靠在牢房的墙壁上，仰头看着窗外洒进来的冰冷月光，脑中回想起了当初结拜时的画面。

粗大的老树下，三把一模一样的弹簧刀倒插在土里，仿佛三炷香。

边杰、杜一和王帅跪在地上，煞有介事地发誓："不求同年同月同日生，但求同年同月同日死……"

生活永远平淡，时间永不停歇。一眨眼又是一年，这天，王士涂走到房门前，掏出钥匙开门。

一进屋，发现满屋子都是人，桌上摆着蛋糕，还有各色菜肴。

王士涂愣了半天："这是……公安局宿舍，你们怎么进来的？"

"今天我过生日啊！"小七欢快地道，"这个生日是你给我的，所以我跟他们说，我来找我爸。"

听到这个"爸"字，王士涂想笑，他用力忍着，但还是笑了出来。

他曾想过无数次，找到豆豆；也想过无数次，小七就是他的豆豆。甚至连秦勇、小张等人都是这么希望的。

是或不是又怎么样呢？

唯有感情，不讲证据和逻辑，血缘不是亲情的必要条件。

所以今天，他要给"儿子"好好过个生日！

今年小七十九岁，也许是二十岁，但今天却是他的第二个生日。比起前一年的葱油拌面，这回热闹多了。

众人热火朝天地吃饭，盘里还剩一个蒸饺，王士涂和秦勇的筷子同时伸了过去，两双筷子架在一起，两人斗鸡般对视。

就在王士涂和秦勇对峙的时候，小七抽冷子将蒸饺夹了过去，塞进自己嘴里。

众人一阵大笑。

望着身边的一众亲朋好友，回想起过去为417绞尽脑汁的那些日日夜夜，王士涂不禁有些恍惚。

找到了真相，破了案子，这，就是最好的结局吧！

不，这样的结局或许还不错，但远远算不上最好。

最好的结局应该是什么样呢？

应该，应该……时光倒流，回到 1993 年 4 月 17 日。

初中的边杰背着书包，跟金燕走在路上。

"姐，我都这么大了，你不用来学校接我。"

"我下班顺路嘛。"

两人说着路过游戏厅门口，里面传来各种游戏的声音。边杰眼馋地扭头看着游戏厅大门，金燕板起脸，用手按着他的脑袋，将他的头转了回来。

"你都要中考了，别天天惦记玩游戏，回家念书去！"金燕拉起边杰的手向前走去。

边杰则一脸局促："姐，你放手，同学看见会笑话我的。"

"我是你姐姐，有什么可笑话的？"金燕狡黠一笑，"不会是怕哪个女同学看见吃醋吧？"

边杰的脸更红了，道："哎呀，你瞎说什么呀！"

金燕咯咯地笑了起来。

此时，杜一走出游戏厅，正看到金燕和边杰的背影。金燕穿着吊带裙，露出了肩背部那个蝴蝶样的胎记。杜一痴痴地看着金燕，直到两人越走越远。他忽然从口袋里掏出了一个苹果，在衣袖上随便蹭了蹭，咔嚓咬了一口。

杜父在换保险丝，王母帮他扶着凳子，他推上电闸，跳下来拍了两下手："好了。"

王母道："这保险丝总断，你就不能帮我换根铝的？"

杜父掩饰道："那个……不安全，容易着火。"

王母从口袋里掏出一副线手套递过去："喏，这个给你。"

杜父接过手套，就要从口袋里掏钱，王母按住了他的手："这是我自己钩的，又不是进的货，你还掏啥钱啊！"

杜父开心地笑着，将手套塞进了怀里。王佳和王帅背着书包走了进来。

王佳大方地叫他："杜叔叔好！"

杜父跟王佳和王帅点头打招呼，似乎有点不好意思。

王母道："在家吃饭吧？"

"不行不行，我还得回去给我家那个臭小子做饭呢。"杜父连声道，说着快步向门口走去，临出门的时候回头看了一眼，发现王母也正笑吟吟地看着他。

还有边美珍和金满福，那天，边美珍正在为母亲守灵。村里的堂屋被布置成了灵堂，里面摆着边家老太太的遗像。

他们夫妻二人和边玉堂站在桌前，胳膊上都戴着黑纱。金满福正将几个大大小小的饭盒往桌上摆，里面装着各种精美菜肴。金满福将一个饭盒摆在边美珍面前，道："这是你最爱吃的，快吃吧。"

边美珍勉强一笑："你从照阳大老远开车过来一趟，就是为了给我送顿饭？"

金满福柔声道："我知道你心里难过，这几天肯定吃不好睡不好，我得看着你吃才放心。"

边美珍感动地看着金满福。

"我去给咱妈上炷香。"金满福走向遗像，边玉堂看着他的背影，暗暗挑起大拇指，小声道："姐夫这人，真是没的说。"

金满福走到遗像前，给老太太上香，低声道："妈，您安心走，家里有我呢，我会好好照顾美珍的。"

最后，是小七和结巴，他们坐在马路边，一边喝着汽水，一边看着夜色中的车水马龙。

"小、小七，我还记得一、一些小时候的事，"结巴道，"我有、有个弟弟。你真的什么都、都想不起来了吗？"

小七道："想不起来了，但我想象过。我妈，可能是个老师吧，懂的特别多，会教我好多东西。我爸呢，嗯……穿军装，拿着枪，特别神气，特别勇敢，永远会保护我……"

结巴拍了拍小七的肩膀："我们会、会有家的。你要是找、找不到他们，那你就是、是我弟弟。"

"那不行，我得当哥。"小七道。

结巴瞪起眼睛："我、我比你大，我、我咋能叫你哥呢？"

小七看着结巴认真的样子，笑得浑身乱抖。

是的，这才是最好的结局，没有人死或者失踪，没有罪恶，没有案件，所有人都幸福……

王士涂设想了每个人的幸福结局，在他的想象中，每个人每件事都圆满。但是，唯独没有想过自己。

他轻轻出了口气，扭头看着身边的小七……

只因此刻的他，早已足够幸福。

"以后啊，你会再有一个家，也会再有孩子的……"一切正如妻子所说。

番外一　边美珍病了

金满福看着窗外似乎要将人吞噬的浓黑夜色，那天，也是这样漆黑的深夜……

山路上没有灯，金满福开着车，正从羊村赶往照阳。边美珍半靠半躺在后座上，她用手按着额头，脸色苍白，目光迷离。

"美珍，你再坚持一下，很快就到医院了。"他清楚记得，当时自己是这样说的。

边美珍病了吗？她在为母亲守灵的夜里，骤然听到儿子边杰失踪的噩耗，随后便晕倒了。

也许是山路颠簸，车开着开着，后备箱的位置传来咚的一声。

边美珍声音微弱地问道："老金……什么声音？"

"哪有声音？"他没有回头，但是很紧张。幸好靠在后座上的边美珍没有深究，继续昏昏沉沉。

可是没想到，忽然车子剧烈地抖了一下，熄火停了下来。如果那时候车子没有发生故障，或者很快又发动起来……

可惜的是，引擎只是发出干哑的嘶鸣，但死活发动不起来。

金满福只好开门下车，绕到车前，打开了发动机盖，埋头鼓捣起来。

后座上的边美珍不知为什么，也不知什么时候，艰难地起身，打开了车门。

她踉踉跄跄来到车后，摸到后备箱上的按钮，将后备箱盖抬起。或是后备箱盖子抬起的瞬间碰到了她，边美珍顿时直挺挺地倒在地上。

车头前的金满福听到响声，立马寻声而去，骤然看见晕倒的边美珍和大开的后备箱的盖子，更要命的是后备箱里的东西。

那是一个大编织袋，很大，能装下一个人那么大！

而里面的东西……金满福心脏狂跳，惊慌失措地嘭一声关上后备箱盖子。

边美珍看到了没有？他一个劲地告诉自己，仿佛催眠自己一般：她没看到，没看到！

但是，从那以后，边美珍的脑子就不正常了。而这件事，他从来都没有跟金燕说过。

永远，永远都不会说。

番外二　小七的到来

晚上，以往王士涂死气沉沉的家，现在因为小七的到来而充满了生机和活力。

王士涂坐在沙发上，端着一杯茶，呼呼地吹气，刚准备喝，被小七一把夺了过来。小七又给王士涂倒了一杯白开水，道："喝浓茶对心脏不好。"

王士涂苦笑道："你小子！我老王潇洒了半辈子，现在被一个小崽子来管着。"

虽然是抱怨，两人却都笑了起来。

小七抬头看了看表，像是想起了什么，走到电视机前换了个台，新闻变成了《地雷战》。

"哎，我新闻没看完呢。"

"我要看《地雷战》。"小七道。

"那玩意儿有什么好看的？"王士涂嗤之以鼻，"你们这些孩子都没当过兵，工兵们的任务就是拿着探雷器到处探雷……"他话没说完，门外传来敲门声。

"去去，开门。"他打发走小七，连忙把《地雷战》换回了新闻。

敲门的是局长，手里提着蒸饺等小吃，笑嘻嘻地道："哟，都在呢！"

"哎哟，稀客啊，局长。"王士涂连忙迎上来。

局长也不客气，径直走到沙发位置，准备坐下，道："秦勇今天投诉，说你敲诈他，明明是你买的东西却让他报销，这是怎么回事？"

"我说局长，您远离侦查一线久了，容易被不怀好意的人钻空子，他们的这些口供都经不起推敲。"王士涂嬉皮笑脸地道。

局长摆开棋局："那行，你陪我杀几盘，咱们好好推敲。"

"今天可不行，正忙着，你去找秦勇陪你下。"

局长意外道："你忙什么？以前下了班，你在办公室至少待到后半夜，那是忙着加班。现在，一下班准点溜，你跟我说，你忙什么？"

哪有这样的领导，不加班都不行。王士涂哈哈一笑："那你得问秦勇啊，我每天回家忙什么，他最清楚。"他说着，又习惯性地对着客厅里的挂钟调自己的手表。

正好此时小七从厨房出来，端着分盘装好的特供老三样——一碗拌面、一碗凉菜，还有一盘蒸饺。把这些放在餐桌上，他又给局长泡了一杯茶，道："王叔！你那块表老是不准，要不换一块吧，一天对八百多回，我都替你觉得累。"

可没承想这句话说完，王士涂和局长的脸色同时变了，屋内的气氛骤然压抑起来。

察觉到不对，小七茫然地看看局长，又看看王士涂，迟疑道："我……我是不是说错什么了？"

王士涂苦笑了一下："你没错，是我的错。豆豆丢的那天……"

他还是忘不了，豆豆丢的那天，自己走在路上，习惯性地抬腕看了一下自己的手表，却发现手表的秒针不动了。

给手表上弦，但秒针还是不动。他又将手表摘下来，用力地甩了甩，但毫无作用。

王士涂叹了口气，道："之后过了不到一个小时，我就得到了豆豆走丢的消息。后来我怎么想都觉得，表停的那一瞬间，就是豆豆丢的时间。停了，从那以后一切都停了。"

小七看着王士涂，一脸悲戚。

局长接口道："从那以后啊，你王叔就落下病了。就像你说的，那表一天对八百多回，谁要是在他面前耽误了几分钟，他张嘴就怼，一点面子都不给。"

眼见气氛沉重，王士涂哈哈一笑，道："行啦，你就别挖苦我了。小七，是不是还有个菜呢？"

"哦，对对。"小七急忙转身进了厨房。

局长和王士涂在餐桌前坐下。看着小七的背影，局长压低声音道："老王啊，我听秦勇说，豆豆丢的时间和这孩子被捡到的时间能对得上？都是1984年。你有没有啥想法？"

"嗨，有啥想法。赶紧趁热吃，这个蒸饺，我的特供，提我才能吃得到。"王士涂回避道。

"我看，现在这样就挺好，里里外外有人照顾，下了班忙着享受就行了！"局长也没有继续深究，"你别说，秦勇看起来是个愣头青，但关键时候，还是他懂你啊！"

把小七安排在王士涂这里，不知为什么，局长和秦勇都很放心。他们都希望着，小七这个孩子，就是王士涂的豆豆。王士涂自己……

他不敢想。

但不管小七是不是豆豆，总归，他走出了别人的影子，站在了阳光下。